HISTÓRIA DE QUEM FOGE E DE QUEM FICA

Índice geral da obra

Volume 1
A amiga genial

Volume 2
História do novo sobrenome

Volume 3
História de quem foge e de quem fica

Volume 4
História da menina perdida

ELENA FERRANTE
HISTÓRIA DE QUEM FOGE E DE QUEM FICA
TEMPO INTERMÉDIO

Tradução
Maurício Santana Dias

BIBLIOTECA AZUL

Storia di chi fugge e di chi resta © 2013 Edizioni e/o
Published by arrangement with The Ella Sher Literary Agency
Copyright da tradução © 2016 by Editora Globo S.A.

Todos os direitos reservados. Nenhuma parte desta edição pode ser utilizada ou reproduzida — em qualquer meio ou forma, seja mecânico ou eletrônico, fotocópia, gravação etc. — nem apropriada ou estocada em sistema de banco de dados sem a expressa autorização da editora.

Texto fixado conforme as regras do Acordo Ortográfico da Língua Portuguesa (Decreto Legislativo nº 54, de 1995).

Título original: *Storia di chi fugge e di chi resta*

Editor responsável: Thiago Barbalho
Editora assistente: Juliana de Araujo Rodrigues
Diagramação: Gisele Baptista de Oliveira
Capa: Mariana Bernd
Imagem de capa: Luigi Masella/Getty Images

CIP-BRASIL. CATALOGAÇÃO-NA-FONTE
SINDICATO NACIONAL DOS EDITORES DE LIVROS, RJ

F423h
Ferrante, Elena
História de quem foge e de quem fica / Elena Ferrante ; tradução Maurício Santana Dias. - 1. ed. - São Paulo : Biblioteca Azul, 2016.
416 p. ; 21 cm. (Napolitana ; 3)

Tradução de: *Storia di chi fugge e di chi resta*
Sequência de: História do novo sobrenome
Continua com: História da menina perdida
ISBN 978-85-250-6250-5

1. Romance italiano. I. Dias, Maurício Santana. II. Título. III. Série.

16-36203
CDD: 853
CDU: 821.131.3-3

1ª edição, 2016 - 5ª reimpressão, 2018

Direitos exclusivos de edição em língua portuguesa, para o Brasil, adquiridos por
EDITORA GLOBO S.A.
Rua Marquês de Pombal, 25
20230-240 - Rio de Janeiro/RJ
www.globolivros.com.br

LISTA DOS PERSONAGENS

A família Cerullo (família do sapateiro):
Fernando Cerullo, sapateiro, pai de Lila. Interrompeu os estudos da filha após a escola fundamental.
Nunzia Cerullo, mãe de Lila. Embora apoie a filha, não tem suficiente autoridade para defendê-la contra o pai.
Raffaella Cerullo, chamada de Lina ou Lila. Nasceu em agosto de 1944. Tem 66 anos quando desaparece de Nápoles sem deixar vestígios. Aluna brilhante, escreve aos dez anos uma novela intitulada *A fada azul*. Abandona a escola após completar o ensino fundamental e aprende o ofício de sapateiro. Casa-se muito jovem com Stefano Carracci e administra com sucesso a charcutaria do bairro novo e, depois, a loja de sapatos na piazza dei Martiri. Durante umas férias em Ischia, se apaixona por Nino Sarratore, por quem abandona o marido. Depois do naufrágio da convivência com Nino e do nascimento do filho Gennaro, Lila abandona definitivamente Stefano quando descobre que ele espera um filho de Ada Cappuccio. Transfere-se com Enzo Scanno para San Giovanni a Teduccio e começa a trabalhar na fábrica de embutidos de Bruno Soccavo.
Rino Cerullo, irmão mais velho de Lila, também sapateiro. Com o pai, Fernando, e graças a Lila e ao dinheiro de Stefano Carracci, abre a fábrica de calçados Cerullo. Casa-se com a irmã de Stefa-

no, Pinuccia Carracci, com quem tem o filho Fernando, chamado Dino. O primeiro filho de Lila tem o nome dele, Rino.
Outros filhos.

A família Greco (família do contínuo):
Elena Greco, chamada de *Lenuccia* ou *Lenu.* Nascida em agosto de 1944, é a autora da longa história que estamos lendo. Elena começa a escrevê-la no momento em que recebe a notícia de que sua amiga de infância, Lina Cerullo, chamada de Lila apenas por ela, desapareceu. Depois da escola fundamental, Elena continua a estudar com êxito crescente. No liceu, sua competência e a proteção da professora Galiani lhe permitem superar incólume uma desavença com o professor de religião sobre o papel do Espírito Santo. A convite de Nino Sarratore, por quem cultiva uma paixão secreta desde a primeira infância, e com a preciosa ajuda de Lila, escreve um artigo sobre essa desavença, mas o texto não é publicado pela revista em que Nino colabora. Os brilhantes estudos de Elena são coroados com o diploma na Escola Normal de Pisa, onde conhece e fica noiva de Pietro Airota, e com a publicação de um romance em que reelabora a vida do bairro e as experiências da adolescência vividas em Ischia.
Peppe, Gianni e *Elisa,* irmãos mais novos de Elena.
O *pai* trabalha como contínuo na prefeitura.
A *mãe,* dona de casa. Seu andar manco perturba Elena.

A família Carracci (família de dom Achille):
Dom Achille Carracci, o ogro das fábulas, contrabandista e agiota. Foi assassinado.
Maria Carracci, mulher de dom Achille, mãe de Stefano, Pinuccia e Alfonso. Trabalha na charcutaria da família.
Stefano Carracci, filho do falecido dom Achille, marido de Lila. Administra os bens acumulados pelo pai e com o tempo se torna um comerciante de sucesso, graças às duas charcutarias bem instaladas

e à loja de sapatos na piazza dei Martiri, que abre em sociedade com os irmãos Solara. Insatisfeito com o tempestuoso casamento com Lila, começa um relacionamento com Ada Cappuccio, com quem passa a conviver depois que ela fica grávida, e Lila se muda para San Giovanni a Teduccio.

Pinuccia, filha de dom Achille. Trabalha de início na charcutaria da família e, depois, na loja de calçados. Casa-se com o irmão de Lila, Rino, e com ele tem um filho, Ferdinando, chamado de Dino.

Alfonso, filho de dom Achille. É colega de escola e divide o mesmo banco com Elena. É noivo de Marisa Sarratore e se torna o gerente da loja de sapatos da piazza dei Martiri.

A família Peluso (família do marceneiro):

Alfredo Peluso, marceneiro. Comunista. Acusado de ter assassinado dom Achille, foi condenado e encarcerado na prisão, onde acaba morrendo.

Giuseppina Peluso, mulher de Alfredo. Operária da fábrica de tabaco, dedica-se aos filhos e ao marido preso. Com a morte dele, se suicida.

Pasquale Peluso, filho mais velho de Alfredo e Giuseppina, pedreiro, militante comunista. Foi o primeiro a perceber a beleza de Lila e a declarar-lhe seu amor. Detesta os Solara. Foi namorado de Ada Cappuccio.

Carmela Peluso, prefere ser chamada de *Carmen*. Irmã de Pasquale, era vendedora em um armarinho até ser contratada por Lila na nova charcutaria de Stefano. Por muito tempo foi noiva de Enzo Scanno, mas ele a abandona sem dar explicações após o serviço militar. Mais tarde fica noiva do frentista do estradão.

Outros filhos.

A família Cappuccio (família da viúva louca):

Melina, parente de Nunzia Cerullo, viúva. Lava as escadas dos prédios do bairro velho. Foi amante de Donato Sarratore, o pai de

Nino. Os Sarratore deixaram o bairro justamente por causa dessa relação, e Melina quase enlouqueceu.

O *marido* de Melina descarregava caixas no mercado de hortifrúti e morreu em circunstâncias obscuras.

Ada Cappuccio, filha de Melina. Desde menina ajudava a mãe a lavar as escadas. Graças a Lila, é contratada como vendedora na charcutaria do bairro velho. Por muito tempo namorada de Pasquale Peluso, torna-se amante de Stefano Carracci: quando engravida, vai viver com ele. De sua relação nasce uma menina, Maria.

Antonio Cappuccio, irmão dela, mecânico. Foi namorado de Elena e tem muitos ciúmes de Nino Sarratore. A possibilidade de prestar o serviço militar o preocupa muito, mas, quando Elena recorre aos irmãos Solara para tentar ajudá-lo, ele fica profundamente humilhado, a ponto de romper relações com Elena. Durante o serviço militar sucumbe a um grave esgotamento nervoso e é dispensado antecipadamente. Voltando ao bairro, pressionado pela miséria, põe-se a serviço de Michele Solara, que a certa altura o envia à Alemanha para uma longa e misteriosa missão.

Outros filhos.

A família Sarratore (família do ferroviário-poeta):

Donato Sarratore, ferroviário, poeta, jornalista. Grande mulherengo, foi amante de Melina Cappuccio. Quando Elena vai passar férias em Ischia e se hospeda na mesma casa onde os Sarratore passam a temporada de verão, é forçada a deixar a ilha às pressas para escapar ao assédio sexual de Donato. No entanto, no verão seguinte, Elena se entrega a ele na praia, movida pelo sofrimento diante da relação entre Nino e Lila. Para exorcizar essa experiência degradante, Elena escreve sobre ela no livro que depois será publicado.

Lidia Sarratore, mulher de Donato.

Nino Sarratore, o mais velho dos cinco filhos de Donato e Lidia. Odeia o pai. É um aluno brilhante e mantém uma longa relação

clandestina com Lila. Quando ela engravida, os dois convivem por um brevíssimo período.
Marisa Sarratore, irmã de Nino. É noiva de Alfonso Carracci.
Pino, *Clelia* e *Ciro Sarratore*, os filhos mais novos de Donato e Lidia.

A família Scanno (família do verdureiro):
Nicola Scanno, verdureiro, morre de pneumonia.
Assunta Scanno, mulher de Nicola, morre de câncer.
Enzo Scanno, filho de Nicola e Assunta, também verdureiro. Desde a infância Lila tem simpatia por ele. Por muito tempo foi noivo de Carmen Peluso, mas, após voltar do serviço militar, interrompe o noivado sem dar explicações. Durante o serviço volta a estudar e tira por conta própria um diploma de perito industrial. Quando Lila decide deixar Stefano definitivamente, se responsabiliza por ela e pelo filho, Gennaro, e todos vão morar em San Giovanni a Teduccio.
Outros filhos.

A família Solara (família do dono do bar-confeitaria de mesmo nome):
Silvio Solara, proprietário do bar-confeitaria, monarquista e fascista, camorrista ligado aos negócios ilícitos do bairro. Foi contra a abertura da fábrica de calçados Cerullo.
Manuela Solara, mulher de Silvio, agiota: todos do bairro temem seu caderno vermelho.
Marcello e *Michele Solara*, filhos de Silvio e Manuela. Fanfarrões, prepotentes, mesmo assim são amados pelas jovens do bairro, afora naturalmente Lila. *Marcello* se apaixona por Lila, mas ela o rejeita. *Michele*, pouco mais novo que Marcello, é mais frio, mais inteligente, mais violento. É noivo de Gigliola, a filha do confeiteiro, mas com o passar dos anos desenvolve uma doentia obsessão por Lila.

A família Spagnuolo (família do confeiteiro):
Seu Spagnuolo, confeiteiro do bar-confeitaria Solara.
Rosa Spagnuolo, mulher do confeiteiro.
Gigliola Spagnuolo, filha do confeiteiro, noiva de Michele Solara.
Outros filhos.

A família Airota:
Guido Airota, professor de Literatura grega.
Adele, sua mulher. Colabora com a editora de Milão que publica o romance de Elena.
Mariarosa Airota, a filha mais velha, professora de História da arte em Milão.
Pietro Airota, colega de universidade de Elena e seu noivo, destinado a uma brilhante carreira universitária.

Os professores:
Ferraro, professor e bibliotecário. Premiou Lila e Elena quando pequenas por serem leitoras assíduas.
Oliviero, professora. Foi a primeira a se dar conta das potencialidades de Lila e Elena. Aos dez anos de idade, Lila escreveu um conto intitulado *A fada azul*. Elena gostou tanto da história que a deu para Oliviero. Mas a professora, zangada porque os pais de Lila decidiram não mandar a filha para o ensino médio, nunca se pronunciou sobre o conto. Ao contrário, deixou de preocupar-se com Lila e se concentrou apenas no bom êxito de Elena. Morre após uma longa doença, pouco antes da formatura de Elena.
Gerace, professor do ginásio.
Galiani, professora do liceu. É muito culta, comunista. Fica imediatamente encantada com a inteligência de Elena. Empresta livros a ela, a protege nos embates com o professor de religião e a convida para uma festa organizada pelos filhos em sua casa. Suas relações esfriam depois que Nino, apaixonado por Lila, rompe o namoro com Nadia.

Outros personagens:

Gino, filho do farmacêutico. Foi o primeiro namorado de Elena.

Nella Incardo, prima da professora Oliviero. Mora em Barano de Ischia e, no verão, aluga alguns quartos de sua casa à família Sarratore. Hospedou Elena durante suas férias na praia.

Armando, estudante de medicina, filho da professora Galiani.

Nadia, estudante, filha da professora Galiani e namorada de Nino, que a abandona com uma carta enviada de Ischia quando se apaixona por Lila.

Bruno Soccavo, amigo de Nino Sarratore e filho de um rico industrial de San Giovanni em Teduccio. Dá um emprego a Lila na fábrica de embutidos da família.

Franco Mari, estudante e namorado de Elena durante os primeiros anos de faculdade.

TEMPO INTERMÉDIO

1.

Encontrei Lila pela última vez cinco anos atrás, no inverno de 2005. Estávamos passeando de manhã cedo pelo estradão e, como há anos vinha acontecendo, não conseguíamos nos sentir à vontade. Lembro que apenas eu falava; ela cantarolava, cumprimentava gente que nem respondia, e nas raras vezes que me interrompia só pronunciava frases exclamativas, sem um nexo evidente com o que eu dizia. Ao longo dos anos, muita coisa ruim tinha ocorrido, algumas horríveis, e para retomar a via da intimidade teríamos de nos fazer confidências secretas, mas eu não tinha a força para encontrar as palavras, e ela — a quem talvez não faltasse força — não tinha a vontade, nem via utilidade nisso.

De todo modo eu gostava muito dela e sempre que ia a Nápoles procurava encontrá-la, ainda que — devo dizer — sentisse um certo medo. Ela estava muito mudada. A velhice já tinha levado a melhor sobre nós duas, mas, enquanto eu combatia a tendência a ganhar peso, ela se estabilizara numa magreza só pele e ossos. Tinha cabelos curtos, que ela mesma cortava, e muito brancos: não por escolha, mas por desleixo. O rosto, bastante marcado, lembrava cada vez mais o do pai. Ria de nervoso, quase um guincho, e falava altíssimo. Gesticulava sem parar, dando ao gesto uma determinação tão feroz que parecia querer cortar em dois os edifícios, a rua, os passantes, a mim.

Estávamos na altura da escola fundamental quando um homem jovem, que eu não conhecia, correu para nós e gritou para ela que, em um canteiro ao lado da igreja, tinha sido encontrado o cadáver de uma mulher. Fomos depressa para os jardinzinhos, Lila me arrastou em meio ao círculo de curiosos abrindo caminho com maus modos. A mulher jazia de lado, era extraordinariamente gorda, vestia um impermeável verde escuro e fora de moda. Lila a reconheceu num instante, eu, não: era nossa amiga de infância Gigliola Spagnuolo, ex-mulher de Michele Solara.

Eu não a encontrava havia décadas. O rosto bonito se estragara, os tornozelos estavam enormes. Os cabelos, antigamente castanhos, eram agora de um vermelho fogo, longo como quando era uma garota, mas ralos, espalhados sobre o humo revolvido. Apenas um dos pés calçava um sapato de salto baixo, muito gasto; o outro estava metido numa meia de lã cinza, furada no dedão, ao passo que o sapato estava um metro e meio mais à frente, como se tivesse se desprendido depois de um chute provocado por dor ou por espanto. Caí no choro, e Lila me olhou com fastio.

Sentadas em um banco perto dali, aguardamos em silêncio que Gigliola fosse levada embora. O que havia acontecido com ela, como tinha morrido, por ora não se sabia. Depois fomos para a casa de Lila, o velho e pequeno apartamento dos pais, onde agora ela morava com o filho Rino. Conversamos sobre nossa amiga, ela me falou mal dela, da vida que tinha levado, das pretensões, das deslealdades. Mas neste momento era eu quem não conseguia ouvir, pensava naquele rosto de perfil na terra, em como eram ralos os cabelos compridos, nas manchas esbranquiçadas do crânio. Quantas pessoas que tinham sido crianças com a gente e não estavam mais vivas, desaparecidas da face da terra por doença, porque os nervos não tinham resistido à lixa dos tormentos, porque seu sangue tinha sido derramado. Por um tempo ficamos absortas na cozinha, sem que nenhuma das duas se decidisse a tirar a mesa, e então saímos de novo.

O sol do belo dia de inverno conferia às coisas um aspecto sereno. O bairro velho, diferentemente de nós, permanecera idêntico. Resistiam as casas baixas e cinzentas, o pátio de nossas brincadeiras, o estradão, as bocas escuras do túnel e a violência. No entanto a paisagem em torno mudara. A extensão esverdeada dos pântanos não existia mais, a velha fábrica de conservas desaparecera. Em seu lugar havia o brilho dos espigões de vidro, noutros tempos sinais de um futuro radiante no qual ninguém nunca acreditou. Com o passar dos anos todos registraram as mudanças, às vezes com curiosidade, quase sempre distraidamente. Quando menina eu imaginava que, para além do bairro, Nápoles oferecesse maravilhas. O arranha-céu da estação central, por exemplo, me fascinara muito, décadas atrás, por sua elevação andar a andar, um esqueleto de edifício que então nos parecia altíssimo, ao lado da arrojada estação ferroviária. Como eu me surpreendia quando passava pela piazza Garibaldi: olha só como é alto, dizia a Lila, a Carmen, a Pasquale, a Ada, a Antonio, a todos os colegas daquela época, com os quais eu caminhava até o mar, margeando os bairros ricos. Lá no alto — pensava — moram os anjos, e certamente usufruem toda a cidade. Como eu gostaria de subir até lá, escalar até o topo. Era o *nosso* arranha-céu, mesmo estando fora do bairro, uma coisa que víamos crescer dia a dia. Mas a obra foi interrompida. Quando eu voltava de Pisa para casa, o arranha-céu da estação, em vez de símbolo de uma comunidade que estava se renovando, me parecia mais um nicho da ineficiência.

Naquele período me convenci de que não havia grande diferença entre o bairro e Nápoles, o mal-estar escoava de um para o outro sem interrupções. A cada retorno encontrava uma cidade cada vez mais de estuque, que não resistia às mudanças de estação, ao calor, ao frio, sobretudo aos temporais. E logo a estação da piazza Garibaldi se alagava, logo vinha abaixo a Galeria em frente ao Museu, logo havia um deslizamento de terra, e a luz elétrica não voltava mais. Guardava na memória ruas escuras e cheias de perigo, um trânsito cada vez mais caótico, a pavimentação irregular, poças enormes. Os bueiros entupidos transbordavam, regurgitavam. Lavas de água, esgoto, lixo e bactérias se despejavam no mar vindas das colinas repletas de construções novíssimas e frágeis, ou erodiam o mundo de baixo. As pessoas morriam por incúria, corrupção, opressão e, apesar de tudo, a cada turno eleitoral, dava seu consenso entusiástico aos políticos que tornavam sua vida insuportável. Assim que descia do trem, movia-me com cautela nos lugares onde eu tinha crescido, atenta para falar sempre em dialeto, como para assinalar *sou um de vocês, não me façam mal*.

    Quando me formei, quando escrevi de jato uma história que, de modo totalmente inesperado, em poucos meses se transformou em um livro, os elementos do mundo de onde eu vinha me pareceram ainda mais deteriorados. Enquanto em Pisa ou Milão eu me sentia bem, às vezes até feliz, em minha cidade natal temia a cada retorno que algum imprevisto me impedisse de fugir dali, que as coisas que eu tinha conquistado fossem tiradas de mim. Não poderia mais ir encontrar Pietro, com quem deveria me casar em breve; o espaço impecável da editora me seria vetado; não poderia mais usufruir as gentilezas de Adele, minha futura sogra, uma mãe como nunca tive. Já no passado a cidade me parecera lotada, uma única multidão que se estendia da piazza Garibaldi até Forcella, Duchesca, Lavinaio, Rettifilo. No final dos anos 1960, tive a impressão de que a multidão aumentara, de que a intolerância e a agressividade estavam se espalhando de modo incontrolável. Numa manhã fui até a via Mezzocannone, onde anos antes eu tinha trabalhado como atendente numa livraria. Fui por curiosidade, para ver o lugar em que passara horas de trabalho, especialmente para dar uma olhada na universidade, onde eu nunca tinha entrado. Queria compará-la com a de Pisa, com a Normal, esperava até cruzar com os filhos da professora Galiani — Armando, Nadia — e me gabar do que eu tinha sido capaz de fazer. Mas a rua, os espaços universitários me deram angústia, estavam cheios de estudantes napolitanos, da província e de todo o Sul, jovens bem-vestidos, barulhentos, seguros de si, e de rapazes de modos grosseiros e ao mesmo tempo subalternos. Aglomeravam-se nas entradas, dentro das salas, em frente às secretarias onde havia longas filas, onde frequentemente surgiam animosidades. Três ou quatro trocaram socos sem aviso prévio a poucos passos de mim, como se tivesse bastado se verem para chegar a uma explosão de insultos e agressões físicas, uma fúria de homem berrando sua vontade de sangue num dialeto que eu mesma tinha dificuldade de entender. Fui embora depressa, como se algo ameaçador me tivesse atingido em um local que eu imaginava seguro, habitado apenas por boas razões.

Enfim, cada ano me parecia pior. Naquele período de chuvas, a cidade estava mais uma vez colapsada, um prédio inteiro pendera de lado como uma pessoa que se apoia no braço carcomido de uma velha poltrona e o braço cede. Mortos, feridos. E gritos, massacres, bombas caseiras. Parecia que a cidade gestava nas vísceras uma fúria que não conseguia extravasar e por isso mesmo a corroía, ou irrompia em pústulas epidérmicas, inchadas de veneno contra todos, crianças, adultos, velhos, gente de outras cidades, americanos da Otan, turistas de qualquer nacionalidade, os próprios napolitanos. Como era possível resistir naquele lugar de desordem e perigo, na periferia, no centro, nas colinas, sob o Vesúvio? Que impressão horrível me causara San Giovanni a Teduccio, a viagem para chegar até lá. Que impressão horrível me deu a fábrica em que Lila trabalhava, e a própria Lila, Lila com o filho pequeno, Lila que, num edifício miserável, vivia com Enzo embora não dormissem juntos. Tinha dito que ele queria estudar o funcionamento das calculadoras eletrônicas e que ela estava tentando ajudá-lo. Ficou em minha memória a voz dela tentando apagar San Giovanni, os embutidos, o cheiro da fábrica, sua condição, citando com fingida competência siglas do tipo: Centro de cibernética da Estatal de Milão, Centro soviético para a aplicação dos computadores nas ciências sociais. Queria me fazer acreditar que em breve surgiria um centro daquele gênero também em Nápoles. Aí pensei: em Milão talvez sim, com certeza na União Soviética, mas aqui não, aqui são delírios de sua cabeça incontrolável, para dentro dos quais você também está arrastando o pobre e devotíssimo Enzo. Em vez disso, ir embora. Escapar definitivamente, para longe da vida que tínhamos experimentado desde o nascimento. Fixar-se em territórios bem organizados, onde realmente tudo era possível. E de fato foi o que eu fiz. Mas só para descobrir, nas décadas seguintes, que eu tinha me enganado, que se tratava de uma corrente com anéis cada vez maiores: o bairro remetia à cidade, a cidade, à Itália, a Itália, à Europa, a Europa, a todo o planeta. E hoje eu vejo assim: não é o bairro que está doente, não é Nápoles, é o globo terrestre, é o universo, ou os universos. E a habilidade consiste em ocultar e esconder para si o real estado das coisas.

Falei a respeito disso com Lila naquela tarde, no inverno de 2005, como para fazer uma reparação. Queria reconhecer que ela havia compreendido tudo desde pequena, sem jamais ter saído de Nápoles. Mas me envergonhei quase imediatamente, senti em minhas palavras o pessimismo rabugento de quem envelhece, o tom que — eu sabia — ela detestava. De fato, me mostrou os dentes envelhecidos num sorriso que era uma careta nervosa e disse:

"Agora vai bancar a sábia, proferir sentenças? Quais são suas intenções? Quer escrever sobre nós? Quer escrever sobre mim?".

"Não."

"Diga a verdade."

"Seria muito complicado."

"Mas pensou nisso, e continua pensando."

"Um pouco, sim."

"Me deixe em meu canto, Lenu. Deixe todo mundo pra lá. Nós devemos desaparecer, não merecemos nada, nem Gigliola nem eu, ninguém."

"Isso não é verdade."

Fez uma feia expressão de descontentamento e me perscrutou com pupilas que mal se viam, a boca entreaberta.

"Tudo bem", disse, "escreva, se faz tanta questão, escreva sobre Gigliola, sobre quem quiser. Mas não sobre mim, nem tente, me prometa."

"Não vou escrever sobre ninguém, nem sobre você."

"Olha lá, estou de olho em você."

"É mesmo?"

"Vou vasculhar seu computador, ler seus arquivos, apagar um por um."

"Que nada."

"Acha que não sou capaz?"

"Eu sei que você é capaz. Mas sei me proteger."

Riu com seu velho jeito maldoso.

"De mim, não."

2.

Nunca mais esqueci aquelas três palavras, foi a última coisa que ela me disse: *de mim, não*. Agora já faz semanas que escrevo num bom ritmo, sem perder tempo relendo o que escrevi. Se Lila ainda estiver viva — fico fantasiando sobre isso enquanto sorvo um café e vejo o rio Pó se chocando contra as pilastras da ponte Principessa Isabella, ela não vai resistir, virá xeretar meu computador, vai ler e, velha lunática que é, ficará furiosa com minha desobediência, vai se intrometer, corrigir, fazer acréscimos, deixando pra lá o desejo de desaparecer. Depois lavo a xícara, vou à escrivaninha, volto a escrever a partir daquela primavera fria em Milão, uma noite passada mais de quarenta anos atrás, na livraria, quando o homem de óculos grossos falou com sarcasmo de mim e de meu livro diante de todos, e eu repliquei de modo confuso, trêmulo. Até que de repente Nino Sarratore se ergueu, quase irreconhecível com a barba inculta, pretíssima, e atacou com dureza quem tinha me atacado. A partir daquele momento, comecei por inteiro a gritar seu nome em silêncio — há quanto tempo não o via, quatro, cinco anos — e, embora estivesse gelada por causa da tensão, me senti queimar.

Assim que Nino terminou sua fala, o homem pediu o direito de réplica com um gesto contido. Era óbvio que ele sentira o golpe, mas eu estava muito envolvida em emoções violentas para entender imediatamente o porquê. Tinha percebido, naturalmente, que a intervenção de Nino deslocara a discussão da literatura para a política, de modo agressivo e quase desrespeitoso. Porém, naquele momento dei pouco peso ao fato, não conseguia me perdoar por não ter sido capaz de enfrentar o debate, de ter sido inconsequente diante de um público muito culto. No entanto eu sabia reagir. No liceu, tinha reagido a uma condição de desvantagem tentando imitar a professora Galiani, apropriando-me de seus tons e de sua linguagem. Em Pisa aquele modelo de mulher não bastara, tive de me haver com gente muito aguerrida. Franco, Pietro, todos os estudantes que se destacavam, e naturalmente os professores prestigiosos da Normal, se expressavam de maneira complexa, escreviam com calculadíssimo artifício, tinham uma habilidade em categorizar, uma nitidez lógica, que Galiani não possuía. Mas eu me exercitara para ser como eles. E frequentemente consegui, tive a impressão de dominar as palavras a ponto de varrer para sempre as incongruências do estar no mundo, a insurgência das emoções e os discursos trôpegos. Em suma, agora eu sabia recorrer a um modo de falar e de escrever que, por meio de um vocabulário selecionadíssimo, um andamento amplo e meditado, a disposição implacável dos argumentos e a clareza formal que jamais podia faltar, visava a aniquilar o interlocutor a ponto de lhe tirar a vontade de rebater. Mas naquela noite as coisas não correram como deveriam. Primeiro Adele e seus amigos, que eu imaginava de finíssimas leituras, depois o homem de óculos grossos acabaram por me intimidar. Eu me tornara a mulherzinha voluntariosa que vinha do bairro, a filha do contínuo com a cadência dialetal do Sul, ela mesma assustada por ter ido parar naquele lugar, recitando o papel da escritora jovem e culta. Por isso perdi confiança e me expressei sem convicção, atabalhoadamente. Sem falar de Nino. Sua aparição me tirara qualquer resto de controle, e a própria qualidade de sua fala em minha defesa confirmara que eu havia perdido subitamente minhas habilidades. Vínhamos de ambientes semelhantes, ambos nos esforçáramos para adquirir aquela linguagem. Entretanto ele não só a tinha usado com naturalidade, direcionando-a facilmente contra seu interlocutor, mas também, nos momentos em que lhe pareceu necessário, até se permitiu inserir programaticamente alguma desordem em seu italiano elegante com uma negligência ostensiva, que logo fez soar antiquada e talvez até um pouco ridícula a impostação professoral do homem de óculos grossos. Consequentemente, quando notei que este último queria retomar a palavra, pensei: deve estar furioso e, se antes falou mal de meu livro, agora vai falar ainda pior, só para humilhar Nino, que o defendeu.

Mas o homem pareceu preocupado com outras coisas: não voltou ao meu romance, não fez mais nenhuma menção a mim. Concentrou-se, em vez disso, em certas fórmulas que Nino usara marginalmente, mas repetindo-as com insistência; coisas do tipo *arrogância oligárquica, literatura antiautoritária*. Só então compreendi que sua raiva derivava da inflexão política do debate. Não apreciara aquele léxico, e o sublinhou escandindo a voz profunda com um repentino falsete sarcástico (*portanto a altivez do conhecimento hoje é definida arrogância, então até a literatura tornou-se antiautoritária?*). Depois passou a jogar sutilmente com a palavra *autoridade*, graças a Deus — disse — uma barreira contra os jovenzinhos incultos que se pronunciam a esmo sobre qualquer coisa, recorrendo às platitudes de sabe-se lá que curso livre da Estatal de Milão. E falou demoradamente sobre esse tema, dirigindo-se ao público, jamais diretamente a Nino ou a mim. No entanto, ao final, concentrou-se primeiro no velho crítico que estava sentado a meu lado e, depois, diretamente em Adele, talvez seu verdadeiro alvo polêmico desde o início. Não tenho nada contra os jovens — disse em síntese —, mas contra os adultos estudados que estão sempre prontos, por interesse, a cavalgar a última moda da estupidez. Neste ponto finalmente se calou e fez menção de sair com abafados mas enérgicos me desculpem, com licença, obrigado.

Os presentes se levantaram para deixá-lo passar, todos hostis, mas respeitosos. Então pude confirmar definitivamente que se tratava de um homem de prestígio, de tanto prestígio que até Adele respondeu ao seu cumprimento raivoso com um cordial: obrigada, até logo. Talvez tenha sido por isso que Nino surpreendeu a todos quando, de modo imperativo e ao mesmo tempo zombeteiro, mostrando saber com quem estava falando, o chamou com o título de professor — *professor, aonde vai, não fuja* — e então, graças à agilidade das pernas compridas, bloqueou sua passagem, o enfrentou, lhe disse frases naquela sua nova língua que, de onde eu estava, mal pude ouvir e entender, mas que deviam ser como cabos de aço sob o sol forte. O homem escutou imóvel, sem impaciência, depois fez um gesto com a mão que significava afaste-se e rumou para a saída.

3.

Saí da mesa transtornada, demorava a me dar conta de que Nino realmente estava ali, em Milão, naquela sala. Mas lá estava ele, que vinha a meu encontro sorrindo, mas com o passo medido, sem pressa. Apertamos as mãos — a dele estava muito quente, a minha, gelada — e declaramos quanto estávamos contentes por nos revermos depois de tanto tempo. Saber que finalmente o pior da noite havia passado e que agora ele estava diante de mim, real, atenuou meu mau humor, mas não a agitação. Apresentei-o ao crítico que havia generosamente elogiado meu livro, disse a ele que era um amigo de Nápoles, que tínhamos feito o liceu juntos. Mesmo tendo recebido de Nino algumas estocadas, o professor foi gentil, elogiou-o pelo modo como havia tratado aquele sujeito, falou de Nápoles com simpatia, enfim, dirigiu-se a ele como a um estudante brilhante que devia ser encorajado. Nino explicou que morava em Milão havia anos, se ocupava de geografia econômica, pertencia — e sorriu — à categoria mais miserável da pirâmide acadêmica, ou seja, a dos assistentes. Expressou-se de modo cativante, sem o tom mal-humorado que tinha na adolescência, e me pareceu estar vestindo uma armadura mais leve que aquela que me fascinara no liceu, como se tivesse conseguido desembaraçar-se de pesos excessivos para poder esgrimir com mais rapidez e elegância. Notei com alívio que não usava aliança.

Enquanto isso, algumas amigas de Adele se aproximaram para que eu autografasse o livro, coisa que me emocionou, era a primeira vez que aquilo acontecia. Titubeei: não queria perder Nino de vista nem por um segundo, mas também desejava atenuar a impressão de menina desajeitada que devo ter transmitido. Então o deixei com o professor de idade — chamava-se Tarratano — e acolhi minhas leitoras com cortesia. Quis terminar com aquilo rapidamente, mas os exemplares eram novos, com cheiro de gráfica, muito diferentes dos livros surrados e malcheirosos que Lila e eu pegávamos emprestados na biblioteca do bairro, e não tive ânimo de estragá-los depressa com a caneta. Exibi minha melhor letra, aquela dos tempos da professora Oliviero, e inventei elaboradas dedicatórias, que causaram alguma impaciência nas senhoras que estavam na fila. Fiz isso com o coração aos pulos, de olho em Nino. Tremia ao pensar que ele pudesse ir embora.

Não foi. Agora Adele se juntara a ele e a Tarratano, e Nino se dirigia a ela com deferência e ao mesmo tempo desenvoltura. Lembrei-me de quando falava pelos corredores do liceu com a professora Galiani e não foi difícil associar cm minha cabeça o aluno brilhante daquela época ao jovem homem de agora. Entretanto afastei com decisão, como um desvio inútil que nos fizera sofrer a todos, o estudante universitário de Ischia, o amante de minha amiga casada, o jovem abatido que se escondia no banheiro da loja da piazza dei Martiri e que era o pai de Gennaro, um menino que ele nunca tinha visto. Com certeza a irrupção de Lila o fizera perder o rumo, mas — como naquela ocasião me pareceu evidente — tratou-se apenas de um parêntese. Por mais intensa que tivesse sido aquela experiência, por mais que tivesse deixado marcas profundas nele, agora tinha acabado. Nino se reencontrara, e eu fiquei contente. Pensei: preciso dizer a Lila que o encontrei, que ele está bem. Depois mudei de ideia: não, não vou dizer nada.

Quando encerrei as dedicatórias, a sala já estava vazia. Adele pegou minha mão com delicadeza, elogiou muito o modo como eu tinha falado de meu livro e como respondi à péssima intervenção — assim ela definiu — do homem de óculos grossos. Como eu negava o fato de ter me saído bem (sabia perfeitamente que não era verdade), pedi a Nino e a Tarratano que se pronunciassem, e ambos naturalmente se derramaram em elogios. Nino chegou a dizer, fixando-me sério: *vocês não sabem o que era essa menina já no ginásio, inteligentíssima, cultíssima, muito corajosa, muito bonita*. E, enquanto eu sentia meu rosto arder, ele passou a contar com elegância irônica meu conflito de anos atrás com o professor de religião. Adele escutava e ria em vários momentos. Nós da família — disse — percebemos imediatamente as qualidades de Elena, e então anunciou que tinha reservado para o jantar um restaurante ali perto. Fiquei tensa, murmurei sem jeito que estava cansada e sem fome, dei a entender que, como não nos encontrávamos há tanto tempo, gostaria de passear um pouco com Nino antes de ir para a cama. Sabia que era uma descortesia, o jantar era para homenagear a mim e agradecer a Tarratano por seu empenho em favor do livro, mas não consegui me conter. Adele me fixou por um instante com uma expressão irônica e replicou que, naturalmente, meu amigo também era convidado, acrescentando com ares misteriosos, como para compensar-me do sacrifício que eu fazia: tenho uma bela surpresa guardada para você. Olhei Nino ansiosa: aceitaria o convite? Ele disse que não queria incomodar, olhou o relógio e aceitou.

4.

Saímos da livraria. Com discrição, Adele seguiu na frente acompanhada de Tarratano, enquanto eu e Nino os acompanhávamos atrás. Mas logo descobri que não sabia o que falar com ele, temia que qualquer palavra minha soasse equivocada. Ele cuidou de quebrar o silêncio. Elogiou mais uma vez meu livro e começou a falar com muito apreço dos Airota (os definiu como "a mais civilizada das famílias que valem alguma coisa na Itália"), disse que conhecia Mariarosa ("está sempre na linha de frente: duas semanas atrás tivemos uma grande discussão"), congratulou-me porque tinha acabado de saber por Adele que eu estava noiva de Pietro, cujo livro sobre os ritos báquicos, para meu espanto, ele conhecia; mas acima de tudo falou com deferência sobre o chefe de família, o professor Guido Airota, "um homem realmente excepcional". Fiquei um pouco irritada por ele já saber de meu noivado, e também incomodada ao notar que o elogio a meu livro era mais um preâmbulo ao louvor bem mais acentuado de toda a família de Pietro, do livro de Pietro. Então o interrompi, perguntei a respeito dele, mas foi vago nas respostas, apenas a menção a um livrinho no prelo que ele mesmo qualificou de tedioso, mas obrigatório. Insisti, indaguei se tinha enfrentado muitas dificuldades nos primeiros anos em Milão. Respondeu com poucas palavras genéricas sobre os problemas quando se vem do Sul sem um centavo no bolso. Depois me perguntou de repente:

"Você voltou a morar em Nápoles?"

"Por enquanto, sim."

"No bairro?"

"Sim."

"Eu rompi definitivamente com meu pai e não vejo mais ninguém da família."

"Que pena."

"Está ótimo assim. Só lamento não ter notícias de Lina."

Por um instante pensei que eu me enganara, que Lila nunca tivesse saído de sua vida, que não tinha ido à livraria por minha causa, mas só para saber dela. Então disse a mim mesma: se ele realmente quisesse saber de Lila, depois de tantos anos teria encontrado um meio de se informar, e reagi com ímpeto, no tom claro de quem quer encerrar o assunto depressa:

"Ela deixou o marido, vive com outro."

"Teve um menino ou uma menina?".

"Um menino."

Fez uma expressão descontente e disse:

"Lina é corajosa, até demais. Mas não sabe dobrar-se à realidade, é incapaz de aceitar os outros e a si mesma. Gostar dela foi uma experiência difícil."

"Em que sentido?"

"Ela não sabe o que é dedicação."

"Talvez você esteja exagerando."

"Não, ela realmente tem problemas: na cabeça, em tudo, até no sexo."

Aquelas últimas palavras — *até no sexo* — me atingiram mais que as outras. Então Nino estava expressando um juízo negativo sobre sua relação com Lila? Então acabara de me dizer, para meu espanto, que aquele juízo também incluía a esfera sexual? Fixei por uns segundos as silhuetas escuras de Adele e de seu amigo, que caminhavam à nossa frente. O espanto se transformou em ansiedade, percebi que *até no sexo* era um preâmbulo, que ele queria ser ainda mais explícito. Anos atrás aconteceu que Stefano, depois do casamento, fez confidências a mim e me contou alguns problemas com Lila, mas sem nunca aludir ao sexo, ninguém no bairro o teria feito ao falar sobre a mulher que amava. Era impensável, por exemplo, que Pasquale me falasse da sexualidade de Ada ou, pior ainda, que Antonio conversasse com Carmen ou Gigliola sobre minha sexualidade. Isso se fazia entre homens — e de modo vulgar, quando eles não se importavam ou já tinham deixado de se importar conosco, mulheres —, mas entre homens e mulheres, não. Entretanto intuí que Nino, o novo Nino, considerava absolutamente normal tratar comigo sobre temas como o das relações sexuais que tivera com minha amiga. Fiquei constrangida, me retraí. Este é outro ponto — pensei — sobre o qual nunca devo falar com Lila; no entanto disse com falsa desenvoltura: águas passadas, vamos esquecer as tristezas, me fale de você, como é seu trabalho, quais as perspectivas na universidade, onde você mora, vive sozinho? Mas com certeza demonstrei excessiva ansiedade, e ele deve ter notado que saí pela tangente depressa. Sorriu irônico e começou a me responder. Mas tínhamos chegado ao restaurante, e entramos.

5.

Adele distribuiu os lugares: eu ao lado de Nino e em frente a Tarratano, ela ao lado de Tarratano e em frente a Nino. Fizemos os pedidos e rapidamente a conversa resvalou para o homem de óculos grossos, um professor de literatura italiana — pelo que entendi — colaborador assíduo do *Corriere della Sera*, democrata-cristão. Dessa vez, nem Adele nem o amigo dela conseguiram se conter. Fora do ritual da livraria, falaram todo o mal possível sobre o sujeito e elogiaram Nino pelo modo como o enfrentara e desconcertara. Riram sobretudo ao lembrar as palavras com que ele o atacara enquanto abandonava a sala, frases que eles tinham escutado, e eu, não. Perguntaram a ele qual tinha sido a formulação precisa, mas Nino se esquivou, disse que não recordava. Mas depois as palavras vieram à tona, talvez reinventadas para a ocasião, algo do tipo: *para tutelar a Autoridade em toda sua expressão, o senhor estaria disposto a suspender a democracia*. E a partir daquele momento os três conversaram apenas entre si, com um entusiasmo crescente, sobre os serviços secretos, a Grécia, a tortura nas prisões daquele país, o Vietnã, a inesperada insurgência do movimento estudantil não só na Itália, mas na Europa e em todo o mundo, sobre um artigo do professor Airota na revista *Ponte* — com o qual Nino disse ter concordado palavra por palavra — a propósito da condição da pesquisa e do ensino nas universidades.

"Vou dizer a minha filha que você gostou", disse Adele, "ela o considerou ruim."

"Mariarosa só se apaixona pelo que o mundo não pode dar."

"Perfeito, é justamente isso."

Eu não sabia nada sobre esse artigo de meu futuro sogro. Aquilo me deixou mal, e fiquei escutando em silêncio. Primeiro as provas finais, depois a tese de conclusão de curso, depois o livro e sua publicação apressada absorveram grande parte de meu tempo. Estava superficialmente informada sobre os acontecimentos do mundo e não tinha ouvido quase nada sobre estudantes, manifestações, confrontos, feridos, prisões, sangue. Como já estava fora da universidade, tudo o que eu de fato sabia sobre aquela agitação eram os resmungos de Pietro, que se lamentava do que definia numa carta de "a besteirada pisana". Assim me sentia imersa em um cenário de traços confusos. Traços que, no entanto, meus comensais pareciam capazes de decifrar com extrema precisão, sobretudo Nino. Eu estava sentada ao lado dele, o escutava, tocava de leve meu braço no dele, um contato apenas de tecidos, mas que mesmo assim me emocionava. Tinha conservado sua propensão para as cifras: listava números de inscritos na universidade, uma verdadeira multidão, e sobre a capacidade real dos edifícios, sobre as horas que os medalhões de fato trabalhavam, sobre quantos, em vez de pesquisar e ensinar, ocupavam cadeiras no parlamento ou em conselhos de administração, ou se dedicavam a consultorias remuneradíssimas e a atividades privadas. Adele concordava, o amigo, também, e às vezes intervinham mencionando pessoas cujos nomes eu nunca tinha ouvido. Me senti excluída. A comemoração pelo meu livro já não estava em seus pensamentos, minha sogra parecia até esquecida da surpresa que me anunciara. Sussurrei que sairia da mesa por um instante, Adele fez um sinal distraído, Nino continuou falando entusiasmado. Tarratano deve ter pensado que eu estava me aborrecendo e disse solícito, quase num murmúrio:

"Volte logo, conto muito com sua opinião."

"Não tenho opiniões", respondi com um meio sorriso.

Ele sorriu por sua vez:

"Uma escritora sempre inventa uma."

"Talvez eu não seja uma escritora."

"Claro que é."

Fui ao toalete. Nino sempre tivera a capacidade de mostrar minhas deficiências assim que abria a boca. Preciso estudar mais, pensei, como pude ficar para trás desse jeito? Claro, quando quero, sei simular com as palavras um pouco de competência e paixão. Mas não posso continuar assim, aprendi muitas coisas que não servem para nada e pouquíssimas que importam. Terminado meu caso com Franco, perdi o pouco de curiosidade pelo mundo que ele me transmitira. E o noivado com Pietro não me ajudou, o que não interessava a ele parou de interessar a mim. Como Pietro é diferente do pai, da irmã, da mãe. E como ele é diferente de Nino. Se fosse por ele, eu nem teria escrito meu romance. Ele o aceitou quase com fastio, como uma infração à etiqueta acadêmica. Ou talvez eu esteja exagerando, foi só culpa minha. Sou uma jovem limitada, só consigo me concentrar em uma coisa por vez, o resto eu elimino. Mas agora vou mudar. Logo depois deste jantar tedioso vou arrastar Nino comigo, vou obrigá-lo a passear a noite inteira, vou lhe perguntar que livros eu devo ler, que filmes devo ver, que músicas devo ouvir. Vou pegá-lo pelo braço e dizer: estou com frio. Propósitos confusos, proposições incompletas. Me escondi na ansiedade que sentia, disse apenas a mim mesma: poderia ser a única ocasião que temos, viajo amanhã, não o verei mais.

Nesse meio-tempo eu me observava no espelho com raiva. Estava com o rosto cansado, pequenas espinhas no queixo e olheiras roxas prenunciavam a menstruação. Sou feia, baixinha, peitos muito grandes. Deveria ter entendido há tempos que ele nunca me quis, não por acaso preferiu Lila a mim. Mas com que resultado? *Ela tem problemas até no sexo*, ele disse. Errei ao me esquivar. Deveria ter me mostrado curiosa, deixá-lo continuar. Caso volte a tocar no assunto, serei mais desinibida: quando é que uma mulher tem problemas no sexo? Estou perguntando — lhe direi, rindo — porque também quero me corrigir, se achar necessário. Admitindo-se que seja possível se corrigir, quem sabe. Recordei com asco o que tinha acontecido com o pai dele na praia dos Maronti. Pensei nas relações com Franco sobre a cama estreita de seu quarto em Pisa. Naquelas ocasiões eu teria feito algo errado que tivesse sido notado, mas que, por tato, ele não me dissera? E se naquela mesma noite, suponhamos, eu fosse para a cama com Nino, voltaria a errar de novo, a ponto de ele pensar: tem problemas que nem Lila, e falaria às minhas costas com suas amigas da Estatal, talvez até com Mariarosa?

Percebi quanto aquelas palavras tinham sido desagradáveis, eu o deveria ter censurado. Desse sexo errado — deveria ter dito a ele —, de uma experiência sobre a qual você agora expressa um julgamento negativo, nasceu um filho, o pequeno Gennaro, que é muito inteligente: não é nada bonito que você fale assim, a questão não é redutível a quem tem problemas e a quem não tem, Lila se arruinou por você. E decidi: quando me livrar de Adele e do amigo dela, quando ele me acompanhar até o hotel, retomarei a conversa e lhe direi tudo.

Saí do toalete. Voltei ao salão e descobri que a situação tinha mudado durante minha ausência. Assim que minha sogra me viu, agitou uma mão e disse alegre, com o rosto aceso: finalmente a surpresa chegou. A surpresa era Pietro, sentado ao seu lado.

6.

Meu noivo se levantou e me abraçou. Eu nunca tinha dito nada a ele sobre Nino. Tinha mencionado Antonio, poucas palavras, e lhe dissera algo sobre minha relação com Franco, que aliás era bem conhecida no ambiente estudantil de Pisa. Mas nunca nem aludira ao nome de Nino. Era uma história que me fazia mal, com momentos penosos dos quais eu me envergonhava. Revelá-la significaria confessar que sempre amei uma pessoa como jamais o amaria. E conferir-lhe uma ordem, um sentido, implicava falar de Lila, de Ischia, avançar quem sabe até o ponto de admitir que o episódio de sexo com um homem maduro, tal como era narrado em meu livro, se inspirava em uma experiência verdadeira nos Maronti, em minha escolha de garotinha desesperada que agora, depois de tanto tempo, me parecia uma coisa repugnante. Assunto meu, portanto, e preservei meus segredos. Se Pietro tivesse sabido, compreenderia facilmente a razão de meu descontentamento com que o estava recebendo.

Ele tornou a se sentar na cabeceira da mesa, entre a mãe e Nino. Devorou uma bisteca e bebeu vinho, mas me olhava assustado, percebendo meu mau humor. Com certeza se sentia em culpa por não ter chegado a tempo e perdido um acontecimento importante em minha vida, porque seu descuido podia ser interpretado como um sinal de que não me amava, porque me deixara com estranhos, sem o conforto de seu afeto. Difícil dizer a ele que minha cara amarrada e meu mutismo se explicavam *justamente* pelo fato de ele não ter permanecido ausente até o final, por ter se intrometido entre mim e Nino.

De resto, Nino estava me infligindo uma infelicidade ainda maior. Estava sentado a meu lado, mas nunca me dirigia a palavra. Parecia contente com a chegada de Pietro. Servia-lhe vinho, oferecia seus cigarros, acendia um, e agora os dois sopravam fumaça de lábios estreitos, falando da viagem cansativa de carro entre Pisa e Milão e do prazer de dirigir. Fiquei espantada com a diferença entre eles: Nino era enxuto, flexível, a voz alta e cordial; Pietro atarracado, com uma bizarra massa emaranhada de cabelos sobre a testa enorme, as bochechas cheias raspadas pela lâmina, a voz sempre baixa. Pareciam alegres por terem se conhecido, algo bastante anômalo para Pietro, sempre na dele. Nino o incitava, mostrava um real interesse por seus estudos (*li em algum lugar um artigo em que você contrapõe o leite e o mel ao vinho e a qualquer forma de embriaguez*), o solicitava a falar sobre o assunto, e meu noivo, que em geral tendia a não dizer nada sobre aqueles temas, acabava cedendo, corrigia com bom humor, se abria. Porém, justo quando Pietro começava a ficar íntimo, Adele interveio.

"Chega de conversa", disse ao filho. "E a surpresa para Elena?"

Olhei para ela, incerta. Havia outras surpresas? Não bastava que Pietro tivesse guiado por oito horas, sem fazer nenhuma parada, só para chegar a tempo de pelo menos jantar em minha homenagem? Pensei em meu noivo com curiosidade, estava assumindo um ar circunspecto que eu conhecia bem, e que se estampava em seu rosto quando as circunstâncias o forçavam a falar bem de si em público. Anunciou-me, mas quase em um sussurro, que se tornara professor titular, um precocíssimo professor titular com uma cátedra em Florença. Assim, por magia, segundo seu costume. Nunca se gabava de sua excelência, eu não sabia quase nada sobre quanto era apreciado como estudioso, submetia-se a provas duríssimas sem me dizer palavra. E agora lá estava ele, dando aquela notícia com negligência, como se tivesse sido obrigado pela mãe, como se para ele não significasse grande coisa. No entanto significava um prestígio notável para alguém de sua idade, significava segurança econômica, significava sair de Pisa, significava subtrair-se a um clima político e cultural que há meses, não sei por que, o exasperava. Significava acima de tudo que no outono, ou no máximo no início do próximo ano, nós nos casaríamos e eu deixaria Nápoles. Ninguém fez menção a este último fato, mas todos se congratularam tanto com Pietro quanto comigo. Nino, que logo em seguida olhou o relógio, disse uma frase azeda sobre a carreira universitária e exclamou que estava desolado, mas precisava ir embora.

Todos nos levantamos. Eu não sabia o que fazer, busquei inutilmente o olhar dele, e uma grande dor cresceu em meu peito. Fim da noite, ocasião perdida, desejos abortados. Uma vez na rua, esperei que me desse um número de telefone, um endereço. Limitou-se a apertar minha mão e a me desejar todo o bem possível. A partir dali me pareceu que cada movimento dele me excluísse de propósito. Num gesto de despedida, fiz-lhe um meio sorriso agitando a mão no ar, como se empunhasse uma caneta. Era uma súplica e significava: você sabe onde moro, me escreva, por favor. Mas ele já tinha virado as costas.

7.

Agradeci a Adele e a seu amigo por todo o esforço que tinham feito por mim e por meu livro. Ambos elogiaram muito Nino, com sinceridade, falando como se eu tivesse contribuído para torná-lo um jovem tão simpático e inteligente. Pietro não disse nada, fez apenas um gesto meio nervoso quando a mãe lhe recomendou que voltasse logo, ambos eram hóspedes de Mariarosa. Eu disse imediatamente: não precisa me acompanhar, vá com sua mãe. Ninguém achou que eu estivesse falando sério, que eu estava infeliz e preferia ficar sozinha.

Durante todo o percurso me mostrei intratável. Exclamei que não gostava de Florença, o que não era verdade. Exclamei que não queria mais escrever, queria ensinar, e não era verdade. Exclamei que estava cansada, que tinha muito sono, e não era verdade. Não só: quando Pietro me anunciou sem preâmbulos que queria conhecer meus pais, gritei: está maluco, deixe minha família em paz, você não é adequado para eles e eles não são adequados a você. Naquela altura ele me perguntou espantado:

"Não quer mais se casar comigo?"

Estive a ponto de dizer: é, não quero, mas me controlei a tempo, sabia que nem isso era verdade. Disse sem forças: desculpe, estou deprimida, claro que quero me casar com você — então peguei sua mão e entrelacei meus dedos nos dele. Era um homem inteligente, extraordinariamente culto e bom. Eu gostava dele, não queria que sofresse. No entanto, enquanto segurava sua mão, justamente enquanto confirmava que queria me casar, compreendi com clareza que, se ele não tivesse aparecido aquela noite no restaurante, eu teria tentado ficar com Nino.

Foi difícil admitir isso. Com certeza era uma má ação, que Pietro não merecia, mas eu a cometeria com prazer e talvez até sem remorsos. Encontraria um modo de atrair Nino para mim depois de todos aqueles anos, desde a escola fundamental até o liceu, até o período de Ischia e da piazza dei Martiri. Eu o tomaria para mim, ainda que aquela frase dele sobre Lila me incomodasse e angustiasse. Eu o tomaria para mim e nunca diria nada a Pietro. Talvez pudesse contar a Lila, mas quem sabe quando, talvez na velhice, quando imaginava que nada mais importaria nem a ela, nem a mim. O tempo, como em todas as coisas, era decisivo. Nino duraria apenas uma noite, me deixaria na manhã seguinte. Mesmo o conhecendo desde sempre, era feito de fantasias, ficar com ele para sempre teria sido impossível, ele vinha da infância, era construído de desejos infantis, não tinha concretude, não apontava para o futuro. Já Pietro era de agora, maciço, um marco de fronteira. Delimitava uma terra novíssima para mim, uma terra de boas razões, governada por regras que derivavam de sua família e que conferiam um sentido a cada coisa. Vigiam grandes ideais, o culto do bom nome, questões de princípio. Nada, entre os Airota, era aproximativo. O casamento, por exemplo, participava de sua contribuição a uma batalha laica. Os pais de Pietro eram casados apenas no civil, e Pietro, mesmo tendo uma vasta cultura religiosa — aliás, talvez justamente por isso —, nunca se casaria na igreja, preferiria renunciar a mim. O mesmo valia para o batismo. Pietro não tinha sido batizado, nem Mariarosa, portanto nossos eventuais filhos não seriam batizados. Tudo nele seguia aquele andamento, parecia sempre guiado por uma ordem superior que, embora não tendo uma origem divina, mas familiar, dava-lhe igualmente a certeza de estar do lado da verdade e da justiça. Quanto ao sexo, não sei, ele era reservado. Conhecia bem minha história com Franco Mari para deduzir que eu não era virgem, mas nunca tocara nesse assunto, nem uma meia frase recriminatória, uma piada pesada, uma risadinha. Não me constava que ele tivesse tido outras namoradas, era difícil imaginá-lo com uma prostituta, e excluía que ele tivesse passado um minuto sequer de sua vida falando de mulheres com outros homens. Detestava anedotas picantes. Detestava fofocas, tons exaltados, festas, toda forma de desperdício. Mesmo sendo de condição abastada, tendia — nesse ponto em polêmica com os pais e a irmã — a uma espécie de ascetismo na abundância. E tinha um senso agudo do dever, nunca faltaria a seus compromissos comigo, nunca me trairia.

Portanto, claro, eu não queria perdê-lo. Paciência se minha natureza, rude apesar dos estudos que fiz, estava longe de seu rigor, se eu não sabia honestamente até que ponto seria capaz de suportar toda aquela geometria. Ele me dava a certeza de escapar à maleabilidade oportunista de meu pai e à grosseria de minha mãe. Por isso reprimi à força a ideia de Nino, peguei Pietro pelo braço e murmurei: sim, vamos nos casar o mais rápido possível, quero ir embora de casa, quero tirar minha habilitação, quero viajar, quero ter um telefone, uma televisão, nunca tive nada. E naquele momento ele ficou alegre, riu, disse sim a tudo o que eu confusamente pretendia. A poucos passos do hotel ele parou e murmurou, rouco: posso dormir com você? Foi a última surpresa da noite. Olhei para ele perplexa: estive propensa muitas vezes a fazer amor, ele sempre evitara; mas me deitar com ele ali, em Milão, no hotel, depois da discussão traumática na livraria, depois de Nino, não me agradava. Respondi: já esperamos tanto, podemos esperar um pouco mais. Beijei-o numa esquina escura e o observei da entrada do hotel, enquanto ele se afastava pelo corso Garibaldi e de vez em quando se virava e dava tchau com um gesto tímido. Seu andar atrapalhado, os pés chatos, o alto emaranhado dos cabelos me enterneceram.

8.

A partir daquele momento a vida começou a martelar-me sem trégua, os meses se enxertaram depressa um dentro do outro, não havia dia em que não ocorresse algo de bom ou de ruim. Voltei a Nápoles com Nino revirando em minha cabeça, aquele nosso encontro sem consequências, e aos poucos prevaleceu a vontade de correr até Lila, esperar que ela voltasse do trabalho, contar o que fosse possível contar sem lhe fazer mal. Depois me convenci de que mesmo um leve aceno a Nino seria doloroso para ela, e renunciei. Lila deslizara para seu rumo, Nino, para o dele, e eu tinha coisas urgentes a enfrentar. Por exemplo, na mesma noite em que voltei de Milão disse a meus pais que Pietro logo faria uma visita para conhecê-los, que provavelmente nos casaríamos ainda naquele ano e que eu iria morar em Florença.

Não manifestaram alegria nem satisfação. Pensei que estivessem definitivamente habituados àquele meu vaivém incessante, cada vez mais estranha à família, indiferente a seus problemas de sobrevivência. E me pareceu previsível que só meu pai se agitasse um pouco, sempre nervoso diante de situações para as quais não se sentia preparado.

"O professor da universidade precisa vir mesmo à nossa casa?", perguntou irritado.

"E onde seria?", rebateu furiosa minha mãe. "Como ele vai pedir a mão de Lenuccia a você se não vier aqui?"

Como sempre, minha mãe me pareceu mais pronta do que ele, concreta, com uma determinação que beirava a insensibilidade. Mas, uma vez que conseguiu calá-lo, uma vez que o marido se recolheu para dormir e Elisa, Peppe e Gianni arrumaram suas camas na sala de jantar, tive que mudar de opinião. Ela me agrediu com uma voz baixíssima e mesmo assim gritada, sibilando com olhos injetados: nós não somos nada para você, nos diz as coisas só em cima da hora, a senhorita se acha não sei o quê por ter estudado, porque escreve livros, porque vai se casar com um professor, mas, minha querida, você veio desta barriga e é feita desta substância, por isso não banque a superior e nunca se esqueça de que, se você é inteligente, eu que a carreguei aqui dentro sou tão inteligente quanto ou mais que você, tanto que, se tivesse tido as mesmas oportunidades, faria as mesmas coisas que você, entendeu? Então, embalada na onda daquela fúria, primeiro me jogou na cara que, por culpa minha — que fui embora pensando somente em mim —, meus irmãos iam muito mal na escola; depois me pediu dinheiro, ou melhor, exigiu, disse que precisava dele para comprar um vestido decente para Elisa e para arrumar um pouco a casa, já que eu a forçara a receber meu noivo.

Minimizei os problemas escolares de meus irmãos. Mas lhe dei o dinheiro imediatamente, mesmo não sendo verdade que eram para a casa, ela sempre me pedia, qualquer desculpa era boa. Ainda não conseguira aceitar, embora não o dissesse explicitamente, o fato de eu ter dinheiro depositado nos Correios, de não o entregar a ela como sempre fizera, desde quando levava as filhas da dona da papelaria para a praia ou trabalhava na livraria de Mezzocannone. Talvez, pensei, ao se comportar como se meu dinheiro lhe pertencesse, quisesse me convencer de que eu mesma pertencia a ela e, mesmo me casando, pertenceria para sempre.

Fiquei calma, comuniquei a ela que, como uma espécie de indenização, instalaria um telefone em casa e compraria uma TV a prestações. Ela me olhou titubeante, com uma repentina admiração que contrastava com o que me dissera pouco antes.

"Televisão e telefone, nesta casa aqui?"

"Claro."

"E você vai pagar?"

"Vou."

"Sempre? Mesmo depois de casada?"

"Sim."

"O professor sabe que não há um centavo para o seu dote nem para a festa?"

"Sabe, e não vamos fazer nenhuma festa."

Mudou de novo de humor, os olhos voltaram a ficar vermelhos.

"Como? Nenhuma festa? Diga para ele pagar."

"Não, podemos passar sem isso."

Minha mãe tornou a virar uma fera, me provocou de todas as maneiras, queria que lhe respondesse para se enfurecer mais ainda.

"Lembra o casamento de Lina, lembra a festa que ela fez?"

"Lembro."

"E você, que está bem melhor que ela, não quer fazer nada?"

"Não."

Continuamos assim até que eu decidi que, em vez de absorver sua raiva, melhor seria devolver na mesma moeda:

"Não só", falei, "não faremos festa, mas nem sequer vamos nos casar na igreja: me caso na prefeitura."

Nessa altura foi como se portas e janelas tivessem sido escancaradas por um forte vento. Embora de religiosidade escassíssima, minha mãe perdeu todo o controle e começou a estrilar, a cara vermelha, insultos terríveis, avançando com o corpo. Gritou que o matrimônio não valia nada se o padre não dissesse que era válido. Gritou que, se eu não me casasse diante de Deus, nunca seria uma esposa, mas uma puta, e quase voou — apesar da perna machucada — para acordar meu pai, meus irmãos, e comunicar a eles o que ela sempre temera, ou seja, que o excesso de estudos tinha destruído meu cérebro, que eu tive toda a sorte do mundo, mas deixava que me tratassem como uma cadela, que ela não poderia mais sair de casa pela vergonha de ter uma filha sem Deus.

Meu pai, atordoado, de cueca, e meus irmãos tentaram entender qual o novo abacaxi que precisariam descascar por culpa minha e, enquanto isso, tentaram inutilmente acalmá-la. Ela berrava que queria me expulsar de casa imediatamente, antes que a expusesse àquela vergonha de também ela, *também ela*, ter uma filha concubina como Lila e Ada. E, embora não fizesse nada para me estapear de verdade, golpeava o ar como se eu fosse uma sombra e ela tivesse capturado minha figura real, em quem estava dando pancadas ferozes. Foi preciso um certo tempo até que ela se acalmasse, o que ocorreu graças a Elisa. Minha irmã perguntou com cuidado:

"Mas é você quem quer se casar na prefeitura ou seu noivo?"

Então expliquei a ela, mas como se esclarecesse a questão para todos, que para mim a Igreja há muito tempo não significava mais nada, e que portanto me casar na prefeitura ou no altar dava na mesma; mas que para meu noivo era importantíssimo se casar apenas no civil, ele sabia tudo de questões religiosas e acreditava que a religião, aliás coisa muito digna, se arruinava justamente quando metia o bedelho em assuntos do Estado. Enfim, se não nos casarmos só na prefeitura — concluí —, ele não se casará comigo.

Naquele instante meu pai, que logo se alinhara com minha mãe, parou de repente de lhe fazer eco nos insultos e lamúrias.

"Não se casa?"

"Não."

"E faz o quê? Rompe com você?"

"Vamos viver juntos em Florença, sem nos casar."

Minha mãe considerou aquela hipótese a mais insuportável. Perdeu completamente as estribeiras, prometeu que nesse caso pegaria uma faca e me degolaria. Já meu pai esfregou nervosamente os cabelos e disse a ela:

"Cale um pouco essa boca, não me encha o saco e vamos raciocinar. Sabemos perfeitamente que é possível se casar diante do padre, fazer uma festa de luxo e depois tudo acabar muito mal."

Também ele estava aludindo claramente a Lila, que era o escândalo sempre vivo do bairro, e minha mãe finalmente compreendeu. O padre não era uma garantia, nada era uma garantia do mundo horrível em que vivíamos. Por isso parou de gritar e deixou a meu pai a tarefa de examinar a situação e, no caso, se dar por vencida. Mas não parou de andar pra lá e pra cá, mancando, sacudindo a cabeça, resmungando ofensas contra meu futuro marido. O professor era o quê? Comunista? Comunista e professor? Professor dessa merda, gritou. Que professor é esse que pensa assim? Quem pensa assim é *'nu strunz*, um idiota. Não, rebateu meu pai, *strunz* coisa nenhuma, é alguém que estudou e sabe melhor que todo mundo quantas nojeiras os padres fazem, é por isso que quer dizer sim somente na prefeitura. Tudo bem, você tem razão, muitos comunistas agem assim. Tudo bem, você tem razão, desse jeito vai parecer que nossa filha não está casada. Mas eu daria um voto de confiança a esse professor da universidade: ele gosta dela, não posso acreditar que vai pôr Lenuccia na condição de parecer uma vagabunda. De todo modo, se não quisermos confiar nele — mas eu confio, apesar de ainda não o conhecer: é uma pessoa importante, as meninas daqui sonham com um partido assim —, vamos confiar pelo menos na prefeitura. Trabalho lá, na prefeitura, e posso lhe garantir que o casamento ali dentro vale tanto quanto o da igreja, talvez até mais.

Prosseguiu por horas. A certa altura meus irmãos desabaram de sono e foram dormir. Eu fiquei para acalmar meus pais e convencê-los a aceitar uma coisa que, para mim, naquele momento, era um forte sinal de minha entrada no mundo de Pietro. Além disso, daquele modo eu me sentia pelo menos uma vez mais ousada que Lila. E, se reencontrasse Nino, gostaria sobretudo de poder falar com subentendidos: está vendo aonde me levou aquela discussão com o professor de religião?, toda escolha tem sua história, muitos momentos de nossa vida estão espremidos num canto só esperando uma brecha, e no final essa brecha aparece. Mas eu estaria exagerando, na verdade tudo era mais simples. Há pelo menos dez anos o Deus da infância, já bastante frágil, se metera em um cantinho como um velho enfermo, e eu já não sentia nenhuma necessidade da santidade do matrimônio. O essencial era ir embora de Nápoles.

9.

É claro que o horror que minha família experimentava só de pensar em uma união apenas civil não se extinguiu naquela noite, mas se atenuou. No dia seguinte minha mãe me tratou como se todas as coisas que tocava — a máquina de café, a xícara de leite, o açucareiro, o cesto de pão fresco — estivessem ali somente para induzi-la à tentação de arremessá-las em minha cara. Entretanto não voltou a gritar. Quanto a mim, resolvi ignorá-la, saí de manhã cedo e fui providenciar o necessário para a instalação do telefone. Terminada aquela tarefa, passei por Port'Alba e circulei pelas livrarias. Estava determinada a, em pouco tempo, ser capaz de me exprimir sem timidez todas as vezes que se apresentassem situações como aquela de Milão. Selecionei revistas e livros meio no faro, gastei bastante dinheiro. Depois de muitas incertezas, sugestionada por aquela frase de Nino que frequentemente me vinha à lembrança, terminei comprando os *Três ensaios sobre a teoria da sexualidade* — não sabia quase nada de Freud, e o pouco que sabia não me animava —, além de dois livrinhos dedicados ao sexo. Pretendia fazer o mesmo que tinha feito no passado quanto às matérias escolares, às provas, à tese, o mesmo que tinha feito com os jornais que Galiani me dava ou com os textos marxistas que Franco me indicara anos atrás. Queria *estudar* o mundo contemporâneo. Difícil dizer o que eu já havia assimilado naquela época. Houvera as discussões com Pasquale e também com Nino. Houvera um pouco de atenção a Cuba e à América Latina. Houvera a miséria irremediável do bairro, a batalha perdida de Lila. Houvera a escola, que tinha rejeitado meus irmãos só porque foram menos teimosos, menos dedicados que eu ao sacrifício. Houvera as longas conversas com Franco e outras, ocasionais, com Mariarosa, agora confundidas num único rastro de vapor (*o mundo é profundamente injusto e é preciso transformá-lo, mas tanto a coexistência pacífica entre o imperialismo americano e as burocracias stalinistas quanto as políticas reformistas dos partidos operários europeus, e especialmente italianos, visam a manter o proletariado numa perspectiva subalterna, que joga água na fogueira da revolução, com a consequência de que, se o cerco mundial prevalecer, se a socialdemo-*

cracia vencer, o capital vai triunfar durante séculos e a classe operária se tornará gado coagido ao consumo). Esses estímulos certamente agiram e se moveram em mim havia muito, e de vez em quando me emocionavam. Mas acho que o que me impeliu para aquela busca de atualização em marcha forçada foi, pelo menos de início, a velha urgência de me sair bem. Há tempos estava convencida de que nos educamos para tudo, até para a paixão política.

Enquanto estava pagando, avistei meu romance numa prateleira e imediatamente desviei o olhar. Toda vez que via o volume em alguma vitrine, entre outros romances recém-lançados, sentia uma mistura de orgulho e de medo, um impulso de prazer que terminava em angústia. É verdade, a narrativa tinha nascido por acaso, em vinte dias, sem compromisso, como um sedativo contra a depressão. De resto, eu bem sabia o que era a grande literatura, tinha trabalhado muito com os clássicos e, enquanto escrevia, nunca me ocorreu que estivesse fazendo algo de valor. Mas o esforço de encontrar uma forma me envolvera. E o envolvimento se tornara *aquele* livro, um objeto que me continha. Agora *eu* estava ali, *exposta*, e olhar para mim me dava golpes violentos no peito. Sentia que não só em meu livro, mas nos romances em geral, havia alguma coisa que realmente me agitava, um coração nu e palpitante, o mesmo que me saltara do peito naquele instante longínquo em que Lila me propusera escrevermos uma história juntas. Coubera a mim fazê-lo a sério. Mas era isso mesmo o que eu queria? Escrever, escrever não por acaso, escrever melhor do que eu já tinha feito? E estudar os relatos do passado e do presente para entender como funcionavam e aprender, aprender tudo sobre o mundo com a única finalidade de construir corações cheios de vida, que ninguém jamais conceberia melhor do que eu, nem mesmo Lila, se tivesse tido a oportunidade?

Saí da livraria e parei na piazza Cavour. O dia estava bonito, a via Foria parecia insolitamente limpa e sólida, malgrado as estacas que escoravam a Galeria. Impus a mim mesma a disciplina de sempre. Peguei um caderno que tinha comprado recentemente, queria começar a fazer como os escritores de verdade, registrar pensamentos, observações, informações úteis. Li de cabo a rabo o *Unità*, anotei as coisas que não sabia. Encontrei na *Ponte* o artigo do pai de Pietro, passei os olhos nele com curiosidade, mas não me pareceu tão importante como Nino tinha afirmado, ao contrário, me causou uma impressão desagradável por pelo menos dois motivos: primeiro, Guido Airota usava de modo ainda mais rígido a mesma língua professoral do homem de óculos grossos; segundo, numa passagem em que falava de alunas ("é uma multidão nova", escreveu, "e são evidentemente de condição humilde, mocinhas em vestes modestas e de modesta educação, que evidentemente almejam pelo enorme esforço dos estudos alcançar um futuro que ultrapasse o ritualismo doméstico"), tive a impressão de que havia ali uma referência a mim, consciente ou não. Também anotei aquilo em meu caderno (*o que eu sou para os Airota? A flor na lapela em sua largueza de visão?*) e, não propriamente de bom humor, aliás, um tanto aborrecida, passei a folhear o *Corriere della Sera*.

Lembro que o ar estava morno, ficou impressa em mim — inventada ou verdadeira — uma memória olfativa, uma mistura de papel impresso e pizza frita. Página a página, olhei os títulos, até que perdi o fôlego. Havia uma foto minha encaixada entre quatro colunas cerradas de chumbo. Ao fundo se via um trecho do bairro, o túnel. O título dizia: *Memórias picantes de uma garota ambiciosa. O romance de estreia de Elena Greco*. Vinha assinado pelo homem de óculos pesados.

10.

Enquanto eu lia, fiquei coberta de suor frio e tive a sensação de desmaiar. Meu livro era tratado como uma ocasião para reiterar que, na última década, em todos os setores da vida produtiva, social e cultural, das fábricas aos escritórios, à universidade, à editora, ao cinema, todo um mundo tinha desmoronado sob a pressão de uma juventude estragada e sem valores. Aqui e ali se citavam frases minhas entre aspas para demonstrar que, de minha geração mal crescida, eu era um expoente adequado. Ao final eu era definida como "uma mocinha empenhada em esconder a própria falta de talento com páginas picantes de banalidades medíocres".

Desandei a chorar. Era a coisa mais dura que eu tinha lido desde que o livro saíra, e não em um diário de pequena tiragem, mas no jornal mais lido na Itália. Pareceu-me especialmente intolerável a imagem de meu rosto sorridente em meio a um texto tão ofensivo. Voltei para casa a pé, não antes de ter me livrado do *Corriere*. Temia que minha mãe lesse a resenha e a usasse contra mim. Imaginei que iria querer colocar também aquela em seu álbum para me mostrar toda vez que a incomodasse.

Encontrei a mesa posta só para mim. Meu pai estava no trabalho, minha mãe tinha ido pedir não sei o quê a uma vizinha de casa, e meus irmãos já tinham comido. Mastiguei massa com batata relendo aqui e ali umas linhas do meu livro. Pensava com desespero: talvez de fato não valha nada, talvez tenha sido publicado só para fazer um favor a Adele. Como eu tinha podido conceber frases tão insossas e considerações tão banais? E que desleixo, quantas vírgulas inúteis, nunca mais vou escrever. Estava deprimida entre o desgosto do almoço e o desgosto do livro quando Elisa apareceu com uma folhinha de papel. Foi a senhora Spagnuolo quem lhe deu — a cujo número de telefone, se eu tivesse necessidades urgentes, podia recorrer. O recado dizia que eu tinha recebido três telefonemas. Um de Gina Medotti, que cuidava da assessoria de imprensa da editora, um de Adele e um de Pietro.

Os três nomes, escritos com a letra vacilante da senhora Spagnuolo, tiveram o efeito de dar concretude a um pensamento que até um segundo antes ficara submerso. As palavras maldosas do homem de óculos pesados estavam se difundindo rapidamente, e ao longo do dia chegariam a todos os lugares. Já tinham sido lidas por Pietro, pela família dele, pelos diretores da editora. Talvez tivessem chegado até Nino. Talvez estivessem sob os olhos de meus professores de Pisa. Certamente tinham merecido a atenção de Galiani e de seus filhos. E quem sabe até Lila teria lido aquilo. De novo comecei a chorar, assustando Elisa.

"O que foi, Lenu?"

"Não estou me sentindo bem."

"Posso lhe fazer um chá de camomila?"

"Pode."

Mas não deu tempo. Bateram à porta, era Rosa Spagnuolo. Alegre, um pouco agitada por ter subido as escadas correndo, disse que meu noivo estava de novo ao telefone, que bela voz, que lindo sotaque do Norte. Corri para atender, me desculpando mil vezes pelo incômodo. Pietro tentou me consolar, disse que a mãe recomendava que eu não me abalasse, o essencial era que falassem do livro. Mas eu, para surpresa da senhora Spagnuolo, que me conhecia como uma pessoa dócil, quase gritei: e o que me importa que falem se estão dizendo coisas horríveis. Ele mais uma vez me recomendou calma e acrescentou: amanhã vai sair um artigo no *Unità*. Encerrei a ligação com frieza e disse: seria melhor que ninguém mais tratasse de mim.

À noite não consegui dormir. De manhã não consegui me conter e fui correndo buscar o *Unità*. Folheei depressa o jornal, ainda na frente da banca, a um passo da escola fundamental. Deparei-me de novo com minha foto, a mesma do *Corriere*, dessa vez não no centro do artigo, mas no alto, ao lado do título *Jovens rebeldes e velhos reacionários. A propósito do livro de Elena Greco*. Nunca tinha ouvido falar do nome de quem assinava o artigo, mas com certeza escrevia bem, e suas palavras agiram como um bálsamo. Elogiava meu romance sem meios-termos e destratava o prestigioso professor de óculos pesados. Voltei para casa fortalecida, talvez até de bom humor. Folheei meu livro e dessa vez me pareceu bem orquestrado, escrito com inteligência. Minha mãe disse maldosa: ganhou o terno da loto? Deixei o jornal sobre a mesa da cozinha sem lhe dizer nada.

No fim da tarde Spagnuolo reapareceu, havia um novo telefonema para mim. Diante de meu embaraço, de minhas desculpas, ela se disse felicíssima em poder ser útil a uma garota como eu e me fez muitos elogios. Gigliola não teve sorte, suspirou pelas escadas, o pai a obrigou a trabalhar na confeitaria dos Solara quando ainda tinha treze anos, e ainda bem que ficou noiva de Michele, se não, teria de suar a vida inteira. Abriu a porta de casa, me acompanhou pelo corredor até o telefone fixado na parede. Notei que tinha posto uma cadeira justamente para que eu ficasse mais confortável: quanta deferência por quem tinha estudado, estudar era considerado o truque dos rapazes mais espertos para se furtar ao trabalho duro. Como posso explicar a essa mulher — pensei — que desde os seis anos de idade sou escrava de letras e números, que meu humor depende do êxito de suas combinações, que essa alegria de ter feito bem é rara, instável, que dura uma hora, uma tarde, uma noite?

"Você leu?", me perguntou Adele.

"Li."

"Está contente?"

"Estou."

"Então vou lhe dar outra notícia boa: o livro está começando a vender, se continuar assim, vamos reimprimi-lo."

"O que significa isso?"

"Significa que nosso amigo do *Corriere* acreditou que estava destruindo você e, ao contrário, trabalhou para nós. Tchau, Elena, aproveite o sucesso."

11.

O livro vendia de verdade, pude comprová-lo já no dia seguinte. O sinal mais vistoso foi a sequência de telefonemas de Gina, que ora me indicava uma nota saída em tal jornal, ora me anunciava algum convite de livrarias e círculos culturais, sem nunca deixar de se despedir com a frase afetuosa: o livro está indo depressa, doutora Greco, parabéns. Obrigada, eu dizia, mas não estava contente. Os artigos na imprensa me pareciam superficiais, se limitavam a aplicar o esquema entusiástico do *Unità* ou o destrutivo do *Corriere*. E, embora Gina me repetisse a cada ocasião que mesmo os julgamentos negativos ajudavam o livro a circular, de todo modo aqueles julgamentos me faziam mal, e eu esperava ansiosa uma penca de argumentos favoráveis para contrabalançar os desfavoráveis e me sentir melhor. Seja como for, parei de esconder de minha mãe as resenhas maldosas, entreguei-lhe todas, as boas e as ruins. Ela tentava ler soletrando com ar severo, mas jamais conseguia passar das quatro ou cinco primeiras linhas e, ou achava logo um motivo para esbravejar, ou se refugiava por tédio na mania do colecionismo. Pretendia preencher um álbum inteiro e se lamentava quando não tinha nada para lhe dar, temendo ficar com folhas vazias.

A resenha que naquela época mais me feriu apareceu no *Roma*. Decalcava parte por parte aquela do *Corriere*, mas num estilo florido que, no final, burilava obsessivamente um único conceito, o seguinte: as mulheres estão perdendo todos os freios, basta ler o romance obsceno de Elena Greco para perceber isso, é um subproduto do já decadente *Bonjour tristesse*. Mas o que me fez mal não foi o conteúdo, e sim a autoria. O artigo era assinado pelo pai de Nino, Donato Sarratore. Pensei em quanto me impressionara, desde menina, que aquele homem fosse autor de um livro de poesias; pensei no halo glorioso em que o encerrara quando descobri que escrevia nos jornais. Por que aquela resenha? Tinha querido se vingar porque se reconhecera no repugnante pai de família que assediava a protagonista? Fiquei tentada a ligar para ele e gritar em dialeto os insultos mais insuportáveis. Só renunciei a isso porque me lembrei de Nino e tive a impressão de fazer uma descoberta importante: a experiência dele e a minha se assemelhavam. Ambos tínhamos recusado nos modelar a partir de nossas famílias: eu desde sempre estive empenhada em me distanciar de minha mãe, ele havia destruído definitivamente as pontes com o pai. Essa afinidade me consolou, e pouco a pouco a raiva parou de ferver.

Mas não tinha levado em conta que, no bairro, o *Roma* era o mais lido dos jornais. Percebi isso já no fim da tarde. Gino, o filho do farmacêutico, que se tornara um jovem cheio de músculos com o levantamento de pesos, apareceu na soleira da loja do pai justamente quando eu passava por ali, vestindo um avental branco de doutor apesar de ainda não ter se formado. Me chamou agitando o jornal e disse com um tom bastante sério, já que recentemente fizera uma modesta carreira dentro da seção do MSI, o Movimento Social Italiano ligado ao fascismo: viu o que estão escrevendo sobre você? Para não lhe dar satisfações, respondi: escrevem de tudo, e segui adiante com um gesto de despedida. Ele se atrapalhou, murmurou alguma coisa, depois escandiu com evidente malícia: preciso ler esse seu livro, pelo visto é *muito* interessante.

Foi só o início. No dia seguinte, quem se aproximou de mim na rua foi Michele Solara, que insistiu em me oferecer um café. Fomos ao bar dele e, enquanto Gigliola nos servia sem dizer uma palavra, aliás, visivelmente irritada com minha presença e talvez até com a do noivo, Michele começou: Lenu, Gino me mostrou um artigo onde se diz que você escreveu um livro proibido para menores de dezoito anos. Mas veja só, quem podia imaginar uma coisa dessas. Foi *isso* que você estudou em Pisa? Foi *isso* que lhe ensinaram na universidade? Não posso acreditar. A meu ver, você e Lina fizeram um acordo secreto: ela faz as coisas erradas e você as escreve. É isso? Me diga a verdade. Fiquei vermelha, não esperei o café, me despedi de Gigliola e fui embora. Ele gritou atrás de mim, debochado: o que foi, se ofendeu, venha cá, eu estava brincando.

Logo em seguida aconteceu um encontro com Carmen Peluso. Minha mãe me obrigara a ir à charcutaria nova dos Carracci porque lá o azeite custava menos. Era de tarde, não havia clientes, Carmen me fez muitos elogios. Como você está bem, disse, é uma honra ser sua amiga, a única sorte que eu tive em toda minha vida. Depois me falou que tinha lido o artigo de Sarratore, mas só porque um fornecedor esquecera o *Roma* na loja. Definiu a resenha uma canalhice, e sua indignação me pareceu autêntica. Já o irmão dela, Pasquale, lhe passara o artigo do *Unità*, muito, muito bom, e trazia uma bela foto. Você é toda bonita, disse, em tudo o que faz. Tinha sabido por minha mãe que em breve eu me casaria com um professor universitário e que ia morar em Florença numa casa de madame. Ela também ia se casar, com o frentista do estradão, mas não sabia quando, estavam sem dinheiro. Então, sem interromper sua fala, começou a se queixar de Ada. Desde que Ada tinha assumido o posto de Lila ao lado de Stefano, tudo ia de mal a pior. Dava uma de dona das charcutarias e implicava com ela, acusando-a de roubar e tratando-a com rédea curta, sempre sob vigilância. Por isso não aguentava mais, queria pedir demissão e ir trabalhar na bomba de gasolina do futuro marido.

Fiquei ouvindo com atenção e me lembrei de quando Antonio e eu queríamos nos casar e também ganhar a vida com um posto de gasolina. Contei isso a ela para animá-la, mas ela resmungou fechando a cara: sim, claro, imagine, você numa bomba de gasolina, sorte sua que escapou desta miséria. Depois murmurou frases obscuras: é injustiça demais, Lenu, demais, é preciso acabar com isso, ninguém aguenta mais. E, enquanto ainda falava, tirou meu livro de uma gaveta, com a capa toda deformada e suja. Era o primeiro exemplar que eu via nas mãos de alguém do bairro, e notei como as primeiras páginas estavam estufadas e escuras, como eram compactas e cândidas as outras. Leio um pouco toda noite, me disse, ou quando não há clientes. Mas ainda estou na página 32, tenho muito pouco tempo, preciso fazer tudo aqui dentro, os Carracci me mantêm trancada das seis da manhã às nove da noite. Então me perguntou de repente, maliciosa: falta muito para chegar às páginas ousadas? Quanto ainda preciso ler?

As páginas ousadas.

Passou pouco e topei com Ada carregando Maria no colo, a filha que tivera com Stefano. Depois do que Carmen falou, me esforcei para ser cordial. Elogiei a menina, disse que tinha um belo vestidinho e brincos lindos. Mas Ada foi ríspida. Me falou de Antonio, disse que se escreviam, que não era verdade que ele tinha se casado e tinha filhos, disse que tinham fritado o cérebro dele e a capacidade de querer bem. Depois passou a meu livro. Não o tinha lido, esclareceu, mas ouviu dizer que não era um livro para se ter em casa. E quase se enfureceu: vai que a menina cresce e o encontra, o que eu vou fazer? Lamento, não posso comprá-lo. Mas, acrescentou, estou contente por você estar ganhando dinheiro, parabéns.

12.

Esses episódios, um após o outro, me fizeram suspeitar de que o livro estivesse vendendo porque tanto as críticas positivas quanto as negativas assinalavam a presença de páginas escabrosas. Cheguei até a pensar que Nino tivesse feito referência à sexualidade de Lila só porque acreditara que, com alguém que escrevia daquele jeito, fosse possível entrar naqueles assuntos sem problema. E por esse caminho me voltou o desejo de reencontrar minha amiga. Quem sabe — disse a mim mesma — se Lila foi atrás do livro assim como Carmen? Imaginei-a de noite, depois da fábrica — Enzo sozinho em um quarto, ela com o menino ao lado em outro —, exausta e mesmo assim atenta a ler meu livro, a boca semicerrada, o cenho franzido como fazia quando se concentrava. Como o avaliaria? Ela também reduziria o romance às *páginas ousadas*? Mas talvez não estivesse lendo nada, duvidava que tivesse dinheiro para comprar um exemplar, eu precisaria levar uma cópia de presente para ela. A princípio me pareceu uma boa ideia, depois deixei pra lá. Continuava dando mais importância a Lila do que a qualquer outra pessoa, mas não tive coragem de me decidir a procurá-la. Não tinha tempo, precisava estudar e aprender muitas coisas depressa. Além disso, o desfecho de nosso último encontro — ela com o avental sobre o capote, no pátio da fábrica, em frente à fogueira onde as folhas da *Fada azul* queimavam — tinha sido um adeus definitivo aos resíduos da infância, a confirmação de que nossos percursos agora divergiam, talvez ela me dissesse: não tenho tempo de ler seu livro, não vê a vida que levo? E segui em frente pelo meu caminho.

Enquanto isso, sabe-se lá por que motivo, o livro ia indo de vento em popa. Uma vez Adele me ligou e, com sua mistura habitual de ironia e afeto, me disse: se continuar assim, vai ficar rica em pouco tempo e sem saber o que fazer com o pobre Pietro. Depois passou a ligação a ninguém menos que seu marido. Guido — disse — quer falar com você. Fiquei agitada, minhas conversas com o professor Airota tinham sido pouquíssimas e eu me sentia constrangida. Mas o pai de Pietro foi muito cordial, cumprimentou-me pelo meu sucesso, ironizou as manifestações de pudor por parte de meus detratores, falou sobre a longuíssima Idade Média italiana, elogiou-me pela contribuição que eu estava dando à modernização do país e assim por diante. Não falou nada de específico sobre o romance, certamente não o tinha lido, era um homem muito ocupado. De todo modo foi bom receber dele um sinal de estima e de concordância.

Mariarosa não se mostrou menos afetuosa, e também me fez elogios. De início pareceu na iminência de comentar longamente meu livro, depois mudou de assunto de modo acalorado, e disse que queria me convidar para a Estatal de Milão: achava importante que eu também participasse do que definiu como *a marcha irrefreável dos acontecimentos*. Venha amanhã mesmo, me disse, viu o que está acontecendo na França? Eu sabia de tudo, vivia grudada a um velho radinho azul de pilha, todo manchado de gordura, que minha mãe deixava na cozinha, e respondi sim, é magnífico, Nanterre, as barricadas no Quartier Latin. Mas ela me pareceu bem mais informada, bem mais envolvida. Planejava ir a Paris com outros companheiros, me convidou a ir com ela de carro. Fiquei tentada a viajar. Respondi tudo bem, vou pensar. Ir até Milão, atravessar a França, chegar a Paris em revolta, enfrentar a brutalidade da polícia, atirar-me com minha experiência pessoal no magma mais incandescente daqueles meses, dar seguimento àquela viagem para fora da Itália que eu tinha feito anos antes com Franco. Como seria bom pegar a estrada com Mariarosa, a única jovem independente que eu conhecia, tão moderna, totalmente engajada nos acontecimentos do mundo, senhora do discurso político quase como os homens. Eu a admirava, não havia jovens que alcançassem a fama com aquele jeito de lançar tudo pelos ares. Os jovens heróis que ousavam enfrentar, correndo risco e perigo, a violência da reação se chamavam Rudi Dutschke, Daniel Cohn-Bendit e, como nos filmes de guerra, em que só havia homens, era difícil nos reconhecer neles, podíamos apenas admirá-los, ajustar nossas ideias a seus pensamentos, sofrer pela sorte deles. Ocorreu-me que, entre os companheiros de Mariarosa, quem sabe também estivesse Nino. Eles se conheciam, era provável. Ah, encontrá-lo, ser arrastada por aquela aventura, expor-me aos perigos ao lado dele. O dia passou assim. A cozinha agora estava silenciosa, meus pais dormiam, meus irmãos ainda vagabundeavam pelas ruas, Elisa se lavava trancada no banheiro. Partir, amanhã de manhã.

13.

Parti, mas não para Paris. Após as eleições daquele ano turbulento, Gina marcou para mim uma série de viagens para promover o livro. Comecei por Florença. Tinha sido convidada à escola de magistério por uma professora amiga de um amigo dos Airota, e acabei em um daqueles cursos abertos bastante difundidos nas universidades em agitação, falando para uns trinta alunos e alunas. O que imediatamente me espantou é que muitas das jovens eram até piores do que as descritas por meu sogro na revista *Ponte*: malvestidas, mal maquiadas, confusas na exposição demasiado emocional, indignadas com os exames, com os professores. Incentivada pela professora, me pronunciei sobre as manifestações estudantis com evidente entusiasmo, especialmente sobre aquelas em curso na França. Exibi o que eu estava aprendendo, fiquei satisfeita comigo. Senti que me expressava com convicção e clareza, que principalmente as garotas admiravam a maneira como eu falava, as coisas que eu sabia, o modo como tangenciava habilmente os complicados problemas do mundo, organizando-os em um quadro coerente. Mas logo me dei conta de que tendia a evitar qualquer menção ao livro. Falar sobre ele me causava incômodo, temia reações como as do bairro, preferia resumir com minhas palavras certas ideias dos *Quaderni piacentini* ou da *Monthly Review*. Por outro lado, tinha sido convidada para aquilo, e alguns já pediam a palavra. As primeiras perguntas foram todas sobre os esforços da personagem feminina para escapar do ambiente em que nascera. Somente mais para o final uma garota, que recordo muito alta e magérrima, me pediu que explicasse — cortando as frases com risinhos nervosos — por que eu considerara necessário escrever, dentro de uma história toda suavidades, um *trecho escabroso*.

Fiquei confusa, talvez até vermelha, alinhavei motivações sociológicas. Só no fim falei da necessidade de narrar com franqueza qualquer experiência humana, até mesmo — sublinhei — o que parece impronunciável e por isso mesmo calamos a nós mesmas. Essas últimas palavras agradaram, voltei a respirar. A professora que me convidara fez um elogio, disse que refletiria sobre aquilo, que escreveria para mim.

Sua aprovação estabilizou em minha cabeça aqueles poucos conceitos que logo se transformaram numa espécie de refrão. Usei-os frequentemente em público, ora de maneira divertida, ora com um tom dramático, ora sinteticamente, ora desenvolvendo-os com elaborados torneios verbais. Me senti especialmente à vontade certa noite, em uma livraria de Turim, diante de um público bastante numeroso, que abordei com crescente desenvoltura. Começava a me parecer natural que alguém me interrogasse com simpatia ou de modo provocador sobre o episódio de sexo na praia, tanto mais que minha resposta pronta, reelaborada de maneira cada vez mais agradável, obtinha algum sucesso.

A pedido da editora, quem me acompanhou a Turim foi Tarratano, o velho amigo de Adele. Declarou-se orgulhoso de ter sido o primeiro a intuir as potencialidades de meu romance e me apresentou ao público com as mesmas fórmulas entusiásticas que usara tempos atrás em Milão. Ao final da noite, se congratulou comigo pelos grandes progressos que eu tinha feito em pouco tempo. Depois me perguntou com seu habitual tom afável: por que você aceita tão de bom grado que suas páginas eróticas sejam definidas como escabrosas, por que você mesma as define assim em público? E me explicou que eu não devia fazê-lo: primeiro, porque meu romance não se esgotava no episódio da praia, havia outros mais interessantes e melhores; segundo, se aqui e ali ele soava com certa audácia, isso ocorria sobretudo porque tinha sido escrito por uma garota; a obscenidade, concluiu, não é estranha à boa literatura e à verdadeira arte da narrativa, e, ainda que ultrapasse o limite da decência, não é nunca escabrosa.

Fiquei desnorteada. Aquele homem cultíssimo estava me explicando com tato que os pecados de meu livro eram veniais, e que eu me equivocava ao falar sempre sobre eles como se fossem mortais. Ou seja, eu exagerava. Submetia-me à miopia do público, a sua superficialidade. Disse a mim mesma: chega, devo ser menos subalterna, preciso aprender a discordar de meus leitores, não devo descer ao nível deles. E decidi que na primeira ocasião seria mais dura com quem tirasse aquelas páginas da cartola.

Durante o jantar, no restaurante do hotel que a assessoria de imprensa reservara para nós, meio embaraçada e meio divertida, escutei Tarratano citando — como a provar que eu era uma escritora substancialmente casta — Henry Miller, ou me explicando — e chamando de querida menina — que muitas escritoras talentosíssimas dos anos 1920 e 1930 sabiam e escreviam sobre sexo de uma maneira que eu, no momento, nem sequer imaginava. Anotei seus nomes em meu caderninho, mas enquanto isso comecei a pensar: este homem, apesar dos elogios, não me tem em grande conta; aos olhos dele eu sou uma garotinha a quem coube um sucesso imerecido; até as páginas que mais atraem os leitores, ele não as considera relevantes: podem escandalizar os ingênuos ou ignorantes, mas não gente como ele.

Disse que eu estava um pouco cansada e ajudei meu comensal, que bebera bastante, a se levantar. Era um homem pequeno, mas com uma proeminente barriga de gourmet. Tufos de cabelos brancos despontavam das orelhas grandes, tinha um rosto todo vermelho, vazado por uma boca estreita, um grande nariz e olhos vivacíssimos; fumava muito, os dedos eram amarelados. No elevador, tentou me abraçar e me beijar. Embora eu me esquivasse, foi difícil afastá-lo de mim, ele não desistia. Ficaram gravados em minha memória o contato com sua barriga, o hálito de vinho. Na época nunca me ocorreria que um homem de idade, tão educado, tão culto, aquele homem tão amigo de minha futura sogra, pudesse comportar-se de modo indecoroso. Uma vez no corredor, apressou-

-se em me pedir desculpas, atribuiu a culpa ao vinho e trancou-se depressa em seu quarto.

14.

No dia seguinte, durante o café da manhã e na viagem de carro que nos levou até Milão, ele falou com muito entusiasmo do que considerava o período mais vibrante de sua vida, os anos entre 1945 e 1948. Percebi em sua voz uma melancolia autêntica, mas que esmoreceu quando passou a esboçar com envolvimento igualmente autêntico o novo clima de revolução, a energia — disse — que estava tomando jovens e velhos. Fiz sinais de concordância o tempo todo, tocada pelo modo como ele tentava me convencer de que meu presente era de fato como seu entusiasmante passado que estava voltando. Senti um pouco de pena. A certa altura, uma distraída menção biográfica me levou a fazer cálculos rápidos: a pessoa que estava diante de mim tinha cinquenta e oito anos.

Uma vez em Milão, pedi que me deixassem a poucos passos da editora e me despedi de meu acompanhante. Estava um tanto zonza, tinha dormido mal. Na rua tentei livrar-me definitivamente do incômodo do contato físico com Tarratano, mas continuei sentindo sua nódoa e uma confusa contiguidade com certa indecência do bairro. Na editora fui muito paparicada. Não era a cortesia de poucos meses antes, mas uma espécie de regozijo generalizado que significava: como fomos excelentes ao intuir que você era excelente. Até a telefonista, a única naquele ambiente que me tratara com desinteresse, saiu da cabine e veio me abraçar. E o redator que tempos atrás fizera um copidesque cavilloso em meu texto me convidou para almoçar pela primeira vez.

Assim que nos acomodamos em um pequeno restaurante semivazio, a poucos passos dali, voltou a enfatizar que minha escrita guardava um segredo fascinante e, entre um prato e outro, me sugeriu que — com calma, mas sem descansar demais sobre os louros — seria bom se eu começasse a planejar um novo romance. Depois disso, recordou que eu tinha um compromisso na Estatal às três da tarde. Nada a ver com Mariarosa, tinha sido a própria editora que, por meio de seus canais, agendara algo para mim com um grupo de estudantes. Chegando lá — indaguei — devo procurar por quem? Meu influente comensal me disse com orgulho: meu filho estará esperando por você na entrada.

Peguei minha bagagem na editora e fui para o hotel. Fiquei lá poucos minutos e saí em seguida para a universidade. Fazia um calor insuportável, me vi contra um fundo de cartazes cheios de dizeres, bandeiras vermelhas e povos em luta, pôsteres que anunciavam iniciativas, tudo tomado por um forte vozerio, risadas e um alarme difuso. Circulei um pouco por ali, buscando sinais que se referissem a mim. Lembro-me de um jovem moreno que, correndo, se chocou com força contra mim, perdeu o equilíbrio, se recuperou e escapou pela rua como se estivesse sendo perseguido, embora atrás não houvesse ninguém. Lembro-me do som solitário de uma trombeta, puríssimo, que perfurava o ar sufocante. Lembro-me de uma garota loura, miúda, que arrastava com barulho uma corrente com um grande cadeado na ponta e gritava solícita a não sei quem: estou chegando. Lembro-me disso porque, à espera de que alguém me reconhecesse e se aproximasse, peguei meu caderninho e anotei tudo aquilo, para entrar no clima. Mas passou meia hora e ninguém veio. Então passei a examinar folhas e cartazes mais atentamente, esperando encontrar meu nome e o título do romance. Inútil. Um tanto nervosa, desisti de parar algum dos estudantes, tinha vergonha de citar meu livro como objeto de discussão em um ambiente onde as folhas coladas nos muros anunciavam temas bem mais relevantes. Percebi-me oscilando irritantemente entre sentimentos opostos: uma forte simpatia por todos aqueles rapazes e moças que exibiam, naquele local, movimentos e vozes de absoluta indisciplina, e o medo de que a desordem da qual eu fugia desde menina, agora, justamente ali, pudesse relançar-me e impelir-me ao centro daquela algazarra, onde em breve um poder inexpugnável — um Bedel, um Professor, o Reitor, a Polícia — me flagraria em erro — eu, que sempre fui cordata — e me puniria.

Pensei em escapar, que me importava um punhado de rapazes pouco mais jovens que eu, a quem eu diria as bobagens habituais? Queria voltar para o hotel, gozar minha condição de autora de algum sucesso que viajava muito, comia em restaurantes e dormia em hotéis. Mas passaram cinco ou seis garotas de ar atarefado, carregadas de bolsas, e quase sem querer segui atrás delas, de suas vozes, dos gritos, até do som de trombeta. Assim, caminhando sem pensar, acabei em frente a uma sala lotada de onde, justo naquele momento, começava a crescer um clamor raivoso. E, como as garotas que eu tinha seguido até ali entraram, entrei também, cautelosamente.

Estava em curso um conflito muito duro entre facções diversas, tanto na sala lotada quanto entre a pequena multidão que assediava a cátedra. Fiquei perto da porta, pronta para ir embora, afugentada por uma névoa escaldante de fumos e sopros, um forte cheiro de excitação.

Tentei me orientar. Discutia-se, acho, sobre questões de procedimento, mas num clima em que ninguém — havia gente gritando, gente calada, gente debochando, rindo, se movimentando rapidamente como estafetas em um campo de batalha, gente que não prestava nenhuma atenção, gente que estudava — parecia considerar possível um acordo qualquer. Esperei que Mariarosa estivesse em algum lugar ali. Enquanto isso, estava me habituando ao clamor, aos cheiros. Quanta gente: os homens estavam em maioria, bonitos, feios, elegantes, desleixados, violentos, amedrontados, zombeteiros. Observei com curiosidade as mulheres, tive a impressão de ser a única que estivesse ali sozinha. Algumas — as que eu tinha acompanhado até lá, por exemplo — se mantinham compactamente juntas até mesmo agora, enquanto distribuíam panfletos pela sala apinhada: gritavam juntas, riam juntas e, quando se afastavam uns poucos metros, olhavam-se umas às outras para não se perderem. Amigas há tempos ou talvez conhecidas ocasionais, pareciam extrair do grupo a autorização para estar naquele lugar caótico, seduzidas pelo clima desregrado, sim, mas dispostas àquela experiência desde que não se separassem, como se tivessem estabelecido previamente, em locais mais seguros, que, se uma delas fosse embora, todas se retirariam juntas. Já outras, sozinhas ou no máximo em dupla, se infiltraram nas fileiras masculinas e demonstravam uma intimidade provocadora, uma alegre dissolução das distâncias de segurança, e me pareceram as mais felizes, as mais agressivas, as mais orgulhosas.

Me senti diferente, uma presença abusiva, sem os requisitos para gritar o que quer que fosse, para permanecer dentro daqueles vapores e cheiros que, agora, me faziam lembrar os cheiros e os vapores que emanavam do corpo de Antonio, de seu hálito, de quando nos amassávamos nos pântanos. Eu tinha sido miserável demais, pressionada demais pela obrigação de brilhar nos estudos. Tinha ido pouco ou quase nada ao cinema. Nunca tinha comprado discos, como gostaria. Não me tornara fã de cantores, não correra para assistir a shows, não colecionara autógrafos, nunca fiquei bêbada, o pouco sexo que pratiquei o fiz com incômodo, entre subterfúgios, amedrontada. Já aquelas garotas, umas mais, outras menos, deviam ter crescido com maior liberdade, e chegaram à atual mudança de pele mais preparadas que eu; talvez sentissem sua presença naquele local, naquele clima, não como um descarrilamento, mas como uma escolha justa e urgente. Agora que tenho algum dinheiro — pensei —, agora que vou ganhar sabe-se lá quanto mais, posso recuperar algumas das coisas que perdi. Ou talvez não, eu já era culta demais, ignorante demais, controlada demais, habituada demais a esfriar a vida estocando ideias e dados, próxima demais do casamento e da acomodação definitiva, enfim, encerrada obtusamente demais dentro de uma ordem que, ali, parecia ultrapassada. Aquele último pensamento me assustou. Saia logo deste lugar — disse a mim mesma —, cada gesto ou palavra é uma afronta ao esforço que eu fiz. Em vez disso, deslizei para dentro da sala lotada.

Logo me chamou a atenção uma garota muito bonita, de traços delicados, cabelos pretíssimos e longos sobre os ombros, com certeza mais nova que eu. Depois que a vi não consegui tirar os olhos dela. Estava em pé no meio de jovens muito combativos, e atrás dela, como um guarda-costas, um homem moreno de seus trinta anos, fumando um charuto. O que a distinguia naquele ambiente, além da beleza, era que trazia nos braços um menino de poucos meses e o amamentava, enquanto seguia atentamente o conflito em ato, às vezes gritando também. Quando o menino, uma mancha azul com perninhas e pezinhos descobertos de uma cor avermelhada, descolava a boca do mamilo, ela não recolocava o seio no sutiã, mas continuava assim, exposta, a camisa branca desabotoada, o peito túrgido, de cenho franzido, a boca semicerrada, até que se dava conta de que o filho já não estava mamando e, mecanicamente, tentava fazê-lo voltar.

Aquela garota me perturbou. Na sala barulhenta e carregada de fumaça, ela era um ícone de maternidade fora dos esquemas. Era mais nova que eu, tinha um aspecto fino, a responsabilidade de um filho. Mas parecia empenhada sobretudo em rejeitar os traços da jovem mulher placidamente absorta nos cuidados com o filho. Gritava, gesticulava, pedia a palavra, ria de raiva, apontava alguém com desprezo. E no entanto o filho era parte dela, buscava seu peito, o perdia. Juntos compunham uma imagem trêmula, em risco, prestes a despedaçar-se como se pintada em vidro: o menino cairia de seus braços ou algo bateria em sua cabeça, um cotovelo, um gesto descontrolado. Fiquei alegre quando de repente Mariarosa surgiu ao seu lado. Lá estava ela, finalmente. Como era viva, como era radiante e cordial: me pareceu muito íntima da jovem mãe. Agitei uma mão, não me viu. Falou algo no ouvido da garota, desapareceu, reapareceu entre os que se empurravam em torno da cátedra. Nesse meio-tempo, de uma porta lateral, irrompeu um grupinho que, apenas com sua presença, acalmou um pouco os ânimos. Mariarosa fez um sinal, esperou um aceno em resposta, segurou o megafone e disse poucas palavras que aquietaram definitivamente a sala lotada. Naquela altura, por alguns segundos, tive a impressão de que Milão, as tensões daquele período, minha própria excitação tivessem a força de permitir que as sombras que eu trazia na cabeça evadissem. Quantas vezes tinha pensado naqueles dias em minha primeira educação política? Mariarosa passou o megafone a um jovem que se postara a seu lado e que reconheci imediatamente. Era Franco Mari, meu namorado nos primeiros anos de Pisa.

15.

Continuava idêntico: o mesmo tom caloroso e persuasivo da voz, a mesma capacidade de organizar o discurso partindo de proposições gerais que, de passagem em passagem, chegavam de modo consequente a experiências cotidianas, sob os olhos de todos, desvelando seu sentido. Enquanto escrevo me dou conta de que me lembro pouquíssimo de seu aspecto físico, somente o rosto pálido e imberbe, os cabelos curtos. No entanto seu corpo tinha sido, até aquele momento, o único ao qual eu me unira como se fôssemos casados.

Fui encontrar Franco depois de sua fala, seus olhos se acenderam de surpresa, e ele me abraçou. Mas foi difícil conversarmos, um sujeito o puxou pelo braço, outro já começava a falar num tom duro, apontando para ele insistentemente, como se devesse responder a golpes terríveis. Permaneci entre os que estavam ao lado da cátedra, incomodada, e na confusão me perdi de Mariarosa. Mas dessa vez foi ela quem me localizou e me puxou pelo braço.

"O que você está fazendo aqui?", disse contente.

Evitei explicar que tinha faltado a um encontro, que estava ali por acaso. Falei indicando Franco:

"Conheço ele."

"Mari?"

"Sim."

Me falou de Franco com entusiasmo e então sussurrou: eles me pagam, fui eu que o convidei, olha que vespeiro. E, como ele dormiria na casa dela e viajaria para Turim no dia seguinte, insistiu logo para que eu também ficasse com ela. Aceitei — pena pelo hotel.

A assembleia durou bastante, houve momentos de grande tensão, um estado permanente de alarme. Deixamos a universidade quando já anoitecia. Além de Franco, uniram-se a Mariarosa a jovem mãe — que se chamava Silvia — e o homem de seus trinta anos que eu já tinha notado na sala, o que fumava charuto, um tal de Juan, pintor venezuelano. Fomos todos jantar numa trattoria que minha cunhada conhecia. Conversei com Franco o suficiente para entender que eu tinha me enganado, ele permanecera idêntico ao que era. Sobre seu rosto se pôs, ou talvez ele mesmo a tenha posto, uma máscara que, embora correspondesse perfeitamente aos traços de antes, apagara sua generosidade. Agora se mostrava retraído, contido, pesava as palavras. Durante uma breve conversa aparentemente confidencial, jamais mencionou nossa antiga relação e, quando toquei no assunto e me queixei de ele nunca mais ter me escrito, me interrompeu e murmurou: tinha que ser assim. Quanto à universidade, também foi evasivo, e compreendi que não tinha se formado.

"Há outras coisas a fazer", disse.

"O quê?"

Virou-se para Mariarosa, quase irritado com o tom demasiado íntimo de nosso diálogo:

"Elena está me perguntando o que há para fazer."
Mariarosa respondeu alegre:
"A revolução."
Então assumi um ar irônico, provoquei:
"E nas horas vagas?"
Juan interveio sério, balançando suavemente o punho fechado do menino de Silvia, que estava sentada a seu lado:
"Nas horas vagas nós a preparamos."

Depois do jantar entramos todos no carro de Mariarosa; ela morava em Sant'Ambrogio, em um velho apartamento muito espaçoso. Descobri que o venezuelano mantinha ali uma espécie de ateliê, um aposento bem bagunçado, ao qual nos levou a mim e a Franco para que víssemos seus trabalhos: grandes telas com cenas urbanas de multidões, realizadas com uma perícia quase fotográfica, nas quais, porém, tinha fixado — estragando-as — bisnagas de tinta ou pincéis ou paletas ou tigelas para aguarrás e trapos. Mariarosa o elogiou com entusiasmo, mas se dirigindo sobretudo a Franco, cuja opinião parecia ser importante para ela.

Observei-os sem compreender. Com certeza Juan morava ali, e com certeza morava ali também Silvia, que se movia pelo apartamento com desenvoltura ao lado de Mirko, o bebê. Mas, se num primeiro momento pensei que o pintor e a jovem mãe formassem um casal e vivessem em um daqueles cômodos sublocados, logo mudei de ideia. Durante toda a noite o venezuelano mostrou em relação a Silvia apenas uma distraída cortesia, mas várias vezes envolveu os ombros de Mariarosa com o braço e a certa altura a beijou no pescoço.

No início se falou muito das obras de Juan. Franco sempre teve uma competência invejável no campo das artes visuais e uma sensibilidade crítica acentuada. Todos o escutamos com interesse, exceto Silvia, cujo filho, até aquele momento tranquilíssimo, de repente começou a chorar sem conseguir acalmar-se. Por um tempo esperei que Franco também falasse de meu livro, tinha certeza de que ele diria coisas inteligentes como as que estava dizendo, com alguma aspereza, sobre os quadros de Juan. No entanto ninguém mencionou meu livro e, após um impulso de intolerância do venezuelano, que não apreciara uma tirada de Franco sobre arte e sociedade, passou-se a discutir sobre o atraso cultural italiano, o quadro político resultante das eleições, as capitulações sucessivas da socialdemocracia, sobre os estudantes, a repressão policial e o que foi chamada de *a lição da França*. O debate entre os dois homens logo se tornou áspero. Silvia, que não conseguia entender quais eram as necessidades de Mirko e saía, entrava, gritava duramente com ele como se fosse já grande, disparou com frequência frases esquemáticas de discordância do corredor, onde passeava com o filho pra cima e pra baixo, ou do quarto aonde fora trocá-lo. Depois de ter falado sobre creches organizadas na Sorbonne para as crianças dos estudantes em greve, Mariarosa evocou Paris nos primeiros dias de junho, chuvosa e gelada, ainda bloqueada pela greve geral, não de primeira mão (lamentou não ter podido viajar), mas tal como uma amiga lhe descrevera numa carta. Franco e Juan ouviram as duas distraidamente, mas sem perder o fio da discussão que travavam entre si, polemizando com animosidade crescente.

A consequência foi que nos vimos — nós três, mulheres — na condição de três sonolentas vacas à espera de que os dois touros testassem até o fim a própria potência. Isso me aborreceu. Esperei que Mariarosa voltasse a entrar na conversa, eu também pensava em fazê-lo. Mas Franco e Juan não nos deram espaço, e enquanto isso o menino estrilava, e Silvia o tratava de modo cada vez mais agressivo. Lila — pensei — era ainda mais nova que ela quando teve Gennaro. E me dei conta de que algo me levara, já durante a assembleia, a estabelecer um nexo entre ambas. Talvez tenha sido a solidão de mãe que Lila experimentara após o desaparecimento de Nino e o rompimento com Stefano. Ou sua beleza: caso estivesse naquela assembleia com Gennaro, teria sido uma mãe ainda mais sedutora, ainda mais determinada que Silvia. Mas Lila já era carta fora do baralho. A onda que eu percebera na sala chegaria até San Giovanni a Teduccio, mas ela, naquele local em que terminara se degradando, nem a notaria. Uma pena — e me senti culpada. Deveria tê-la levado embora, raptado, forçando-a a viajar comigo. Ou pelo menos consolidar sua presença dentro de meu corpo, misturar sua voz à minha. Como naquele momento. Pude ouvi-la dizendo: se você ficar calada, se deixar só esses dois falarem, se você se comportar como uma planta de apartamento, pelo menos dê uma mão a essa moça, pense no que significa ter um filho pequeno. Uma confusão de espaços e tempos, de humores distantes. Me levantei, peguei com delicadeza e preocupação o menino do colo de Silvia, e ela o passou para mim agradecida.

16.

Que menino bem-feito, foi um momento memorável. Mirko me seduziu imediatamente, com suas dobrinhas de carne rosada nos pulsos e nas pernas. Como era lindo, que belo formato dos olhos, quanto cabelo, que pés compridos e delicados, que cheiro bom. Sussurrei no ouvido dele todos aqueles elogios, baixinho, enquanto passeava com ele pela casa. As vozes dos homens se distanciaram, assim como as ideias que defendiam, a animosidade, e então ocorreu um fato novo para mim. Senti prazer. Experimentei, como uma labareda incontrolável, o calor do menino, sua mobilidade, e tive a impressão de que todos os meus sentidos estavam mais vigilantes, como se a percepção daquele fragmento perfeito de vida que eu carregava nos braços se aguçasse até o espasmo, e eu sentisse toda a doçura, a responsabilidade, e me preparasse para protegê-lo de todas as sombras nefastas à espreita nos cantos escuros da casa.

Mirko deve ter percebido tudo aquilo e se aquietou. Isso também me deu prazer, e senti orgulho por ter sido capaz de lhe dar alguma paz.

 Quando voltei ao quarto, Silvia, que se acomodara nos joelhos de Mariarosa e escutava a discussão entre os dois homens intervindo com exclamações nervosas, se virou para me olhar e deve ter visto em meu rosto o prazer com que eu apertava o menino contra mim. Levantou-se de um salto, tirou-o de minhas mãos com um agradecimento seco e foi colocá-lo na cama. Tive uma sensação desagradável de perda. Senti o calor de Mirko me deixando e voltei a me sentar de mau humor, com pensamentos confusos. Queria o menino de volta, esperava que tornasse a chorar, que Silvia me pedisse ajuda. O que está acontecendo comigo? Desejo ter filhos? Quero ser mãe, quero amamentar e ninar? Casamento e ainda por cima gravidez? E se minha mãe saltar de minha barriga justo agora, que acreditei estar segura?

17.

Demorei a me concentrar na lição que nos chegava da França, no confronto tenso entre os dois homens. Mas não pretendia ficar calada. Queria dizer algo a respeito do que eu tinha lido e pensado sobre os acontecimentos de Paris, mas a fala se retorcia em frases que permaneciam truncadas no pensamento. E me espantava que Mariarosa, tão capaz, tão livre, continuasse calada, limitando-se a aprovar única e exclusivamente, com belos sorrisos, o que Franco dizia, o que deixava Juan nervoso e em certos casos inseguro. Se ela não fala, pensei comigo, falo eu; se não, por que aceitei vir aqui, por que não fui para o hotel? Perguntas para as quais eu tinha uma resposta. Desejava mostrar a quem me conhecera no passado a pessoa em que eu me transformara. Queria que Franco se desse conta de que não podia me tratar como a garotinha de antigamente, queria que percebesse que eu me tornara outra, queria que dissesse na presença de Mariarosa que *essa outra pessoa* contava com sua estima. Por isso, e já que o menino continuava calado, já que Silvia sumira com ele, já que os dois não precisavam mais de mim, esperei mais um pouco e por fim achei uma maneira de discordar de meu ex-namorado. Uma discordância improvisada: o que me movia não eram convicções sólidas, o objetivo era me expressar *contra Franco*, e o fiz, tinha algumas fórmulas em mente e as usei com falsa segurança. Disse por alto que estava perplexa com o grau de maturação da luta de classes na França, que achava demasiado abstrata para o momento a união estudantes-operários. Falei com decisão, temia que um dos homens me interrompesse para dizer algo que reavivasse a discussão entre eles. Em vez disso me ouviram com atenção, todos, inclusive Silvia, que voltara quase na ponta dos pés sem o bebê. Nem Franco nem Juan deram sinais de impaciência enquanto eu falava, ao contrário, o venezuelano assentiu quando pronunciei duas ou três vezes a palavra *povo*. E isso irritou Mari. Você está dizendo que a situação *não é objetivamente* revolucionária, sublinhou com ironia, e eu conhecia aquele tom, significava que estava se defendendo ao zombar de mim. Então nos atracamos, frases minhas sobre as dele e vice-versa: não sei o que significa *objetivamente*; significa que agir é inevitável; então, se não for inevitável, você fica de braços cruzados; não, a tarefa do revolucionário é fazer sempre o possível; na França os estudantes fizeram o impossível, a máquina da instrução quebrou e não se recuperará nunca mais; admita que as coisas mudaram e vão mudar; sim, mas ninguém pediu um certificado com reconhecimento de firma a você ou a quem quer que seja para garantir que a situação seja *objetivamente* revolucionária, os estudantes agiram e pronto; não é verdade; é verdade. E assim por diante. Até que nos calamos ao mesmo tempo.

  Foi um debate anômalo, não no conteúdo, mas no tom veemente, sem atenção aos bons modos. Notei nos olhos de Mariarosa um lampejo divertido, tinha entendido que, se eu e Franco nos falávamos assim, quer dizer que entre nós tinha havido algo mais que um convívio entre colegas de faculdade. Venham me dar uma mão, disse a Silvia e a Juan. Precisava pegar uma escada, procurar roupa de cama para mim, para Franco. Os dois a acompanharam. Juan lhe disse algo no ouvido.

Franco mirou o pavimento por um instante, apertou os lábios como para reprimir um sorriso e disse com uma tonalidade afetuosa:

"Você continua a pequeno-burguesa de sempre."

Essa era a etiqueta com que muitas vezes, anos atrás, ele zombava de mim quando eu tinha medo de ser surpreendida em seu quarto. Fora da vigilância dos outros, falei de chofre:

"O pequeno-burguês é você, por origem, por cultura, por comportamento."

"Não queria ofender."

"Não me ofendi."

"Você mudou, se tornou agressiva."

"Continuo a mesma."

"Tudo bem em casa?"

"Tudo."

"E aquela sua amiga tão chegada a você?"

A pergunta veio com um salto lógico que me desconcertou. Tinha falado de Lila com ele no passado? Em que termos? E por que se lembrava dela justo agora? Qual era o nexo que ele tinha vislumbrado, e eu não?

"Está bem", respondi.

"Faz o quê?"

"Trabalha numa fábrica de embutidos na periferia de Nápoles."

"Não tinha se casado com um comerciante?"

"O casamento não deu certo."

"Quando eu for a Nápoles você precisa me apresentar a ela."

"Claro."

"Me deixe um número, um endereço."

"Tudo bem."

Me observou para avaliar que palavras podiam me machucar menos e perguntou:

"Ela leu seu livro?"

"Não sei, você leu?"

"Claro."

"E o que achou?"

"Bom."

"Em que sentido?"

"Há belas páginas."

"Quais?"

"Aquelas em que você dá à protagonista a capacidade de conectar a seu modo os fragmentos das coisas."

"Só isso?"

"Não é o suficiente?"

"Não: é claro que você não gostou."

"Já lhe disse que é bom."

Eu o conhecia, estava tentando não me humilhar. Isso me exasperou, insisti:

"É um livro que deu muito o que falar, está vendendo bastante."

"Então ótimo, não?"

"Sim, mas não para você. O que é que não funciona?"

Apertou de novo os lábios, se decidiu:

"Não há grande coisa nele, Elena. Sob paixõezinhas e ânsias de ascensão social você esconde justamente o que valeria a pena contar."

"Ou seja?"

"Deixa pra lá, já está tarde, precisamos descansar." E tentou assumir um ar de ironia benévola, mas na realidade manteve aquele tom novo, de quem tem uma missão importante e se dedica a todo o resto a conta-gotas: "Você fez o possível, não é? Mas este, objetivamente, não é o momento de escrever romances".

18.

Mariarosa voltou justo naquele momento, trazendo com Juan e Silvia toalhas de banho limpas e roupa de cama. Seguramente escutou aquela última frase e com certeza entendeu que se falava de meu livro, mas não disse uma palavra. Podia dizer que tinha gostado do livro, que é possível escrever romances em qualquer momento, mas não o fez. Então deduzi que, para além das declarações de simpatia e de afeto, naqueles ambientes tão cultos e absorvidos pela paixão política meu livro era considerado uma coisinha insignificante, e as páginas que estavam ajudando sua difusão eram consideradas um subproduto de textos bem mais explosivos — que, aliás, eu nunca tinha lido — ou merecedoras daquele rótulo depreciativo de Franco: *uma história de paixõezinhas*.

Minha cunhada indicou-me o banheiro e o quarto com uma cortesia esquiva. Me despedi de Franco, que partiria de manhã cedo. Limitei-me a apertar sua mão, nem ele por sua vez acenou me abraçar. Pude vê-lo desaparecer em um quarto com Mariarosa e, pela expressão carregada de Juan, pelo olhar infeliz de Silvia, entendi que o hóspede e a dona da casa dormiriam juntos.

Recolhi-me ao quarto que me fora indicado. Havia nele um forte cheiro de fumo rançoso, uma caminha desfeita, nenhum criado-mudo, nenhuma lâmpada além daquela, fraca, no centro do teto, jornais amontoados no piso, alguns números do *Menabò*, do *Nuovo impegno*, de *Marcatré*, livros de arte caros, alguns surrados, outros evidentemente nunca folheados. Debaixo da cama achei um cinzeiro cheio de bitucas, abri a janela, deixei-o no batente. Tirei a roupa. A camisola que Mariarosa me dera era muito comprida, muito apertada. Fui ao banheiro de pés descalços, pelo corredor em penumbra. A falta de escova de dentes não me incomodou: ninguém me educara a escovar os dentes, era um hábito recente, adquirido em Pisa.

Uma vez na cama, tentei apagar o Franco que eu tinha encontrado naquela noite com o Franco de anos antes, o rapaz rico e generoso que me amara, que me ajudara, que me comprara de tudo, que me instruíra, que me levara a Paris para suas reuniões políticas e a Versilia para férias, na casa de seus parentes. Mas não consegui. O presente, com suas turbulências, os berros na sala lotada, o fraseado político que zumbia em minha cabeça e se abatia sobre meu livro, vilipendiando-o, levou a melhor. Estava me iludindo quanto a meu futuro literário? Franco tinha razão, havia coisas bem mais importantes que escrever romances? Que impressão eu lhe causara? Que memória conservava de nosso amor, supondo-se que conservasse alguma? Estava se queixando de mim com Mariarosa tal como Nino se queixara de Lila comigo? Eu estava sofrendo, abatida. Com certeza o que eu imaginara como uma noitada amena e talvez um pouco melancólica me pareceu triste. Não via a hora de que a noite passasse e eu pudesse voltar para Nápoles. Precisei me levantar para apagar a luz. Voltei para a cama no escuro.

Foi difícil pegar no sono. Virava de um lado para o outro, a cama e o quarto conservavam os cheiros de outros corpos, uma intimidade semelhante à de minha casa, mas neste caso feita de rastros de desconhecidos, quem sabe repugnantes. Depois adormeci, mas despertei de repente, alguém tinha entrado no quarto. Murmurei: quem é. Respondeu Juan, disse sem preâmbulos e com uma voz suplicante, como se me pedisse um sério favor, quase uma forma de pronto-socorro:

"Posso dormir com você?"

A solicitação me pareceu tão absurda que, para acordar inteiramente, para entender aquilo, perguntei:

"Dormir?"

"Sim, eu me deito a seu lado e não a incomodo, só quero evitar ficar sozinho."

"Absolutamente não."

"Por quê?"
Não soube o que responder, murmurei:
"Estou noiva."
"E daí? Vamos só dormir."
"Vá embora, por favor, eu nem te conheço."
"Sou Juan, lhe mostrei minhas obras, o que mais você quer?"
Percebi que estava se sentando na cama, vi sua silhueta escura, senti sua respiração cheirando a charuto.
"Por favor", murmurei, "estou com sono."
"Você é uma escritora, escreve sobre o amor. Tudo o que nos acontece alimenta a imaginação e nos ajuda a criar. Me deixe ficar com você, é algo que você vai poder contar."
Roçou meu pé com a ponta dos dedos. Eu não o suportava, escapei em direção ao interruptor e acendi a luz. Ainda estava sentado na cama, de cueca e regata.
"Fora", sibilei para ele, e o fiz de modo tão peremptório, tão visivelmente próxima do grito, tão determinada a agredi-lo e a brigar com todas as minhas energias, que ele se ergueu lentamente e falou desgostoso:
"Você é uma carola."
Saiu. Fechei a porta atrás dele, não havia chave.
Estava estarrecida, furiosa, assustada, um dialeto sanguinário revoava em minha cabeça. Esperei um pouco antes de voltar para a cama, mas não apaguei a luz. O que eu dava a pensar de mim, que pessoa parecia ser, o que legitimava a demanda de Juan? Dependia da fama de mulher livre que meu livro estava me dando? Dependia das palavras políticas que eu tinha expressado, as quais evidentemente não eram apenas um torneio dialético, um jogo para mostrar que eu era tão hábil quantos os homens, mas definiam toda a pessoa, disponibilidade sexual incluída? Era uma espécie de pertencimento à mesma coalizão que induzira aquele homem a introduzir-se sem hesitações em meu quarto, ou Maria-

rosa, igualmente sem hesitações, a conduzir Franco ao dela? Ou eu mesma me contaminara por aquela difusa excitação erótica que tinha percebido na sala da universidade e a exalava sem me dar conta? Também em Milão eu me sentira pronta a fazer amor com Nino, traindo Pietro. Mas aquela paixão era de velha data, justificava o desejo sexual e a traição, ao passo que o sexo em si, aquela solicitação não mediada de orgasmo, não, não conseguia me envolver, não estava preparada para isso, me repugnava. Por que me deixar tocar pelo amigo de Adele em Turim, por que me deixar tocar nesta casa por Juan, o que eu precisava demonstrar, o que *eles* queriam demonstrar? De repente me voltou à memória o episódio com Donato Sarratore. Não tanto a noite na praia em Ischia, a que eu transformara em cena romanesca, mas a vez em que ele aparecera na cozinha de Nella quando eu tinha acabado de deitar e me beijara, me bolinara, provocando em mim um fluxo de prazer contra minha própria vontade. Entre a menina de então, assustada, estarrecida, e a mulher atacada no elevador, a mulher que sofrera aquele assédio, agora, havia algum nexo? O cultíssimo Tarratano, amigo de Adele, e o artista venezuelano, Juan, eram da mesma estirpe do pai de Nino, ferroviário, poetastro, pena de aluguel?

19.

Não consegui mais dormir. Aos nervos tensos, aos pensamentos contraditórios, veio juntar-se Mirko, que voltara a chorar. Lembrei a forte emoção que experimentei quando carreguei o menino em meus braços, como ele não se acalmava, e não consegui me controlar. Levantei, segui o rastro sonoro do choro e cheguei a uma porta da qual filtrava uma luz. Bati, Silvia respondeu áspera. O quarto era mais aconchegante que o meu, tinha um velho armário, uma cômoda, uma cama de casal onde a jovem estava sentada com um baby-doll rosa, de pernas cruzadas, uma expressão ruim. Os braços abandonados, o dorso de ambas as mãos sobre o lençol, tinha sobre as coxas nuas, como uma oferenda votiva, Mirko igualmente nu, arroxeado, a abertura negra da boca escancarada, os olhinhos apertados, os membros agitados. De início me acolheu com hostilidade, depois abrandou. Disse que se sentia uma mãe incapaz, que não sabia o que fazer, que estava desesperada. Por fim murmurou: quando não está comendo, faz sempre assim, talvez esteja mal, vai morrer aqui nesta cama — e, enquanto me falava, pareceu-me muitíssimo distante de Lila, feia, deformada por expressões nervosas da boca, olhos excessivamente arregalados. Até que desandou a chorar.

O choro de mãe e filho me enterneceu, gostaria de ter abraçado ambos, apertá-los, niná-los. Sussurrei: posso segurá-lo um pouco? Ela fez sinal que sim, entre soluços. Então tirei o menino de seus joelhos, aconcheguei-o em meu peito e tornei a sentir o eflúvio de cheiros, sons e mornidão, como se suas energias vitais estivessem se apressando a retornar para mim com alegria, depois da separação. Caminhei para frente e para trás pelo quarto, murmurando uma espécie de litania assintática que inventei no momento, uma longa e insensata declaração de amor. Milagrosamente Mirko se acalmou e adormeceu. Coloquei-o devagar ao lado da mãe, mas sem nenhuma vontade de me separar dele. Temia voltar para meu quarto, uma parte de mim tinha certeza de que encontraria Juan lá e queria permanecer ali.

Silvia me agradeceu sem gratidão, um obrigada ao qual acrescentou uma fria lista de meus méritos: você é inteligente, sabe tudo, sabe se fazer respeitar, é uma mãe de verdade, sorte de seus futuros filhos. Me esquivei, estou indo, disse. Mas ela teve um impulso de ansiedade, pegou minha mão, me pediu que ficasse: ele está ouvindo sua voz, disse, faça isso por ele, vai dormir tranquilo. Aceitei imediatamente. Deitamos na cama com o menino no meio, apagamos a luz. Mas não dormimos, começamos a falar de nós.

No escuro Silvia se tornou menos hostil. Falou-me da repulsa que sentiu quando soube que estava grávida. Tinha escondido a gravidez do homem que amava e até de si mesma, tinha se convencido de que passaria como uma doença que deve cumprir seu percurso. No entanto o corpo reagia, se deformava. Silvia precisava comunicar a seus pais, profissionais muito abastados de Monza. Houve um pandemônio, e ela foi embora de casa. Mas, em vez de admitir que deixara os meses passar à espera de um milagre, em vez de confessar a si mesma que nunca levara em consideração o aborto apenas por medo físico, passou a afirmar que queria a criança por amor ao homem que a engravidara. Ele lhe dissera: se você quiser, pelo amor que sinto por você, eu também quero. Amor dela, amor dele: naquele momento, ambos falavam a sério. Mas depois de alguns meses, antes mesmo que a gravidez chegasse a seu termo, o amor já havia abandonado os dois, e Silvia insistiu várias vezes naquele ponto, com sofrimento. Não restara nada, só ressentimento. Então ela se viu sozinha e, se até aquele momento tinha conseguido se virar, o mérito era de Mariarosa, que ela elogiou muito, falando dela com grande enlevo, uma professora excelente e de fato solidária com os estudantes, uma companheira inestimável.

Disse-lhe que toda a família Airota era admirável, que eu estava noiva de Pietro, que nos casaríamos no outono. Ela replicou imediatamente: o casamento me causa horror, e a família também — tudo coisa velha. Depois passou de repente a um tom melancólico.

"O pai de Mirko também trabalha na universidade."

"É?"

"Tudo começou porque fiz o curso dele. Era tão seguro de si, muito preparado, muito inteligente, lindo. Tinha todas as qualidades. E, já antes que as lutas começassem, ele dizia: reeduquem seus professores, não se deixem tratar como animais."

"Ele ajuda um pouco com o menino?"

Riu no escuro e murmurou, áspera:

"Um homem, exceto nos momentos de loucura, em que você está apaixonada e ele te penetra, fica sempre de fora. Por isso, mais tarde, quando você deixa de amá-lo, só de pensar que você já gostou dele lhe dá rancor. Ele gostou de mim, eu gostei dele, fim. Quanto a mim, várias vezes ao dia me acontece de gostar de alguém. Você não? Durante pouco tempo, depois passa. Só o menino fica, é uma parte de você; já o pai era um estranho e volta a ser um estranho. Nem mesmo o nome tem mais o som de antigamente. Nino, eu dizia, e só fazia repeti-lo mentalmente assim que acordava, era uma palavra mágica. Agora, no entanto, é um som que me traz tristeza."

Não falei nada por um instante e por fim sussurrei:

"O pai de Mirko se chama Nino?"

"Sim, é conhecido de todos, é muito conhecido na universidade."

"Nino de quê?"

"Nino Sarratore."

20.

Fui embora de manhã cedo, deixei Silvia dormindo com o menino no peito. Não vi sombra do pintor. Só consegui me despedir de Mariarosa, que acordara cedíssimo para acompanhar Franco à estação e tinha acabado de voltar. Tinha um ar sonolento, me pareceu incomodada. Perguntou:

"Dormiu bem?"

"Conversei muito com Silvia."

"Ela lhe falou de Sarratore?"

"Falou."

"Sei que vocês são amigos."

"Foi ele quem disse?"

"Foi. Fofocamos um pouco sobre você."

"É verdade que Mirko é filho dele?"

"É." Reprimiu um bocejo, sorriu. "Nino é fascinante, as meninas vivem atrás dele, o disputam, o puxam pra cá e pra lá. E — ainda bem — passam dias felizes, fazem o que querem, tanto mais que ele emana uma força que transmite alegria e vontade de agir."

Disse que o movimento tinha grande necessidade de pessoas como ele. Mas acrescentou que era preciso cuidar dele, fazê-lo amadurecer, orientá-lo. Pessoas muito capazes — disse — devem ser guiadas, nelas está sempre à espreita o democrata burguês, o técnico empresarial, o modernizador. Ambas lamentamos o fato de termos tido pouco tempo para estar juntas e nos prometemos que faríamos melhor na próxima oportunidade. Retirei a bagagem no hotel e parti.

Somente no trem, durante a longa viagem até Nápoles, assimilei aquela segunda paternidade de Nino. Um cinza esquálido se estendeu de Silvia a Lila, de Mirko a Gennaro. Pareceu-me que a paixão de Ischia, a noite de amor em Forio, a relação secreta na piazza dei Martiri, a gravidez, tudo desbotasse e se reduzisse a um dispositivo mecânico que, ao sair de Nápoles, Nino reativara com Silvia e sabe-se lá com quantas outras. A coisa me ofendeu, quase como se eu tivesse Lila escondida num canto de minha cabeça e experimentasse seus próprios sentimentos. Senti uma amargura como se ela mesma sentiria se tivesse sabido, fiquei furiosa como se tivesse sofrido a mesma injustiça que ela. Nino tinha traído Lila e a mim. Estávamos, ela e eu, dentro da mesma humilhação, o amávamos sem nunca termos de fato sido amadas. Portanto ele era, apesar de suas qualidades, um homem frívolo, superficial, um organismo animal que exalava suores e fluidos e deixava para trás, como resíduo de um prazer distraído, matéria viva concebida, nutrida e formada em ventres femininos. Lembrei-me de quando viera me encontrar no bairro, anos antes, e tínhamos ficado conversando no pátio e Melina o avistara da janela e o confundira com o pai. A ex-amante de Donato tinha captado semelhanças que a mim pareceram inexistentes. Mas agora era claro, ela estava certa e eu, errada.

Nino não fugia do pai por medo de se tornar como ele, Nino *já era* o pai e não queria admitir isso.

Contudo não consegui odiá-lo. No trem trincando de calor, não só me lembrei de quando o tinha revisto na livraria, mas também o inseri nos acontecimentos, palavras e frases daqueles dias. O sexo me perseguia, agarrava, torpe e atraente, obsessivamente presente nos gestos, nas falas, nos livros. As paredes divisórias estavam desabando, as correntes das relações estavam despedaçando. E Nino vivia intensamente aquela época. Era parte da assembleia barulhenta da Estatal com seu cheiro intenso, era adequado à desordem da casa de Mariarosa, de quem certamente tinha sido amante. Com sua inteligência, com seus desejos, com sua capacidade de sedução, movia-se com segurança e curiosidade dentro daqueles tempos. Talvez eu tenha me enganado ao associá-lo às vontades abjetas do pai, seu comportamento já pertencia a outra cultura, e Silvia e Mariarosa haviam deixado isso claro: as garotas o queriam, ele ficava com elas, não havia opressão, não havia culpa, somente os direitos do desejo. Talvez, quem sabe, quando Nino me dissera que Lila tinha problemas também com o sexo, quisesse me comunicar que o tempo das obrigações tinha acabado, que sobrecarregar o prazer com a responsabilidade era uma distorção. Se ele também tinha a mesma natureza do pai, com certeza sua paixão pelas mulheres apontava em outro sentido.

Com espanto, com desaponto, cheguei a Nápoles no instante em que uma parte de mim, ao pensar em quanto Nino era amado e em quanto amava, tinha cedido e chegava a admitir: que mal há, goza-se a vida com quem sabe gozá-la. E, enquanto regressava ao bairro, percebi que justamente porque todas o queriam, e ele pegava todas, eu, que gostava dele desde sempre, agora gostava mais ainda. Por isso decidi que evitaria ao máximo encontrá-lo de novo. Quanto a Lila, não sabia como me comportar. Não dizer nada, contar tudo? Quando a reencontrasse, decidiria no momento.

21.

Em casa não tive ou não quis ter tempo de voltar ao assunto. Pietro telefonou dizendo que viria conhecer meus pais na semana seguinte. Aceitei o fato como uma desgraça inevitável, fui logo procurar um hotel para ele, limpar a casa e atenuar a ansiedade de minha família. Esforço inútil, este último: a situação tinha piorado. No bairro a falação malévola sobre meu livro tinha aumentado, e também sobre mim, sobre minhas constantes viagens sozinha. Minha mãe se defendera vangloriando-se de que eu estava prestes a casar, mas, para evitar que minhas escolhas contra Deus complicassem a situação, tinha inventado que não me casaria em Nápoles, mas em Gênova. Consequentemente as maledicências aumentaram, o que a exasperara.

Numa noite ela me interpelou com extrema dureza, disse que as pessoas estavam lendo meu livro, que se escandalizavam e lhe falavam pelas costas. Meus irmãos — gritou para mim — tiveram de dar porrada nos filhos do açougueiro, que me trataram de vagabunda, e não só: quebraram a cara de um colega de escola de Elisa que lhe pedira para fazer as mesmas coisas sujas que a irmã mais velha fazia.

"O que foi que você escreveu?", berrou comigo.

"Nada, mãe."

"Escreveu as nojeiras que tem feito por aí?"

"Nojeira coisa nenhuma, leia o livro."

"Não tenho tempo a perder com suas cretinices."

"Então me deixe em paz."

"Se seu pai sabe o que andam dizendo, te expulsa de casa."

"Não é preciso, eu mesma vou embora."

Era noite, e fui caminhar para não ter que dizer coisas das quais me arrependeria depois. Na rua, nos jardins, ao longo do estradão, tive a impressão de que a gente me olhava com insistência, sombras irascíveis de um mundo que eu já não habitava. A certa altura topei com Gigliola, que estava voltando do trabalho. Morávamos no mesmo prédio, fizemos o caminho juntas, mas temi que mais cedo ou mais tarde ela achasse um meio de me dizer algo irritante. No entanto, para minha surpresa, ela se expressou com timidez — ela, que sempre fora agressiva, às vezes, pérfida:

"Li seu livro, é bonito, que coragem você teve de escrever aquelas coisas."

Enrijeci.

"Que coisas?"

"Aquelas que você faz na praia."

"Eu não faço nada, quem faz é a personagem."

"Sim, mas você as escreveu muito bem, Lenu, exatamente como acontece, com a mesma imundície. São segredos que se sabem só quando se é mulher." Então me puxou pelo braço, me forçou a parar, murmurou: "Diga a Lina, se a encontrar, que ela tinha razão, reconheço. Fez bem em se foder do marido, da mãe, do pai, do irmão, de Marcello, de Michele, de toda essa merda. Eu também deveria escapar daqui, seguir o exemplo de vocês duas, que são inteligentes. Mas nasci estúpida e não posso fazer nada".

Não nos dissemos mais nada de relevante, eu parei em meu andar, ela seguiu para a casa dela. Mas aquelas frases ficaram em minha cabeça. Surpreendeu-me que ela tivesse posto arbitrariamente juntas a queda de Lila e minha ascensão, como se, comparadas à condição dela, tivessem o mesmo grau de positividade. Mas o que mais ficou marcado em minha memória foi o modo como reconhecera, na *imundície* de meu romance, sua própria experiência de *imundície*. Era um fato novo, não soube como avaliá-lo. Tanto mais que logo em seguida chegou Pietro, e por um tempo me esqueci disso.

22.

Fui buscá-lo na estação e o acompanhei até a via Firenze, onde havia um hotel que me fora indicado por meu pai e pelo qual, no fim, acabei optando. Pietro me pareceu ainda mais ansioso que minha família. Desceu do trem desleixado como sempre, o rosto exausto afogueado pelo calor, arrastando uma mala pesada. Quis comprar um buquê de flores para minha mãe e, contrariamente a seus hábitos, só ficou satisfeito quando lhe pareceu grande o suficiente, caro o suficiente. Uma vez no hotel, me deixou no hall com as flores, jurou que voltaria logo e reapareceu depois de meia hora, vestindo um terno azul-marinho, camisa branca, gravata azul e sapatos bem engraxados. Caí na risada e ele me perguntou: não estou bem? Então o tranquilizei, estava ótimo. Mas já na rua senti o olhar dos homens sobre mim, os risinhos debochados, como se eu estivesse sozinha, talvez até de modo mais insistente, quase sublinhando que meu acompanhante não merecia respeito. Pietro, com aquele enorme buquê de flores que ele não me deixava carregar, tão correto em cada detalhe, era inadequado à minha cidade. Embora com o braço livre envolvesse meus ombros, tive a impressão de que eu é quem devia protegê-lo.

Elisa abriu a porta, depois chegou meu pai, depois meus irmãos, todos vestidos de festa, todos muito cordiais. Por último apareceu minha mãe, o rumor de seu passo manco nos alcançou logo após o da descarga do vaso. Cacheara os cabelos, pusera um pouco de cor nos lábios e nas faces, pensei que antigamente tinha sido uma garota bonita. Aceitou as flores com altivez e nos acomodamos na sala de jantar, que, para a ocasião, não mostrava nenhum resquício das camas que montávamos à noite e desmontávamos de manhã. Cada coisa estava brilhando, a mesa tinha sido posta com esmero. Minha mãe e Elisa tinha cozinhado durante dias, o que tornou o jantar interminável. Pietro me espantou, mostrou-se muito expansivo. Indagou meu pai sobre seu trabalho na prefeitura e lhe deu corda a tal ponto que ele abandonou seu italiano sofrível e passou a contar, em dialeto, histórias espirituosas sobre funcionários que meu noivo, mesmo entendendo pouco, demonstrou apreciar muitíssimo. Mas acima de tudo comeu como eu nunca vira, e não só elogiou minha mãe e minha irmã a cada prato, mas também pediu informações — ele, que não era capaz de cozinhar um ovo — sobre os ingredientes de cada iguaria, como se pretendesse pôr-se imediatamente ao fogão. A certa altura, mostrou tal propensão ao *gâteau* de batatas que minha mãe acabou lhe servindo uma segunda porção muito abundante e prometendo, ainda que com seu tom desinteressado, que tornaria a fazê-lo antes que ele partisse. Em pouco tempo o clima ficou agradável. Até Peppe e Gianni renunciaram a sair para encontrar os amigos.

Após o jantar se chegou aos finalmente. Pietro ficou seriíssimo e pediu minha mão a meu pai. Usou precisamente aquela fórmula, com voz emocionada, o que fez minha irmã encher os olhos d'água e divertiu meus irmãos. Meu pai se atrapalhou, balbuciou frases de simpatia por um professor tão capaz e sério que o estava honrando com aquele pedido. A noite enfim parecia se encaminhar ao seu desfecho, quando minha mãe interveio e disse carrancuda:

"Nós aqui não estamos de acordo que vocês não se casem na igreja: um matrimônio sem padre não é um matrimônio."

Silêncio. Meus pais deviam ter feito algum acordo secreto que minha mãe se incumbira de tornar público. Mas meu pai não conseguiu resistir e logo lançou a Pietro um meio sorriso para mostrar que ele, mesmo fazendo parte daquele *nós* vocalizado pela esposa, estava pronto a concordar com soluções mais brandas. Pietro retribuiu o sorriso, mas dessa vez não o considerou um interlocutor válido e se dirigiu apenas a minha mãe. Eu lhe avisara da hostilidade em minha casa, ele estava preparado. Começou com um discurso simples, afetuoso, mas, segundo seu costume, muito direto. Disse que compreendia, mas que por sua vez desejava ser compreendido. Disse que tinha enorme apreço por todos os que se confiavam com sinceridade a um deus, mas que ele não tivera essa inclinação. Disse que não ser religioso não significava não ter crença nenhuma, ele tinha suas convicções e uma fé absoluta em seu amor por mim. Disse que era esse amor que consolidaria nosso casamento, não um altar, um padre, um funcionário da prefeitura. Disse que, para ele, a recusa ao ritual religioso era uma questão de princípio, e que certamente eu deixaria de amá-lo — ou seguramente o amaria menos — se ele se mostrasse um homem sem princípios. Disse por fim que, sem sombra de dúvida, minha mãe mesma se recusaria a confiar sua filha a uma pessoa pronta a demolir nem que fosse um único pilar sobre o qual tinha fundado a própria existência.

Diante daquelas palavras meu pai fez gestos amplos de consenso, meus irmãos ficaram de boca aberta, e Elisa voltou a se comover. Mas minha mãe permaneceu impassível. Por alguns segundos ela deu voltas em sua aliança, até que fixou Pietro direto no rosto e, em vez de retomar o assunto e dizer se estava convencida ou não, começou a tecer elogios a mim com gélida determinação. Desde pequena eu me mostrara uma menina fora do comum. Eu tinha sido capaz de fazer coisas que nenhuma garota do bairro jamais conseguira fazer. Eu tinha sido e era seu orgulho, o orgulho de toda a família. Eu nunca a decepcionara. Eu conquistara o direito de ser feliz e, se alguém me fizesse sofrer, ela o faria sofrer mil vezes mais.

Escutei constrangida. Por todo o tempo em que falou, tentei entender se estava falando sério ou, segundo seu hábito, buscava deixar claro a Pietro que ela estava pouco se lixando para seu ar professoral e sua conversa mole, não era ele quem fazia um favor aos Greco, mas os Greco que o faziam a ele. Não conseguiu. Meu noivo lhe prestou absoluta confiança e, por todo o tempo em que minha mãe falou, só fez sinais de concordância. Quando ela finalmente se calou, disse que sabia muito bem quanto eu era preciosa e que agradecia a ela por ter me criado assim como eu era. Depois levou a mão ao bolso do paletó e tirou um estojo azul, que me estendeu num gesto tímido. O que será, pensei, ele já me deu um anel, vai me dar outro? Abri o estojo. Era de fato um anel, mas belíssimo, de ouro vermelho, com uma ametista cercada de brilhantes no engaste. Pietro murmurou: era de minha avó, a mãe de minha mãe, e em casa estamos muito felizes que agora seja seu.

Aquele presente foi a senha de que o ritual tinha terminado. Voltou-se a beber, meu pai retomou os casos divertidos de sua vida íntima e no trabalho, Gianni quis saber de Pietro qual era seu time, Peppe o desafiou a uma queda de braço. Enquanto isso, ajudei minha irmã a tirar a mesa. Uma vez na cozinha, cometi o erro de perguntar a minha mãe:

"O que achou dele?"

"Do anel?"

"De Pietro."

"É feio, tem pés tortos."

"Papai não era melhor."

"O que você tem a dizer contra seu pai?"

"Nada."

"Então fique calada, você só sabe ser arrogante com a gente."

"Não é verdade."

"Não? E por que se deixa comandar? Se ele tem princípios, você não tem os seus? Faça-se respeitar."

Elisa interveio:

"Mãe, Pietro é um cavalheiro, e você não sabe o que é um cavalheiro de verdade."

"E você sabe? Tome cuidado que você ainda é pequena e, se não ficar em seu canto, lhe dou um sopapo. Viu o cabelo dele? Um cavalheiro tem cabelos assim?"

"Um cavalheiro não tem uma beleza normal, um cavalheiro se faz notar, é um tipo."

Minha mãe fingiu que lhe dava um tabefe e minha irmã, rindo, me tirou da cozinha e disse, alegre:

"Sorte sua, Lenu. Como Pietro é fino, como gosta de você! Simplesmente lhe deu o anel da avó, posso ver?"

Voltamos para a sala de jantar. Agora todos os homens da casa insistiam em fazer uma queda de braço com meu noivo, queriam se mostrar superiores pelo menos nas provas de força. E ele não se fez de rogado. Tirou o paletó, arregaçou as mangas da camisa, sentou-se à mesa. Perdeu com Peppe, perdeu com Gianni, perdeu até com meu pai. Mas fiquei surpresa como ele se empenhou na disputa. Ficou vermelho, a veia da testa saltou, protestou porque seus adversários violavam sem nenhum pudor as regras do combate. Acima de tudo resistiu teimosamente contra Peppe e Gianni, que faziam levantamento de pesos, e contra meu pai, que era capaz de soltar parafusos só com a força dos dedos. Durante todo o tempo temi que, só para não se dar por vencido, acabasse quebrando o braço.

23.

Pietro ficou três dias. Meu pai e meus irmãos rapidamente se afeiçoaram a ele. Especialmente Peppe e Gianni estavam contentes por ele não ser arrogante e se interessar pelos dois, mesmo a escola os tendo julgado incapazes. Já minha mãe continuou a tratá-lo sem amizade, e só na véspera da partida ficou mais terna. Era domingo, meu pai disse que queria mostrar ao genro como Nápoles era linda. O genro concordou e propôs que almoçássemos fora.

"No restaurante?", perguntou minha mãe preocupada.

"Sim, senhora, precisamos comemorar."

"Melhor que eu cozinhe, eu tinha dito que faríamos o *gâteau* de novo."

"Não, obrigado, a senhora já trabalhou bastante."

Enquanto nos preparávamos, minha mãe me puxou de lado e perguntou:

"Ele vai pagar?"

"Vai."

"Tem certeza?"

"Claro, mãe, foi ele quem nos convidou."

Fomos ao centro de manhã cedo, vestidos de festa. E aconteceu uma coisa que me surpreendeu acima de tudo. Meu pai assumiu a tarefa de servir de guia. Mostrou ao forasteiro o Maschio Angioino, o Palácio Real, as estátuas dos reis, Castel dell'Ovo, via Caracciolo e o mar. Pietro ficou ouvindo com uma expressão muito atenta. Mas depois de certo tempo, ele, que vinha à cidade pela primeira vez, passou a falar sobre ela discretamente, revelando-a a nós. Foi lindo. Eu nunca tinha demonstrado um especial interesse pelo cenário de minha infância e adolescência, me espantei que Pietro soubesse discorrer sobre ele com tão admirável conhecimento. Ele demonstrou conhecer a história de Nápoles, sua literatura, as fábulas, as lendas, muitas anedotas, os monumentos visíveis e os escondidos pela incúria. Imaginei que em parte ele conhecesse a cidade porque era um homem que sabia tudo, em parte porque a estudara a fundo, com o rigor costumeiro, porque era a minha cidade, porque minha voz, meus gestos e todo meu corpo tinham sofrido sua influência. Naturalmente meu pai se sentiu logo destituído, e meus irmãos se entediaram. Percebi e fiz gestos a Pietro para que parasse. Ele enrubesceu e se calou imediatamente. Mas minha mãe, com uma de suas repentinas reviravoltas, se pendurou em seu braço e lhe disse:

"Continue, estou gostando, ninguém nunca me falou essas coisas."

Fomos comer num restaurante em Santa Lucia, que, segundo meu pai (nunca tinha estado lá, mas lhe indicaram), era ótimo.

"Posso pedir o que eu quiser?", me perguntou Elisa no ouvido.

"Pode."

O tempo passou agradavelmente. Minha mãe bebeu demais e disse algumas indecências, enquanto meu pai e meus irmãos recomeçaram a brincar com Pietro e entre si. Não perdi de vista meu futuro marido, tive a certeza de que gostava dele, era uma pessoa que conhecia seu valor e no entanto, se necessário, se esquecia de si com naturalidade. Notei pela primeira vez sua propensão à escuta, o tom de voz compreensivo como o de um confessor laico, e gostei disso. Talvez devesse convencê-lo a ficar mais um dia e apresentá-lo a Lila, dizer a ela: vou me casar com este homem, estou prestes a deixar Nápoles com ele, o que você diz, estou agindo bem? E estava avaliando aquela possibilidade quando aconteceu que, numa mesa não distante da nossa, cinco ou seis estudantes que estavam comemorando não sei o quê com uma pizza começaram a nos observar com insistência, aos risos. Compreendi imediatamente que achavam Pietro engraçado por causa das sobrancelhas muito espessas e a moita de cabelos na cabeça. No intervalo de poucos minutos meus irmãos se levantaram da mesa ao mesmo tempo, se dirigiram à mesa dos estudantes e provocaram uma briga com a violência de sempre. Houve um escarcéu, gritos, pancadaria. Minha mãe gritou insultos em defesa dos filhos, meu pai e Pietro correram para apartá-los. Pietro estava quase achando graça, não tinha entendido nada do motivo da briga. Uma vez na rua, ele disse irônico: é um costume local, vocês se levantam de repente e vão bater nos que estão na mesa vizinha? Acabou que ele e meus irmãos ficaram mais alegres e entrosados que antes. No entanto, assim que pôde, meu pai puxou os filhos para um canto e os recriminou pelo papel de mal-educados que tinham feito na frente do professor. Ouvi que Peppe se justificava, quase sussurrando: estavam zombando de Pietro, papai, que merda a gente devia fazer? Gostei que dissesse Pietro, e não o professor: isso queria dizer que ele já era considerado parte da família, alguém de casa, um amigo de grandes qualidades, e que, embora de aspecto um tanto anômalo, ninguém podia debochar dele em sua presença. Entretanto aquele incidente me convenceu de que eu não deveria apresentar Pietro a Lila: eu a conhecia, ela era maldosa, o teria achado ridículo e zombaria dele assim como os rapazes do restaurante.

À noite, cansados do dia passado ao ar livre, comemos algo em casa e depois saímos todos de novo, para acompanhar meu noivo até o hotel. No momento da separação, minha mãe, já alta, lhe deu dois beijos estalados nas bochechas. Mas, quando voltamos ao bairro fazendo os maiores elogios a Pietro, ela ficou na dela durante todo o percurso, sem dar um pio. Antes de se retirar para o quarto, porém, ela disse rancorosa:

"Você tem sorte demais, não merece esse pobre garoto."

24.

O livro vendeu durante todo o verão, e eu continuei falando sobre ele em todo canto da Itália. Agora cuidava de defendê-lo com um tom distanciado, às vezes petrificando o público mais insolente. De vez em quando me vinham à mente as palavras de Gigliola, e eu as misturava às minhas, tentando lhes dar uma ordem.

Nesse meio-tempo, no início de setembro, Pietro se transferiu para Florença e, enquanto procurava casa, alojou-se em um hotelzinho próximo à estação. Achou um pequeno apartamento para alugar nas bandas de Santa Maria del Carmine, e eu logo fui vê-lo. Era uma casa de dois cômodos escuros, em péssimo estado. A cozinha era pequena, o banheiro não tinha janela. Quando no passado eu ia estudar no apartamento novíssimo de Lila, ela muitas vezes deixava que eu me espichasse em sua banheira reluzente, gozando a água morna e a espuma alta. A banheira da casa de Florença estava toda trincada, encardida, dessas em que mal dá para ficar sentada. Mas abafei a decepção, disse que estava bem: o curso de Pietro já ia começar, ele precisava trabalhar, não podia perder tempo. De todo modo, era um palácio se comparada à de meus pais.

Mas aconteceu que, justo quando Pietro se preparava para assinar o contrato, Adele nos fez uma visitinha e não teve os meus pudores. Considerou o apartamento um tugúrio, totalmente inadequado a duas pessoas que deveriam passar boa parte do tempo fechadas em casa, trabalhando. Então fez o que o filho não fez e poderia ter feito. Pegou o telefone e, sem dar bola à contrariedade ostensiva de Pietro, mobilizou alguns conhecidos florentinos, tudo gente com algum poder. Em pouco tempo achou em San Niccolò, por uma quantia irrisória, porque de favor, um apartamento de cinco cômodos luminosos, uma cozinha grande, um banheiro razoável. Mas não se deu por satisfeita: mandou fazer melhorias por sua conta e me ajudou a decorar a casa. Listava hipóteses, dava conselhos, me orientava. Mas várias vezes tive de constatar que ela não se fiava nem na minha sujeição, nem no meu gosto. Se eu dizia sim, queria entender se de fato eu estava de acordo; se dizia não, me pressionava até que eu mudasse de opinião. Em geral, fazíamos sempre o que ela dizia. Por outro lado, eu raramente me opunha, acompanhava-a sem opor resistências, ao contrário, me esforçava para aprender. Estava subjugada pelo ritmo de suas frases, pelos gestos, pelos penteados, pelas roupas, pelos sapatos, pelos broches, colares e brincos sempre lindos. E ela gostava daquela minha atitude de discípula atenta. Convenceu-me a cortar os cabelos bem curtos, incentivou-me a comprar roupas de seu gosto numa loja caríssima que lhe dava grandes descontos, me deu de presente um par de sapatos de que ela gostava e que teria comprado de bom grado para si, mas não os achava adequados à sua idade, até me levou a um amigo dentista.

Enquanto isso, por causa do apartamento que, segundo Adele, precisava sempre de novas reformas, por causa de Pietro, que estava assoberbado de trabalho, o casamento passou do outono para a primavera, o que permitiu a minha mãe prolongar sua guerra para arrancar dinheiro de mim. Tentei evitar conflitos muito duros demonstrando a ela que eu não me esquecia da minha família de origem. Com a chegada do telefone, mandei pintar o corredor e a cozinha, mandei pôr um novo cortinado com flores bordô na sala de jantar, comprei um casaco para Elisa, adquiri a prestações um aparelho de tv. E a certa altura também resolvi me presentear com alguma coisa: me inscrevi numa autoescola, passei facilmente no exame e tirei minha habilitação. Mas minha mãe se irritou:

"Você gosta de jogar dinheiro fora? Para que a carta se você não tem carro?"

"Depois veremos."

"Quer comprar um automóvel, é? Quanto é mesmo que você tem guardado?"

"Não é de sua conta."

Quem tinha carro era Pietro e, depois de casada, esperava poder usá-lo. Quando ele voltou a Nápoles — justamente de carro — trazendo os pais para que conhecessem minha família, deixou-me guiar um pouco pelo bairro velho e pelo novo. Sempre ao volante percorri o estradão, passei na frente da escola fundamental, da biblioteca, subi pelas ruas onde Lila morara quando casada, retornei, passei rente aos jardinzinhos, e aquela experiência de dirigir é a única coisa divertida de que me lembro. Quanto ao resto, foi uma tarde terrível, à qual se seguiu um jantar interminável. Eu e Pietro nos esforçamos muito para amenizar o incômodo das duas famílias, eram mundos tão distantes que os silêncios foram longuíssimos. Quando os Airota foram embora, levando uma quantidade enorme de sobras por exigência de minha mãe, de repente tive a impressão de estar errando tudo. Eu vinha daquela família, Pietro, da dele, e cada um trazia no corpo os próprios antepassados. Como seria nosso casamento? O que eu teria pela frente? As afinidades prevaleceriam sobre as diferenças? Eu seria capaz de escrever outro livro? Quando, sobre o quê? E Pietro me apoiaria? E Adele? E Mariarosa?

Certa noite, enquanto eu remoía pensamentos desse tipo, me chamaram da rua. Corri para a janela, tinha reconhecido imediatamente a voz de Pasquale Peluso. Descobri que não estava sozinho, estava com Enzo. Fiquei assustada. Àquela hora Enzo não deveria estar em San Giovanni a Teduccio, em casa, com Lila e Gennaro?

"Você pode descer?", Pasquale gritou para mim.

"O que aconteceu?"

"Lina não está se sentindo bem e quer ver você."

Estou indo, disse, e me lancei pelas escadas, embora minha mãe gritasse atrás de mim: aonde você vai a esta hora, volte pra cá.

25.

Não via Pasquale nem Enzo fazia muito tempo, mas não houve preâmbulos, tinham vindo por causa de Lila e me falaram imediatamente sobre ela. Pasquale deixara a barba como a de Che Guevara, e tive a impressão de que aquela mudança o deixou melhor. Os olhos pareciam maiores e mais intensos, os bigodes espessos cobriam seus dentes estragados até quando ria. Já Enzo não tinha mudado, sempre silencioso, sempre concentrado. Somente quando já estávamos no velho carro de Pasquale me dei conta de como era surpreendente vê-los juntos. Estava certa de que ninguém no bairro quisesse ter mais nada a ver com Lila e com Enzo. No entanto as coisas não eram bem assim: Pasquale frequentava a casa deles, tinha acompanhado Enzo até mim, Lila os mandara me procurar juntos.

Foi Enzo quem me contou com seu jeito seco e ordenado o que tinha acontecido: depois do trabalho em um canteiro de obras nos arredores de San Giovanni a Teduccio, estava combinado que Pasquale iria jantar com eles. Mas Lila, que normalmente voltava às quatro e meia da fábrica, às sete, quando Enzo e Pasquale chegaram, ainda não tinha retornado. O apartamento estava vazio, Gennaro estava com a vizinha. Os dois começaram a cozinhar, Enzo deu de comer ao menino. Lila só apareceu por volta das nove, palidíssima, muito nervosa. Não respondeu às perguntas de Enzo e Pasquale. A única frase que disse, com um tom apavorado, foi: minhas unhas estão se soltando. Coisa falsa, Enzo pegara suas mãos e tinha checado, estava tudo certo com as unhas. Então ela ficou furiosa e foi se trancar no quarto com Gennaro. Depois de um tempo gritou que fossem ver se eu estava no bairro, precisava falar urgentemente comigo.

Perguntei a Enzo:

"Vocês brigaram?"

"Não."

"Ela se sentiu mal, se feriu no trabalho?"

"Não me parece, não sei."

Pasquale me disse:

"Agora não vamos ficar ansiosos. Querem apostar que Lina se acalma assim que você chegar? Estou tão contente por termos achado você, agora você é uma pessoa importante, deve ter muitos compromissos."

Como eu me esquivava, ele citou como prova o velho artigo do *Unità*, e Enzo fez sinais de concordância, ele também tinha lido.

"Lina também viu", ele disse.

"E o que ela falou?"

"Estava muito contente com a foto."

"No entanto", resmungou Pasquale, "eles davam a entender que você ainda era uma estudante. Você deveria escrever uma carta ao jornal explicando que já é formada."

Queixou-se do grande espaço que até o *Unità* concedia aos estudantes. Enzo lhe deu razão, e os dois falaram coisas não muito distantes daquelas que ouvi em Milão, apenas o fraseado era mais rude. Estava claro que sobretudo Pasquale queria me entreter com assuntos dignos de alguém que, mesmo sendo amiga deles, aparecia no *Unità* com uma foto daquelas. Mas talvez também o fizessem para espantar a ansiedade, a deles e a minha.

Fiquei escutando. Logo entendi que a relação entre eles se reforçara justamente graças à paixão política. Viam-se com frequência depois do trabalho, em reuniões do partido ou de não sei qual comitê. Eu os ouvi, intervim por gentileza, eles replicaram, mas enquanto isso não conseguia tirar Lila da cabeça, devorada sabe-se lá por que angústia, ela, que era sempre tão resistente. Quando chegamos a San Giovanni eles me pareceram orgulhosos de mim, especialmente Pasquale não tinha perdido nada do que eu dissera e várias vezes me observara pelo espelhinho do retrovisor. Embora tivesse o mesmo tom sabido de sempre — era secretário da seção de bairro do partido comunista —, na verdade atribuía à minha concordância política o poder de sancionar que ele estava certo. Tanto é que, quando se sentiu claramente apoiado, me explicou com algum mal-estar que estava empenhado com Enzo e outros companheiros num duro combate *dentro* do partido, o qual — disse enfezado, batendo as mãos no volante — preferia esperar um assobio de Aldo Moro, como o que se dá a um cão obediente, em vez de acabar com a espera e partir para a luta.

"O que você acha?", perguntou.

"É isso mesmo", respondi.

"Você é excelente", me elogiou então com solenidade enquanto subíamos as escadas sujas, "sempre foi. Não é verdade, Enzo?"

Enzo fez sinal que sim, mas compreendi que a preocupação dele por Lila aumentava a cada degrau — assim como aumentava a minha —, sentindo-se em culpa por ter se distraído com aquelas conversas. Abriu a porta, falou em voz alta estamos aqui e me indicou uma porta com vidro esmerilhado no meio, de onde vinha uma claridade de poucos watts. Bati levemente e entrei.

26.

Lila estava deitada numa caminha, toda vestida. Gennaro dormia a seu lado. Entre, me disse, eu sabia que você viria, me dê um beijo. Beijei-a nas bochechas, sentei no colchãozinho vazio que devia ser de seu filho. Quanto tempo passara desde a última vez em que a tinha visto? Achei-a ainda mais magra, ainda mais pálida, os olhos vermelhos, as fossas nasais feridas, as mãos longas marcadas por cortes. Continuou quase sem pausas, em voz baixa para não acordar o menino: vi sua foto nos jornais, como você está bem, que belos cabelos, sei tudo de você, sei que vai se casar, que ele é um professor, muito bem, vai morar em Florença, desculpe se a fiz vir a esta hora, minha cabeça não me ajuda, se descola que nem papel de parede, ainda bem que você está aqui.

"O que houve?", perguntei, e fiz que ia acariciar sua mão.

Bastaram aquela pergunta e aquele gesto. Arregalou os olhos, se agitou, retraiu a mão bruscamente.

"Não estou bem", disse, "mas espere, não se assuste, já me acalmo."

Acalmou-se. Disse devagar, quase escandindo as palavras:

"Eu a incomodei, Lenu, porque você precisa me fazer uma promessa, eu só confio em você: se me acontecer alguma coisa, se eu acabar num hospital, se me levarem a um manicômio, se não me acharem mais, você deve cuidar de Gennaro, deve ficar com ele, deve criá-lo em sua casa. Enzo é bom, uma ótima pessoa, confio nele, mas não pode dar ao menino as coisas que você poderia."

"Por que você está me dizendo essas coisas? O que você tem? Se não me explicar, não vou entender."

"Antes prometa."

"Tudo bem."

Debateu-se de novo, a ponto de me assustar.

"Não, você não deve me dizer tudo bem; deve dizer aqui, agora, que você fica com o menino. E, se precisar de dinheiro, procure Nino, diga que ele tem de ajudar você. Mas prometa: *eu vou criar o menino*."

Olhei para ela insegura, prometi. Prometi e fiquei ouvindo o que me dizia, por toda a noite.

27.

Talvez esta seja a última vez que falo de Lila com riqueza de detalhes. Depois ela se tornou cada vez mais fugidia, e o material à minha disposição se empobreceu. Culpa da divergência de nossas vidas, culpa da distância. No entanto, mesmo quando morei em outras cidades e não nos encontrávamos quase nunca e ela como sempre não me dava notícias suas e eu me esforçava para não saber dela, sua sombra me espicaçava, me deprimia, me inchava de orgulho, me desinchava, sem nunca me dar sossego.

Aquele acicate, hoje que escrevo, me é ainda mais necessário. Quero que ela esteja aqui, escrevo para isso. Quero que apague, que acrescente, que colabore com nossa história despejando dentro dela, segundo seu estro, as coisas que sabe, que disse ou que pensou: a vez em que se viu diante de Gino, o fascista; a vez em que encontrou Nadia, a filha da professora Galiani; a vez em que retornou à casa no corso Vittorio Emanuele, onde tempos antes se sentira fora de lugar; a vez em que examinou com crueza sua experiência sexual. Quanto aos constrangimentos que senti enquanto a escutava, aos sofrimentos, às poucas coisas que lhe disse durante sua longa narrativa, pensarei depois.

28.

Assim que *A fada azul* se transformou em cinzas voláteis na fogueira do pátio, Lila voltou ao trabalho. Não sei quanto nosso encontro influiu sobre ela, com certeza se sentiu infeliz por dias e dias, mas conseguiu não se indagar por quê. Tinha aprendido que buscar razões lhe fazia mal e esperou que a infelicidade se tornasse primeiro um genérico mau humor, depois melancolia, por fim a ânsia normal de todo dia: cuidar de Gennaro, refazer as camas, manter a casa limpa, lavar e passar as roupas do menino, de Enzo e dela, preparar a comida para os três, entregar Gennaro à vizinha com mil recomendações, correr para a fábrica e ali suportar o cansaço e os abusos, voltar para casa e se dedicar ao filho e também aos meninos com quem Gennaro brincava, preparar o jantar, comer de novo os três juntos, pôr Gennaro na cama enquanto Enzo tirava a mesa e lavava os pratos, voltar à cozinha para ajudá-lo a estudar, algo a que ele dava muita importância e que ela, apesar de exausta, não queria lhe negar.

O que ela via em Enzo? No fim das contas, acho, a mesma coisa que tinha querido ver em Stefano e em Nino: uma maneira de finalmente pôr tudo de pé do modo mais justo. Mas enquanto Stefano, desmoronada a fachada do dinheiro, se revelara uma pessoa sem substância e perigosa; enquanto Nino, desmoronada a fachada da inteligência, se transmudara numa fumaça negra de dor; Enzo por ora lhe parecia incapaz de tristes surpresas. Tinha sido o menino da fundamental que ela, por motivos obscuros, sempre respeitara, e agora era um homem tão intimamente compacto em cada gesto, tão resoluto diante do mundo e tão manso com ela que lhe fazia excluir a hipótese de poder de repente se deformar.

É verdade, não dormiam juntos, Lila não conseguia. Fechavam-se cada um em seu quarto, e ela o escutava se mover além da parede até que todo rumor cessasse e restassem somente os barulhos da casa, do edifício, da rua. Tinha dificuldade de pegar no sono, apesar do cansaço. No escuro, todos os motivos de infelicidade que por prudência deixara sem nome se misturavam e se concentravam em Gennaro. Pensava: em que vai se transformar este menino? Pensava: não devo chamá-lo de Rinuccio, assim o constranjo a retroceder ao dialeto. Pensava: também preciso ajudar os meninos que brincam com ele, se eu não quiser que, estando em sua companhia, ele se estrague. Pensava: não tenho muito tempo, já não sou a mesma de antes, não pego numa caneta, não leio mais um livro.

Às vezes sentia um peso no peito. Se alarmava, acendia a luz em plena noite, olhava o filho dormindo. Reconhecia pouco ou nada de Nino, Gennaro se parecia mais com seu irmão. Quando era mais novo, o menino estava sempre atrás dela, mas agora se aborrecia, gritava, queria ir correndo brincar, lhe dizia palavrões. Amo muito ele — Lila refletia —, mas será que o amo assim como é? Pergunta terrível. Quanto mais examinava o filho, mais percebia que, embora a vizinha de casa o achasse inteligentíssimo, não estava crescendo como ela gostaria. Sentia que os anos em que se dedicara unicamente a ele não tinham servido para nada, agora punha em dúvida que as qualidades de uma pessoa dependessem da qualidade de sua primeira infância. Era preciso ser constante, e Gennaro não tinha nenhuma constância, tal como ela mesma não tinha. Minha cabeça se desvia continuamente, dizia para si, tenho uma constituição ruim, e ele também. Depois se envergonhava de pensar assim e sussurrava ao menino adormecido: você é ótimo, já sabe ler, já sabe escrever, sabe somar e subtrair, sua mãe é uma estúpida, nunca está contente. Então beijava o pequeno na testa e apagava a luz.

Mas o sono continuava se negando a vir, especialmente nas vezes em que Enzo voltava tarde e ia para a cama sem a chamar para estudar. Nesses casos Lila imaginava que ele tivesse se encontrado com alguma prostituta, ou que tivesse uma amante, uma operária da fábrica onde trabalhava, uma militante da célula comunista à qual se filiara prontamente. Os homens são assim mesmo, pensava, pelo menos todos os que eu conheci: precisam trepar o tempo todo, se não se sentem infelizes. Não creio que Enzo seja diferente, por que deveria? De resto eu mesma o rejeitei, o deixei na cama sozinho, não posso pretender nada. Temia apenas que ele se apaixonasse e a mandasse embora. O que a preocupava não era ficar sem um teto, tinha um trabalho na fábrica de embutidos e se sentia forte, surpreendentemente bem mais forte do que quando se casara com Stefano e se vira com muito dinheiro, mas submetida a ele. O que mais a amedrontava era perder a gentileza de Enzo, a atenção que ele prestava a qualquer ansiedade sua, a força tranquila que desprendia e graças à qual a salvara, primeiro da ausência de Nino, depois da presença de Stefano. Tanto mais que, na condição de vida em que se achava agora, ele era o único que a gratificasse continuando a lhe atribuir capacidades extraordinárias.

"Você sabe o que significa isso?"

"Não."

"Olhe bem."

"É alemão, Enzo, e eu não sei alemão."

"Mas, se você se concentrar, logo logo vai saber", ele lhe dizia, em parte brincando, em parte sério.

Enzo, que fizera grandes esforços para obter o diploma e afinal conseguira, achava que ela — apesar de ter parado na quinta série da fundamental — tinha uma inteligência muito mais pronta que a sua, e lhe atribuía a virtude milagrosa de dominar rapidamente qualquer matéria. De fato, quando a partir de pouquíssimos elementos ele se convencera de que não só as linguagens das calculadoras eletrônicas preparavam o futuro do gênero humano, mas também que a elite que primeiramente se apoderasse delas teria um papel extraordinário na história do mundo, logo recorreu a ela.

"Me ajude."

"Estou cansada."

"A gente leva uma vida de merda, Lina, precisamos mudar."

"Pra mim está bom assim."

"O menino passa o dia todo com estranhos."

"Ele já está grandinho, não pode viver numa redoma de vidro."

"Olhe como suas mãos estão."
"As mãos são minhas, e faço com elas o que eu quiser."
"Quero ganhar mais, por você e por Gennaro."
"Pense em suas coisas que eu penso nas minhas."

Reações ásperas, como de costume. Enzo se inscrevera em um curso com apostilas mensais — coisa cara para o bolso deles, que exigia testes periódicos enviados a um centro internacional de elaboração de dados com sede em Zurique, o qual os remetia de volta corrigidos — e aos poucos tinha conseguido envolver Lila, que se esforçara para acompanhá-lo. Mas se comportara de um modo totalmente diverso de como tinha se comportado com Nino, que ela assediara com a obsessão de mostrar para ele que era capaz de ajudá-lo em tudo. Quando estudava com Enzo se mostrava tranquila, não tentava superá-lo. As horas noturnas que dedicavam ao curso eram para ele um esforço, para ela, um sedativo. Talvez por isso, nas raras vezes em que voltava tarde e parecia poder prescindir dela, Lila ficava acordada, ansiosa, escutando a água que escorria no banheiro e com a qual imaginava que Enzo estivesse lavando do corpo todos os vestígios de contato com suas amantes.

29.

Na fábrica — ela logo se dera conta — o cansaço extremo levava as pessoas a querer trepar não com a mulher ou com o marido na própria casa, para onde todos voltavam exaustos e sem vontade, mas ali mesmo, no trabalho, de manhã ou de tarde. Os homens passavam a mão em qualquer oportunidade, faziam propostas assim que passavam ao lado; e as mulheres, sobretudo as menos jovens, riam, se esfregavam com os peitos grandes, se apaixonavam, e o amor se tornava uma distração que atenuava o cansaço e o tédio, conferia uma impressão de vida verdadeira.

Desde os primeiros dias de trabalho os homens tentaram reduzir as distâncias, como para farejá-la. Lila os rechaçava, eles riam ou se afastavam cantarolando cançõezinhas cheias de alusões obscenas. Numa manhã, para deixar as coisas definitivamente às claras, quase arrancou a orelha de um sujeito que, ao passar a seu lado, lhe disse uma frase pesada e lhe tascou um beijo no pescoço. Era um tipo bonitão, de seus quarenta anos, chamado Edo, que falava a todas com um tom insinuante e contava bem as piadas mais nojentas. Lila agarrou-lhe a orelha com uma mão e a retorceu, puxando com toda a força, as unhas cravadas na membrana, sem soltar a presa enquanto ele berrava e tentava se defender dos chutes que ela lhe aplicava. Depois disso, furiosa, foi protestar com Bruno Soccavo.

Desde que Bruno a contratara, Lila o tinha visto poucas vezes, de passagem, sem lhe dar atenção. Já naquela circunstância teve a oportunidade de observá-lo bem, estava de pé, atrás da escrivaninha, e se levantara de propósito, como fazem os cavalheiros quando uma senhora entra no recinto. Lila se surpreendeu: Soccavo tinha o rosto intumescido, os olhos velados pela abundância, o peito pesado e sobretudo uma cor acesa que contrastava como um magma com os cabelos pretíssimos e o branco dos dentes de lobo. Perguntou a si mesma: o que este aqui tem a ver com o rapaz amigo de Nino, que estudava direito? E sentiu que não havia continuidade entre os tempos de Ischia e a fábrica de embutidos: no meio se estendia o vazio, e no salto de um espaço a outro Bruno — quem sabe porque o pai tinha estado mal recentemente, e o peso da empresa (as dívidas, alguns diziam) recaíra de repente em seus ombros — se estragara.

Ela expôs suas razões, ele começou a rir.

"Lina", advertiu, "eu lhe fiz um favor, mas não me arrume confusões. Todos aqui nos esforçamos, não fique sempre com essa arma apontada: de vez em quando as pessoas precisam relaxar, se não a coisa desanda."

"Então relaxem entre vocês."
Ele correu sobre ela um olhar divertido:
"Eu sabia que você gostava de brincar."
"Só gosto quando eu quero."

O tom hostil de Lila o fez mudar o seu. Ficou sério e disse sem lhe dirigir o olhar: você sempre a mesma, como era linda em Ischia. Então lhe indicou a porta: vá trabalhar, vá.

Mas desde então, sempre que cruzava com ela na fábrica, nunca deixava de lhe dirigir a palavra diante de todos, e sempre para lhe fazer um elogio benevolente. Aquela intimidade terminou legitimando a condição de Lila na empresa: caíra nas graças do jovem Soccavo e, por isso, era melhor não mexer com ela. A confirmação pareceu vir quando, numa tarde, logo após a pausa para o almoço, uma mulherona chamada Teresa atravessou seu caminho e lhe disse, debochada: pede-se gentilmente que compareça à maturação. Lila foi para a grande sala onde secavam os salames, um ambiente retangular repleto de carne ensacada que pendia do teto sob uma luz amarela. Bruno estava lá, aparentemente fazendo checagens, mas na verdade queria era conversar.

Enquanto circulava pelo ambiente apalpando e farejando com ar de especialista, pediu-lhe notícias de Pinuccia, a cunhada, e — coisa que irritou Lila — disse sem olhar para ela, examinando um salsichão: seu irmão nunca a satisfez, naquele verão ela se apaixonou por mim, e você, por Nino. Então avançou mais ainda e, dando-lhe as costas, acrescentou: foi graças a ela que descobri que as grávidas adoram fazer amor. Em seguida, sem lhe dar tempo de comentar, ironizar ou se enfurecer, parou no centro do salão e disse que, se a fábrica em seu conjunto lhe dava náusea desde pequeno, ali, na secagem, sempre se sentira bem, havia algo de agradável, de pleno, o produto que chegava a seu término, que se afinava, que exalava seu cheiro, que ficava pronto para ir ao mercado. Veja, toque, lhe disse, é matéria compacta, dura, sinta o perfume que solta:

parece o cheiro de quando um macho e uma fêmea se abraçam e se tocam — você gosta? —, se soubesse quantas eu trouxe aqui desde rapazinho. E nesse ponto ele a pegou pela cintura, desceu a boca sobre seu pescoço comprido ao mesmo tempo em que já lhe apertava a bunda, parecia ter cem mãos, apalpou-as sobre o avental, debaixo, numa velocidade frenética e ofegante, uma exploração sem prazer, uma pura agonia intrusiva.

Cada coisa ali, a começar pelo cheiro dos embutidos, trazia à memória de Lila as violências de Stefano e por alguns segundos se sentiu aniquilada, teve medo de ser trucidada. Até que foi tomada pela fúria, acertou Bruno na cara e entre as pernas, berrou para ele você é um homem de merda, não tem nada aí embaixo, venha cá, tire pra fora que eu arranco, *strunz*.

Bruno a soltou, recuou. Tocou o lábio que sangrava, zombou constrangido, balbuciou: desculpe, pensei que podia haver ao menos um pouco de gratidão. Lila gritou: quer dizer que eu devo pagar tributo senão você me demite, é assim? Ele riu de novo, sacudiu a cabeça: não, se você não quer, não quer, basta, já lhe pedi desculpas, o que mais preciso fazer? Mas ela, fora de si, só agora começava a sentir no corpo o rastro de suas mãos e sabia que isso duraria, não era algo que se tirasse com água e sabão. Recuou para a porta e lhe disse: agora você se safou, mas, me demitindo ou não, juro que você vai maldizer o momento em que me tocou. Saiu enquanto ele murmurava: o que eu lhe fiz, não lhe fiz nada, venha aqui, se todos os problemas fossem esses, vamos fazer as pazes.

Ela retornou a seu posto. Na época trabalhava em meio aos vapores das piscinas, era uma espécie de servente que entre outras coisas devia deixar o piso enxuto, um esforço inútil. Edo, aquele de quem quase arrancara a orelha, a observou com curiosidade. Todos, operárias e operários, ficaram de olho nela enquanto voltava furiosa da secagem. Lila não retribuiu o olhar de ninguém. Pegou um trapo, bateu-o sobre os ladrilhos e começou a esfregá-lo no pavimento pantanoso, escandindo em voz alta, ameaçadora: vamos ver se algum outro filho da puta vai querer testar. Seus colegas se concentraram no trabalho.

Durante dias aguardou a demissão, que não veio. As vezes em que ocorria de passar por Bruno, ele fazia um sorriso gentil, ela respondia com um gesto gelado. Nenhuma consequência, pois, salvo a repulsa por aquelas mãos curtas e os ímpetos de ódio. No entanto, visto que Lila continuava se lixando de todos com a soberba de sempre, os chefetes logo voltaram a atormentá-la, mudando constantemente suas obrigações e fazendo-a trabalhar até a exaustão, enquanto lhe diziam obscenidades. Sinal de que tinham tido permissão para isso.

Não disse nada a Enzo sobre a orelha quase arrancada, sobre a agressão de Bruno, sobre os desaforos e os cansaços de todo dia. Se ele perguntava como estava indo na fábrica, ela respondia com sarcasmo: por que você não me fala como está indo em seu trabalho? E, como ele não dizia nada, Lila zombava um pouco dele e depois se dedicavam juntos aos exercícios do curso apostilado. Refugiavam-se nele por vários motivos, o mais importante era evitar interrogações sobre o futuro: quem eram um para o outro, por que ele cuidava dela e de Gennaro, por que ela aceitava que o fizesse, por que viviam na mesma casa há tanto tempo, mas Enzo esperava inutilmente toda noite que ela fosse procurá-lo, e virava na cama, e revirava, ia à cozinha com a desculpa de beber um gole d'água, lançava um olhar para a porta de vidro a meia altura para ver se ela já tinha apagado a luz e espiar sua sombra. Tensões mudas — bato, o deixo entrar —, dúvidas dele e dela. Por fim preferiam entorpecer-se às voltas com diagramas em blocos, como se fossem aparelhos de ginástica.

"Vamos fazer o esquema da porta que se abre", dizia Lila.

"Vamos fazer o esquema do nó da gravata", dizia Enzo.

"Vamos fazer o esquema de quando amarro os sapatos de Gennaro", dizia Lila.

"Vamos fazer o esquema de quando preparamos o café com a napolitana", dizia Enzo.

Das ações mais simples às mais complicadas, ambos quebravam a cabeça para esquematizar o cotidiano, embora os testes de Zurique não previssem isso. E não porque Enzo quisesse, mas porque como sempre Lila, que tinha começado em surdina, noite após noite se entusiasmou cada vez mais e agora, apesar da casa que à noite ficava gelada, estava tomada pelo delírio de reduzir todo o mundo miserável em que viviam à verdade de 0 e de 1. Parecia tender a uma abstrata linearidade — a abstração que gerava todas as abstrações —, esperando que lhe assegurasse uma perfeição repousante.

"Vamos esquematizar", lhe propôs uma noite, "a fábrica."

"Cada coisa que se faz ali?", ele indagou perplexo.

"Sim."

Ele a olhou e disse:

"Está bem, vamos começar pela sua."

Ela fez uma expressão irritada, murmurou boa noite e foi se recolher em seu quarto.

30.

Aqueles equilíbrios, já bastante precários, se modificaram quando Pasquale reapareceu. Ele trabalhava em um canteiro nas vizinhanças e tinha ido a San Giovanni a Teduccio para uma reunião da seção local do partido comunista. Ele e Enzo se encontraram na rua, casualmente, e logo retomaram a velha intimidade, acabaram falando de política e manifestaram o mesmo descontentamento. A princípio, Enzo se expressou com cautela, mas Pasquale, de surpresa, mesmo tendo um cargo importante no bairro — era secretário de seção —, mostrou-se nem um pouco cauteloso e atacou o partido, acusando-o de revisionista, e o sindicato, que quase sempre fechava os olhos. Os dois estreitaram tanto a amizade que Lila encontrou Pasquale em casa na hora do jantar e precisou arranjar algo para ele também.

A noite começou mal. Ela se sentia observada, precisou se esforçar para não mostrar sua raiva. O que Pasquale queria, espiá-la, dizer ao bairro como ela vivia? Com que direito estava ali, para julgá-la? Não lhe dirigia uma só palavra de amizade, não lhe dava informações sobre sua família, sobre Nunzia, sobre o irmão Rino, sobre Fernando. Em vez disso, lhe lançava olhares de macho, como na fábrica, de quem a está avaliando, e se ela notava, ele virava os olhos para outro lado. Certamente a achava mais feia, com certeza pensava: como é que eu pude me apaixonar por essa aí quando era novo, fui mesmo um idiota. E sem dúvida a considerava uma péssima mãe, já que poderia ter criado o filho no conforto das charcutarias Carracci, e no entanto o arrastara para aquela miséria. A certa altura Lila bufou e disse a Enzo: tire a mesa você, eu estou indo dormir. Mas Pasquale, de surpresa, assumiu o tom das grandes ocasiões e, um tanto emocionado, disse-lhe: Lina, antes que você saia, preciso lhe dizer uma coisa: não há nenhuma mulher como você, você se lança na vida com uma força que, se todos nós a tivéssemos, o mundo já teria mudado quem sabe há quanto tempo. Então, rompido o gelo a partir dali, contou-lhe que Fernando voltara a fazer meias-solas, que Rino se tornara a cruz de Stefano e esmolava dinheiro continuamente, que se via Nunzia muito pouco, já que ela quase nunca saía de casa. Mas — reiterou — você fez bem: ninguém no bairro deu tantos chutes na cara dos Carracci e dos Solara quanto você, e eu estou do seu lado.

Depois daquela noite ele apareceu com frequência, o que comprometeu bastante o estudo das apostilas. Chegava na hora do jantar com quatro pizzas quentes, recitava o papel habitual de quem sabe tudo sobre o funcionamento do mundo capitalista e anticapitalista, e a velha amizade se reforçou. Era evidente que vivia sem afetos; Carmen, sua irmã, estava noiva e tinha pouco tempo para ele. Mas reagia à solidão com um ativismo raivoso, que Lila via com simpatia e curiosidade. Embora moído de cansaço nas obras, se envolvia no sindicato, ia jogar tinta vermelho-sangue no consulado americano, se era preciso ir às vias de fato com os fascistas estava sempre na primeira fila, participava de um comitê operário--estudantil e brigava constantemente com esses últimos. Isso para não falar do partido comunista: por causa de suas posições muito críticas, esperava a qualquer momento perder o cargo de secretário da seção. Com Enzo e Lila falava abertamente, misturando ressentimentos pessoais e razões políticas. Dizem *a mim* que sou inimigo do partido — se queixava —, dizem *a mim* que crio muita confusão, que preciso me acalmar. Mas são *eles* que estão destruindo o partido, são *eles* que o estão transformando numa peça do sistema, foram *eles* que reduziram o antifascismo à vigilância democrática. Mas vocês sabem quem colocaram na chefia da seção do Movimento Social lá do bairro? O filho do farmacêutico, Gino, um servo imbecil de Michele Solara. E eu devo suportar que os fascistas tornem a levantar a cabeça em meu bairro? Meu pai — dizia comovido — deu tudo de si ao partido, e para quê? Para esse antifascismo água com açúcar, para esta merda de hoje? Quando aquele pobre coitado foi parar na cadeia inocente, inocentíssimo — dizia furioso —, pois não foi ele quem matou dom Achille, o partido o abandonou, mesmo tendo sido um grande companheiro, mesmo tendo participado das Quatro Jornadas e combatido na Ponte della Sanità, mesmo se no pós-guerra, lá no bairro, se expôs mais do que qualquer um. E Giuseppina, sua mãe, alguém a tinha defendido? Assim que mencionava a mãe, Pasquale colocava Gennaro nos joelhos e lhe perguntava: está vendo como sua mãe é bonita? Você gosta dela?

Lila escutava. Às vezes pensava que deveria ter dito sim àquele rapaz, o primeiro que a notara, sem olhar para Stefano e o dinheiro dele, sem se meter em ciladas por causa de Nino: permanecer em seu lugar, não pecar por soberba, sossegar a cabeça. Mas noutras vezes, por causa das invectivas de Pasquale, se sentia recapturada pela infância, pela ferocidade do bairro, por dom Achille, por aquele assassinato que ela, quando pequena, tinha contado tantas vezes e com tantos detalhes inventados que agora tinha a impressão de ter estado presente. E assim lhe voltava à mente a prisão do pai de Pasquale, como o carpinteiro gritava, e sua mulher, e Carmen, e não gostava disso, as lembranças reais se confundiam com as falsas, revia a violência, o sangue. Então voltava a si, incomodada, subtraindo-se ao fluxo dos rancores de Pasquale, e para se acalmar o impelia a rememorar, sei lá, o Natal ou a Páscoa em família, a comida gostosa de sua mãe, Giuseppina. Ele logo percebeu esse movimento e talvez tenha pensado que Lila sentisse falta dos afetos familiares, assim como ele sentia. O fato é que certa vez ele chegou sem avisar e disse a ela, todo alegre: olhe quem eu trouxe para você. Era Nunzia.

Mãe e filha se abraçaram, Nunzia caiu num choro longuíssimo, deu de presente um Pinóquio de pano a Gennaro. Mas assim que tentou criticar a filha por suas escolhas, Lila, que de início se mostrara contente por vê-la, lhe disse: mãe, ou fazemos de conta que não houve nada, ou é melhor que você vá embora. Nunzia se ofendeu, passou a brincar com o menino e disse várias vezes, como se de fato falasse com o pequeno: se sua mãe sai pra trabalhar, você, pobre criaturinha, fica com quem? Nessa altura Pasquale entendeu que tinha cometido um erro, disse que já estava tarde, que era preciso ir. Nunzia se levantou e disse à filha, em parte a ameaçando, em parte suplicando. Você — lamentou-se — primeiro nos fez levar uma vida de ricos, e depois nos arruinou: seu irmão se sentiu abandonado e não quer mais ver você, seu pai a apagou da memória; Lina, por favor, não lhe peço que faça as pazes com seu marido, o que é impossível, mas pelo menos se esclareça com os Solara, por culpa sua eles nos tomaram tudo, e Rino, e seu pai, nós, os Cerullo, agora somos de novo ninguém.

Ela ficou escutando e depois quase a empurrou para fora, dizendo: mãe, é melhor que você não volte mais. E também gritou o mesmo para Pasquale.

31.

Muitos problemas misturados: os sentimentos de culpa em relação a Gennaro e a Enzo; os terríveis turnos de trabalho, as horas extras, as safadezas de Bruno; a família de origem, que queria voltar a pesar sobre ela; e aquela presença de Pasquale, com quem não adiantava ser arredia. Ele nunca se incomodava, aparecia sempre alegre, e ora arrastava Lila, Gennaro e Enzo para uma pizzaria, ora os levava de carro até Agerola, para o menino respirar um pouco de ar fresco. Mas acima de tudo tentou envolvê-la em suas atividades. Convenceu-a a se inscrever no sindicato mesmo contra a vontade dela — e fez isso apenas para ferir Soccavo, que não veria a coisa com bons olhos. Emprestou-lhe panfletos de todo o tipo, muito claros, muito essenciais, sobre temas como remuneração, contratação, faixas salariais, sabendo perfeitamente que, se ele não se desse ao trabalho de folheá-los, mais cedo ou mais tarde Lila os leria. Arrastou-a com Enzo e o menino para a Riviera de Chiaia, onde haveria uma manifestação pela paz no Vietnã que acabou numa correria geral: pedras voavam, fascistas faziam provocações, policiais atacavam, Pasquale trocava socos, Lila gritava insultos e Enzo maldizia a hora em que decidira levar Gennaro para aquele pandemônio.

Mas naquela fase houve especialmente dois episódios importantes para Lila. Certa vez Pasquale insistiu muito para que ela fosse ouvir uma companheira importante. Lila aceitou o convite, estava curiosa. Mas quase não escutou a fala — um discurso genérico sobre partido e classe operária — porque a companheira importante chegou atrasada e, quando a reunião finalmente começou,

Gennaro já estava agitado e ela precisou entretê-lo, ora saindo para que ele brincasse na rua, ora voltando para dentro, ora se retirando de novo. No entanto, o pouco que ouviu foi suficiente para que ela se desse conta da excelência daquela mulher e de como se distinguia em tudo do público operário e pequeno-burguês que estava ali. Por isso, quando percebeu que Pasquale, Enzo e alguns outros não se mostravam satisfeitos com o que ela dizia, pensou que estavam sendo injustos, que deveriam ser gratos àquela senhora culta, que tinha ido ali perder seu tempo com eles. E quando Pasquale fez uma intervenção tão polêmica que a companheira deputada se irritou e, elevando o tom, exclamou furiosa: agora chega, vou embora, essa reação agradou a Lila, que se sentiu do lado dela. Mas evidentemente, como sempre, trazia dentro de si sentimentos em tumulto. Quando Enzo gritou em defesa de Pasquale: companheira, *sem nós* você nem sequer existiria, por isso continue aí até que *nós* desejemos e vá embora apenas quando *nós* quisermos, Lila mudou de ideia, se solidarizou de repente com a violência daquele *nós*, teve a impressão de que a mulher o merecia. E voltou para casa raivosa com o menino, que lhe estragara a noite.

Bem mais agitada foi uma reunião do comitê na qual Pasquale, em sua ânsia de engajamento, decidira intervir. Lila compareceu não só porque ele insistira muito, mas também porque achou que a agitação que o levava a tentar compreender as coisas era boa. O comitê se reunia em Nápoles, numa casa antiga da via dei Tribunali. Eles chegaram à noite, no carro de Pasquale, e subiram as escadas arruinadas, mas monumentais. O ambiente era amplo, os presentes, poucos. Lila notou como era fácil distinguir entre os rostos dos estudantes e os dos trabalhadores, a desenvoltura dos líderes e o balbucio dos gregários. E algo logo a contrariou. Os estudantes fizeram exposições que lhe pareceram hipócritas, tinham uma postura humilde que contrastava com suas frases arrogantes. De resto, o refrão era sempre o mesmo: estamos aqui para aprender com vocês, ou seja, com os operários; mas na realidade exibiam ideias claras demais sobre o capital, sobre a exploração, sobre a traição da socialdemocracia, sobre as modalidades da luta de classes. Além disso, descobriu que as poucas mulheres ali, em geral taciturnas, estavam cheias de conversa mole com Enzo e Pasquale. Principalmente Pasquale, que era o mais sociável, era tratado com grande simpatia. Era considerado um operário que, mesmo tendo a carteirinha do partido comunista, mesmo dirigindo uma seção, tinha decidido levar sua experiência de proletário para um âmbito revolucionário. Quando ele e Enzo tomaram a palavra, os estudantes, que entre si só faziam divergir, se mostraram sempre de acordo. Como de costume, Enzo foi de poucas e concentradas palavras. Já Pasquale, misturando italiano ao dialeto, falou com loquacidade inesgotável sobre os progressos que o trabalho político estava tendo nos canteiros de obra da província e lançou indiretas polêmicas contra os estudantes, que eram pouco ativos. No final, sem aviso prévio, pôs Lila na berlinda. Apresentou-a com nome e sobrenome, definiu-a como uma companheira operária que trabalhava numa pequena indústria alimentar e lhe fez muitos elogios.

Lila franziu o cenho, apertou os olhos, não apreciou que todos a observassem como uma ave rara. E quando, depois de Pasquale, uma garota interveio — a primeira entre as mulheres a tomar a palavra —, ficou ainda mais irritada, primeiro, porque se expressava de modo livresco, segundo, porque a citou várias vezes, chamando-a de companheira Cerullo, terceiro, porque já a conhecia: era Nadia, a filha da professora Galiani, a namoradinha de Nino que, em Ischia, lhe endereçava cartas de amor.

De início temeu que Nadia também a tivesse reconhecido, mas, embora a garota falasse voltada quase sempre para ela, não deu nenhum sinal de reconhecê-la. De resto, por que deveria? Quem sabe quantas festas de rico tinha frequentado, e qual multidão de sombras trazia na memória. Lila, ao contrário, tivera apenas aquela única ocasião, de anos antes, que lhe marcara muito. Recordava-se com precisão da casa no corso Vittorio Emanuele, de Nino, de todos aqueles jovens de boa família, dos livros, dos quadros, da experiência desastrosa que tivera, do mal-estar que sentira. Não suportou a situação, levantou-se enquanto Nadia ainda estava falando e saiu com Gennaro, carregando dentro de si uma energia ruim que, não achando válvulas de escape, deu voltas em seu estômago.

Mas logo em seguida retornou ao salão, decidida a dizer o que pensava para não se sentir diminuída. Agora um jovem de cabelo encaracolado estava falando com grande competência sobre a siderúrgica Italsider e o trabalho por empreitada. Lila esperou que o rapaz terminasse e, ignorando o olhar perplexo de Enzo, pediu a palavra. Falou longamente, em italiano, enquanto Gennaro se agitava em seu colo. Começou baixinho, depois prosseguiu em meio ao silêncio geral com uma voz talvez muito alta. Disse provocadora que não sabia nada da classe operária. Disse que só conhecia as operárias e os operários da fábrica em que trabalhava, pessoas com as quais não havia absolutamente nada a aprender senão a miséria. Vocês imaginam — perguntou — o que significa passar oito horas por dia mergulhado até a cintura na água de cozimento das mortadelas? Imaginam o que significa ter os dedos cheios de feridas de tanto descarnar ossos de animais? Imaginam o que significa entrar e sair das câmaras frigoríficas a vinte graus negativos e receber dez liras a mais por hora — dez liras — a título de insalubridade? Se imaginam, o que acham que podem aprender com gente que é forçada a viver assim? As operárias devem permitir que chefetes e colegas passem-lhe a mão na bunda sem dar um pio. Se o patrãozinho sentir necessidade, uma delas deve acompanhá-lo até a câmara de maturação — coisa que já o pai dele fazia, e talvez até o avô — e ali, antes de pular em cima de você, esse mesmo patrãozinho lhe faz um discursinho batido sobre como o cheiro dos salames o excita. Homens e mulheres se submetem a revistas corporais, porque na saída há uma coisa chamada "triagem" que, quando se acende o vermelho em vez do verde, quer dizer que você está levando escondido salames ou mortadelas. A "triagem" é controlada pelo vigia, um espião do patrão, que acende o vermelho não só para os possíveis furtadores, mas especialmente para moças bonitas e arredias e para os encrenqueiros. Esta é a situação na fábrica onde eu trabalho. O sindicato nunca entrou ali, e os operários não passam de uma gente pobre e chantageada, sujeita à lei do patrão, ou seja, eu lhe pago e portanto a possuo e possuo sua vida, sua família e tudo o que está à sua volta, e, se você não fizer do jeito que eu mando, acabo com sua raça.

A princípio ninguém deu um pio. Depois se seguiram outras falas, e todas citaram Lila com devoção. Ao final, Nadia foi abraçá-la. Fez-lhe muitos elogios: como você é bonita, como é inteligente, como fala bem. Depois agradeceu e disse séria: você nos fez entender quanto trabalho ainda temos pela frente. Mas, apesar do tom elevado, quase solene, Lila a achou mais infantil do que lhe pareceu quando, naquela noite de anos atrás, a encontrara com Nino. O que ela e o filho de Sarratore faziam? Dançavam, conversavam, se esfregavam, se beijavam? Já não lembrava mais. Sim, a garota era de um encanto que ficava na memória. E agora, ao vê-la diante de si, pareceu-lhe ainda mais limpa que então, limpa e frágil e tão genuinamente exposta ao sofrimento alheio que parecia sentir o tormento em seu próprio corpo, até o insuportável.

"Você vai voltar?"

"Tenho de cuidar do menino."

"Você tem que voltar, nós precisamos de você."

Mas Lila balançou a cabeça contrariada e repetiu a Nadia: tenho de cuidar do menino, e o mostrou com um gesto da mão, dizendo a Gennaro: se despeça da senhorita, diga que já sabe ler e escrever, mostre a ela como você fala bem. E, como Gennaro escondeu o rosto em seu colo e, por outro lado, Nadia esboçou um sorriso, mas não se mostrou interessada, Lila repetiu: tenho de cuidar do menino, trabalho oito horas por dia, sem contar os extras, gente que se encontra em minha situação só quer poder dormir à noite. Então foi embora transtornada, com a impressão de ter se exposto demais a pessoas de boa índole, sim, mas que, mesmo compreendendo tudo em abstrato, concretamente não podiam entendê-la. *Eu sei* — ficou-lhe na cabeça, sem se tornar som —, *eu sei o que significa uma vida abastada e cheia de boas intenções, você nem sequer imagina o que é a miséria de verdade.*

Uma vez na rua, o mal-estar cresceu. Enquanto caminhavam para o automóvel, sentiu que Pasquale e Enzo estavam carrancudos e intuiu que sua fala os tinha ferido. Pasquale a pegou com delicadeza pelo braço, superando uma distância física que até então jamais tinha ultrapassado, e lhe perguntou:

"Você realmente trabalha nessas condições?"

Ela, incomodada com o contato, retraiu o braço e se insurgiu:

"E você? Como é que você trabalha? Como vocês dois trabalham?"

Não responderam. Trabalhavam duramente, isso era certo. E pelo menos Enzo tinha com certeza sob os olhos, na fábrica, algumas operárias esgotadas pelo cansaço, pelas humilhações e obrigações domésticas, tanto quanto Lila. No entanto, agora, ambos se horrorizavam com as condições em que *ela* trabalhava, não o podiam tolerar. É preciso esconder tudo deles, dos homens. Prefeririam não saber, preferiam fazer de conta que o que acontecia em seus ambientes por algum milagre não ocorreria com as mulheres ligadas a eles e que — esta era a ideia que os acompanhara desde a infância — deviam proteger mesmo correndo o risco de serem assassinados. Diante daquele silêncio, Lila ficou ainda mais furiosa.

"Vão tomar no cu", disse, "vocês e a classe operária."

Entraram no carro e trocaram apenas umas frases genéricas durante a viagem até San Giovanni a Teduccio. Mas, quando Pasquale os deixou na porta do prédio, lhe disse sério: não há o que fazer, você é sempre a melhor — e então partiu para o bairro. Enzo, por sua vez, com o menino dormindo em seus braços, murmurou taciturno:

"Por que você nunca me falou nada? Alguém na fábrica pôs as mãos em você?"

Estavam exaustos, e ela decidiu acalmá-lo. Disse:

"Comigo não ousariam."

32.

Dias depois os problemas começaram. Lila chegou ao trabalho de manhã cedo, sobrecarregada por mil incumbências e totalmente despreparada para o que estava prestes a acontecer. Fazia muito frio, há dias ela estava tossindo, com um resfriado. Já na estrada encontrou dois rapazes, deviam ter decidido cabular a escola. Um deles a cumprimentou com certa intimidade e lhe deu não um folheto, como é mais comum, mas um caderninho mimeografado de várias páginas. Ela respondeu ao cumprimento com um olhar perplexo, tinha visto o rapaz no comitê da via dei Tribunali. Depois meteu o fascículo no bolso do capote e passou por Filippo, o vigia, sem sequer lhe dirigir o olhar, tanto que ele gritou: olha lá, hein, agora não se diz nem bom dia?

Trabalhou com o afinco de sempre — naquele período estava na descarnagem — e se esqueceu do rapaz. Na hora do almoço foi para o pátio com a marmita e procurou um cantinho ao sol para comer, mas Filippo, assim que a avistou, saiu da guarita e caminhou até ela. Era um homem de seus cinquenta anos, de baixa estatura, pesado, propenso às obscenidades mais asquerosas, mas também inclinado a sentimentalismos melosos. Recentemente nascera seu sexto filho, e ele se comovia facilmente, sacava a carteira do bolso e impunha a todos a foto do menino. Lila pensou que ele decidira mostrá-la também a ela, mas não era isso. O homem tirou do bolso do casaco o texto mimeografado e lhe disse em tom muito agressivo:

"Cerù, escute bem o que eu vou lhe dizer: se as coisas que estão escritas aqui foi você quem contou a esses *strunz*, cê tá numa enrascada fodida, sabia disso?"

Ela respondeu gélida:

"Não sei de que merda você está falando, me deixe comer."

Filippo abriu com raiva o fascículo em sua cara e esbravejou:

"Não sabe, né? Então leia. Aqui dentro a gente sempre viveu na paz e amor e só uma puta que nem você podia falar essas coisas por aí. Eu acendo a triagem quando me dá na telha? Eu fico bolinando as mulheres? Eu, um pai de família? Olhe bem, ou dom Bruno faz você pagar por isso, e caro, ou juro por Deus que eu mesmo quebro sua cara."

Então deu meia-volta e retornou à guarita.

Lila acabou de comer com calma, depois recolheu o panfleto. O título era pretensioso: Enquete sobre a condição operária em Nápoles e província. Folheou as páginas, achou uma inteira dedicada à fábrica de embutidos Soccavo. Leu palavra por palavra tudo o que saíra de sua boca na reunião em via dei Tribunali.

Fez de conta que não era nada. Deixou o fascículo no chão, voltou sem olhar para a guarita e retomou o trabalho. Mas estava furiosa com quem a metera naquela confusão sem nem mesmo avisá-la: sobretudo com Nadia, a santinha; com certeza foi ela quem escreveu aquela droga, toda certinha e cheia de afetações emocionadas. Enquanto trabalhava com a faca na carne fria e o cheiro a nauseava e a raiva crescia, sentiu em torno de si a hostilidade dos colegas de trabalho, homens e mulheres. Todos se conheciam havia tempos, sabiam que eram vítimas coniventes e não tinham a menor dúvida de quem tinha sido a delatora: ela, a única que se comportara desde o início como se a necessidade de labutar não se confundisse com a necessidade de se humilhar.

À tarde Bruno apareceu e, logo em seguida, mandou chamá-la. Estava com o rosto mais vermelho que o habitual, trazia na mão o panfleto mimeografado.

"Foi você?"

"Não."

"Me diga a verdade, Lina: lá fora já tem gente demais fazendo confusão, você também se juntou a eles?"

"Já disse que não."

"Não, hein? Mas aqui não há ninguém que tenha a capacidade e a cara de pau de inventar todas essas lorotas."

"Deve ter sido um dos funcionários."

"Os funcionários menos ainda."

"Então o que você quer de mim, os passarinhos estão cantando por aí, vá se informar com eles."

Ele bufou, parecia realmente amargurado. Disse:

"Eu lhe dei um trabalho. Fiquei quieto quando você se inscreveu na Cgil, meu pai a expulsaria a pontapés. Tudo bem, cometi uma tolice lá na maturação, mas lhe pedi desculpas, você não pode dizer que a persegui. E você faz o quê? Se vinga expondo assim meu estabelecimento e dizendo preto no branco que eu levo as operárias para a secagem? Mas desde quando eu, com as operárias, você é maluca? Já estou me arrependendo do bem que lhe fiz."

"O bem? Eu trabalho que nem uma condenada, e você me paga uma ninharia. Eu faço muito mais bem a você do que você a mim."

"Está vendo? Está falando como aqueles imbecis. Tenha a coragem de admitir que quem escreveu isto aqui foi você."

"Eu não escrevi nada."

Bruno torceu a boca, olhou as páginas diante de si, e ela percebeu que ele vacilava, não conseguia se decidir: adotar tons mais duros, ameaçá-la, demiti-la, recuar e tentar entender se havia outras iniciativas daquele tipo em andamento? Por fim ela se decidiu e disse em voz baixa — de má vontade, mas com um pequeno trejeito cativante que se chocava com a lembrança da violência dele, ainda viva em seu corpo — três frases conciliadoras:

"Confie em mim, eu tenho um filho pequeno para criar, realmente não fiz isso aí."

Ele fez sinal que sim, mas também resmungou, descontente:

"Sabe o que você me obriga a fazer agora?"

"Não, e não quero saber."

"Mesmo assim vou lhe dizer. Se aqueles lá são seus amigos, avise a eles: se voltarem a fazer arruaça aqui em frente, vou mandar dar tanta porrada neles que vão até perder a vontade. Quanto a você, fique atenta: se puxar mais a corda, vai ver que arrebenta."

Mas o dia não terminou ali. Na saída, quando Lila passou, o vermelho da triagem se acendeu. Era o ritual de sempre: todos os dias o vigia escolhia alegremente três ou quatro vítimas, as garotas tímidas se deixavam apalpar de olhos baixos, as mulheres escoladas riam e diziam: Filì, se você quer tocar, toque, mas ande logo que eu preciso ir cozinhar. Naquela vez Filippo só parou Lila. Fazia frio, soprava um vento forte. O vigia saiu da guarita. Lila estremeceu e disse:

"Se você tocar em mim, juro por Deus que eu mato você ou mando alguém matar."

Carrancudo, Filippo apontou uma mesinha de bar que estava sempre ao lado da guarita.

"Esvazie os bolsos um de cada vez, ponha tudo aqui em cima."

Lila encontrou no casaco uma linguiça fresca, sentiu com desgosto a carne mole compactada dentro da tripa. Tirou para fora, caiu na risada e falou:

"Que gente de merda vocês são, todos vocês."

33.

Ameaças de denúncia por furto. Corte de salário, multa. E ofensas de Filippo a ela, dela para Filippo. Bruno não deu as caras, no entanto com certeza ainda estava na fábrica, o carro dele estava no pátio. Lila intuiu que, a partir daquele momento, as coisas piorariam ainda mais para ela.

Voltou para casa mais cansada que de costume, se irritou com Gennaro, que queria ficar com a vizinha, preparou o jantar. A Enzo disse que ele estudasse as apostilas sozinho, e se deitou cedo. Como não conseguia se esquentar debaixo das cobertas, levantou-se e vestiu uma malha de lã sobre a camisola. Estava se deitando de novo quando de repente, sem uma razão evidente, o coração lhe subiu à garganta e começou a bater tão forte que parecia o coração de um outro.

Já conhecia aqueles sintomas, eles acompanhavam aquilo que, em seguida — onze anos mais tarde, em 1980 —, batizou de desmarginação. Mas nunca ocorrera de se manifestar de modo tão violento, e além disso era a primeira vez que acontecia estando ela sozinha, sem pessoas ao redor que, por um motivo ou por outro, desencadeassem aquele efeito. Depois, com um movimento de horror, se deu conta de que não estava sozinha de fato. De sua cabeça atordoada estavam saindo figuras e vozes do dia, a flutuar pelo quarto: os dois rapazes do comitê, o vigia, os colegas de trabalho, Bruno na sala da maturação, Nadia, todos muito velozes, como num filme mudo, até os sinais da luz vermelha da triagem tinham intervalos brevíssimos, até Filippo, que arrancava a linguiça de suas mãos e lhe gritava ameaças. Tudo um truque da mente: no quarto, com exceção de Gennaro na caminha ao lado, com sua respiração regular, não havia pessoas e sons verdadeiros. Mas isso não a acalmou, ao contrário, multiplicou seu assombro. As batidas do coração agora eram tão fortes que pareciam capazes de explodir a engrenagem das coisas. A tenacidade do aperto que encerrava as paredes do quarto se enfraquecia, os choques violentos na garganta sacudiam a cama, abriam rachaduras no reboco, descolavam a calota craniana, talvez estraçalhassem o menino, sim, o estraçalhariam como a um boneco de plástico, abrindo-lhe o peito, o ventre e a cabeça para revelar seu interior. Preciso afastá-lo daqui, pensou, quanto mais perto ele estiver, mais provável que se desfaça. Mas se lembrou de outro menino que tinha afastado de si, o menino que não conseguira formar-se em sua barriga, o filho de Stefano. Eu o expulsei, ou pelo menos era o que diziam Pinuccia e Gigliola às minhas costas. E talvez de fato eu tenha feito isso, o expulsei de mim de propósito. Por que nada, até agora, realmente deu certo comigo? E por que eu deveria me agarrar ao que não deu certo? As batidas não davam impressão de serenar, as figuras de fumaça a perseguiam com um zumbido de vozes, saiu de novo da cama, sentou-se na borda. Estava coberta de um suor grudento, pareceu-lhe óleo gelado. Apoiou os pés nus contra a caminha de Gennaro, o empurrou devagar, para afastá-lo, mas não muito: temia destruí-lo se o mantivesse por perto, e perdê-lo, se o distanciasse muito. Foi à cozinha com passos curtos, apoiando-se nos móveis, nas paredes, mas olhando sempre para trás, com medo de que o piso cedesse arrastando Gennaro para baixo. Bebeu água da torneira, lavou o rosto e o coração parou de repente, arremessando-a para a frente como depois de uma freada brusca.

Acabara. O encaixe das coisas recuperou a aderência, o corpo lentamente voltou aos eixos, e ela se enxugou. Lila agora tremia e estava tão cansada que as paredes giravam à sua volta; teve medo de desmaiar. Preciso ir até Enzo, pensou, recuperar calor: entrar na cama dele agora, me apertar contra suas costas enquanto ele dorme, recuperar eu mesma o sono. Mas desistiu. Sentiu no rosto o pequeno trajeto gracioso que fizera quando disse a Bruno: *confie em mim, eu tenho um filho pequeno para criar, realmente não fiz isso aí*, uma expressão cativante, talvez sedutora, o corpo de fêmea agindo autonomamente apesar do asco. Sentiu vergonha: como pudera se comportar daquela maneira sabendo o que Soccavo lhe fizera na secagem? E no entanto. Ah, pressionar os machos e impeli-los como bichinhos obedientes para finalidades que não eram as deles. Não, não, chega, no passado ela agira assim por vários motivos, quase sem se dar conta, com Stefano, com Nino, com os Solara, talvez também com Enzo; agora não queria mais isso, se viraria sozinha: com o vigia, com os colegas de trabalho, com os estudantes, com Soccavo, com a própria cabeça cheia de pretensões que não conseguia se resignar e, desgastada pelo choque com pessoas e coisas, começava a ceder.

34.

Ao despertar, descobriu que estava com febre, tomou uma aspirina e foi trabalhar mesmo assim. No céu ainda noturno havia uma luz tênue, azulada, que roçava construções baixas, campos lamacentos e destroços. Já na embocadura do trecho descampado que levava à fábrica, enquanto evitava as poças, notou que os estudantes agora eram quatro, os dois do dia anterior, um terceiro da mesma idade e um gordo, decididamente obeso, de seus vinte anos. Estavam colando no muro cartazes que convocavam para a luta e começavam a distribuir um folhetinho com o mesmo teor. Porém, se no dia anterior, por curiosidade, por gentileza, operários e operárias tinham aceitado receber o panfleto, agora a maior parte ou seguia em frente de cabeça baixa, ou pegava o papel e imediatamente o amassava para jogar no lixo.

Tão logo viu que os rapazes já estavam ali, pontuais como se o que chamavam de trabalho político tivesse horários mais rígidos que o dela, Lila sentiu antipatia. A antipatia se transformou em hostilidade quando o jovenzinho do dia anterior a reconheceu e foi a seu encontro correndo, com ar cordial e um bom número de folhetos na mão.

"Tudo certo, companheira?"

Lila não lhe deu bola, estava com a garganta inflamada, as têmporas latejando. O rapaz insistiu, falou inseguro:

"Sou Dario, talvez não se lembre, nos vimos na via dei Tribunali."

"Já sei quem você é, caralho", explodiu Lila, "mas não quero conversa nem com você nem com seus amigos."

Dario ficou sem palavras, diminuiu o passo, falou quase para si:

"Não quer o folheto?"

Lila não respondeu para evitar ofendê-lo ainda mais. Mas guardou na memória a cara desorientada do rapaz, aquela expressão que as pessoas fazem quando se sentem do lado certo e não entendem como é que os outros não compartilham sua opinião. Pensou que deveria ter lhe explicado direito por que tinha dito as coisas que disse no comitê, e por que achara insuportável que tudo aquilo fosse parar no texto mimeografado, e por que motivo julgava inútil e estúpido que eles quatro, em vez de ainda estarem na cama ou se preparando para entrar numa sala de aula, estivessem ali, no frio, distribuindo um folheto apinhado de frases a pessoas que mal sabiam ler e, pior, não tinham razões para se submeter àquele esforço, uma vez que elas já conheciam aquelas coisas, as viviam todos os dias, e podiam contar outras ainda piores, sons impronunciáveis que ninguém jamais teria dito, escrito, lido, e que no entanto custodiavam em potência as verdadeiras razões de sua subalternidade. Mas estava com febre, cansada de tudo, seria muito extenuante para ela. De todo modo, já tinha chegado ao portão, e ali o cenário estava se complicando.

O vigia esbravejava com o rapaz mais velho, o obeso, gritando-lhe em dialeto: passe dessa linha, passe, *strunz*, assim você entra sem permissão numa propriedade privada e eu lhe dou um tiro. O estudante, igualmente agitado, replicava rindo, uma risada larga, agressiva, que acompanhava de insultos: chamava-o de servo, berrava em italiano atire, me mostre se você sabe atirar, isto aqui não é propriedade privada, tudo o que há aqui dentro pertence ao povo. Lila passou ao lado de ambos — quantas vezes assistira a patacoadas como aquelas: Rino, Antonio, Pasquale, até Enzo, todos eram mestres naquelas patifarias — e disse a Filippo, séria: faça a vontade dele, não perca tempo com conversas, alguém que poderia estar dormindo ou estudando e em vez disso está aqui, enchendo o saco, merece levar um tiro. O vigia olhou para ela, ouviu e ficou de boca aberta, tentando entender se estava realmente o encorajando a fazer uma loucura ou se debochava dele. Já o estudante não teve dúvidas, a mirou com raiva e gritou: vá, entre, vá lamber o saco do patrão, e recuou alguns passos balançando a cabeça; depois, continuou distribuindo folhetos a dois metros do portão.

Lila avançou pelo pátio. Já estava cansada às sete da manhã, sentiu os olhos queimando, oito horas de trabalho lhe pareceram uma eternidade. Nesse momento, surgiu atrás de si um barulho de freios e gritos de homens, e ela se virou. Dois carros tinham chegado, um cinza e um azul. Alguém desceu do primeiro e começou a arrancar os cartazes recém-colados no muro. A coisa vai ficar feia, pensou Lila, e instintivamente fez o caminho inverso, mesmo sabendo que devia agir como os outros, se apressar, entrar e começar o trabalho.

Deu poucos passos, o suficiente para distinguir com clareza o jovem que estava ao volante do carro cinza: era Gino. Pôde vê-lo abrir a porta e, alto, a massa de músculos em que se transformara, sair do automóvel empunhando um bastão. Os outros, os que estavam arrancando os cartazes, os que mais preguiçosamente estavam ainda deslizando para fora do carro, sete ou oito ao todo, seguravam correntes e barras de ferro. Quase todos fascistas do bairro, e Lila reconheceu alguns. Fascistas como tinha sido o pai de Stefano, dom Achille, e como se revelara o próprio Stefano, fascistas como os Solara, avô, pai, netos, ainda que às vezes posassem de monarquistas, às vezes de democratas-cristãos, segundo a conveniência. Detestava-os desde que, garotinha, imaginara cada detalhe de suas abjeções, desde que teve a impressão de descobrir que não havia modo de se livrar deles, de começar tudo do zero. A ligação entre passado e presente nunca cedera de fato, o bairro os amava em sua larga maioria, os bajulava, e eles surgiam com seu negrume a cada ocasião de violência.

Dario, o rapazinho da via dei Tribunali, foi o primeiro a reagir: correu para protestar contra os cartazes arrancados. Levava na mão o maço de folhetos, e Lila pensou: jogue fora, cretino, mas ele não fez isso. Ouviu que ele falava em italiano frases inúteis, do tipo parem com isso, vocês não têm o direito, e enquanto isso viu que se virava para os companheiros em busca de ajuda. Não sabe nada sobre como se luta: nunca perder de vista o adversário, no bairro não havia blá-blá-blá, no máximo se lançavam gritos com olhos esbugalhados de meter medo e, nesse meio tempo, se golpeava primeiro, fazendo o maior estrago possível, sem parar, e eram os outros que deviam detê-lo se fossem capazes. Um dos que estavam arrancando os cartazes se comportou justamente desse modo: atingiu Dario na cara sem preâmbulos, com um soco, derrubando-o entre os folhetos que tinham caído, e então foi para cima dele e continuou a golpeá-lo, enquanto os papéis esvoaçavam em torno como se houvesse uma excitação feroz nas próprias coisas. A essa altura o estudante obeso se deu conta do rapaz no chão e correu em seu socorro de mãos vazias, mas foi parado no meio do caminho por um sujeito armado de corrente, que o acertou em um braço. O jovem então agarrou furioso a corrente e começou a puxar para arrancá-la do agressor, e os dois passaram a disputá-la por alguns segundos, aos insultos. Até que Gino chegou pelas costas do estudante gordo e o abateu com uma paulada.

Lila se esqueceu da febre, do cansaço e correu para o portão, mas sem um propósito definido. Não sabia se queria ter uma visão mais clara, se queria ajudar os estudantes, se simplesmente era movida por um instinto que sempre tivera e em virtude do qual as pancadas não a atemorizavam, ao contrário, acendiam sua fúria. Mas não fez a tempo de voltar para a rua, precisou esquivar-se para não ser arrastada por um grupinho de operários que estava passando às carreiras pelo portão. Alguns tinham tentado conter os espancadores, certamente Edo e mais uns outros, mas não conseguiram e agora estavam fugindo. Fugiam homens e mulheres, todos perseguidos por dois jovens com barras de ferro. Uma que se chamava Isa, uma funcionária, gritou correndo para Filippo: intervenha, faça alguma coisa, chame os guardas; e Edo, que estava com uma mão sangrando, disse em voz alta para si: vou buscar o machado e depois veremos. Assim, quando Lila chegou à estrada de terra, o carro azul já havia partido e Gino estava entrando no cinza; mas ele a reconheceu, parou estupefato e disse: Lina, você veio parar aqui? Então, puxado para dentro pelos camaradas, deu a partida e arrancou, gritando pela janela: você bancava a madame, cretina, e olha em que merda se transformou.

35.

O dia de trabalho transcorreu numa ansiedade que Lila, como de costume, tratou de ocultar por trás de uma atitude ora desdenhosa, ora ameaçadora. Todos deram a entender que a culpa por aquele clima de tensão, desencadeado de repente em um estabelecimento sempre tranquilo, era dela. Mas logo se delinearam dois partidos: um, constituído de poucos, queria reunir-se em algum lugar durante o intervalo do almoço e aproveitar o estado das coisas para convencer Lila a levar ao dono da fábrica uma cautelosa reivindicação econômica; outro, composto pela maioria, nem sequer dirigia a palavra a Lila e era contrário a qualquer iniciativa que complicasse uma vida de trabalho já complicada. Entre os dois grupos não houve meio de se chegar a um acordo. Aliás, Edo, que pertencia ao primeiro grupo e estava bastante nervoso com o ferimento na mão, chegou a dizer a um integrante do partido oposto: se minha mão infeccionar, se eu a perder, vou até sua casa, jogo uma lata de gasolina e queimo você e toda sua família. Lila ignorou ambas as facções. Manteve-se fechada e trabalhou de cabeça baixa com a eficiência habitual, afugentando o bate-boca, os insultos e o resfriado. Mas refletiu muito sobre o que a aguardava, e um vórtice de pensamentos diversos lhe passou pela cabeça febril: o que acontecera com os estudantes espancados, para onde tinham fugido, em que enrascada a tinham metido; Gino espalharia fofocas sobre ela em todo o bairro, contaria tudo a Michele Solara; que humilhação pedir favores a Bruno, no entanto não havia outra possibilidade, temia ser demitida, temia perder um salário que, mesmo sendo miserável, permitia que ela gostasse de Enzo sem o considerar fundamental para sua sobrevivência e a de Gennaro.

Depois tornou a se lembrar de sua noite terrível. O que tinha acontecido? Devia ir a um médico? E se o médico encontrasse alguma doença, como ela faria com o trabalho e o menino? Cuidado, não se agite, precisava se reorganizar. Por isso, no intervalo do almoço, vencida pelas preocupações, resignou-se a falar com Bruno. Queria conversar sobre a brincadeira maldosa da linguiça, sobre os fascistas de Gino, e reafirmar que não tinha culpa naquilo. Mas antes, sentindo desprezo por si, trancou-se no banheiro para ajeitar os cabelos e passar um pouco de batom. No entanto a secretária lhe comunicou hostil que Bruno não estava e quase seguramente não viria durante toda a semana. Foi tomada de novo pela ansiedade. Cada vez mais nervosa, pensou em pedir a Pasquale que impedisse os estudantes de voltarem ao portão, disse para si que, afastados os rapazes do comitê, os fascistas também sumiriam, e a fábrica se acalmaria dentro de seus velhos hábitos. Mas como localizar Peluso? Não sabia onde era o canteiro em que ele trabalhava, não se sentia disposta a ir procurá-lo no bairro, temia ter de cruzar com sua mãe, com o pai, sobretudo com o irmão, com quem não queria se encontrar. Assim, esgotada, somou todos os seus desgostos e decidiu recorrer diretamente a Nadia. Ao final do turno correu para casa, deixou para Enzo um bilhete em que lhe dizia que preparasse o jantar, cobriu bem Gennaro com capote e gorro e subiu, ônibus após ônibus, até o corso Vittorio Emanuele.

O céu tinha tons pastéis, nem sequer uma nesga de nuvem, mas a luz do final da tarde estava cedendo e o vento era forte, soprando um ar violeta. Recordou-se com precisão da casa, do portão, de cada coisa, e a humilhação de anos atrás lhe acendeu mais ainda o fastio de agora. Como o passado era friável, desmoronava continuamente, caía sobre ela. Daquela casa onde ela havia entrado comigo numa festa que a fizera sofrer agora saía rodopiando Nadia, a ex-namorada de Nino, para fazê-la sofrer ainda mais. Mas ela não era do tipo de ficar quieta, e foi até lá arrastando Gennaro consigo. Queria dizer àquela garotinha: você e os outros estão criando problemas para meu filho; pra você é apenas uma diversão, nunca lhe acontecerá nada de grave; pra mim, pra ele, não, é coisa séria, então ou você faz algo para consertar tudo, ou eu quebro sua cara. Pretendia falar exatamente assim, e tossia enquanto a raiva aumentava, não via a hora de desabafar.

Encontrou o portão aberto. Subiu as escadas, lembrou-se de mim e dela, de Stefano, que nos acompanhara à festa, das roupas, dos sapatos, de cada palavra que trocamos na ida e na volta. Tocou, a própria professora Galiani lhe abriu a porta, idêntica a como a recordava, gentil, toda arrumada até dentro de casa. Em comparação a ela, Lila se sentiu suja: pelo cheiro de carne crua que trazia impregnado no corpo, pelo resfriado que lhe congestionava o peito, pela febre que desordenava os sentimentos, pelo menino que a importunava se lamuriando em dialeto. Perguntou bruscamente:

"Nadia está?"

"Não, saiu."

"Quando ela volta?"

"Lamento, não sei dizer, daqui a dez minutos, uma hora; ela faz o que lhe dá na telha."

"Pode dizer que Lina a procurou?"

"É algo urgente?"

"Sim."

"Quer dizer a mim?"

Dizer a ela o quê? Lila se desconcertou, seu olhar vagou para além de Galiani. Entrevia-se a antiguidade aristocrática dos móveis e dos lampadários, a biblioteca repleta de livros que a encantara, os quadros preciosos nas paredes. Pensou: aí está o mundo que Nino ambicionava antes de se atolar em mim. Pensou: o que é que eu sei dessa outra Nápoles, nada; nunca vou viver aqui, nem Gennaro; então que seja destruída, que venham o fogo e as cinzas, que a lava chegue até o topo das colinas. Depois finalmente respondeu: não, obrigada, preciso falar com Nadia. E já estava para se despedir, tinha sido uma viagem inútil. Mas gostara do andamento hostil com que a professora tinha falado da filha e exclamou com um tom subitamente frívolo:

"Sabe que anos atrás eu estive em uma festa nesta casa? Eu imaginava não sei o quê, mas no fim das contas me entediei, não via a hora de sair."

36.

Galiani também deve ter percebido algo que lhe agradou, talvez uma franqueza no limite da descortesia. Porém, quando Lila mencionou nossa amizade, a professora se mostrou contente e exclamou: ah, sim, Greco, ela nunca mais deu notícias, o sucesso deve ter subido à cabeça. Então convidou mãe e filho a se acomodarem na sala de estar, onde tinha deixado o neto brincando, um menino louro a quem quase ordenou: Marco, cumprimente seu novo amigo. Lila, por sua vez, fez o filho dar um passo à frente e disse: vá, Gennaro, brinque com Marco, e se sentou numa antiga e confortável poltrona verde, continuando a falar sobre a festa de anos atrás. A professora lamentou não ter nenhuma lembrança dela, mas Lila se recordava de tudo. Disse que tinha sido uma das piores noites de sua vida. Contou como se sentira fora de lugar, ironizou pesadamente as conversas que escutara sem entender nada. Eu era muito ignorante, exclamou com alegria excessiva, e hoje sou ainda mais.

Galiani ficou ouvindo e se espantou com sua sinceridade, com o tom desconcertante, as frases ditas num italiano muito intenso, a ironia habilmente controlada. Deve ter sentido em Lila, suponho, aquele algo de inapreensível que seduzia e ao mesmo tempo alarmava, uma potência de sereia: acontecia com qualquer um, aconteceu também com ela, e a conversa só se interrompeu quando Gennaro deu um tapa em Marco e gritou um insulto em dialeto, arrancando um carrinho verde das mãos dele. Lila se levantou furiosa, agarrou o filho pelo braço, deu vários tapas vigorosos na mão que tinha batido no outro menino e, embora Galiani lhe dissesse, branda: deixe pra lá, são crianças, o censurou com dureza e o obrigou a devolver o brinquedo. Marco chorava, Gennaro não derramou uma lágrima, ao contrário, arremessou contra o outro o brinquedo com desprezo. Lila bateu nele de novo, muito forte, na cabeça.

"Vamos embora", disse então, nervosa.

"Não, fique mais um pouco."

Lila voltou a se sentar.

"Ele não é sempre assim."

"É um menino lindo. Não é verdade, Gennaro, que você é bonito e bonzinho?"

"Ele não é nada bonzinho, não é mesmo. Mas é inteligente. Apesar de pequeno, sabe ler e escrever todas as letras, maiúsculas e cursivas. E então, Gennà, quer mostrar à professora como você sabe ler?"

Pegou uma revista sobre uma bela mesinha de cristal, indicou ao acaso uma palavra na capa e disse: vamos, leia. Gennaro se recusou, Lila lhe deu um tapinha no ombro e repetiu ameaçadora: leia, Gennà. O menino decifrou de má vontade: d-e-s-t, e então parou, fixando com raiva o carrinho de Marco. Marco o apertou forte contra o peito, deu um sorrisinho e leu com desenvoltura: *destinação*.

Lila ficou mal, fechou o cenho, olhou o neto de Galiani com antipatia.

"Ele lê bem."

"Porque lhe dedico muito tempo. Já os pais andam sempre por aí."

"Quantos anos ele tem?"

"Três anos e meio."

"Parece mais velho."

"É verdade, ele é bem desenvolvido. Seu filho tem que idade?"

"Vai fazer cinco anos", admitiu Lila contrariada.

A professora fez um carinho em Gennaro e lhe disse:

"Mamãe o fez ler uma palavra difícil, mas você é excelente, vê-se perfeitamente que sabe ler."

Naquele instante houve uma agitação, a porta da escada se abriu e se fechou, rumor de passos pela casa, vozes masculinas, vozes femininas. Meus filhos chegaram, disse Galiani, e chamou: Nadia. Mas não foi Nadia quem apareceu na sala, em vez dela surgiu ruidosamente uma garota magra, muito pálida, louríssima e com olhos de um azul tão azul que parecia falso. A jovem abriu os braços e gritou para Marco: quem vai dar um beijo na mamãe? O menino correu em sua direção e ela o abraçou e encheu de beijinhos, enquanto Armando, o filho mais velho de Galiani, se aproximava. Lila também se lembrou dele imediatamente e o observou enquanto quase arrancava Marco dos braços da mãe, gritando: vamos, pelo menos trinta beijos também no papai. Então Marco passou a beijar o pai na bochecha, contando: um, dois, três, quatro.

"Nadia", chamou de novo Galiani com um tom subitamente irritado, "está surda? Venha aqui, há uma visita para você."

Finalmente Nadia entrou na sala. Atrás dela apareceu Pasquale.

37.

O aborrecimento de Lila tornou a explodir. Então quer dizer que, depois do trabalho, Pasquale corria para a casa daquela gente, entre mães, pais, avós, tias e crianças felizes, todos afetuosos, todos bem instruídos, todos tão liberais a ponto de acolhê-lo como um deles, embora fosse pedreiro e ainda trouxesse os vestígios sórdidos do trabalho?

Nadia a abraçou com seu jeito emocionado. Ainda bem que você veio, lhe disse, deixe o menino com minha mãe, precisamos conversar. Lila replicou agressiva que sim, precisavam conversar imediatamente, ela estava ali para isso. E, como enfatizou que só tinha mais um minuto, Pasquale se ofereceu para acompanhá-la até a casa de carro. Então deixaram a sala de estar, os meninos, a avó e se reuniram todos — inclusive Armando, inclusive a jovem loura, que se chamava Isabella — no quarto de Nadia, um cômodo amplo com uma pequena cama, uma escrivaninha, prateleiras cheias de livros, pôsteres de cantores, filmes e lutas revolucionárias de que Lila não sabia quase nada. Ali havia outros três jovens: dois que ela nunca tinha visto e Dario, bastante machucado pelas porradas que levara, escarranchado na cama de Nadia com os sapatos sobre o edredom rosa. Todos os três fumavam, o quarto estava saturado de fumaça. Lila não se fez esperar, nem sequer respondeu ao cumprimento de Dario. Disse que a tinham colocado numa enrascada, que por sua falta de consideração ela agora corria o risco de ser demitida, que o texto mimeografado tinha causado um pandemônio, que nunca mais deveriam se aproximar do portão, que por culpa deles os fascistas tinham vindo e todos agora estavam às voltas tanto com os vermelhos quanto com os negros. Sibilou para Dario: quanto a você, se não sabe dar porrada, fique em casa; sabe que podiam ter matado você? Pasquale tentou interrompê-la umas duas vezes, mas ela o rechaçou desdenhosa, como se a simples presença dele naquela casa fosse uma traição. Já os outros escutaram em silêncio. Somente quando Lila terminou, Armando interveio. Tinha os traços delicados da mãe, sobrancelhas pretas grossíssimas, a sombra arroxeada da barba bem-feita que lhe subia até os zigomas, e falava com uma voz quente, espessa. Primeiro se apresentou, disse que estava muito contente de conhecê-la, que lamentava não ter estado presente quando ela falara no comitê, mas que haviam discutido muito entre si sobre o que ela contara e, como consideraram seu relato uma contribuição importante, por fim tinham decidido colocar cada palavra por escrito. Não se preocupe — concluiu tranquilo —, daremos todo o apoio possível a você e a seus companheiros.

Lila tossiu, a fumaça do quarto lhe irritava ainda mais a garganta.

"Vocês tinham que ter me avisado."

"É verdade, mas não houve tempo."

"Quando se quer, sempre se acha tempo."

"Nós somos poucos, e as iniciativas são cada vez mais numerosas."

"Qual é o seu trabalho?"

"Em que sentido?"

"Que trabalho você faz para viver?"

"Sou médico."

"Que nem seu pai?"

"Sim."

"E neste momento você está arriscando seu emprego? Pode acabar no meio da rua de uma hora pra outra com seu filho?"

Armando balançou a cabeça descontente e disse:

"Disputar para ver quem se arrisca mais é um erro, Lina."

E Pasquale:

"Ele já foi detido duas vezes, e eu tenho oito denúncias nas costas. Aqui não há quem se arrisca menos ou mais."

"Ah, não?"

"Não", disse Nadia, "estamos todos na linha de frente e prontos a assumir nossas responsabilidades."

Então, esquecendo-se de que estava na casa dos outros, Lila gritou:

"E se acontecer de eu perder o emprego, venho morar aqui, vocês vão me alimentar, vão assumir a responsabilidade por minha vida?"

Nadia respondeu placidamente:

"Se quiser, sim."

Apenas três palavras. Lila compreendeu que não era uma frase vazia, que Nadia estava falando sério, que mesmo se Bruno Soccavo demitisse todo o pessoal, ela, com aquela voz licorosa, teria dado a mesma resposta insensata. Afirmava estar a serviço dos operários e, enquanto isso, de seu quarto dentro de uma casa forrada de livros e com vista para o mar, queria controlar você, queria lhe dizer o que você deve fazer com o seu trabalho, decidia em seu lugar, tinha uma solução pronta mesmo que você fosse para o olho da rua. Se eu quiser — Lila esteve a ponto de dizer —, arrebento tudo bem melhor que você, sua mosca morta: não preciso que venha me dizer com essa voz de santinha como eu devo pensar, como devo agir. Mas se conteve e disse brusca a Pasquale:

"Estou com pressa, você me acompanha ou fica aqui?"

Silêncio. Pasquale lançou um olhar a Nadia e balbuciou: acompanho, e Lila fez que ia sair do quarto, sem se despedir. A jovem se precipitou para lhe abrir caminho e enquanto isso lhe disse que era inaceitável trabalhar nas condições que a própria Lila descrevera tão bem, que era urgente acender a chama da luta, e outras frases desse tipo. Não recue — exortou-a por fim, antes de passarem para a sala de estar. Mas não obteve resposta.

Sentada na poltrona, Galiani estava lendo, concentrada. Quando ergueu o olhar, dirigiu-se a Lila ignorando a filha, ignorando Pasquale, que acabara de chegar embaraçado.

"Já vai embora?"

"Vou, já está tarde. Vamos, Gennaro, devolva o carrinho a Marco e vista seu casaco."

Galiani sorriu ao neto, que estava emburrado:

"Marco deu o carrinho para ele."

Lila apertou os olhos, reduzindo-os a duas fissuras:

"Nesta casa todos são tão generosos, obrigada."

A professora a observou enquanto pelejava com o filho para que vestisse o casaco.

"Posso lhe perguntar uma coisa?"

"Diga."

"Que estudos você fez?"

A pergunta pareceu perturbar Nadia, que atalhou:

"Mamãe, Lina precisa ir."

"Posso falar duas palavrinhas?", irrompeu Galiani com um tom não menos nervoso. Então repetiu para Lila, mas com gentileza: "Que estudos você fez?"

"Nenhum."

"A ouvi-la falar — e gritar —, não parece."

"Mas é assim, parei depois do quinto ano fundamental."

"Por quê?"

"Não tinha capacidade."

"Como você se deu conta disso?"

"Quem tinha era Greco; eu, não."

Galiani balançou a cabeça em sinal de discordância e disse:

"Se você tivesse estudado, teria se saído tão bem quanto Greco."

"Como a senhora pode dizer isso?"
"É o meu trabalho."
"Vocês professores insistem tanto no estudo porque é com ele que ganham a vida, mas estudar não serve pra nada, nem melhora as pessoas, ao contrário, torna-as ainda mais cruéis."
"Elena ficou mais cruel?"
"Não, ela não."
"E por quê?"
Lila meteu o gorro de lã na cabeça do filho:
"Desde pequenas fizemos um pacto: a cruel sou eu."

38.

No carro ela atacou Pasquale (*você virou o escravo dessa gente?*), e ele a deixou desabafar. Somente quando lhe pareceu que ela havia esgotado todas as recriminações, ele começou com seu repertório político: a condição operária no Sul, o estado de servidão que predominava ali, a chantagem permanente, a fraqueza ou até mesmo a ausência de sindicatos, a necessidade de forçar as situações e chegar à luta. Lila — disse a ela em dialeto, com um tom comovido —, você tem medo de perder essa miséria que lhe pagam, e tem razão, Gennaro precisa crescer. Mas eu sei que você é uma companheira de verdade, sei que você compreende: nós aqui, trabalhadores, nunca estivemos nem mesmo dentro do piso salarial, estamos fora de todas as regras, estamos abaixo de zero. Por isso é uma blasfêmia dizer: me deixe em paz, eu tenho meus problemas e vou me virar sozinha. Cada um tem de fazer, no lugar que lhe couber, tudo o que for possível.

Lila estava exausta, ainda bem que Gennaro dormia no banco de trás com o carrinho apertado na mão direita. Escutou o falatório de Pasquale em ondas. De vez em quando lhe vinha à mente a bela casa do corso Vittorio Emanuele, e a professora, e Armando, e Isabella, e Nino, que a abandonara para encontrar em algum lugar uma mulher do tipo de Nadia, e Marco, que tinha três anos e sabia ler bem melhor que seu filho. Que esforço inútil tentar que Gennaro se tornasse inteligente. O menino já estava se perdendo, era arrastado para trás, e ela não conseguia segurá-lo. Quando chegaram ao portão de casa e ela se viu obrigada a convidar Pasquale a subir, disse a ele: não sei o que Enzo cozinhou, ele cozinha muito mal, talvez não seja bom para você — e esperou que ele fosse embora. Mas Pasquale respondeu: fico só dez minutos e depois saio — de modo que ela tocou seu braço com a ponta dos dedos e murmurou:

"Não diga nada a seu amigo."

"Nada sobre o quê?"

"Sobre os fascistas. Se ele souber, vai esta noite mesmo quebrar a cara de Gino."

"Você gosta dele?"

"Não gostaria de fazer mal a ele."

"Ah."

"É isso mesmo."

"Olhe que Enzo sabe melhor que eu e você o que é preciso ser feito."

"Sim, mas de todo modo não diga nada a ele."

Pasquale concordou com uma expressão preocupada. Carregou Gennaro, que se recusava a acordar, e o levou escada acima, seguido por Lila, que resmungava descontente: que droga de dia, estou morta de cansaço, você e seus amigos me meteram numa enrascada enorme. Contaram a Enzo que tinham estado na casa de Nadia para uma reunião, e Pasquale não lhe deu espaço para fazer perguntas, conversou sem parar até meia-noite. Disse que Nápoles, assim como o mundo inteiro, era um caldeirão fervendo de vida nova, elogiou muito Armando, que, como bom médico que era, em vez de pensar na carreira, tratava de graça quem não tinha dinheiro, cuidava dos meninos dos Bairros e, com Nadia e Isabella, estava metido em mil projetos a serviço do povo, uma escola infantil, um ambulatório. Disse que ninguém estava mais só, os companheiros ajudavam os companheiros, a cidade vivia momentos maravilhosos. Vocês, disse, não devem ficar trancados em casa, precisam sair, precisamos estar mais tempo juntos. E por fim anunciou que, para ele, não dava para continuar no partido comunista: muita coisa ruim, muitos compromissos nacionais e internacionais, não aguentava mais aquele marasmo. Enzo ficou bastante perturbado com aquela decisão, o debate entre eles se acendeu e estendeu noite adentro, o partido é o partido, não, sim, não, chega de políticas de estabilização, é preciso atacar o sistema em suas estruturas. Lila se aborreceu depressa, foi pôr Gennaro na cama, que tinha jantado queixoso por causa do sono, e não voltou mais.

Mas permaneceu acordada mesmo quando Pasquale foi embora e os sinais da presença de Enzo pela casa se apagaram. Mediu a febre, estava com trinta e oito. Tornou a lembrar o momento em que Gennaro teve dificuldade de ler. Mas que espécie de palavra ela pusera diante dos olhos do menino: destinação. Com certeza Gennaro nunca a escutara. Não basta conhecer o alfabeto, pensou, as dificuldades são muitas. Se Nino o tivesse gerado com Nadia, aquele filho teria um destino totalmente diverso. Sentiu-se uma mãe falhada. No entanto fui eu quem o quis, pensou, era de Stefano que eu não desejava filhos; de Nino, sim. De Nino ela gostara de verdade. Desejara-o intensamente, desejara dar prazer a ele e, pelo prazer dele, fizera de bom grado tudo o que, para seu marido, tinha tido que fazer à força, vencendo o asco, só para não ser morta. Mas o que se dizia que ela deveria experimentar ao se sentir penetrada, isso ela nunca experimentara, era certo, e não só com Stefano, mas também com Nino. Os homens eram fixados demais nele, no pau, tinham um enorme orgulho dele e estavam convencidos de que você devia admirá-lo ainda mais que eles. Também Gennaro não parava de brincar com sua coisinha, às vezes era embaraçoso como ele o girava entre as mãos, o puxava. Lila temia que se machucasse, e até para lavá-lo e fazê-lo urinar tivera de esforçar-se, habituar-se. Enzo era tão discreto, nunca de cueca pela casa, nunca uma palavra vulgar. Essa era a razão por que sentia um intenso afeto por ele e lhe era agradecida por sua espera devotada no outro cômodo, que nunca resultara em um movimento equivocado. O controle que ele exercia sobre as coisas e sobre si lhe pareceu o único consolo. Mas depois o sentimento de culpa aflorou: o que a consolava com certeza o fazia sofrer. E o pensamento de que Enzo sofresse por sua causa se somou a todas as coisas ruins daquele dia. Os fatos e as falas lhe voltearam desordenadamente na cabeça por muito tempo. Tons de voz, palavras isoladas. Como se comportar amanhã na fábrica? Realmente havia todo aquele fervor em Nápoles e no mundo ou eram Pasquale, Nadia e Armando que o imaginavam para sedar suas próprias ânsias, por tédio, para criar coragem? Devia confiar nisso, com o risco de cair prisioneira de fantasias? Ou era melhor tentar falar de novo com Bruno para evitar problemas? Mas de fato seria útil buscar amansá-lo, com o risco de que ele a atacasse de novo? Servia de alguma coisa dobrar-se à prepotência de Filippo e dos chefetes? Não avançou muito. Por fim, sonolenta, chegou a um velho princípio que nós duas tínhamos assimilado desde pequenas. Chegou à conclusão de que, para se salvar, para salvar Gennaro, deveria intimidar aqueles que a mantinham sob intimidação, deveria meter medo em quem queria amedrontá-la. Adormeceu com a intenção de causar estragos: a Nadia, demonstrando que ela era apenas uma garotinha de boa família, cheia de conversas melosas; a Soccavo, lhe estragando o prazer de farejar salames e mulheres na câmara de maturação.

39.

Acordou às cinco da manhã toda suada, já sem febre. Não encontrou os estudantes no portão da fábrica, mas os fascistas. Os mesmos automóveis, as mesmas caras do dia anterior: gritavam slogans, distribuíam folhetos. Lila sentiu que preparavam novas violências e seguiu em frente de cabeça baixa, mãos no bolso, esperando entrar no estabelecimento antes da pancadaria. Mas Gino parou em sua frente.

"Ainda sabe ler?", perguntou em dialeto, estendendo-lhe um folheto. Ela continuou com as mãos enterradas no casaco e replicou:

"Eu, sim; mas você alguma vez aprendeu?"

Então tentou seguir seu caminho, inutilmente. Gino a impediu, meteu-lhe o folheto à força num bolso com um gesto tão violento que arranhou a mão dela com a unha. Lila amassou o papel com calma.

"Não serve nem para limpar a bunda", disse, e o jogou fora.

"Pegue de volta", ordenou o filho do farmacêutico agarrando-a pelo braço, "pegue logo e tome cuidado: ontem à tarde pedi ao corno do seu marido uma autorização para quebrar sua cara, e ele me disse que sim."

Lila o encarou bem nos olhos:

"E para quebrar minha cara você foi pedir autorização a meu marido? Solte meu braço imediatamente, *strunz*."

Naquele momento veio vindo Edo, que, em vez de fingir que não era nada — como era de esperar —, parou.

"Ele está incomodando você, Cerù?"

Foi um instante. Gino lhe deu um murro na cara, Edo desabou. O coração de Lila subiu à garganta, tudo começou a ganhar velocidade, apanhou uma pedra e, apertando-a firmemente, acertou o filho do farmacêutico no peito. Houve um instante demorado. Enquanto Gino a empurrava, lançando-a contra um poste de luz, enquanto Edo tentava se levantar, um outro carro chegou pela estrada de terra levantando poeira. Lila o reconheceu, era a lata-velha de Pasquale. Pronto, pensou, Armando me deu ouvidos, talvez até Nadia, são gente educada, mas Pasquale não resistiu e está vindo fazer a guerra. De fato, as portas se abriram e com ele saíram mais quatro. Era gente dos canteiros de obras, carregavam porretes nodosos com os quais começaram a bater nos fascistas com uma ferocidade metódica, sem raiva, apenas um golpe, mas preciso e destinado a abatê-los. Lila percebeu logo que Pasquale mirava Gino e, como Gino ainda estava a poucos passos dela, o agarrou pelo braço com ambas as mãos e lhe disse rindo: acho melhor você ir embora, se não vão matá-lo. Mas ele não foi, ao contrário, empurrou-a de novo e se lançou contra Pasquale. Lila então ajudou Edo a se levantar, tentou arrastá-lo para o pátio, mas foi difícil: ele era pesado e se contorcia, berrava insultos, sangrava. Só se acalmou um pouco quando viu Pasquale acertar Gino com o porrete e estendê-lo no chão. A essa altura a confusão era grande: velhos destroços de objetos recolhidos na beira da estrada voavam que nem projéteis, além de cusparadas e insultos. Pasquale tinha deixado Gino desacordado e, junto com outro, um homem vestindo apenas uma malha de frio sobre largas calças azuis sujas de cal, correu para o pátio. Ambos agora davam pauladas na guarita de Filippo, que se trancara ali dentro aterrorizado. Arrebentavam os vidros e berravam obscenidades, enquanto se ouvia a sirene dos policiais que se aproximavam. Lila experimentou mais uma vez o prazer ansioso da violência. Sim, pensou, é preciso meter medo em quem quer amedrontar, não há outra saída, porrada contra porrada, o que você tirar de mim eu tomo de volta, o que me fizer eu devolvo. Porém, enquanto Pasquale e seus amigos já entravam nos carros, enquanto os fascistas faziam o mesmo carregando Gino, enquanto a sirene da polícia se aproximava cada vez mais, ela sentiu com espanto que seu coração estava se tornando como a mola excessivamente carregada de um brinquedo e entendeu que devia encontrar o mais rápido possível um lugar onde sentar. Uma vez dentro do estabelecimento, estendeu-se no átrio, as costas apoiadas na parede, e tentou se acalmar. Teresa, a mulherona de seus quarenta anos que trabalhava na descarnagem, começou a cuidar de Edo, limpou o sangue de seu rosto e zombou de Lila:

"Primeiro você arranca uma orelha do coitado e depois o socorre? Devia tê-lo deixado lá fora."

"Ele me ajudou, e eu ajudei ele."

Teresa falou a Edo, incrédula:

"*Você* a ajudou?"

Ele resmungou:

"Não queria que um estranho quebrasse a cara dela, eu mesmo quero fazer isso."

A mulher disse:

"Viram como Filippo se cagou todo?"

"Bem feito pra ele", resmungou Edo, "pena que só arrebentaram a guarita."

Teresa se dirigiu a Lila e perguntou com alguma malícia:

"Foi você que chamou os comunistas? Diga a verdade."

Ela só está brincando — perguntou-se Lila — ou é uma espiã e daqui a pouco vai correr para contar ao patrão?

"Não", respondeu, "mas sei muito bem quem chamou os fascistas."

"Quem?"

"Soccavo."

40.

Pasquale apareceu de noite depois do jantar, com uma cara preocupada, e convidou Enzo a uma reunião na seção de San Giovanni a Teduccio. Lila ficou sozinha com ele uns poucos minutos e lhe disse:

"Bela cagada, a de hoje de manhã."

"Faço o que é necessário."

"Seus amigos estavam de acordo?"
"Quem são meus amigos?"
"Nadia e o irmão dela."
"Claro que estavam de acordo."
"Mas ficaram em casa."
Pasquale murmurou:
"E quem disse que ficaram em casa?"

Não estava de bom humor, aliás, parecia esvaziado de energias, como se o exercício da violência lhe tivesse exaurido a ânsia de agir. De resto, não pediu a ela que fosse à reunião, fez o convite apenas a Enzo, o que nunca tinha acontecido, nem quando já estava tarde da noite, fazia frio e era improvável que ela levasse Gennaro para fora. Talvez eles tivessem outros combates de macho pela frente. Talvez estivesse chateado com ela porque, com sua resistência à luta, estragava a imagem dele perante Nadia e Armando. O certo é que estava irritado com o tom crítico com que ela aludira à expedição da manhã. Está convencido — pensou Lila — de que eu não compreendi por que ele bateu em Gino daquele modo, por que queria arrebentar a cabeça do vigia. Bons ou maus, todos os homens acham que, a cada ação deles, você deve colocá-los num altar como um são Jorge matando o dragão. Me considera uma ingrata, fez isso para se vingar, queria que eu ao menos lhe agradecesse.

Quando os dois saíram, ela se deitou e leu até tarde as publicações sobre trabalho e sindicato que Pasquale lhes dera tempos atrás. Serviram para que ela se mantivesse ancorada nas coisas pálidas do cotidiano, temia o silêncio da casa, o sono, a desobediência das batidas do coração, as formas que ameaçavam deteriorar-se a cada momento. Apesar do cansaço, leu muito e, segundo seu costume, entusiasmou-se e aprendeu depressa muitíssimas coisas. Tentando se sentir segura, esforçou-se para esperar o retorno de Enzo. Mas ele não voltou, o som da respiração regular de Gennaro acabou se tornando hipnótico, e ela caiu no sono.

Na manhã seguinte, Edo e a mulher da descarnagem, Teresa, começaram a zumbir em torno dela com palavras e gestos timidamente amigáveis. E Lila não só não os rechaçou, mas também tratou com gentileza os outros colegas. Mostrou-se disponível com quem reclamava, compreensiva com quem se enfurecia, solidária com quem praguejava contra os abusos. Escorou o incômodo de um ao incômodo de outro, soldando tudo com boas palavras. Acima de tudo, nos dias seguintes, deu cada vez mais corda a Edo, a Teresa e a seu minúsculo grupo, transformando o intervalo de almoço num momento de conchavo. E como, quando queria, sabia dar a impressão de que não era ela quem propunha e dispunha, mas os outros, encontrou em torno de si cada vez mais gente satisfeita em ouvir que as próprias lamúrias, genéricas, eram nada menos que necessidades justas e urgentes. Somou as reivindicações da descarnagem às das câmaras e às das piscinas e descobriu, ela mesma com certa surpresa, que os problemas de um setor dependiam dos problemas de outro setor e que todos juntos eram elos de uma mesma cadeia de exploração. Fez uma lista detalhada das mazelas originadas das condições de trabalho: danos às mãos, aos ossos, aos pulmões. Recolheu informações suficientes para demonstrar que todo o estabelecimento estava em péssimo estado, que as condições higiênicas eram lastimáveis, que se trabalhava com materiais às vezes deteriorados, às vezes de procedência duvidosa. Quando pôde falar pessoalmente com Pasquale e explicar o que tinha levantado em pouquíssimo tempo, ele, de mal-humorado que estava, ficou boquiaberto de maravilha e disse, radiante: eu jurava que você faria isso, e marcou para ela um encontro com um tal de Capone, secretário da Câmara do Trabalho.

Lila passou a limpo com sua bela letra tudo o que tinha recolhido, preto no branco, e levou a cópia a Capone. O secretário examinou as folhas e também ficou entusiasmado. Disse-lhe coisas do tipo: de onde você apareceu, companheira, você fez um trabalho precioso, excelente. E mais: nós nunca conseguimos entrar na Soccavo, ali dentro são todos fascistas, mas agora que você está lá as coisas vão mudar.

"Como devemos agir?", ela perguntou.

"Façam uma comissão."

"Já temos uma comissão."

"Ótimo: então a primeira coisa é pôr uma ordem nisto aqui."

"*Pôr uma ordem* em que sentido?"

Capone olhou para Pasquale, Pasquale não disse nada.

"Vocês estão reivindicando coisas demais ao mesmo tempo, até coisas que ninguém nunca reivindicou, é preciso estabelecer prioridades."

"Ali dentro, tudo é prioridade."

"Eu sei, mas é uma questão de tática: se vocês quiserem tudo de uma vez só, correm o risco de amargar uma derrota."

Lila reduziu os olhos a uma fenda, houve algum bate-boca. Entre outras coisas, veio à tona que a comissão não podia tratar diretamente com o dono da empresa, era preciso a mediação do sindicato.

"E eu não sou o sindicato?", ela se exaltou.

"Claro, mas há tempos e modos."

Desentenderam-se de novo. Capone disse: vejam lá vocês, abram a discussão, sei lá, sobre os turnos, as férias, as horas extras, e depois se segue adiante. De todo modo — concluiu —, você não sabe como estou contente de ter uma companheira como você, é uma coisa rara, vamos nos coordenar, faremos grandes avanços no setor alimentar, as mulheres que se engajam são muito poucas. Em seguida, pôs a mão na carteira que trazia no bolso posterior da calça e perguntou a ela:

"Quer um pouco de dinheiro para as despesas?"

"Que despesas?"

"O mimeógrafo, o papel, o tempo que gastou nisso, coisas assim."

"Não."

Capone recolocou a carteira no bolso.

"Mas não vá desanimar e desaparecer, Lina, vamos ficar em contato. Olha, vou escrever aqui nome e sobrenome, quero falar de você no sindicato, precisamos utilizá-la."

Lila foi embora insatisfeita e disse a Pasquale: que tipo de gente você me apresenta? Mas ele a tranquilizou, garantiu que Capone era uma ótima pessoa, falou que ele tinha razão, que era preciso entender, havia a estratégia e havia a tática. Depois se tomou de entusiasmo, quase se comoveu, fez que ia abraçá-la, voltou atrás e disse: vá em frente, Lina, que se foda a burocracia, enquanto isso informo o comitê.

Lila não fez nenhuma seleção dos objetivos. Limitou-se a reduzir a primeira redação, que era muito ampla, a uma folha bem densa, que entregou a Edo: uma lista de demandas relativas à organização do trabalho, aos ritmos, ao estado geral do estabelecimento, à qualidade do produto, ao risco permanente de se ferir ou contrair doenças, às indenizações miseráveis, aos aumentos salariais. Nessa altura se pôs a questão de quem iria levar aquela lista a Bruno.

"Vá você", disse Lila a Edo.

"Eu perco as estribeiras facilmente."

"Melhor assim."

"Não sou adequado."

"Você é adequadíssimo."

"Não, vá você, que é associada ao sindicato. Além disso, você sabe falar bem, rapidinho vai colocá-lo no lugar."

41.

Lila sabia desde o início que a tarefa caberia a ela. Ganhou tempo, deixou Gennaro com a vizinha, foi com Pasquale a uma reunião do comitê na via dei Tribunali convocada para discutir *também* a situação na Soccavo. Dessa vez eram doze pessoas, incluindo Nadia, Armando, Isabella e Pasquale. Lila fez circular a cópia que tinha preparado para Capone, já que, naquela primeira versão, cada demanda estava mais bem argumentada. Nadia leu com atenção. Por fim, disse: Pasquale tinha razão, você é daquelas que não se omitem, em pouquíssimo tempo fez um trabalho excelente. E elogiou com um tom sinceramente admirado não só a substância política e sindical do documento, mas também a escrita: como você é talentosa, disse, quando já se viu que se pode escrever sobre esse assunto desta maneira? No entanto, depois dessa premissa, desaconselhou que ela partisse logo para um confronto direto com Soccavo. E Armando expressou a mesma opinião.

"Vamos esperar para nos reforçar e crescer", disse, "a fabriqueta de Soccavo é uma realidade que precisa ser amadurecida. Nós colocamos um pé lá, e isso já é um grande resultado, não podemos nos arriscar a sermos varridos por pura imprudência."

Dario perguntou:

"O que vocês propõem?"

Nadia respondeu, mas se dirigindo a Lila:

"Vamos fazer uma reunião mais ampla. Vamos nos encontrar o mais rapidamente possível com seus companheiros, consolidamos a estrutura de vocês e, se for o caso, com o seu material, preparamos outro panfleto mimeografado."

Diante daquelas cautelas inesperadas, Lila sentiu uma grande e agressiva satisfação. Disse arrogante:

"Então vocês acham que eu fiz todo esse esforço e estou pondo meu emprego em risco para permitir que *vocês* façam uma reunião ampliada e preparem um outro texto?"

Mas não conseguiu gozar plenamente aquela sensação de revanche. De repente Nadia, que estava bem à sua frente, começou a vibrar como um vidro mal fixado e se despedaçou. Sem um motivo aparente, a garganta de Lila se fechou, e os mínimos gestos dos presentes, até um bater de cílios, se aceleraram. Ela fechou os olhos, apoiou as costas no espaldar da cadeira bamba em que estava sentada e se sentiu sufocar.

"Você está bem?", perguntou Armando.

Pasquale se agitou:

"Ela se cansa demais", disse. "Lina, o que foi, quer um copo d'água?"

Dario correu para buscar a água, enquanto Armando checava seu pulso e Pasquale, nervoso, insistia:

"O que você está sentindo? Alongue as pernas, respire."

Lila sussurrou que estava bem, tirou bruscamente o pulso das mãos de Armando, disse que só queria ser deixada um minuto em paz. Mas, depois que Dario voltou com a água e ela deu um pequeno gole, murmurou que não era nada, só um pouco de gripe.

"Está com febre?", perguntou Armando com tranquilidade.

"Hoje não."

"Tosse, tem dificuldade de respirar?"

"Um pouco, sinto o coração batendo na garganta."

"Agora está um pouco melhor?"

"Sim."

"Venha para a outra sala."

Lila relutava e, no entanto, sentia uma grande angústia por dentro. Por fim obedeceu, ergueu-se com dificuldade e acompanhou Armando, que nesse meio-tempo pegara uma bolsa de couro preto com fivelas douradas. Foram para um cômodo que Lila ainda não tinha visto, espaçoso, frio, três camas de campanha sobre as quais havia velhos colchões de aparência imunda, um armário com um espelho rachado, um gaveteiro. Sentou-se exausta em uma das camas, não se submetia a uma consulta médica desde a época da gravidez. Quando ele a indagou sobre os sintomas, omitiu tudo, só mencionou o peso no peito, mas acrescentou: é uma bobagem.

Armando a examinou em silêncio, e ela imediatamente odiou aquele silêncio, pareceu-lhe um silêncio pérfido. Aquele homem distante, limpo, mesmo durante as perguntas parecia não confiar nem um pouco nas respostas; submetia-a a análises como se somente seu corpo, potencializado por instrumentos e competências, fosse um dispositivo confiável. Ele a auscultava, apalpava, perscrutava e ao mesmo tempo lhe impunha uma espera de palavras definitivas sobre o que estava acontecendo em seu peito, na barriga, na garganta, locais aparentemente bem conhecidos que agora ela sentia como totalmente estranhos. Por fim Armando perguntou:

"Você dorme bem?"
"Muito bem."
"Quanto?"
"Depende."
"De quê?"
"Dos pensamentos."
"Come bem?"
"Quanto tenho vontade."
"Às vezes tem dificuldade de respirar?"
"Não."
"Dores no tórax?"
"Um peso, mas leve."
"Suores frios?"
"Não."
"Já aconteceu de desmaiar ou se sentir tonta?"
"Não."
"Você é regular?"
"Em quê?"
"Nas menstruações."
"Não."
"Quando menstruou pela última vez?"

"Não sei."
"Você não registra?"
"É preciso registrar?"
"É melhor. Usa anticoncepcionais?"
"O que você quer dizer?"
"Preservativos, DIU, pílula?"
"Que pílula?"
"Um medicamento novo: você toma e impede a gravidez."
"É verdade?"
"Com certeza que sim. Seu marido nunca usou um preservativo?"
"Não tenho mais marido."
"Ele a deixou?"
"Eu o deixei."
"Quando estavam juntos, ele usava?"
"Não sei nem como é um preservativo."
"Você tem uma vida sexual regular?"
"Qual a necessidade de falar sobre essas coisas?"
"Se não quiser, não falamos."
"Não quero."

Armando recolocou seus instrumentos na bolsa, sentou-se numa cadeira meio destroçada, deu um suspiro.

"Você precisa ir mais devagar, Lina: você forçou seu corpo demais."

"O que isso significa?"
"Você está desnutrida, debilitada, você se descuidou muito."
"E o que mais?"
"Tem um pouco de catarro, vou lhe dar um xarope."
"E o que mais?"
"Você deveria fazer uma série de exames, o fígado está um pouco inchado."
"Não tenho tempo para exames, me dê um remédio."

Armando balançou a cabeça, descontente.

"Escute", disse, "já entendi que com você é melhor ser direto: você tem um sopro."

"O que é isso?"

"Um problema no coração, e poderia ser algo não benigno."

Lila fez uma expressão de ansiedade.

"O que você quer dizer? Que eu vou morrer?"

Ele sorriu e disse:

"Não, você só precisa fazer um exame com um cardiologista. Venha me ver amanhã no hospital e eu mando você a um bom especialista."

Lila franziu o cenho, se levantou e disse fria:

"Amanhã tenho compromisso, vou ver Soccavo."

42.

O tom preocupado de Pasquale a exasperou. Enquanto dirigia para casa, perguntou a ela:

"O que Armando lhe disse? Como você está?"

"Estou bem, preciso me alimentar melhor."

"Está vendo? Você não se cuida."

Lila esbravejou:

"Pasquà, você não é meu pai, não é meu irmão, não é ninguém. Me deixe em paz, combinado?"

"Não posso me preocupar com você?"

"Não, e tome cuidado com o que faz e o que diz, especialmente com Enzo: se você disser a ele que eu me senti mal — o que não é verdade, só tive uma tontura —, corremos o risco de romper a amizade."

"Tire dois dias de descanso e não vá falar com Soccavo: tanto Capone quanto o comitê aconselharam você a não fazer isso, é uma questão de oportunidade política."

"Estou me lixando para a oportunidade política: foram vocês que me meteram nessa enrascada, e agora eu faço o que quiser."

Não o convidou a subir, e ele foi embora aborrecido. Uma vez em casa, Lila mimou muito Gennaro, preparou o jantar e esperou por Enzo. Agora tinha a impressão de estar constantemente com a respiração curta. Como Enzo demorasse, deu de comer a Gennaro e teve medo de que fosse uma daquelas noites em que ele se encontrava com mulheres e voltava altas horas. Quando o menino derrubou um copo cheio d'água, ela interrompeu toda ternura e gritou com ele como se fosse um adulto, em dialeto: quer ficar um pouco parado, quer que eu lhe dê uns tapas, por que você quer arruinar minha vida assim?

Enzo voltou naquele momento, ela tentou ser gentil. Comeram, mas Lila teve a impressão de que as garfadas tinham dificuldade de descer ao estômago, arranhando-lhe o peito. Assim que Gennaro adormeceu, os dois se dedicaram às apostilas do curso de Zurique, mas Enzo se cansou logo e tentou várias vezes, gentilmente, ir dormir. Foram tentativas vãs, Lila queria ir até tarde, tinha medo de se fechar em seu quarto, temia que os sintomas omitidos a Armando aparecessem assim que ela se visse sozinha no escuro, todos juntos, levando-a à morte. Ele lhe perguntou baixinho:

"O que é que você tem?"

"Nada."

"Está sempre pra lá e pra cá com Pasquale: qual o segredo de vocês?"

"São coisas do sindicato, ele me inscreveu nele e agora preciso participar."

Enzo fez uma expressão incomodada, e ela perguntou:

"O que foi?"

"Pasquale me contou o que você está fazendo na fábrica. Você conversou com ele e conversou com o pessoal do comitê. Por que o único que não merece saber sou eu?"

Lila ficou nervosa, se levantou, foi ao banheiro. Pasquale não tinha resistido. O que ele tinha contado? Apenas a luta sindical que queria travar com Soccavo ou também sobre Gino, o mal-estar que ela sentira na via dei Tribunali? Não conseguira ficar calado, a amizade entre homens tem seus pactos não escritos, mas sólidos, não como a amizade entre mulheres. Deu descarga, voltou a Enzo, disse:

"Pasquale é um dedo-duro."

"Pasquale é um amigo. Já você é o quê?"

O tom lhe fez mal, cedeu de modo inesperado, de golpe. Os olhos se encheram de lágrimas, e tentou inutilmente mandá-las para dentro, humilhada pela própria fraqueza.

"Não quero lhe causar mais problemas do que já lhe causei", soluçou, "tenho medo de que você me mande embora." Então assoou o nariz e acrescentou num sussurro: "Posso dormir com você?"

Enzo a fixou incrédulo.

"Dormir como?"

"Como você quiser."

"E você quer?"

Lila murmurou, fixando o jarro de água no centro da mesa, um jarro engraçado, de que Gennaro gostava muito, com uma cabeça de galinha:

"O essencial é que você fique perto de mim."

Enzo balançou a cabeça, desanimado.

"Você não gosta de mim."

"Gosto, mas não sinto nada."

"Não sente nada *por mim*?"

"Nada disso, eu gosto muito de você e todas as noites desejo que me chame e me abrace. *Mas além disso não desejo mais nada.*"

Enzo ficou pálido, o rosto bonito se contraiu como numa dor insuportável, constatou:

"Tem aversão por mim."

"Não, não, não: vamos fazer o que você quiser, agora, estou pronta."

Ele deu um sorriso desolado e ficou um instante em silêncio. Depois não suportou a ansiedade dela e balbuciou:

"Vamos dormir."

"Cada um em seu quarto?"

"Não, no meu."

Aliviada, Lila foi se despir. Colocou a camisola e foi até ele tremendo de frio. Enzo já estava na cama.

"Posso me deitar aqui?"

"Pode."

Deslizou sob as cobertas, apoiou a cabeça em seu ombro, passou um braço sobre seu peito. Ele ficou imóvel, ela logo sentiu que emanava um calor violentíssimo.

"Estou com os pés gelados", sussurrou, "posso encostá-los nos seus?"

"Sim."

"Posso fazer carinho em você?"

"Me deixe quieto."

Aos poucos o frio passou. A dor no peito se dissolveu, esqueceu-se do aperto na garganta, abandonou-se à trégua da tepidez.

"Posso dormir?", perguntou a ele, aturdida de cansaço.

"Durma."

43.

Ao amanhecer teve um sobressalto, seu corpo recordou a ela que precisava despertar. Num instante lhe chegaram os maus pensamentos, todos nitidíssimos: o coração doente, as regressões de Gennaro, os fascistas do bairro, o pedantismo de Nadia, a inconfiabilidade de Pasquale, a lista das reivindicações. Somente depois se deu conta de que havia dormido com Enzo, mas que ele já não estava na cama. Levantou-se depressa, justo a tempo de ouvir a porta de casa se fechando. Será que ele se levantara assim que ela tinha pegado no sono? Ficara acordado a noite toda? Tinha dormido no outro quarto com o menino? Ou adormecera com ela, esquecendo-se de todo desejo? Com certeza tinha tomado café sozinho após deixar a mesa posta para ela e Gennaro. Foi embora trabalhar, sem palavras, os pensamentos na cabeça.

Depois de ter entregue o filho à vizinha, Lila também correu para a fábrica.

"Então, já se decidiu?", perguntou Edo um tanto mal-humorado.

"Me decido quando quiser", respondeu Lila, voltando ao velho tom.

"Somos uma comissão, você precisa nos informar."

"Vocês já fizeram a lista circular?"

"Já."

"E o que os outros estão dizendo?"

"Quem cala consente."

"Não", disse ela, "quem cala se caga nas calças."

Capone tinha razão, Nadia e Armando, também. Era uma iniciativa frágil, uma forçação. Lila trabalhou no corte da carne com afinco, tinha vontade de machucar e se machucar. Meter a faca na mão, fazê-la escapar, agora, da carne morta para a carne dela, viva. Urrar, arremessar-se contra os outros, fazer com que todos pagassem por sua incapacidade de achar um equilíbrio. Ah, Lina Cerullo, você é incorrigível. Por que preparou aquela lista? Não quer ser explorada? Quer melhorar sua condição e a desse pessoal? Está convencida de que você, eles, começarão a partir daqui, disto que vocês são agora, e depois se unirão à marcha vitoriosa do proletariado de todo o mundo? Que nada. Marcha para se tornar o quê? Ainda e sempre operários? Operários que labutam o dia inteiro, mas no poder? Cretinices. Cortina de fumaça para dourar a pílula do cansaço. Você bem sabe que é uma condição terrível, não deve ser melhorada, mas eliminada, você sabe desde pequenininha. Melhorar, melhorar-se? Você, por exemplo, melhorou por acaso, tornou-se alguém como Nadia ou Isabella? Seu irmão melhorou, tornou-se alguém como Armando? E seu filho, é como Marco? Não, nós continuamos nós, e ele, eles. Então por que você não se resigna? Culpa da cabeça que não sabe acalmar-se, procura continuamente uma maneira de funcionar. Desenhar sapatos. Batalhar para construir uma fábrica de calçados. Reescrever os artigos de Nino, não dar trégua a ele até que fizesse como você queria. Usar a seu modo as apostilas de Zurique, com Enzo. E agora demonstrar a Nadia que, se ela faz a revolução, você faz mais ainda. A cabeça, ah, sim, o mal está lá, é pela insatisfação da cabeça que o corpo está adoecendo. Estou cansada de mim, de tudo. Estou cansada até de Gennaro: o destino dele, se tiver sorte, é acabar num lugar como este, rastejando por cinco liras a mais diante de algum patrão. E aí? Aí, Cerullo, assuma suas responsabilidades e faça o que sempre teve em mente: assustar Soccavo, tirar dele o vício de comer as operárias dentro da maturação. Mostre o que você soube preparar ao estudante com cara de lobo. Naquele verão em Ischia. As bebidas, a casa de Forio, a cama luxuosa em que esteve com Nino. O dinheiro vinha deste lugar, deste mau cheiro, destes dias passados no asco, desta labuta paga com poucas liras. O que eu cortei aqui? Está saindo pra fora uma gosma amarelada, que nojo. O mundo gira, mas pelo menos, se cair, se quebra.

Logo após a pausa para o almoço se decidiu e disse a Edo: vou lá. Mas nem teve tempo de tirar o avental, foi a secretária do patrão que se apresentou na descarnagem para dizer:

"Doutor Soccavo quer lhe falar com urgência no escritório dele."

Lila achou que algum espião já tivesse dito a Bruno o que vinha pela frente. Interrompeu o trabalho, pegou a folha de reivindicações no armário e subiu. Bateu na porta do escritório, entrou. No aposento não havia apenas Bruno. Sentado numa poltrona, cigarro na boca, encontrou Michele Solara.

44.

Sabia desde sempre que, mais cedo ou mais tarde, Michele reapareceria em sua vida, mas encontrá-lo no escritório de Bruno a assustou tanto quanto, na infância, os espíritos nos recantos escuros da casa. O que ele está fazendo aqui dentro, pensou, preciso ir embora. Mas, ao vê-la, Solara ficou de pé, abriu os braços, pareceu realmente emocionado. Disse em italiano: Lina, que prazer, como estou contente. Queria abraçá-la, e o teria feito se ela não o tivesse interrompido com um gesto irrefletido de repulsa. Michele ficou por alguns segundos de braços abertos e então, desordenadamente, tocou com uma mão a maçã do rosto, a nuca, e com a outra indicou Lila a Soccavo, dessa vez falando de modo fingido:

"Mas olha só, nem posso acreditar: quer dizer que, no meio dos salames, você realmente mantinha a senhora Carracci escondida?"

Lila se dirigiu a Bruno bruscamente:

"Volto mais tarde."

"Sente-se", disse ele, soturno.

"Prefiro ficar de pé."

"Sente-se que assim você se cansa."

Ela sacudiu a cabeça, permaneceu de pé, e Michele lançou um sorriso cúmplice a Soccavo:

"Ela é assim mesmo, desista, não obedece nunca."

Lila teve a impressão de que a voz de Michele estava mais potente que no passado, pronunciava as sílabas finais de cada palavra como se naqueles últimos anos tivesse feito exercícios de pronúncia. Talvez para poupar as forças, talvez apenas para contradizê-lo, mudou de ideia e se sentou. Michele também se reacomodou, mas todo voltado na direção dela, quase como se a partir daquele momento Bruno não estivesse mais na sala. Ele a esquadrinhou bem, com simpatia, e falou demonstrando amargura: suas mãos estão destruídas, que pena, quando garotinha eram tão lindas. Então desandou a falar da loja na piazza dei Martiri com um tom informativo, como se Lila ainda fosse sua funcionária e eles estivessem tendo um encontro de trabalho. Fez menção a novas estantes, a novos pontos de iluminação e disse que tinha mandado murar de novo a porta do banheiro que dava para o pátio. Lila se lembrou daquela porta e disse devagar, em dialeto:

"Estou cagando para sua loja."

"Você quer dizer *nossa*: nós a inventamos juntos."

"Nunca inventei nada com você."

Michele sorriu mais uma vez, balançando a cabeça em sinal de suave discordância. Quem põe dinheiro, disse, faz e desfaz exatamente como quem trabalha com as mãos e com a cabeça. O dinheiro inventa os panoramas, as situações, a vida das pessoas. Você não sabe quanta gente eu posso fazer feliz ou arruinar somente assinando um cheque. Em seguida, voltou a conversar com tranquilidade, parecia contente por contar as últimas notícias, como se faz entre amigos. Começou com Alfonso, que tinha feito bem seu trabalho na piazza dei Martiri e agora ganhava o suficiente para poder constituir família. Mas não tinha vontade de se casar, preferia manter a pobre Marisa na condição de noiva eterna e continuar fazendo o que bem quisesse. Então ele, como empregador, o encorajara, uma vida regular faz bem aos funcionários, oferecera-se para pagar a festa de núpcias, de modo que, finalmente, em junho haveria o casamento. Está vendo, lhe disse, se você tivesse continuado a trabalhar para mim, muito mais que Alfonso, eu lhe daria tudo o que me pedisse, você seria uma rainha. Depois, sem lhe dar tempo de replicar, bateu a cinza do cigarro num velho cinzeiro de bronze e anunciou que ele também estava se casando, também em junho, naturalmente com Gigliola, o grande amor de sua vida. Pena que não posso convidá-la, lamentou, eu gostaria, mas não quero constranger seu marido. E passou a falar de Stefano, de Ada e da filha deles, ora falando muito bem dos três, ora sublinhando que as duas charcutarias não iam tão bem como antigamente. Enquanto o dinheiro do pai durou — disse —, Carracci conseguiu se manter, mas o comércio hoje é um mar agitado, há um bom tempo os negócios de Stefano estão afundando, ele não aguenta mais. A concorrência — explicou — tinha crescido, abriam-se continuamente novas lojas. O próprio Marcello, por exemplo, metera na cabeça de ampliar o velho armazém de dom Carlo, que Deus o tenha, e transformá-lo num desses locais onde se vendia de tudo, de sabonetes a lâmpadas, de mortadelas a doces. E acabou fazendo, o negócio ia de vento em popa, o batizara de *Tutto per tutti*.

"Está me dizendo que você e seu irmão conseguiram arruinar Stefano também?"

"Que arruinar, Lina: nós apenas fazemos nosso trabalho, só isso. Aliás, quando podemos ajudar os amigos, ajudamos de bom grado. Adivinhe quem Marcello pôs para trabalhar na nova loja?"

"Não sei."

"Seu irmão."

"Reduziram Rino a funcionário de vocês?"

"Bem, você o abandonou, e aquele rapaz carrega nas costas seu pai, sua mãe, um filho e Pinuccia, que está grávida de novo. O que ele podia fazer? Procurou Marcello pedindo ajuda, e Marcello o ajudou. Não gostou da notícia?"

Lila respondeu gélida:

"Não, não gostei, não gosto de nada do que vocês fazem."

Michele fez um ar descontente, lembrou-se de Bruno:

"Está vendo? É como eu lhe dizia, o problema dela é que tem um caráter ruim."

Bruno esboçou um sorriso embaraçado, que pretendia ser cúmplice.

"É verdade."

"Ela também lhe fez mal?"

"Um pouco."

"Sabe que ela ainda era uma menina quando pôs um trinchete na garganta de meu irmão, que era o dobro dela? E não estava brincando, se via que estava pronta para usá-lo."

"Está falando sério?"

"Estou. Essa aí tem coragem, é determinada."

Lila cerrou os punhos com força, detestava a fraqueza que sentia no corpo. A sala ondejava, os corpos das coisas mortas e das pessoas vivas se dilatavam. Observou Michele apagar o toco do cigarro no cinzeiro. Estava pondo muita energia naquilo, como se ele também, apesar do tom pacato, estivesse buscando dar vazão a um mal-estar. Lila fixou seus dedos, que não paravam de amassar o cigarro, as unhas brancas. Tempos atrás, pensou, me pediu que eu me tornasse sua amante. Mas não é isso que ele realmente quer, há algo mais aí, algo que não tem a ver com trepar e que nem ele mesmo sabe explicar. Ficou fixado, é como uma superstição. Talvez acredite que eu tenha algum poder, e que esse poder lhe é indispensável. Ele o deseja, mas não consegue tomá-lo, e sofre com isso, é uma coisa que não pode tirar de mim à força. Sim, talvez seja isso. Se não fosse assim, já teria me esmagado. Mas por que justamente eu? O que identificou em mim que serviria a ele? Não devo continuar aqui, sob os olhos dele, não devo ouvi-lo, me dá medo o que ele vê e o que quer. Lila disse a Soccavo:

"Deixo uma coisa com você e estou indo."

Ficou de pé, pronta a lhe entregar a lista das reivindicações, um gesto que lhe pareceu cada vez mais desprovido de sentido e, no entanto, necessário. Queria pôr a folha sobre a mesa, ao lado do cinzeiro, e sair daquela sala. Mas a voz de Michele a deteve. Agora era decididamente afetuosa, quase acariciante, como se tivesse intuído que ela tentava escapar-lhe e ele quisesse apostar tudo para encantá-la e mantê-la ali. Continuou falando a Soccavo:

"Está vendo? Ela tem mesmo um caráter ruim. Estou falando, e ela não está nem aí, saca uma folha de papel, diz que quer ir embora. Mas por favor a perdoe, porque o caráter ruim é compensado por enormes qualidades. Você acha que contratou uma operária? Não é verdade. Esta senhora é muito, muito mais que isso. Se você a deixar agir, ela transforma merda em ouro, é capaz de reorganizar todo este barraco e levá-lo a níveis que você nem sequer imagina. Por quê? Porque tem uma cabeça que normalmente não só nenhuma mulher tem, mas nem nós, homens, temos. Estou de olho nela desde que era quase uma menina, e é justamente assim. Ela desenhou sapatos que até hoje eu vendo em Nápoles e fora da cidade, e ganho um monte de dinheiro com isso. E me reformou uma loja na piazza dei Martiri com tanta fantasia que a transformou num salão de encontro para os senhores de via Chiaia, de Posillipo, do Vomero. E poderia fazer muitas, muitíssimas outras coisas. Mas tem uma cabeça doida, acredita que sempre pode fazer o que lhe dá na telha. Vai, vem, conserta, quebra. Você acha que eu a demiti? Não, um belo dia, como se nada fosse, não veio mais trabalhar. Sumiu, assim. E, se você torna a capturá-la, ela escapa de novo, é uma enguia. O problema dela está aí: mesmo sendo muito inteligente, não consegue entender o que pode e o que não pode fazer. Isso porque ainda não encontrou um homem de verdade. Um homem de verdade sabe colocar a mulher nos trilhos. Não é capaz de cozinhar? Aprende. Deixa a casa suja? Limpa. Um homem de verdade pode fazer com que uma mulher faça tudo. Só para lhe dizer, conheci recentemente uma fulana que não sabia assoviar. Bem, ficamos juntos apenas duas horas — horas de fogo —, e depois disse a ela: vai, assovia. E ela — você não vai acreditar — assoviou. Se você sabe educar uma mulher, bem. Se não sabe, melhor desistir, que lhe faz mal." Pronunciou essas últimas palavras com um tom seriíssimo, como se condensassem um mandamento imprescindível. Mas, enquanto falava, deve ter percebido que ele não tinha sido e ainda não era capaz de respeitar sua própria lei. Então mudou de cara, mudou de voz de repente, sentiu a urgência de humilhá-la. Virou-se para

Lila com um impulso de intolerância e sublinhou num crescendo de vulgaridades dialetais: "Mas com essa aqui é difícil, não é nada fácil tirá-la do pé. No entanto, olhe só pra ela, os olhos miúdos, as tetas pequenas, a bunda pequena, reduzida a um cabo de vassoura. Com uma assim o que se pode fazer? Nem dá pra ficar duro. Mas basta um instante, um instante só: você olha pra ela e tem vontade de fodê-la".

Foi nesse ponto que Lila sentiu um baque violentíssimo na cabeça, como se seu coração, em vez de martelar na garganta, explodisse na calota craniana. Gritou-lhe um insulto não menos pesado que as palavras ditas por ele, agarrou o cinzeiro de bronze da escrivaninha derrubando cinzas e guimbas, tentou acertá-lo. Mas o gesto, apesar da fúria, veio lento, desprovido de força. E mesmo a voz de Bruno — *Lina, por favor, o que é que você está fazendo* — atravessou-a desinteressada. Talvez por isso Solara a tenha bloqueado facilmente e facilmente lhe tirou o cinzeiro das mãos, dizendo raivoso:

"Você pensa que depende do doutor Soccavo? Pensa que não sou ninguém aqui? Você se engana. Há algum tempo o doutor Soccavo está no livro vermelho de minha mãe, que é um livro muito mais importante que o livrinho de Mao. Por isso você não depende dele, depende de mim, depende sempre e apenas de mim. E eu até agora a deixei agir, queria ver até onde você ia parar, você e aquele merda com quem fode. Mas a partir de agora lembre-se de que estou de olho em você, e se eu quiser você tem de correr, está claro?"

Só então Bruno saltou de pé nervosíssimo e exclamou:

"Deixe-a em paz, Michè, agora você está exagerando."

Solara soltou aos poucos o pulso de Lila e então balbuciou, dirigindo-se a Soccavo novamente em italiano:

"Você tem razão, me desculpe. Mas a senhora Carracci tem esse dom: de um modo ou de outro, sempre força você a exagerar."

Lila reprimiu a fúria, esfregou com cuidado o pulso, tirou com a ponta dos dedos um pouco de cinza que caíra sobre ela. Depois desdobrou a folha de reivindicações, colocou-a diante de Bruno e, enquanto se dirigia para a porta, virou-se para Solara e disse:

"Sei assoviar desde os cinco anos de idade."

45.

Quando voltou para baixo, palidíssima, Edo perguntou como tinha sido, mas Lila não respondeu, o afastou com a mão e foi se fechar no banheiro. Temia ser imediatamente reconvocada por Bruno, temia ser obrigada a um confronto na presença de Michele, temia a fragilidade incomum do corpo, não conseguia se habituar. Pelo basculante manteve o olho no pátio e deu um suspiro de alívio quando viu Michele, alto, o passo nervoso, a fronte com entradas, o belo rosto barbeado com cuidado, uma jaqueta de couro preto sobre calças escuras, chegar até seu carro e partir. Nessa altura voltou à descarnagem, e Edo lhe perguntou de novo:

"E então?"

"Foi. Mas a partir de agora vocês cuidam disso."

"Em que sentido?"

Não pôde responder, a secretária de Bruno chegou ofegante, o patrão queria vê-la imediatamente. Seguiu como aquela santa que, mesmo tendo a cabeça ainda sobre o pescoço, a carrega nas mãos, como se já a tivessem cortado. Assim que a viu na sua frente, Bruno quase gritou:

"Querem que de manhã lhes sirva até o café na cama? O que é esta novidade aqui, Lina? Você se dá conta? Sente-se e explique. Nem posso acreditar."

Lila explicou as reivindicações uma a uma, com o tom que usava com Gennaro quando ele não queria entender. Enfatizou que era conveniente a ele tomar aquela lista a sério e enfrentar os vários pontos com espírito construtivo, porque, se ele se comportasse de modo imponderado, logo a inspetoria do trabalho cairia em cima dele. Por fim perguntou em que tipo de problema se meteria para cair nas mãos de gente perigosa como os Solara. Nesse instante Bruno perdeu totalmente a calma. Sua tez avermelhada ficou roxa, os olhos se injetaram, gritou que acabaria com ela, que bastaria dar poucas liras por fora aos quatro cretinos que lhe faziam oposição para arranjar tudo. Berrou que há anos seu pai dava regalias à inspetoria do trabalho, e imagine se ele ia ter medo de inspeções. Gritou que os Solara fariam que ela perdesse a vontade de bancar a sindicalista e concluiu com voz engasgada: pra fora, pra fora imediatamente, fora.

Lila andou até a porta. Somente na soleira lhe disse:

"É a última vez que você me vê: a partir deste momento paro de trabalhar aqui dentro."

Diante dessas palavras, Soccavo voltou bruscamente a si. Fez uma careta alarmada, devia ter prometido a Michele que não a demitiria. Disse:

"Agora você se ofende? Agora banca a caprichosa? Deixe de bobagem, venha cá, vamos pensar juntos, sou eu quem decido se devo demiti-la ou não. Idiota, já disse, venha cá."

Por uma fração de segundo, Ischia lhe voltou à mente de novo, as manhãs em que esperávamos que chegassem Nino e seu amigo rico, que tinha casa em Forio, o rapaz cheio de gentilezas e sempre paciente. Saiu e fechou a porta atrás de si. Logo em seguida sentiu um tremor violentíssimo, recobriu-se de suor. Não foi para a descarnagem, não se despediu de Edo e de Teresa, passou diante de Filippo, que a olhou com estranheza, gritando: Cerù, aonde você vai, volte aqui. Mas ela seguiu pela estrada de terra correndo, pegou o primeiro ônibus para a Marina, chegou ao mar. Perambulou muito. Havia um vento frio, subiu ao Vomero no funicular, passeou por piazza Vanvitelli, por via Scarlatti, por via Cimarosa, tomou de novo o funicular e tornou para baixo. Já tarde se deu conta de que se esquecera de Gennaro. Chegou em casa às nove, pediu a Enzo e a Pasquale — que lhe faziam perguntas ansiosas para entender o que havia ocorrido — que fossem me procurar no bairro.

E agora estou aqui, em plena noite, neste cômodo esquálido de San Giovanni a Teduccio. Gennaro dorme, Lila fala e fala em voz baixa, Enzo e Pasquale estão à espera na cozinha. Eu me sinto como o cavaleiro de um romance medieval que, fechado em sua armadura reluzente, depois de ter cumprido mil prodigiosas empresas a girar pelo mundo, topa com um pastor esfarrapado e desnutrido que, sem jamais ter se afastado do pasto, comanda e governa de mãos nuas feras horríveis com uma coragem portentosa.

46.

Fui uma ouvinte tranquila, deixei-a falar. Alguns momentos do relato, sobretudo quando a expressão do rosto de Lila e o andamento das frases sofriam uma repentina e dolorosa contração nervosa, me perturbaram muito. Experimentei um forte sentimento de culpa, pensei: esta é a vida que eu poderia ter tido e, se não foi assim, isso é também por mérito dela. Às vezes estive a ponto de abraçá-la, noutras quis lhe fazer perguntas, comentários. Mas no geral me contive, só a interrompi em duas ou três ocasiões, no máximo.

Com certeza me intrometi, por exemplo, quando ela falou de Galiani e dos filhos. Gostaria que me explicasse melhor o que minha professora tinha dito, que palavras usara exatamente, se meu nome alguma vez fora mencionado por Nadia ou Armando. Mas percebi a tempo a mesquinhez das perguntas e me contive, embora uma parte de mim considerasse a curiosidade legítima, já que se tratava de conhecidos a quem eu era afeiçoada. Limitei-me a dizer:

"Antes de ir definitivamente para Florença, devo passar na Galiani para me despedir. Por que você não vem comigo?". E acrescentei: "Nossa relação esfriou um pouco depois de Ischia, ela acha que Nino deixou Nadia por culpa minha". Lila então me olhou como se não me visse, e eu insisti: "Os Galiani são boas pessoas, um pouco esnobes, a história do sopro precisa ser verificada".

Dessa vez ela reagiu:

"O sopro existe."

"Tudo bem", respondi, "mas o próprio Armando disse que é preciso ver um cardiologista."

Ela replicou:

"De todo modo ele o percebeu."

Mas foi principalmente sobre assuntos de sexo que me senti provocada. Quando ela contou o episódio da secagem, quase lhe falei: comigo, em Turim, fui atacada por um velho intelectual; e em Milão um pintor venezuelano que eu tinha acabado de conhecer veio até meu quarto para entrar na minha cama como se fosse um favor que eu lhe devia. No entanto, também nesse caso, me contive. Que sentido havia falar de minhas coisas naquele momento? De resto, o que eu poderia contar realmente se parecia com o que ela estava contando?

Essa última pergunta se apresentou a mim com clareza quando, a partir da enunciação dos fatos — conversáramos de fatos brutalíssimos apenas anos antes, quando ela me contou sobre sua noite de núpcias —, Lila passou a me falar sobre sua sexualidade em geral. Para nós, era algo inteiramente novo abordar aquele tema. A vulgaridade do ambiente de onde vínhamos servia para agredir ou para se defender, mas, justamente porque era a língua da violência, não facilitava — ao contrário, bloqueava — as confidências íntimas. Por isso fiquei constrangida, fixei o chão quando ela disse com o cru vocabulário do bairro que trepar nunca lhe dera o prazer que esperava desde menina, ao contrário, sempre experimentara pouco ou quase nada, que depois de Stefano, depois de Nino, fazer isso chegava a incomodá-la, tanto é que não conseguira aceitar dentro de si um homem gentil como Enzo. Não só: acrescentou com um léxico ainda mais brutal que tinha feito ora por força, ora por curiosidade, ora por paixão, tudo o que um homem podia querer de uma mulher, mas que, até quando Nino desejara ter um filho, e ela engravidara, o prazer que, especialmente naquela circunstância de grande amor, se dizia que deveria existir nunca houve.

Diante de tanta clareza, compreendi que eu não podia continuar calada, que devia fazer com que ela sentisse minha proximidade, que devia reagir às suas confidências com igual confidência. Mas à ideia de ter que falar de mim — o dialeto me desgostava e, embora passasse por autora de páginas ousadas, o italiano que adquirira me parecia demasiado precioso para a matéria pegajosa das experiências sexuais — o mal-estar cresceu, esqueci que ela estava fazendo uma confissão difícil, que cada palavra, mesmo vulgar, estava encastoada no esgotamento que trazia no rosto, no tremor das mãos, e fui direta:

"Comigo não é assim", disse.

Não menti, e no entanto não era verdade. A verdade era bem mais complicada e, para lhe dar uma forma, eu necessitaria de palavras experimentadas. Deveria explicar a ela que, na época de Antonio, me esfregar nele, deixar que me tocasse, sempre me dera um grande prazer, e que ainda agora desejava esse prazer. Deveria admitir que ser penetrada também tinha me decepcionado, era uma experiência estragada pelo sentimento de culpa, pelo desconforto das condições do ato, pelo medo de ser surpreendida, pela pressa derivada disso, pelo terror de ficar grávida. Mas deveria acrescentar que Franco — o pouco que eu conheci do sexo estava em grande parte associado a ele, antes de entrar em mim e depois, permitia que eu me esfregasse em sua perna, em seu ventre, e isso era bom, às vezes tornava até agradável a penetração. Consequentemente — deveria dizer a ela ao final — agora que eu aguardava o casamento, e Pietro era um homem muito gentil, esperava que na tranquilidade e na legitimidade do leito conjugal encontrasse tempo e facilidade para descobrir o prazer do coito. Sim, se eu tivesse me expressado dessa maneira, teria sido honesta. Mas a tradição de confidências tão articuladas, aos vinte e cinco anos, nós ainda não tínhamos. Houvera apenas breves acenos genéricos durante o namoro dela com Stefano e o meu, com Antonio, mas se tratara de frases esquivas, alusões. Quanto a Donato Sarratore, quanto a Franco, eu nunca mencionara nem o primeiro, nem o segundo. Por isso me ative àquelas poucas palavras — *comigo não é assim*, que devem ter soado como se lhe dissesse: *talvez você não seja normal*. De fato, ela me olhou perplexa e disse, como para se defender:

"No livro você escreveu outra coisa."

Então ela o havia lido. Murmurei na defensiva:

"Hoje eu nem sei mais o que foi parar ali dentro."

"Foi parar coisa suja", emendou, "coisa que os homens não querem ouvir e que as mulheres conhecem, mas têm medo de dizer. Mas agora o que você vai fazer, se esconder?"

Usou mais ou menos essas palavras, com certeza disse *suja*. Então ela também citava minhas páginas escabrosas tal como Gigliola, que usara *imundície*. Esperei que ela fizesse uma avaliação abrangente do livro, mas isso não ocorreu, serviu-se dele apenas como uma ponte para tornar a reafirmar o que chamou várias vezes, com insistência, de *o incômodo de foder*. Isso está lá, em seu romance — exclamou —, e se você contou é porque conhece, é inútil dizer: comigo não é assim. E eu balbuciei sim, talvez seja verdade, mas não sei. E, enquanto com um despudor atormentado ela continuava me fazendo suas confidências — muita excitação, pouca satisfação, sentimento de desgosto —, Nino me voltou à mente, e se reapresentaram as indagações que eu ruminara muitas vezes na cabeça. Aquela noite longa, cheia de relatos, era um bom momento para dizer a ela que o tinha reencontrado? Devia avisar que não podia contar com Nino em relação a Gennaro, que ele tinha outro filho, que ele fazia filhos e os deixava para trás com indiferença? Devia aproveitar aquele momento, aquelas suas confissões, para lhe comunicar que, em Milão, ele me dissera algo desagradável a seu respeito, *Lila tem problemas até no sexo*? Devo chegar a dizer que em todas aquelas confidências agitadas, até no seu modo de ler as páginas *sujas* de meu livro, agora, enquanto ela falava, eu tinha a impressão de estar confirmando que Nino no fundo tinha razão? O que o filho de Sarratore estava de fato querendo dizer senão o que ela mesma estava admitindo? Tinha percebido que, para Lila, deixar-se penetrar era apenas um dever, que ela não conseguia gozar daquele ato? Ele — pensei comigo — é experiente. Conheceu muitas mulheres, sabe o que é uma boa conduta sexual feminina e, consequentemente, sabe reconhecer uma ruim. Ter problemas no sexo significa, evidentemente, não conseguir ter prazer sob as investidas do macho, significa contorcer-se de vontade esfregando-se para aquietar o desejo, significa agarrar as mãos dele e levá-las ao próprio sexo, como às vezes eu fiz com Franco, ignorando seu incômodo e até o tédio de quem já teve seu orgasmo e agora gostaria de dormir. O mal-estar cresceu, pensei: escrevi *isto* em meu romance, Gigliola e Lila reconheceram *isto* nele, provavelmente Nino reconheceu *isto* e por isso quis falar a respeito. Reprimi todas essas questões e murmurei meio sem propósito:

"Lamento."

"O quê?"

"Que você tenha ficado grávida sem alegria."

Ela respondeu com um repentino ímpeto de sarcasmo:

"Imagine eu."

No final a interrompi quando já começava a clarear, ela acabara de me narrar o embate com Michele. Falei: chega, se acalme, vamos ver essa febre. Estava com trinta e oito e meio. Abracei-a com força e sussurrei: agora eu vou cuidar de você e, enquanto não estiver boa, ficaremos sempre juntas; e, caso eu precise ir a

Florença, você e o menino vêm comigo. Recusou com energia e me fez a última confissão daquela noitada. Disse que tinha errado ao ir com Enzo para San Giovanni a Teduccio, que queria voltar ao bairro.

"Ao bairro?"

"Sim."

"Você está louca."

"Assim que me sentir melhor, faço isso."

Fui contra, falei que aquilo era um pensamento induzido pela febre, que o bairro a destruiria, que era uma estupidez tornar a pôr os pés lá.

"Já eu não vejo a hora de sair daqui", exclamei.

"Você é forte", respondeu ela para minha surpresa, "eu nunca fui forte. Você, quanto mais se sente verdadeira e está bem, mais se afasta. Eu, só de atravessar o túnel do estradão, já me assusto. Lembra quando tentamos ir até o mar, mas começou a chover? Quem de nós duas queria continuar, seguir em frente, e quem resolveu dar meia-volta: eu ou você?"

"Não me lembro. De todo modo, para o bairro você não volta."

Tentei de todas as maneiras fazê-la mudar de ideia, discutimos muito.

"Vá", ela disse afinal, "vá falar com aqueles dois, estão esperando há horas. Não pregaram olho e precisam trabalhar."

"O que digo a eles?"

"O que quiser."

Estendi as cobertas sobre ela, cobri também Gennaro, que se agitara no sono durante toda a noite. Percebi que Lila já estava dormindo. Murmurei:

"Volto logo."

Ela disse:

"Lembre-se do que prometeu."

"O quê?"

"Já esqueceu? Se me acontecer alguma coisa, você fica com Gennaro."

"Não vai lhe acontecer nada."

Enquanto eu saía do quarto, Lila estremeceu sonolenta e murmurou:

"Olhe por mim até que eu durma. Olhe sempre por mim, mesmo quando for embora de Nápoles. Assim eu sei que você está me vendo e me sinto tranquila."

47.

No tempo que transcorreu entre aquela noite e o dia de meu casamento — casei em 17 de maio de 1969, em Florença, e, depois de uma viagem de núpcias de apenas três dias a Veneza, comecei com entusiasmo minha vida de esposa —, tentei fazer por Lila tudo o que estava ao meu alcance. Na verdade, de início pensei simplesmente em cuidar dela até que a gripe passasse. Precisava lidar com a casa em Florença, tinha muitos compromissos em relação ao livro — o telefone tocava o tempo todo e minha mãe resmungava, tinha dado o número a meio bairro, mas ninguém ligava para ela, ter este troço em casa, dizia, é só mais um aborrecimento, as chamadas eram quase sempre para mim —, escrevia notas para hipotéticos novos romances, tentava preencher as lacunas de minha cultura literária e política. Mas o estado de prostração geral a que minha amiga se reduzira me levou rapidamente a descuidar de minhas coisas e a me ocupar cada vez mais com ela. Minha mãe logo notou que tínhamos reatado as relações: achou isso infame, fez um escarcéu, cobriu-nos as duas de insultos. Continuava achando que podia me dizer o que eu devia ou não devia fazer, mancava atrás de mim lançando recriminações, às vezes parecia decidida a intrometer-se dentro de meu próprio corpo para não me deixar ser dona de mim.

O que você ainda tem a dividir com aquela lá — me perseguia —, pense em quem você é e no que ela é, não lhe bastou o livro nojento que você escreveu, quer continuar a amizade com essa cachorra? Mas me comportei como se fosse surda. Encontrei Lila todos os dias e me dediquei a reorganizar sua vida desde o momento em que a deixei dormindo no quarto e fui ter com os dois homens que haviam esperado a noite toda na cozinha.

Disse a Enzo e a Pasquale que Lila estava mal, que não podia mais trabalhar na Soccavo, tinha pedido demissão. Com Enzo não precisei jogar conversa fora, há tempos ele entendera que ela não podia continuar na fábrica, que se metera numa situação difícil, que algo dentro dela estava cedendo. Já Pasquale se mostrou resistente enquanto dirigia rumo ao bairro pelas estradas da primeira manhã, ainda sem tráfego. Não vamos exagerar, disse, é verdade que Lina leva uma vida do cão, mas é o que acontece a todos os explorados do mundo. Então, seguindo um hábito que era seu desde garoto, passou a me falar dos camponeses do Sul, dos operários do Norte, das populações da América Latina, do Nordeste do Brasil, da África, dos afro-americanos, dos vietnamitas, do imperialismo norte-americano. Em pouco tempo o interrompi e disse: Pasquale, se Lina continuar assim, ela morre. Não se rendeu, continuou me fazendo objeções, e não porque não se preocupasse com Lila, mas porque a luta na Soccavo lhe parecia importante, considerava o papel de nossa amiga fundamental e, no fundo, no fundo, estava convencido de que todo aquele papo por causa de um pouco de gripe não era coisa dela, mas minha, uma intelectual pequeno-burguesa mais preocupada com uma febrinha do que com as péssimas consequências políticas de uma derrota operária. Como ele não se decidia a me dizer tudo aquilo de modo explícito, mas por meias palavras, eu mesmo tratei de resumi-las com clareza pacata, para lhe mostrar que eu tinha entendido. A coisa o deixou ainda mais nervoso e, ao se despedir de mim no portão, disse: agora preciso ir trabalhar, Lenu, mas vamos falar mais sobre isso. Assim que voltei à casa de San Giovanni a Teduccio, puxei Enzo num canto e lhe disse: se você gosta dela, mantenha Pasquale longe de Lina, ela não deve mais ouvir falar daquela fábrica.

Naquela fase eu sempre levava na bolsa um livro e meu caderninho de apontamentos: lia no ônibus ou quando Lila estava dormindo. Às vezes a descobria com os olhos abertos, me fixando, talvez espreitando para ver o que eu estava lendo, mas nunca me perguntou nem mesmo o título do livro, e quando tentei ler para ela algumas páginas — das cenas da pousada de Upton, me lembro —, fechou os olhos como se isso a aborrecesse. A febre passou depois de alguns dias, mas a tosse, não; por isso a obriguei a continuar de repouso. Eu mesma cuidei da casa, cozinhei, me dediquei a Gennaro. Talvez porque já fosse grandinho, um tanto agressivo, caprichoso, achei o menino desprovido da inerme sedução que emanava de Mirko, o outro filho de Nino. Mas às vezes ele passava de brincadeiras violentas a repentinas melancolias e adormecia no chão, o que me enterneceu e fez com que eu me afeiçoasse ao menino, coisa que, ao se tornar clara para ele, fez com que andasse sempre grudado em mim, impedindo-me de trabalhar ou de ler.

Enquanto isso, tentei entender melhor a situação de Lila. Tinha dinheiro? Não. Então lhe emprestei algum, e ela só o aceitou depois de jurar mil vezes que o devolveria. Quanto Bruno lhe devia? Duas mensalidades. E a indenização? Não sabia. Enzo trabalhava com quê? Quanto ganhava? Sei lá. E aquele curso de Zurique por apostilas, que possibilidades concretas oferecia? Não sei. Tossia continuamente, sentia dores no peito, suor, um aperto na garganta, o coração que de repente disparava. Anotei sorrateiramente todos os sintomas e tentei convencê-la de que era preciso fazer uma nova consulta médica, bem mais séria do que aquela feita por Armando. Não disse que sim, mas também não se opôs. Numa noite em que Enzo ainda não tinha chegado, Pasquale deu uma passadinha e disse com boas maneiras que ele, os companheiros do comitê e alguns operários da Soccavo queriam saber como ela estava. Confirmei que não estava bem, que precisava de repouso, mas mesmo assim ele me pediu para vê-la, só para um oi. Deixei-o na cozinha e fui ver Lila, aconselhando-a a não o encontrar. Fez uma careta que significava: faço o que você achar melhor. Fiquei comovida ao vê-la render-se a mim — ela, que desde sempre tinha comandado, feito e desfeito —, sem discutir.

48.

Naquela mesma noite, fiz da casa de meus pais uma longa ligação a Pietro, contando-lhe tim-tim por tim-tim todos os problemas de Lila e como eu queria ajudá-la. Ficou me escutando com paciência. A certa altura até mostrou espírito de colaboração, lembrou-se de um jovem helenista de Pisa que estava fixado em calculadores* e fantasiava que eles revolucionariam a filologia. Me deu ternura que, mesmo sendo alguém que estava sempre com a cabeça no trabalho, naquela ocasião, por amor a mim, se esforçasse para ser útil.

"Tente localizá-lo", pedi, "fale de Enzo com ele, nunca se sabe, poderia surgir uma possibilidade de trabalho."

Prometeu que o faria e acrescentou que, pelo que se lembrava, Mariarosa tinha tido um breve caso amoroso com um jovem advogado de Nápoles: talvez pudesse localizá-lo e perguntar se poderia me ajudar.

"Ajudar em quê?"

"Recuperar o dinheiro de sua amiga."

Me entusiasmei.

---

* Nos anos 1960 os atuais computadores eram chamados de calculadores ou cérebros eletrônicos. (N. E.)

"Ligue para Mariarosa."
"Tudo bem."
Insisti:
"Não prometa apenas, ligue mesmo, por favor."
Ficou em silêncio por um segundo e então disse:
"Você acabou de usar o tom de minha mãe."
"Em que sentido?"
"Parecia ela quando está muito empenhada numa coisa."
"Sou diferente demais dela, pena."
Calou-se de novo.
"Ainda bem que é diferente. De todo modo, nessas coisas ela é incomparável. Conte a ela sobre sua amiga e pode ter certeza de que vai ajudar."

Telefonei para Adele. Estava um tanto embaraçada, mas venci a vergonha ao recordar todas as vezes em que a vi em ação, seja por meu livro, seja pela procura da casa em Florença. Era uma mulher que gostava de se ocupar das coisas. Se precisava de algo, pegava o telefone e, peça por peça, montava uma corrente que alcançava seu objetivo. Sabia pedir de um jeito que era impossível de negar. E superava com desenvoltura fronteiras ideológicas, não respeitava hierarquias, ia atrás de faxineiras, empregados, industriais, intelectuais, ministros, a todos se dirigindo com cordial distanciamento, como se o favor que estava prestes a pedir na realidade ela mesma o estivesse fazendo a eles. Entre mil desculpas envergonhadas pelo incômodo que lhe estava causando, contei também a Adele sobre minha amiga, detalhadamente, e ela ficou curiosa, se entusiasmou, se indignou. Por fim me disse:

"Deixe-me pensar."
"Claro."
"Enquanto isso, posso lhe dar um conselho?"
"Claro."
"Não seja tímida. Você é uma escritora, use seu papel, experimente-o, lhe dê peso. Estamos vivendo tempos decisivos, tudo está

indo pelos ares. Participe, esteja presente. E comece por essa gentalha de suas bandas, coloque-os contra a parede."

"Como?"

"Escrevendo. Deixe Soccavo e gente como ele morrendo de medo. Promete que vai fazer isso?"

"Vou tentar."

E me passou o nome de um redator do *Unità*.

49.

O telefonema a Pietro e sobretudo à minha sogra liberaram um sentimento que até então eu mantivera sob controle, ou melhor, reprimira, mas que estava vivo e pronto a ganhar terreno. Tinha a ver com minha mudança de estado. Era provável que os Airota, especialmente Guido, mas talvez também a própria Adele, me considerassem uma garota que, embora muito voluntariosa, estava bem distante da pessoa que teriam esperado para o filho. Era igualmente provável que minha origem, minha cadência dialetal, minha deselegância em tudo, pusessem a dura prova sua largueza de visões. Com certo exagero, eu poderia até supor que a publicação de meu livro fosse parte de um plano de emergência destinado a me tornar apresentável ao mundo deles. Mas não havia nenhuma dúvida de que eles tinham me aceitado, que eu estava prestes a me casar com Pietro com o consentimento deles, que estava a ponto de entrar numa família protetora, uma espécie de castelo bem fortificado de onde eu poderia avançar sem medo, ou para onde poderia recuar caso me sentisse em perigo. Portanto eu devia me habituar àquele novo meio com urgência e, acima de tudo, devia ter consciência disso. Não era mais uma pequena vendedora de fósforos sempre à beira do último palito, agora eu contava com uma boa provisão de fósforos. E por isso — compreendi de repente — podia fazer por Lila muito mais do que tinha calculado fazer.

Foi com essa perspectiva que pedi a minha amiga que me passasse a documentação que ela recolhera contra Soccavo, e ela obedeceu passivamente, sem nem sequer perguntar o que eu pretendia fazer com aquilo. Comecei a ler o material com crescente envolvimento. Quantas coisas terríveis ela conseguira dizer com precisão e eficácia. Quantas experiências insuportáveis percebiam-se por trás da descrição da fábrica. Virei as páginas entre as mãos por muito tempo; depois, de repente, quase sem me dar conta, procurei na lista telefônica e liguei para a Soccavo. Dei o tom certo à minha voz, disse com correta altivez: alô, aqui é Elena Greco — e me passaram para Bruno. Ele foi cordial — *que prazer ouvi-la* —, eu, fria. Ele disse: quanta coisa boa você fez, Elena, vi sua foto no *Roma*, excelente, que bons tempos os de Ischia. Respondi que também estava contente de ouvi-lo, mas que Ischia estava muito longe, que bem ou mal todos tínhamos mudado, que sobre ele, por exemplo, eu ouvira tristes relatos que esperava não fossem verdadeiros. Entendeu num instante e logo reagiu. Falou malíssimo de Lila, de sua ingratidão, dos problemas que lhe causara. Mudei de tom, respondi que acreditava mais em Lila do que nele. Pegue caneta e papel — falei —, anote meu número, feito? Agora ordene que paguem a ela o que deve até o último centavo, e me avise quando posso passar para retirar o dinheiro: não queria que sua foto também aparecesse nos jornais.

Desliguei antes que ele retrucasse, senti orgulho de mim. Não tinha demonstrado a mínima emoção, tinha sido seca, poucas frases em italiano, de início gentis, depois distantes. Esperava que Pietro tivesse razão: estava de fato assimilando o tom de Adele, estava aprendendo sem perceber seu modo de estar no mundo? Resolvi checar se eu seria capaz — querendo — de dar seguimento à ameaça com que tinha encerrado o telefonema. Mais agitada do que quando liguei para Bruno — afinal era o mesmo jovem aborrecido que tentara me beijar na praia de Citara —, disquei o número da redação do *Unità*. Enquanto o telefone chamava, esperei que não se ouvisse ao fundo a voz de minha mãe gritando algo a Elisa em dialeto. Aqui é Elena Greco, disse à telefonista, e mal tive tempo de explicar o que eu queria quando a mulher exclamou: Elena Greco, a escritora? Tinha lido meu livro, me fez muitos elogios. Agradeci, me senti alegre, forte, expliquei sem necessidade que tinha em mente um artigo sobre uma fabriqueta da periferia e mencionei o nome do redator que Adele me aconselhara. A telefonista me cumprimentou mais uma vez e então assumiu um tom profissional. Aguarde na linha, me disse. Um minuto depois uma voz masculina muito rouca me indagou em tom provocador desde quando os cultores das belas letras estavam dispostos a sujar sua pena com trabalhos por empreitada, turnos e horas extras, coisas chatíssimas, evitadas especialmente por jovens romancistas de sucesso.

"De que se trata?", perguntou. "Construção civil, portos, mineradoras?"

"É uma fabriqueta de embutidos", murmurei, "nada demais."

O homem continuou me provocando:

"Não precisa se desculpar, está ótimo. Se Elena Greco, a quem este jornal dedicou nada menos que meia página de elogios efusivos, resolve escrever sobre linguiças, nós, pobres redatores, podemos dizer que não nos interessa? Trinta linhas são suficientes para você? São poucas? Então sejamos mais generosos, sessenta. Quando estiver pronto, o que pretende fazer: me traz pessoalmente ou prefere ditar o texto?"

Comecei a escrever o artigo imediatamente. Precisava espremer das páginas de Lila as minhas sessenta linhas e, por amor a ela, queria fazer um bom trabalho. Mas não tinha nenhuma experiência em relatos jornalísticos, exceto a vez em que, aos quinze anos, com péssimos resultados, tentara escrever sobre o conflito com o professor de religião para a revista de Nino. Não sei, talvez tenha sido essa lembrança que me complicou as coisas. Ou talvez o sarcasmo do redator, que me ficara nos ouvidos, especialmente quando ao final da ligação me pediu que eu cumprimentasse minha sogra. O certo é que demorei muito tempo, escrevi e reescrevi ferozmente. Porém, quando tive a impressão de ter terminado, não me senti satisfeita e não o levei ao jornal. Antes preciso falar com Lila, pensei, é algo que devemos decidir juntas, amanhã entrego.

No dia seguinte fui ver Lila, que me pareceu particularmente mal. Balbuciou que, quando eu não estava, certas presenças se aproveitavam disso e saíam das coisas para molestar a ela e Gennaro. Depois notou que eu estava alarmada e fez um ar brincalhão, murmurou que eram bobagens, só queria que eu passasse mais tempo com ela. Conversamos muito, tentei acalmá-la, mas não lhe mostrei o artigo. O que me fez desistir foi a ideia de que, se o *Unità* recusasse o texto, eu seria forçada a dizer a ela que não o tinham achado bom e me sentiria humilhada. Foi preciso que, à noite, um telefonema de Adele inoculasse em mim uma boa dose de otimismo para que eu me decidisse. Ela se aconselhara com o marido e até com Mariarosa. Em poucas horas tinha acionado meio mundo: medalhões da medicina, professores socialistas especializados em sindicatos, um democrata-cristão que ela definiu como simplório, mas boa pessoa e muito experiente em direito trabalhista. O resultado era que eu tinha um encontro no dia seguinte com o melhor cardiologista de Nápoles — um amigo de amigos, não precisava pagar nada —, que a inspetoria do trabalho faria imediatamente uma visita à Soccavo, que para recuperar o dinheiro de Lila eu podia procurar aquele amigo de Mariarosa que Pietro mencionara, um jovem advogado socialista que tinha escritório na piazza Nicola Amore e já tinha sido informado.

"Está contente?"

"Estou."

"Escreveu o artigo?"
"Escrevi."
"Está vendo? Eu tinha certeza de que você não o faria."
"No entanto está pronto, amanhã vou levá-lo ao *Unità*."
"Muito bem. Corro o risco de subestimá-la."
"É um risco?"
"A subestimação sempre é. Como vão as coisas com a pobre criatura do meu filho?"

50.

A partir daquele momento tudo começou a fluir, quase como se eu tivesse a arte de fazer os eventos correrem como água da nascente. Até Pietro trabalhou para Lila. O tal colega helenista revelou-se um literato tagarela, mas se mostrou igualmente útil: conhecia um tal de Bologna, de fato especialista em calculadores — a fonte confiável de suas fantasias de filólogo —, que lhe dera o número de um conhecido de Nápoles, considerado também confiável. Ditou-me nome, sobrenome, endereço e telefone do tal senhor napolitano, e eu o papariquei muito, ironizei com carinho aquele seu esforço empreendedor, até estalei um beijo no telefone.

Fui logo ver Lila. Estava com uma tosse cavernosa, o rosto tenso e pálido, o olhar excessivamente vigilante. Mas eu levava ótimas notícias e estava contente. Sacudi-a, abracei-a, segurei forte suas mãos e lhe falei da conversa que tive com Bruno por telefone, li o artigo que tinha preparado, listei os resultados da zelosa dedicação de Pietro, de minha sogra, de minha cunhada. Escutou-me como se eu falasse de muito longe — um outro mundo no qual eu adentrara —, e só conseguisse ouvir com clareza metade das coisas que eu dizia. Além disso, Gennaro a puxava sem parar para que brincassem juntos, e ela, enquanto eu falava, prestava atenção a ele sem entusiasmo.

Mesmo assim me senti contente. No passado, Lila tinha aberto a gaveta milagrosa da charcutaria e me comprara de tudo, especialmente livros. Agora eu abria minhas gavetas e retribuía, esperando que se sentisse segura como eu já me sentia.

"Então", finalmente indaguei, "amanhã você vai ao cardiologista?"

Reagiu à pergunta de modo incongruente e falou com uma risadinha:

"Nadia não vai gostar desse modo de enfrentar as coisas. Nem o irmão dela."

"Que modo? Não entendi."

"Nada."

"Lila", eu disse, "por favor, o que Nadia tem a ver com isso, não lhe dê mais importância do que ela mesma já se dá. Quanto a Armando, deixe ele pra lá, sempre foi um rapaz superficial."

Eu mesma me surpreendi com aqueles julgamentos, no fim das contas sabia pouco dos filhos da Galiani. E por uns segundos tive a impressão de que Lila não me reconhecesse, mas visse diante de si um espírito que se aproveitava de sua fraqueza. Na realidade, mais que falar mal de Nadia e de Armando, só queria que ela entendesse que as hierarquias de poder eram outras, que em comparação aos Airota os Galiani não contavam nada, que contava menos ainda gente como Bruno Soccavo ou o bonitão do Michele, que enfim ela devia fazer como eu dizia e não se preocupar. Porém, já enquanto eu falava, me dei conta de que arriscava parecer arrogante e lhe acariciei a bochecha, de todo modo me mostrei muito admirada com o empenho político dos dois irmãos e completei, rindo: mas confie em mim. Ela resmungou:

"Tudo bem, vamos ao cardiologista."

Insisti:

"E quanto a Enzo, o que devo decidir? Em que dia marco o encontro, em que horário?"

"Quando quiser, mas depois das cinco."

Assim que voltei para casa corri ao telefone. Liguei para o advogado, expliquei detalhadamente a situação de Lila. Telefonei ao cardiologista, confirmei a consulta. Telefonei ao expert em calculadores, que trabalhava na Secretaria de Desenvolvimento: me disse que as apostilas de Zurique não serviam para nada, mas que de todo modo eu podia mandar Enzo encontrá-lo em tal dia, em tal hora e em tal endereço. Telefonei ao *Unità*, o redator me disse: vejo que a senhora não tem pressa, vai me trazer o artigo ou esperamos até o Natal? Telefonei à secretária de Soccavo, pedi que informasse ao patrão que, como ele não tinha dado notícias, em breve sairia um artigo meu no *Unità*.

Essa minha última chamada teve uma reação imediata e violenta. Soccavo me ligou dois minutos depois e dessa vez não se mostrou amigável, ao contrário, me ameaçou. Respondi que a qualquer momento ele iria receber uma visita da inspetoria do trabalho e um advogado que cuidaria dos interesses de Lila. Então, prazerosamente exaltada — estava orgulhosa do combate, por afeto e por convicção, contra a injustiça, nas barbas de Pasquale e de Franco, que achavam que ainda podiam me dar lições —, à noite corri ao *Unità* e entreguei meu artigo.

O homem com quem eu tinha falado era de meia-idade, baixa estatura, roliço, com olhinhos vivazes permanentemente acesos por uma ironia benévola. Acomodou-me numa cadeira escangalhada e leu o artigo com atenção. Por fim, pôs as folhas na escrivaninha e disse:

"E isto são sessenta linhas? Me parecem cento e cinquenta."

Senti o rosto corar, murmurei:

"Contei várias vezes, são sessenta."

"Sim, mas escritas à mão com uma letra que não dá para ler nem com uma lupa. Mas o texto realmente está ótimo, companheira. Arranje em algum lugar uma máquina de escrever e corte o que conseguir cortar."

"Agora?"

"E quando? Uma vez na vida eu tenho algo que alguém vai ler e você quer que eu espere as calendas gregas?"

51.

Com quanta energia me senti naqueles dias. Fomos ao cardiologista, um professor que tinha casa e consultório na via Crispi. Me arrumei muito para aquela ocasião. O médico, mesmo sendo de Nápoles, participava do mesmo mundo de Adele, e eu não queria fazer feio diante de minha sogra. Escovei bem os cabelos, pus um vestido que ela me dera de presente, usei um perfume que se parecia com o dela, me maquiei delicadamente. Queria que, se o professor conversasse com minha sogra por telefone ou se a encontrasse, falasse bem de mim. Já Lila se apresentou do mesmo modo de todo dia, sem nenhum cuidado com o próprio aspecto. Acomodamo-nos numa antessala grande, com quadros do século XIX nas paredes: uma nobre sentada numa poltrona com uma serva negra ao fundo, o retrato de uma velha senhora e uma grande e bela cena de caça. Havia outras duas pessoas à espera, um homem e uma mulher, ambos idosos, ambos com ar impecável e elegante de gente abastada. Aguardamos em silêncio. Somente uma vez Lila, que na rua já me tinha feito muitos elogios por causa de minha aparência, disse em voz baixa: parece que você saiu de um desses quadros, você é a dama, e eu, a criada.

Esperamos poucos minutos. Uma enfermeira nos chamou, sem motivos claros passamos na frente de outros pacientes. Só então Lila se agitou, quis que eu acompanhasse a consulta, jurou que sozinha nunca entraria, por fim me empurrou como se a paciente fosse eu. O doutor era um homem ossudo, de seus sessenta anos, cabelos grisalhos muito cheios. Acolheu-me com gentileza, sabia tudo de mim, conversou por dez minutos como se Lila não existisse.

Disse que o filho também se formara na Normal, mas seis anos antes de mim. Enfatizou que o irmão era um escritor de certa notoriedade, mas apenas em Nápoles. Elogiou muito os Airota, conhecia bem um primo de Adele que era um físico famoso. Me perguntou:

"Para quando, o casamento?"

"17 de maio."

"Dezessete? Dá azar. Por favor, mude de data."

"Não é mais possível."

Durante todo o tempo Lila permaneceu calada. Não prestou nenhuma atenção ao professor, senti sua curiosidade fixada em mim, parecia maravilhada a qualquer palavra ou gesto meus. Quando o doutor finalmente se concentrou nela e lhe fez demoradas perguntas, respondeu de má vontade, em dialeto ou num horrível italiano que decalcava fórmulas dialetais. Várias vezes precisei intervir para lembrar sintomas que ela me relatara ou para dar peso ao que ela minimizava. Por fim se submeteu com expressão enfezada a um exame acuradíssimo e capcioso, como se eu e o cardiologista estivéssemos fazendo algum mal a ela. Observei seu corpo fino numa anágua de um celeste pálido, muito grande para ela, bastante gasta. O pescoço comprido parecia se esforçar para manter a cabeça, a pele estava esticada sobre os ossos como um papel de seda prestes a se rasgar. Notei que o polegar da mão esquerda de vez em quando fazia um breve movimento irreflexo. Passou uma boa meia hora antes que o professor lhe dissesse que podia se vestir. Ela o fez sem tirar os olhos dele, e agora me pareceu amedrontada. O cardiologista foi à escrivaninha, sentou-se e finalmente anunciou que estava tudo em ordem, não tinha detectado nenhum sopro. Senhora — lhe disse —, seu coração é perfeito. Mas o efeito da resposta em Lila foi aparentemente inconsistente, não se mostrou satisfeita, ao contrário, pareceu irritada. Eu é que me senti aliviada, como se aquele coração fosse meu, e fui eu que dei sinais de preocupação quando o professor, voltando a se dirigir a mim, e não a Lila, quase como se sua escassa reatividade o tivesse ofendido, acrescentou carrancudo que, no entanto, era preciso intervir com urgência no estado geral de minha amiga. O problema, disse, não é a tosse: a senhora está resfriada, teve um pouco de gripe, vou lhe dar um xarope. O problema, segundo ele, era o esgotamento devido ao grave depauperamento orgânico: Lila devia ter mais cuidado com a saúde, alimentar-se regularmente, fazer um tratamento reconstituinte, conceder-se ao menos oito horas de sono. Grande parte dos sintomas de sua amiga, me disse, vão passar assim que ela recuperar as forças. De todo modo — concluiu —, aconselho uma consulta com um neurologista.

Foi essa última palavra que fez Lila despertar. Franziu o cenho, inclinou-se para a frente e falou em italiano:

"Está dizendo que estou doente dos nervos?"

O médico a olhou surpreso, como se por magia a paciente que tinha acabado de examinar tivesse sido substituída por outra pessoa.

"Ao contrário: estou apenas lhe sugerindo uma checagem."

"Eu disse ou fiz algo que não devia?"

"Não, não se preocupe, a consulta serve apenas para dar um quadro mais claro de sua situação."

"Uma parente minha", disse Lila, "prima de minha mãe, era infeliz, tinha sido infeliz a vida inteira. No verão, quando eu era pequena, a escutava da janela aberta, gritando, rindo. Ou a avistava na rua fazendo coisas meio malucas. Mas era a infelicidade, e por isso ela nunca foi a um neurologista, aliás, nunca foi a médico nenhum."

"Teria feito bem se tivesse ido."

"As doenças nervosas são coisas para senhoras."

"A prima de sua mãe não é uma senhora?"

"Não."

"E a senhora?"

"Eu, menos ainda."

"Sente-se infeliz?"

"Estou ótima."

O médico se dirigiu novamente a mim, de mau humor:

"Repouso absoluto. Diga-lhe que siga este tratamento, pontualmente. Se tiver ocasião de levá-la ao campo por uns dias, melhor ainda."

Lila desandou a rir e retomou o dialeto:

"Na última vez que estive em um médico ele me mandou para a praia, e eu tive um monte de problemas."

O professor fez de conta que não ouviu, sorriu para mim em busca de cumplicidade, me sugeriu o nome de um amigo neurologista, a quem ele mesmo telefonou para que nos atendesse o mais rápido possível. Não foi fácil arrastar Lila para um outro consultório médico. Disse que não tinha tempo para jogar fora, que já tinha se aborrecido bastante com o cardiologista, que precisava cuidar de Gennaro e acima de tudo não tinha dinheiro para desperdiçar nem queria que eu desperdiçasse o meu. Garanti a ela que a consulta era de graça e por fim, de má vontade, cedeu.

O neurologista era um homenzinho animado e completamente calvo, que tinha consultório em um antigo edifício de via Toledo e ostentava na sala de espera, bem ordenados, apenas livros de filosofia. Adorava ouvir a si mesmo e falou tanto que me pareceu prestar mais atenção à meada do próprio discurso que à paciente. Ele a examinava e se dirigia a mim, fazia perguntas a ela e me propunha alguma reflexão profunda, sem se importar com a resposta que ela lhe dava. De todo modo, concluiu distraído que o sistema nervoso de Lila estava em ordem quanto ao músculo cardíaco. Mas — acrescentou, sempre se dirigindo a mim — meu colega tem razão, cara doutora Greco, o organismo está enfraquecido e, consequentemente, tanto a alma irascível quanto a concupiscível se aproveitam para prevalecer sobre a racional: vamos restituir bem-estar ao corpo e assim restituiremos saúde à mente. Então redigiu uma receita com sinais indecifráveis, mas escandindo em voz alta os nomes dos remédios e as doses. Depois passou aos conselhos. Aconselhou, para que se relaxasse, longas caminhadas, mas evitando o mar: melhor o bosque de Capodimonte ou os Camaldoli, disse. Aconselhou ler muito, mas durante o dia, nunca à noite. Aconselhou manter as mãos ocupadas, embora lhe bastasse apenas um olhar de verdade às de Lila para entender que ela as ocupara até demais. Quando passou a insistir nos benefícios neurológicos do trabalho de crochê, Lila se agitou na cadeira, não esperou que o médico terminasse de falar e perguntou, seguindo uma linha de raciocínio toda sua:

"Visto que estamos aqui, o senhor poderia me receitar as pílulas que evitam filhos?"

O médico franziu o cenho, e eu também — acho. Pareceu-me um pedido fora de lugar.

"A senhora é casada?"

"Já fui, agora não."

"Em que sentido agora não?"

"Eu me separei."

"Mas continua sendo casada."

"Ah."

"Já tem filhos?"

"Tenho um."

"Um só é pouco."

"Para mim, é o bastante."

"Em seu estado uma gravidez ajudaria, não há remédio melhor para uma mulher."

"Conheço mulheres destruídas pela gravidez. Melhor as pílulas."

"Para esse seu problema a senhora deve consultar um ginecologista."

"O senhor só entende de nervos, não entende de pílulas?"

O médico ficou ressentido. Conversou mais um pouco e depois, da soleira, me deu o endereço e o telefone de uma médica que trabalhava em um laboratório de análises em Ponte di Tappi. Procure por ela, me disse, como se o pedido de anticoncepcionais tivesse sido feito por mim, e se despediu. Na saída, a secretária pretendeu que pagássemos. O neurologista — entendi — era estranho à corrente de favores que Adele ativara. Paguei.

Uma vez na rua, Lila quase gritou, furiosa: não vou tomar nenhum dos remédios que aquele cretino me passou, seja como for já sei que minha cabeça vai entrar em parafuso. Respondi: sou contra, mas faça o que achar melhor. Ela então se atrapalhou, murmurou: não estou chateada com você, mas com os médicos, e passeamos em direção à Ponte di Tappia, mas sem o dizermos, como se caminhássemos meio ao acaso, só para espichar as pernas. Ora ela se mantinha calada, ora imitava irritada o tom e a fala do neurologista. Tive a impressão de que aquela sua intolerância testemunhasse um retorno de vitalidade. Perguntei:

"As coisas vão melhor com Enzo?"

"Tudo na mesma."

"Então para que as pílulas?"

"Você conhece?"

"Conheço."

"Esta tomando?"

"Não, mas assim que me casar vou tomar."

"Você não quer ter filhos?"

"Quero, mas antes preciso escrever outro livro."

"Seu marido sabe que você não quer filhos logo?"

"Vou dizer a ele."

"Vamos para essa sicrana e pedimos pílulas para nós duas?"

"Lila, não se trata de balas que podemos tomar de qualquer jeito. Se você não faz nada com Enzo, deixe pra lá."

Ela me fixou com os olhos puxados, fissuras dentro das quais mal se entreviam as pupilas:

"Não faço nada hoje, mas depois, quem sabe?"

"Está falando sério?"
"Você acha que eu não deveria?"
"Claro que deveria."

Em Ponte di Tappia procuramos uma cabine telefônica e ligamos para a doutora, que se disse disponível para nos receber imediatamente. Durante o caminho para o laboratório, mostrei-me cada vez mais contente por aquela aproximação com Enzo, e ela pareceu encorajada por minha aprovação. Voltamos a ser as duas meninas de outros tempos e começamos a brincar, meio a sério, meio fingidas, uma provocando a outra: você, que é a mais cara de pau, fala com ela; não, você, que está vestida de madame; eu não tenho urgência; nem eu; então por que estamos indo?

A médica nos esperava no portão, de avental branco. Era uma mulher sociável, com uma voz aguda. Convidou-nos ao bar e nos tratou como se fôssemos velhas amigas. Enfatizou várias vezes que não era uma ginecologista, mas foi tão generosa em explicações e conselhos que, enquanto fiquei na minha, um tanto entediada, Lila fez perguntas cada vez mais explícitas, e objeções, e mais perguntas, e observações irônicas. As duas se entrosaram muito. Por fim, depois de muitas recomendações, recebemos uma receita cada uma. A médica se recusou a receber pagamento porque — disse — era uma missão que ela e outros amigos tinham assumido. Ao se despedir — precisava voltar ao trabalho —, em vez de nos dar a mão, nos deu um abraço. Uma vez na rua, Lila falou séria: finalmente uma pessoa correta. Agora estava alegre, não a via assim havia muito tempo.

52.

Apesar do consenso entusiástico do redator, o *Unità* tardava a publicar meu artigo. Eu estava ansiosa, temia que não saísse mais. Mas justamente no dia seguinte à consulta ao neurologista fui à banca de manhã cedo, folheei o jornal saltando depressa de uma página a outra e finalmente o encontrei. Esperava que o tivessem espremido entre as bagatelas locais e, no entanto, lá estava ele nas páginas nacionais, completo, minha assinatura que só de vê-la impressa me atravessou como uma agulha comprida. Pietro me telefonou contente, também Adele estava entusiasmada, disse que o marido e até Mariarosa tinham gostado muitíssimo do artigo. Mas a coisa surpreendente foi que me ligaram para me cumprimentar o diretor de minha editora, duas personalidades muito conhecidas que colaboravam há anos com a editora, e Franco, Franco Mari, que tinha pedido meu número a Mariarosa: falou-me num tom respeitoso, disse que estava contente comigo, que eu tinha fornecido um exemplo de reportagem abrangente sobre a condição operária, que esperava me encontrar em breve para pensarmos juntos. Esperei naquela altura que, por algum canal imprevisível, também me chegasse a aprovação de Nino. Mas foi inútil, e fiquei mal. Tampouco Pasquale se fez vivo; mas ele, por desgosto político, tinha há tempos deixado de ler o jornal do partido. De todo modo, o redator do *Unità* me consolou: procurou-me para dizer que o texto tinha agradado muito na redação e me convidou, com seu habitual ar despachado, a comprar uma máquina de escrever e desembuchar mais coisas boas.

Mas devo dizer que o telefonema mais desconcertante foi o de Bruno Soccavo. Mandou a secretária ligar para mim e em seguida tomou a palavra. Falou com um tom melancólico, como se o artigo — que no entanto ele a princípio não mencionou — o tivesse atingido tão duramente que lhe tirara todo o impulso vital. Disse que nos dias de Ischia, durante nossos belos passeios na praia, ele me amara como nunca tinha amado ninguém. Declarou-me toda sua admiração pelo rumo que, ainda muito jovem, eu tinha conseguido dar à minha vida. Jurou que o pai dele lhe entregara uma fábrica em grandes dificuldades, cheia de péssimos hábitos, e que ele era apenas o herdeiro sem culpa de uma situação a seus próprios olhos lamentável. Afirmou que meu artigo — finalmente o citou — tinha sido iluminador para ele e que queria corrigir o mais rapidamente possível muitas distorções herdadas do passado. Desculpou-se pelos mal-entendidos com Lila e declarou que a administração já estava resolvendo tudo com o *meu* advogado. Concluiu com cautela: você conhece os Solara, eles estão me ajudando nesse momento difícil a dar uma nova cara à Soccavo. E acrescentou: Michele lhe manda calorosas lembranças. Retribuí os cumprimentos, registrei seus bons propósitos e desliguei. Mas logo telefonei ao advogado amigo de Mariarosa para lhe falar daquela ligação. Ele me confirmou que a questão do dinheiro estava resolvida e fui encontrá-lo alguns dias depois no escritório para o qual trabalhava. Era pouco mais velho que eu, simpático apesar dos irritantes lábios finos, e se vestia com esmero. Quis me convidar ao bar para um café. Tinha muita admiração por Guido Airota, lembrava-se bem de Pietro. Entregou-me a soma que a Soccavo tinha pago a Lila e recomendou que eu tomasse cuidado para não ser roubada. Descreveu o caos de estudantes, sindicalistas e policiais que encontrara nos portões da fábrica, disse que o inspetor também fizera uma visita ao estabelecimento. No entanto não me pareceu satisfeito. Somente quando estávamos para nos despedir, me perguntou da soleira:

"Você conhece os Solara?"

"É gente do bairro onde cresci."

"Sabe que eles estão por trás de Soccavo?"

"Sei."

"E não está preocupada?"

"Não entendi."

"Quero dizer: o fato de que você os conhece desde sempre e de ter estudado fora de Nápoles talvez não lhe permita ver a situação com clareza."

"Ela é claríssima para mim."

"Nos últimos anos os Solara cresceram bastante, eles têm influência nesta cidade."

"E daí?"

Contraiu os lábios, estendeu-me a mão.

"Daí nada: conseguimos o dinheiro, está tudo certo. Mande lembranças a Mariarosa e a Pietro. Quando vai ser o casamento? Gosta de Florença?"

53.

Dei o dinheiro a Lila, que o contou por duas vezes com satisfação e quis imediatamente me devolver a quantia que eu lhe emprestara. Pouco depois Enzo chegou, tinha acabado de encontrar a pessoa especialista em calculadores. Parecia contente, naturalmente dentro dos limites daquela sua impassibilidade que, talvez até contra seus próprios desejos, estrangulava emoções e palavras. Lila e eu penamos para tirar informações de sua boca, mas por fim acabamos tendo um quadro bastante claro. O especialista tinha sido de grande gentileza. De início reiterara que as apostilas de Zurique eram dinheiro jogado fora, mas depois se deu conta de que Enzo era bom, a despeito da inutilidade do curso. Dissera-lhe que a IBM estava prestes a produzir na Itália, no estabelecimento de Vimercate, um computador novíssimo, e que a filial de Nápoles tinha urgente necessidade de perfuradores-verificadores, de operadores, de programadores-analistas. Garantiu-lhe que, tão logo a empresa começasse os cursos de formação, ele entraria em contato. Tomara nota de todos os seus dados.

"Parecia uma pessoa séria?", quis saber Lila.

Para testemunhar a seriedade de seu interlocutor, Enzo apontou para mim e disse:

"Sabia tudo sobre o noivo de Lila."

"Como assim?"

"Falou que era filho de uma pessoa importante."

Lila fez uma expressão de fastio. Obviamente sabia que o encontro tinha sido arranjado por Pietro e que o sobrenome Airota tinha um peso no bom êxito daquele encontro, mas me pareceu contrariada com o fato de que Enzo precisasse saber disso. Pensei que o que a perturbava era a ideia de que ele também me devesse alguma coisa, como se aquela dívida — que entre mim e ela não podia ter nenhuma consequência, nem mesmo a subalternidade da gratidão — pudesse, ao contrário, fazer mal a Enzo. Apressei-me a dizer que o prestígio de meu sogro importava pouco, que o especialista em computadores tinha deixado claro, inclusive para mim, que só o ajudaria se ele fosse bom. Lila fez um gesto um tanto excessivo de aprovação e exclamou:

"Ele é excelente."

"Nunca vi um computador na vida", disse Enzo.

"E daí? Mesmo assim aquele sujeito deve ter notado que você sabe fazer as coisas."

Ele pensou e por fim se dirigiu a Lila com uma admiração que, por um instante, me causou inveja:

"Ficou impressionado com os exercícios que você me estimulou a fazer."

"É mesmo?"

"Sim. Especialmente o esquema de coisas do tipo passar roupa, bater um prego."

A partir daquele momento, os dois começaram a brincar recorrendo a fórmulas que eu não entendia e que me excluíam. E de repente me pareceram um casal de apaixonados, muito felizes, com um segredo tão secreto que era desconhecido até para eles mesmos. Revi o pátio de quando éramos pequenas. Revi Enzo e ela enquanto combatiam pelo primado em aritmética sob os olhos do diretor e da professora Oliviero. Revi-os enquanto ele, que nunca chorava, se desesperava por a ter ferido com uma pedra. Pensei: o modo de eles estarem juntos vem da parte melhor do bairro. Talvez Lila tenha razão em querer voltar.

54.

Comecei a prestar atenção aos *aluga-se*, aos cartazes afixados aos portões que anunciavam casas para locação. Enquanto isso, chegou — endereçado não a minha família, mas a mim — o convite para a festa de casamento de Gigliola Spagnuolo e Michele Solara. E, poucas horas depois, me veio trazido em mãos outro convite: dessa vez se casavam Marisa Sarratore e Alfonso Carracci, e tanto a família Solara quanto a Carracci se dirigiam a mim com deferência: *egrégia doutora Greco Elena*. Os dois convites de casamento me pareceram quase imediatamente uma boa ocasião para tentar entender se era bom apoiar o retorno de Lila ao bairro. Planejei ir encontrar Michele, Alfonso, Gigliola, Marisa, aparentemente só para lhes desejar felicidades e explicar que os casamentos se realizariam quando eu já estaria longe de Nápoles; mas, de fato, especialmente para descobrir se os Solara e os Carracci ainda estavam querendo atazanar Lila. Alfonso me parecia a única pessoa capaz de me falar de modo desapaixonado em que medida o rancor de Stefano pela esposa ainda estava vivo. Quanto a Michele, apesar de o detestar — ou talvez justamente por detestá-lo —, eu queria conversar com ele calmamente sobre os problemas de saúde de Lila e fazê-lo entender que, se ele se achava sabe-se lá o quê e zombava de mim como se eu fosse a menininha de antigamente, agora eu tinha força suficiente para lhe complicar a vida e os negócios, caso continuasse perseguindo minha amiga. Pus ambos os convites na bolsa, não queria que minha mãe os visse e se ofendesse pela reverência com que eu, e não ela e meu pai, era tratada. Tirei um dia inteiro para me dedicar àqueles encontros.

O tempo não prometia boa coisa, levei o guarda-chuva, mas eu estava de bom humor, queria caminhar, refletir, fazer uma espécie de saudação ao bairro e à cidade. Por um hábito de estudante diligente, comecei pelo encontro mais difícil, com Solara. Fui ao bar, mas não encontrei nem ele, nem Gigliola, nem mesmo Marcello; me disseram que talvez estivessem na nova loja do estradão. Dei uma passada lá com o passo da desocupada que olha ao redor sem pressa. Tinha sido definitivamente apagada a memória da gruta escura e profunda de dom Carlo aonde, quando pequena, eu ia comprar sabão líquido e outras coisas para a casa. Das janelas do terceiro andar descia um letreiro enorme, disposto na vertical, *Tutto per tutti*, que chegava até a entrada ampla. A loja estava cheia de luzes, apesar de ser dia, e dispunha de todo tipo de mercadoria, o triunfo da abundância. Achei o irmão de Lila, Rino, muito mais gordo. Ele me tratou com frieza, disse que ali dentro o patrão era ele, que não sabia nada dos Solara. Se está procurando Michele, vá à casa dele — disse hostil, virando-me as costas como se tivesse algo urgente a fazer.

De novo caminhei pelas ruas e fui até o bairro novo, onde eu sabia que toda a família Solara tinha comprado anos antes uma casa enorme. Quem abriu a porta foi a mãe, Manuela, a agiota, que eu não via desde os tempos do casamento de Lila. Senti que estava me observando pelo postigo. Espreitou demoradamente e então puxou o trinco e surgiu na moldura da porta, em parte imersa no breu da casa, em parte corroída pela luz que vinha do janelão das escadas. Tinha como que secado. A pele estava repuxada sobre os ossos grandes, tinha uma pupila luminosíssima e a outra quase apagada. Nas orelhas, no pescoço, na roupa escura que dançava sobre seu corpo cintilavam ouros, como se estivesse preparada para uma festa. Tratou-me com polidez, quis que eu entrasse, que tomasse um café. Michele não estava, soube que tinha outra casa, em Posillipo, onde passaria a viver definitivamente depois do casamento. Estava lá com Gigliola, decorando a casa.

"Vão deixar o bairro?", perguntei.

"Claro."

"Por Posillipo?"

"Seis quartos, Lenu, três com vista para o mar. Eu teria preferido o Vomero, mas Michele quis fazer tudo da própria cabeça. De todo modo, tem um ar pela manhã, tem uma luz, que você não pode imaginar."

Fiquei surpresa. Jamais pensei que os Solara se afastariam da zona de suas transações, da toca onde escondiam o butim. No entanto, justamente Michele, o mais esperto, o mais ávido da família, ia morar em outro local, no alto, em Posillipo, de frente para o mar e o Vesúvio. A mania de grandeza dos dois irmãos realmente crescera, o advogado tinha razão. Mas naquele momento a notícia me alegrou, fiquei contente de que Michele saísse do bairro. Achei que isso favoreceria um eventual retorno de Lila.

55.

Pedi o endereço a dona Manuela, despedi-me e atravessei a cidade, primeiro de metrô até a Mergellina, depois um pouco a pé e um pouco de ônibus, subindo até Posillipo. Eu estava curiosa. Agora me sentia parte de um poder legítimo, universalmente admirado, aureolado de cultura de alto nível, e queria ver que vestes estridentes estava assumindo o poder que eu tivera sob os olhos desde a infância, o prazer vulgar da intimidação, a prática impune do crime, o truque sorridente dos obséquios às leis, a exibição do desperdício tal como eram encarnados pelos irmãos Solara. Mas Michele me escapou de novo. No último andar de um edifício recém-construído, encontrei apenas Gigliola, que me acolheu com evidente espanto e com uma animosidade igualmente evidente. Percebi que, enquanto tinha usado o telefone da mãe dela a toda hora do dia, eu tinha sido cordial, mas quando instalei o aparelho na casa dos meus pais toda a família Spagnuolo desaparecera de minha vida sem que eu me desse conta. E agora, ao meio-dia, sem aviso prévio, num dia escuro que ameaçava chuva, eu me apresentava em Posillipo, irrompia numa casa de futura esposa ainda toda bagunçada? Senti vergonha, mostrei-me artificialmente entusiasta para que me perdoasse. Por um momento Gigliola permaneceu de cara amarrada, talvez até em alarme, depois prevaleceu a ostentação. Desejou que eu a invejasse, quis sentir de modo tangível que a considerava a mais afortunada de todas nós. Por isso, perscrutando minhas reações, gozando meu entusiasmo, mostrou-me os aposentos um a um, os móveis caríssimos, os lampadários deslumbrantes, dois grandes banheiros, o enorme aquecedor de água, a geladeira, a lavadora, três telefones infelizmente ainda desativados, a televisão de não sei quantas polegadas e por fim o terraço, que não era um terraço, mas um jardim suspenso cheio de flores que somente o dia nublado impedia que fosse apreciado em todas as suas cores.

"Olhe só, você já viu o mar assim? E Nápoles? E o Vesúvio? E o céu? No bairro já houve todo esse céu?"

Nunca. O mar era de chumbo, e o golfo o circundava como a borda de uma caldeira. A massa densa das nuvens pretíssimas rolava encrespada até nós. Mas ao fundo, entre mar e nuvem, havia um longo rasgo que se chocava contra a sombra roxa do Vesúvio, uma ferida da qual escorria um alvaiade ofuscante. Ficamos um bom tempo a olhar, as roupas coladas pelo vento. Eu estava como hipnotizada pela beleza de Nápoles, nem mesmo do terraço da Galiani, anos atrás, eu a tinha visto assim. O massacre da cidade oferecia a um custo altíssimo miradouros em cimento sobre uma paisagem extraordinária, e Michele tinha adquirido um local memorável.

"Você não gosta?"
"É maravilhoso."
"Não tem comparação com a casa de Lina no bairro, né?"

"Não, não tem comparação."
"Eu disse Lina, mas quem está lá agora é Ada."
"É."
"Aqui é muito mais nobre."
"É."
"Mas você fez uma cara de desagrado."
"Não, estou feliz por você."
"A cada um o seu. Você estudou, escreve livros, e eu tenho isto aqui."
"É."
"Não está convencida disso."
"Estou convencidíssima."
"Neste prédio, se você observar as plaquinhas, só moram engenheiros, advogados e grandes professores. A paisagem e o conforto custam caro. Se você e seu marido economizarem, acho que também vão poder comprar uma casa como esta."
"Não creio."
"Ele não quer vir morar em Nápoles?"
"Duvido."
"Nunca se sabe, você tem sorte: escutei várias vezes a voz de Pietro ao telefone, pude vê-lo da janela, está na cara que é um bom rapaz. Não é que nem Michele, vai fazer o que você quiser."

A essa altura ela me puxou para dentro da casa, quis que comêssemos algo. Desembrulhou presunto e provolone, cortou fatias de pão. Ainda é um acampamento, se desculpou, mas quando passar em Nápoles com seu marido venha me visitar, vou lhe mostrar como ficou. Abriu os olhos enormes e brilhantes, estava excitada pelo esforço de não deixar dúvidas sobre sua riqueza. Mas aquele futuro improvável — que eu e Pietro viéssemos a Nápoles e fizéssemos uma visita a ela e a Michele — ao final se revelou insidioso. Por um instante ela se distraiu, teve pensamentos ruins e, quando recomeçou com a ostentação, tinha perdido a confiança no que dizia e começou a mudar. Eu também tive sorte, reiterou, mas falou sem satisfação, aliás, com uma espécie de sarcasmo dirigido contra si. Carmen — listou — terminou com o frentista do estradão, Pinuccia se envenena atrás daquele bronco do Rino, Ada é a prostituta de Stefano. Já eu, sorte minha, tenho Michele, que é bonito, inteligente, manda em todo mundo, finalmente decidiu se casar comigo e olhe só onde me colocou, não sabe o banquete que encomendou, vamos fazer um casamento que nem o xá da Pérsia fez quando se casou com Soraya. Pois é, ainda bem que o fisguei desde pequena, fui a mais esperta. E continuou por aí, mas tomando um rumo autoirônico. Teceu elogios à própria esperteza, deslizando lentamente dos confortos que conquistara agarrando Solara para si à solidão de seu compromisso de esposa. Michele, confessou, nunca está, é como se eu estivesse me casando sozinha. E me perguntou de repente, quase como se de fato quisesse um parecer: você acha que eu existo? Olhe pra mim, na sua opinião, eu existo? Bateu a mão aberta no peito farto, mas o fez como para me demonstrar na prática que a mão a trespassava, que seu corpo, por culpa de Michele, não existia. Ele tinha tomado tudo dela, logo, desde quando era quase uma menina. Ele a consumira, amarrotara e, agora que tinha vinte e cinco anos, já se habituara, nem sequer olhava mais para ela. Fode daqui e dali como bem entende. O nojo que me dá quando alguém lhe pergunta quantos filhos vocês querem e ele tripudia, diz: perguntem a Gigliola, filhos eu já tenho e nem sei quantos são. Seu marido lhe diz essas coisas? Seu marido lhe diz: com Lenuccia quero três, com as outras, não sei? Ele me trata diante de todos como um capacho. E eu sei o porquê. Nunca gostou de mim. Está se casando comigo para ter uma serva leal, todos os homens se casam para isso. E me fala continuamente: que merda eu vou fazer com você, você não sabe nada, não tem inteligência, não tem gosto, esta bela casa é um desperdício, tudo com você se torna uma porcaria. Começou a chorar, dizendo entre soluços:

"Desculpe, estou falando assim porque você escreveu aquele livro de que gostei e sei que você conhece o sofrimento."

"Por que você deixa que ele lhe diga essas coisas?"

"Porque senão ele não se casa."

"Mas depois do casamento faça-o pagar por isso."

"De que maneira? Está se fodendo para mim: já agora não o vejo nunca, imagine depois."

"Então não estou entendendo."

"Não entende porque não está no meu lugar. Você ficaria com um cara que você sabe perfeitamente que é apaixonado por outra?"

Olhei para ela perplexa:

"Michele tem uma amante?"

"Muitíssimas, ele é homem, mete o pau onde bem quer. Mas o ponto não é este."

"E qual é?"

"Lenu, se eu lhe disser, você não deve repetir isso a ninguém, se não Michele me mata."

Prometi; e mantive a promessa: estou escrevendo aqui, agora, só porque ela está morta. Disse:

"Ele ama Lina. E a ama como nunca me amou, como nunca vai amar ninguém."

"Bobagens."

"Bobagens é o que você está dizendo, Lenu, se não é melhor você ir embora. Estou falando sério. Ele ama Lina desde aquele maldito dia em que ela meteu o trinchete na garganta de Marcello. Não estou inventando, ele mesmo me disse."

E me contou coisas que me perturbaram profundamente. Contou que, não muito tempo antes, justamente naquela casa, uma noite Michele ficou bêbado e lhe disse com quantas mulheres tinha estado, o número exato: cento e vinte e duas, pagas e de graça. Você está nessa lista, sublinhou, e com certeza não faz parte das que mais me fizeram gozar, ao contrário. E sabe por quê?

Porque você é cretina, e até para foder bem é preciso um pouco de inteligência. Por exemplo, você não sabe fazer um boquete, é um fracasso, e não adianta lhe explicar, você não consegue, se sente logo que lhe dá nojo. E prosseguiu assim por um tempo, com um monte de frases cada vez mais nojentas, com ele a vulgaridade era a regra. Depois quis explicar a ela com clareza em que pé as coisas estavam: casava-se pelo respeito que tinha por seu pai, exímio confeiteiro a quem era afeiçoado; casava-se porque era preciso ter uma esposa, e também filhos, e também uma casa respeitável. Mas não queria que houvesse equívocos: ela, para ele, não era nada, não a tinha colocado num altar, não era a mulher que ele mais amava, portanto não devia ousar encher-lhe o saco achando que tivesse algum direito. Palavras horríveis. A certa altura o próprio Michele deve ter se dado conta disso e foi tomado por uma espécie de melancolia. Murmurou que as mulheres para ele eram brinquedos com uns buracos para brincar. Todas. Todas, menos uma. Lina era a única mulher no mundo que ele amava — amava, sim, como nos filmes — e respeitava. Ele me disse — soluçou Gigliola — que ela, sim, saberia decorar esta casa. Me disse que dar dinheiro a ela para gastar à vontade, sim, teria sido um prazer. Me disse que, com ela, poderia realmente se tornar alguém importante em Nápoles. Me disse: se lembra do que ela foi capaz de fazer com aquela foto vestida de noiva, se lembra de como arrumou a loja? E você, Pinuccia e todas as outras, que merda são, que merda sabem fazer? Ele lhe dissera aquelas coisas, e não só. Disse que pensava em Lila noite e dia, mas não com a vontade normal, o desejo por ela não se assemelhava ao que ele conhecia. *Na realidade não a queria.* Isto é, não a queria como em geral queria as mulheres, para senti-las debaixo de si, para virá-las, revirá-las, abri-las, arrebentá-las, colocá-las sob seus pés e esmagá-las. Não a queria para pegá-la e esquecê-la: ele a queria na delicadeza da cabeça repleta de ideias; a queria na inventividade; e a queria sem a estragar, para que ela durasse; a queria não para fodê-la, aquela palavra aplicada a Lila o perturbava. Ele a queria para beijá-la e acariciá-la; a queria para ser acariciado, ajudado, guiado, comandado; a queria para ver como mudava com o passar do tempo, como envelhecia; a queria para pensar com ela e ser ajudado a pensar. Entende? Falou dela como de mim — de mim, que estamos prestes a nos casar — nunca falou. Juro a você, é assim mesmo. Ele murmurava: meu irmão Marcello, o babaca do Stefano e Enzo, com aquela cara de bunda, o que eles compreenderam de Lina? Será que se deram conta do que perderam, do que podem perder? Não, eles não têm inteligência para isso. Somente eu sei o que ela é, quem é. *Eu a reconheci*. E sofro ao pensar em como está se perdendo. Delirou desse jeito, para desabafar. E eu fiquei ouvindo sem dizer nada, até que ele dormiu. Olhava para ele e dizia: como é possível que Michele seja capaz desse sentimento? Não é ele quem está falando, é um outro. E eu odiei aquele outro, pensei: agora o esfaqueio no sono e recupero meu Michele. Quanto a Lila, não, não tenho nada contra ela. Quis matá-la anos atrás, quando Michele me tirou a loja da piazza dei Martiri para me mandar de novo para trás do balcão da confeitaria. Na época me senti uma merda. Mas agora não a odeio mais, ela não é o problema. Sempre quis sair fora. Não é uma cretina como eu, que vou me casar com ele — nunca ficará com ele. Aliás, como Michele vai se apossar de tudo que há para se apossar, mas com ela não vai conseguir nada, de uns tempos pra cá até passei a gostar dela: pelo menos há uma que o fará cagar sangue.

 Fiquei escutando, de vez em quando tentei minimizar as coisas para consolá-la. Falei: se ele vai se casar com você, não importa o que diga, isso significa que ele lhe dá valor, não se desespere. Gigliola sacudiu a cabeça energicamente e enxugou as faces com os dedos. Você não o conhece — disse —, ninguém o conhece como eu. Perguntei:

 "Você acha que ele pode perder a cabeça e fazer algum mal a Lina?"

Soltou uma espécie de exclamação, entre a risada e o grito.

"Ele? Mal a Lina? Não viu como se comportou durante todos esses anos? Ele pode fazer mal a mim, a você, a qualquer um, até ao pai dele, à mãe, ao irmão. Pode fazer mal a todas as pessoas ligadas a Lina, ao filho, a Enzo. E pode fazer sem nenhum escrúpulo, a frio. Mas a ela, a ela pessoalmente, nunca fará nada."

56.

Decidi completar meu circuito exploratório. Desci a pé até a Mergellina e cheguei à piazza dei Martiri justamente quando o céu negro estava tão baixo que parecia apoiado sobre os prédios. Entrei depressa na elegante loja de calçados Solara convencida de que o temporal desabaria a qualquer instante. Achei Alfonso ainda mais bonito do que me lembrava, grandes olhos de cílios longos, lábios bem delineados, o corpo delgado e ao mesmo tempo forte, o italiano um tanto artificial por causa do estudo de latim e grego. Ficou sinceramente feliz ao me ver. Termos atravessado juntos os anos difíceis do ginásio e do liceu havia criado uma relação afetuosa entre nós que, embora não nos víssemos há tempos, se reanimou prontamente. Começamos a nos divertir. Falamos sem parar e simultaneamente, sobre nosso passado na escola, sobre os professores, sobre o livro que eu tinha publicado, o casamento dele, o meu. Naturalmente fui eu que mencionei Lila, e ele se confundiu, não queria falar mal dela, mas tampouco do irmão, nem de Ada. Disse apenas:

"Era previsível que fosse terminar assim."

"Por quê?"

"Lembra quando eu dizia que Lina me dava medo?"

"Lembro."

"Não era medo, só entendi bem mais tarde."

"E o que era?"

"Estranhamento e adesão, um efeito simultâneo de distância e proximidade."

"Ou seja?"

"É difícil explicar: eu e você ficamos imediatamente amigos, eu gosto de você. Com ela isso sempre me pareceu impossível. Tinha algo de terrível que me fazia ter vontade de me ajoelhar e confessar meus pensamentos mais secretos."

Ironizei:

"Bonito, uma experiência quase religiosa."

Ele continuou sério:

"Não, apenas uma admissão de subalternidade. Bonito mesmo foi quando ela me ajudou a estudar, isso sim. Lia o manual, entendia imediatamente, resumia tudo para mim de modo simples. Houve momentos — e isso acontece ainda hoje — em que pensava: se eu tivesse nascido mulher, gostaria de ter sido como ela. De fato, dentro da família Carracci, éramos dois corpos estranhos: nem eu nem ela podíamos durar. Por isso nunca me importei com suas culpas, e sempre me senti do seu lado."

"Stefano ainda tem mágoa dela?"

"Não sei. Mesmo que a odeie, tem encrencas demais para gastar com isso. Neste momento Lina é o último problema dele."

A afirmação me pareceu sincera e sobretudo fundada, e não falei mais de Lila. Em vez disso, perguntei sobre Marisa, sobre a família Sarratore, por fim sobre Nino. Foi vago em relação a todos, especialmente sobre Nino, que ninguém — por vontade de Donato, me disse — se arriscara a convidar para o insuportável casamento que ele enfrentaria.

"Você não está contente de se casar?", arrisquei.

Olhou para além da vitrine: relampejava, trovejava, mas ainda não chovia. Disse:

"Eu estava bem do jeito que estava."

"E Marisa?"

"Ela, não, não estava bem."

"Queria que ela ficasse noiva para o resto da vida?"

"Não sei."

"Então no fim das contas você fez a vontade dela."

"Ela procurou Michele."

Olhei para ele sem entender.

"Em que sentido?"

Riu, uma risadinha nervosa.

"Foi até ele, o colocou contra mim."

Eu estava sentada num pufe, ele estava de pé, contra a luz. Tinha o aspecto tenso, compacto, dos toureiros nos filmes sobre corridas.

"Não entendi: você vai se casar com Marisa porque ela pediu a Solara que lhe dissesse que você devia fazer isso?"

"Estou me casando com Marisa para não fazer uma desfeita a Michele. Foi ele quem me pôs aqui dentro, confiou em minhas capacidades, tenho afeto por ele."

"Você é doido."

"Você fala assim porque todos têm uma ideia errada de Michele, não sabem como ele é." Contraiu o rosto, tentou inutilmente segurar as lágrimas. Acrescentou: "Marisa está grávida".

"Ah."

Então o verdadeiro motivo era esse. Peguei a mão dele e, com grande constrangimento, tentei acalmá-lo. Sossegou com muito esforço e me disse:

"A vida é uma coisa muito feia, Lenù".

"Não é verdade: Marisa vai ser uma boa esposa e uma ótima mãe."

"Estou me lixando para Marisa."

"Agora não exagere."

Fixou os olhos em mim, senti que me examinava como para entender algo de mim que o deixava bloqueado. Perguntou:

"Nem a você Lila nunca disse nada?"

"O que ela devia me dizer?"

Balançou a cabeça, subitamente divertido.

"Está vendo que tenho razão? É uma pessoa incomum. Certa vez confiei um segredo a ela. Estava apavorado e precisava dizer a alguém a razão de meu pavor. Contei a ela, e ela me ouviu com atenção, tanto que até me acalmei. Para mim foi importante falar com ela, me parecia que não me escutava com os ouvidos, mas com um órgão que só ela possuía e que tornava as palavras aceitáveis. No final não lhe pedi nada, como se costuma fazer: jure, por favor, que não vai me trair. Mas agora é claro que, se não disse nada a você, não falou com ninguém, nem por despeito, nem no período mais duro para ela, os dias de ódio e das porradas de meu irmão."

Não o interrompi. Senti apenas que estava descontente porque ele confiara sabe-se lá o que a Lila, e não a mim, que também era sua amiga desde sempre. Ele deve ter percebido e decidiu remediar. Me abraçou forte e sussurrou em meu ouvido:

"Lenù, eu sou bicha, não gosto de mulheres."

Quando eu estava para ir embora, murmurou embaraçado: tenho certeza de que você já tinha percebido. Isso acentuou meu desgosto, na verdade o fato nunca me ocorrera.

57.

Assim passou aquele dia longo, sem chuva, mas escuro. E nesse ponto começou uma inversão de tendência que rapidamente converteu uma fase de aparente crescimento da relação entre mim e Lila em desejo de abreviar e voltar a cuidar de minha vida. Ou talvez já tivesse começado antes, em minúsculos detalhes que, ao me atingirem, eu mal notara, mas agora começavam a acumular-se. O périplo tinha sido útil, e no entanto voltei descontente para casa. Que amizade era essa minha e de Lila, se ela por tantos anos não me dissera nada sobre Alfonso, com quem sabia que eu tinha uma ligação importante? Será possível que não se dera conta da dependência absoluta de Michele quanto a ela, ou por motivos seus tinha decidido me omitir isso também? Por outro lado, eu, quantas coisa eu lhe havia ocultado?

Passei o resto do dia imersa num caos de lugares, tempos, pessoas várias: a inquieta dona Manuela, o vazio Rino, Gigliola na primeira fundamental, Gigliola na segunda fundamental, Gigliola seduzida pela beleza potente dos jovens Solara, Gigliola encantada com a Millecento, e Michele, que atraía as mulheres tanto quanto Nino, com a diferença de que ele era capaz de uma paixão absoluta, e Lila, Lila, que soubera suscitar aquela paixão, um arrebatamento que não era nutrido apenas por ânsia de posse, bravatas de periferia, vingança, vontade baixa, como ela tendia a afirmar, mas era uma forma obsessiva de valorização da mulher, não devoção, não subalternidade, mas sobretudo um amor masculino entre os mais refinados, um sentimento complicado que sabia fazer de uma mulher, com determinação, em certo sentido com ferocidade, a eleita entre as mulheres. Me senti próxima de Gigliola, compreendi sua humilhação.

À noite encontrei Lila e Enzo. Não falei nada a respeito daquela incursão que eu fizera por amor a ela e também para proteger o homem com quem vivia. Mas aproveitei um momento em que Lila estava na cozinha dando de comer ao menino para dizer a Enzo que ela pretendia voltar ao bairro. Decidi não lhe esconder minha opinião. Falei que não me parecia uma boa ideia, mas achava que tudo o que pudesse ajudá-la a estabilizar-se — era saudável, tinha necessidade apenas de recuperar um equilíbrio —, ou que ela julgasse que a ajudaria, devia ser encorajado. Tanto mais que o tempo passara e, pelo que eu sabia, no bairro eles não estariam pior do que em San Giovanni a Teduccio. Enzo deu de ombros.

"Não tenho nada contra. Vou acordar mais cedo de manhã e voltar um pouco mais tarde à noite."

"Vi que a velha casa de dom Carlo está para alugar. Os filhos foram embora para Caserta e agora a viúva também quer ir morar com eles."

"Quanto ela está pedindo?"

Disse a ele: no bairro os aluguéis eram mais baixos que em San Giovanni a Teduccio.

"Tudo bem", assentiu Enzo.

"De todo modo, vocês sabem que terão problemas."

"Aqui também temos."

"As dificuldades serão maiores, e as demandas também."

"Vamos ver."

"Vai ficar ao lado dela?"

"Enquanto ela quiser, sim."

Fomos ver Lila na cozinha, falamos da casa de dom Carlo. Ela acabara de brigar com Gennaro. Agora que o menino ficava mais com a mãe e menos com a vizinha, estava desorientado, tinha menos liberdade, era forçado a perder uma série de hábitos e se rebelava, exigindo aos cinco anos que a mãe lhe desse de comer na boca. Lila começou a gritar, ele atirou longe o prato que se espatifou no chão. Quando entramos na cozinha, ela já tinha lhe dado um tapa. Disse-me de modo agressivo:

"Foi você que deu comida a ele fazendo aviãozinho com a colher?"

"Só uma vez."

"Não devia."

Respondi:

"Não vai acontecer mais."

"Sim, nunca mais, porque depois você leva sua vida de escritora e eu tenho que desperdiçar meu tempo com isso."

Aos poucos se acalmou, enquanto eu limpava o piso. Enzo disse que, para ele, procurar casa no bairro estava bem; eu falei do apartamento de dom Carlo, sufocando minha mágoa. Ela ficou escutando sem vontade, enquanto consolava o menino, e então reagiu como se fosse Enzo que quisesse se mudar, como se fosse eu que pressionasse por aquela escolha. Por fim nos disse: tudo bem, faço o que vocês quiserem.

No dia seguinte fomos todos ver a casa. Estava em péssimas condições, mas Lila se entusiasmou: gostava dela por estar nas margens do bairro, quase em frente ao túnel, e que das janelas se visse a bomba de gasolina do noivo de Carmen. Enzo observou que, de noite, seriam incomodados pelos caminhões que passavam no estradão e pelos trens do entroncamento. Porém, como ela achou que os barulhos de nossa infância também eram bonitos, os dois entraram em acordo com a viúva por um preço conveniente. A partir daquele momento, todas as noites, em vez de voltar para San Giovanni a Teduccio, Enzo se dirigia ao bairro para dedicar-se a uma série de trabalhos que deviam transformar o apartamento numa habitação digna.

Já tínhamos chegado às vésperas de maio, a data de meu casamento se aproximava, eu ia e vinha de Florença. Mas Lila, como se não levasse minimamente em conta aquele prazo, me envolvia em compras para dar uma arrumada definitiva na casa. Compramos uma cama de casal, uma caminha para Gennaro, fizemos juntas o pedido de instalação do telefone. As pessoas nos observavam nas ruas, alguns só cumprimentavam a mim, outros, a ambas, outros fingiam não ver nenhuma das duas. Em todos os casos Lila parecia à vontade. Uma vez encontramos Ada; estava sozinha, fez acenos cordiais e seguiu adiante, como se tivesse pressa. Uma vez cruzamos com Maria, mãe de Stefano: eu e Lila a cumprimentamos, ela virou a cara. Uma vez Stefano em pessoa passou de carro e parou; saiu do automóvel, conversou alegremente apenas comigo, perguntou sobre meu casamento, elogiou Florença — onde tinha estado recentemente com Ada e a menina — e por fim deu uma palmadinha em Gennaro, cumprimentou Lila com um gesto de cabeça e foi embora. Uma vez vimos Fernando, pai de Lila: encurvado, muito envelhecido, estava parado na frente da escola fundamental, e Lila se agitou, disse a Gennaro que queria lhe apresentar o avô, e eu tentei detê-la, mas ela quis ir mesmo assim, e Fernando fez como se a filha não estivesse presente, mirou o neto por alguns segundos e escandiu: se encontrar sua mãe, diga a ela que é uma puta, e foi embora.

Mas o encontro mais perturbador, ainda que no momento tenha parecido o menos significativo, aconteceu dias antes de ela se transferir definitivamente para o novo apartamento. Justo quando estávamos saindo de casa topamos com Melina, que levava pela mão a neta Maria, filha de Stefano e Ada. Estava com o ar alheado de sempre, mas bem-vestida, os cabelos oxigenados, o rosto muito maquiado. Ela me reconheceu, mas não a Lila, ou talvez de início tenha preferido falar apenas comigo. Dirigiu-se a mim como se eu ainda fosse a namorada de seu filho, Antonio: disse que ele voltaria logo da Alemanha e que sempre perguntava por mim nas cartas. Fiz-lhe muitos elogios pelo vestido e pelo cabelo, me pareceu contente. Mas se mostrou ainda mais contente quando elogiei sua neta, que, tímida, se encolheu na saia da avó. Naquela altura, deve ter se sentido na obrigação de elogiar Gennaro e se dirigiu a Lila: é seu filho? Só então pareceu recordar-se dela, que até aquele momento a fixara sem dizer uma palavra, e deve ter se lembrado de que era a mulher de quem sua filha Ada tirara o marido. Seus olhos afundaram nas grandes olheiras, e ela disse, muito séria: Lina, como você ficou feia e seca, é claro que Stefano tinha de deixá-la, os homens querem carne sobre os ossos, senão não sabem onde meter as mãos e vão embora. Então, com um movimento muito veloz da cabeça, dirigiu-se a Gennaro e quase gritou, apontando a menina: sabe que esta aqui é sua irmã? Deem um beijo um no outro, vamos, meu Deus, como vocês são lindos. Gennaro beijou imediatamente a irmã, que se deixou beijar sem protestos, e Melina, ao ver os dois rostos unidos, exclamou: *os dois puxaram ao pai, são idênticos.* Depois daquela constatação, como se tivesse coisas urgentes a fazer, sacudiu a neta e foi embora sem se despedir.

Durante todo aquele tempo Lila permaneceu muda. Mas entendi que lhe ocorrera algo de muito violento, como na vez em que, ainda criança, tinha visto Melina passar pelo estradão comendo uma barra de sabão. Assim que a mulher e a menina se afastaram, ela teve um estremecimento, despenteou-se freneticamente com uma mão, bateu as pálpebras e disse: vou ficar assim. Depois tentou rearranjar os cabelos e murmurou:

"Escutou o que ela disse?"

"Não é verdade que você está feia e seca."

"Quem está se lixando se sou feia ou seca, estou falando da semelhança."

"Que semelhança?"

"Entre as duas crianças: Melina tem razão, os dois são idênticos a Stefano."

"Que nada: a pequena, sim, mas Gennaro é diferente."

Ela caiu na risada, depois de tanto tempo recuperou o riso malvado de sempre. Reconfirmou:

"São como duas gotas d'água."

58.

Eu precisava absolutamente ir embora. O que eu podia fazer por ela já tinha feito, agora só estava me arriscando a atolar eu mesma em reflexões inúteis sobre quem era o verdadeiro pai de Gennaro, sobre quanto Melina tinha percebido bem, sobre os movimentos secretos da cabeça de Lila, sobre o que sabia ou não sabia ou supunha e não dizia, ou achava melhor acreditar, e assim por diante, numa espiral que me consumia. Discutimos sobre aquele encontro aproveitando o fato de que Enzo estava no trabalho. Usei lugares-

-comuns do tipo: uma mulher sempre sabe quem é o pai de seus filhos. Falei: você sempre sentiu que esse filho era de Nino, aliás, resolveu tê-lo justamente por isso, e agora tem certeza de que é de Stefano só porque Melina, a louca, falou? Mas ela ria e dizia: que estúpida, como é que não consegui entender, e — coisa para mim incompreensível — parecia contente. Então por fim me calei. Se aquela nova convicção a ajudava a se curar, ótimo. E se fosse mais um sinal de sua instabilidade, o que eu poderia fazer? Chega. Meu livro tinha sido adquirido na França, na Espanha e na Alemanha, seria traduzido por lá. Eu tinha publicado outros dois artigos sobre o trabalho feminino nas fábricas da Campânia e o pessoal do *Unità* tinha ficado satisfeito. Da editora me chegavam incentivos para um novo romance. Enfim, eu precisava me dedicar a mil coisas minhas, já tinha me dedicado bastante a Lila e não podia continuar me perdendo nos meandros de sua vida. Encorajada por Adele, comprei em Milão um tailleur de cor creme para o casamento, caía bem em mim, o casaco era bem elegante, a saia, curta. Enquanto o provava pensei em Lila, em seu luxuoso vestido de noiva, na foto que a modista tinha exposto na vitrine do Rettifilo, e a comparação me fez me sentir definitivamente diversa. O casamento dela, o meu: mundos já muito distantes. Tempos atrás eu tinha dito a ela que não me casaria na igreja, que não usaria um vestido de noiva tradicional, que Pietro mal havia admitido a presença dos parentes próximos.

"Por quê?", me perguntara ela, mas sem particular interesse.

"Por que o quê?"

"Por que não se casam na igreja?"

"Não somos religiosos."

"E o dedo de Deus, e o Espírito Santo?", ela citou, me recordando o artiguinho que tínhamos escrito juntas na infância.

"Já cresci."

"Mas pelo menos faça uma festa, convide os amigos."

"Pietro não quer."

"Não vai convidar nem a mim?"

"Você viria?"

Então ela riu balançando a cabeça:

"Não."

Pois é. Mas nos primeiros dias de maio, quando resolvi tomar uma última iniciativa antes de deixar definitivamente a cidade, as coisas — naquele ponto, mas não só — tomaram um rumo desagradável. Eu tinha decidido fazer uma visita a Galiani. Procurei o número, telefonei. Disse que estava para me casar, que ia morar em Florença e queria passar para me despedir. Sem demonstrar surpresa, sem alegria, mas com gentileza, ela me convidou para as cinco da tarde do dia seguinte. Antes de desligar, falou: traga também aquela sua amiga, Lina, se ela quiser.

Daquela vez Lila não se fez de rogada e deixou Gennaro com Enzo. Eu me maquiei, me penteei, me vesti segundo o gosto que assimilara de Adele, e ajudei Lila a assumir um aspecto pelo menos digno, já que era difícil convencê-la a ficar bonita. Ela queria levar uns doces, eu disse que não era o caso. Em vez disso, comprei um exemplar do meu livro, embora desse por certo que Galiani já o tivesse lido: fiz isso apenas para ter um meio de lhe escrever uma dedicatória.

Chegamos pontuais, tocamos a campainha, silêncio. Tocamos de novo, Nadia abriu a porta ofegante, desmazelada, sem a polidez de sempre, como se tivéssemos perturbado não só seu aspecto, mas também sua boa educação. Expliquei que tinha um encontro com a mãe dela. Não está, disse, mas nos fez aguardar na sala. Desapareceu.

Ficamos mudas, trocando sorrisinhos incomodados na casa silenciosa. Passaram-se talvez cinco minutos, e finalmente ouvimos passos no corredor. Pasquale apareceu meio descabelado. Lila não demonstrou a mínima surpresa, eu exclamei realmente maravilhada: o que você está fazendo aqui? Ele respondeu sério, sem cordialidade: o que *vocês* estão fazendo aqui. E a frase inverteu a situação, eu é que precisei explicar a ele — como se aquela casa fosse sua — que tinha marcado um encontro com minha professora.

"Ah", disse, e perguntou a Lila, despachado: "Você se recuperou?"

"Estou bem."

"Bom saber."

Fiquei irritada, respondi por ela, disse que só agora Lila começava a se sentir melhor e que de todo modo a Soccavo tinha tido uma bela lição, que os inspetores fizeram uma visita, que a fábrica teve de pagar a Lila tudo o que devia.

"É mesmo?", disse ele justo quando Nadia reapareceu, agora arrumada como se fosse sair. "Entendeu, Nadia? A doutora Greco diz que deu uma bela lição à Soccavo."

Exclamei:

"Eu não."

"Ela não, quem deu a lição à Soccavo foi o Pai Eterno."

Nadia esboçou um sorrisinho, atravessou a sala e, embora houvesse um sofá livre, sentou-se com um movimento gracioso sobre os joelhos de Pasquale. Fiquei incomodada.

"Apenas tentei ajudar Lina."

Pasquale envolveu a cintura de Nadia com um braço, inclinou-se para mim e exclamou:

"Excelente. Quer dizer que em todas as fábricas, em todos os canteiros de obra, em cada canto da Itália e do mundo, assim que o patrão fizer merda e os operários se estreparem, vamos chamar Elena Greco: ela telefona aos seus amigos, à inspetoria do trabalho, a todos os santos do Paraíso, e resolve tudo."

Ele nunca me falara daquela maneira, nem quando eu era uma garotinha e ele me parecia já grande, com ares de político experiente. Me senti ofendida, fiz que ia responder, mas Nadia interveio me interrompendo. Dirigiu-se a Lila com sua vozinha lenta, como se não valesse a pena falar comigo:

"Os inspetores do trabalho não contam nada, Lina. Foram à Soccavo, preencheram uns papéis, e depois? Tudo continua como antes no estabelecimento. Enquanto isso, quem se expôs está correndo perigo, quem ficou calado ganhou uns trocados por baixo do pano, os policiais vieram para cima de nós e os fascistas espancaram Armando na porta de nossa casa."

Ela nem terminou de falar e Pasquale já se dirigia a mim com maior dureza ainda, dessa vez aumentando a voz:

"Explique pra gente que merda você acha que resolveu", falou com uma mágoa e uma decepção sinceras. "Você sabe qual é a situação na Itália? Tem ideia do que é a luta de classes?"

"Não grite, por favor", pediu Nadia; depois se dirigiu de novo a Lila e quase sussurrou:

"Não se abandonam os companheiros."

Ela respondeu:

"De todo modo, a coisa ia acabar mal."

"Ou seja?"

"Ali dentro não se vence com panfletos, nem enfrentando os fascistas na porrada."

"E como se vence?"

Lila ficou calada e Pasquale esbravejou, agora dirigindo-se a ela:

"É mobilizando os bons amigos dos patrões que se vence? É pegando um punhado de dinheiro e se fodendo para os outros que se vence?"

Então desabafei:

"Pare com isso, Pasquale", disse e, sem querer, também aumentei a voz: "Que tom é este? Não foi assim."

Eu queria me explicar, silenciá-lo, embora sentisse a cabeça vazia, sem saber a que argumentos recorrer, e a única ideia que tinha na ponta da língua era pérfida e politicamente inutilizável: você me trata desse modo porque, agora que pode meter as mãos nessa mocinha de boa família, está se achando sabe-se lá o quê. Mas Lila então me impediu e, com um gesto de aborrecimento totalmente inesperado, que me desconcertou, disse:

"Chega, Lenu, eles têm razão."

Fiquei péssima. Eles têm razão? Eu queria replicar, polemizar com ela também, o que tinha querido dizer? Mas naquele momento Galiani chegou, ouvimos seus passos no corredor.

59.

Torci para que a professora não tivesse me ouvido gritar. Entretanto esperei que Nadia pulasse do colo de Pasquale e corresse para se sentar no sofá, desejava ver ambos humilhados pela necessidade de fingir uma ausência de intimidade. Notei que Lila também os observava irônica. Mas os dois continuaram como estavam, Nadia até passou um braço no pescoço de Pasquale como se temesse cair, dizendo à mãe, que tinha acabado de aparecer na soleira: na próxima vez que tiver visitas, me avise. A professora não respondeu e dirigiu-se a nós, fria: desculpem, me atrasei, vamos ao meu escritório. Seguimos atrás dela, enquanto Pasquale afastava Nadia de si murmurando com um tom que de repente me pareceu deprimido: vamos, vamos pra lá.

Galiani abriu caminho pelo corredor murmurando irritada: o que realmente me irrita é a cafonice. Depois nos fez entrar em um aposento arejado com uma antiga escrivaninha, muitos livros, austeras cadeiras estofadas. Assumiu um tom gentil, mas era evidente que estava lutando contra o mau humor. Disse que estava feliz de me ver e de reencontrar Lila; no entanto, a cada palavra, e entre as palavras, senti que ela estava cada vez mais furiosa e desejei ir embora o mais depressa possível. Desculpei-me pelo meu sumiço, falei de modo um tanto apressado sobre o esforço nos estudos, sobre o livro, sobre as mil coisas que me assoberbaram, o noivado, o casamento já próximo.

"Você vai se casar na igreja ou só no civil?"
"Só no civil."
"Muito bem."
Dirigiu-se a Lila, queria atraí-la para a conversa:
"Você se casou na igreja?"
"Sim."
"É religiosa?"
"Não."
"Então por que se casou na igreja?"
"Era assim que se fazia."
"Não precisaríamos fazer as coisas só porque são feitas de certo jeito."
"Fazemos tantas."
"Vai ao casamento de Elena?"
"Ela não me convidou."
Estremeci e falei imediatamente:
"Não é verdade."
Lila deu um risinho:
"É verdade, ela tem vergonha de mim."

O ar era irônico, mas me senti igualmente ferida. O que estava acontecendo com ela? Por que antes dissera que eu estava errada na frente de Nadia e Pasquale e agora falava aquela coisa antipática diante da professora?

"Bobagem", emendei e, para me acalmar, tirei meu livro da bolsa e o entreguei a Galiani, dizendo: queria lhe dar isto. Ela o olhou por um instante sem o enxergar, seguindo talvez um pensamento seu, e então me agradeceu, disse que já o tinha, me devolveu o exemplar perguntando:

"Seu marido faz o quê?"
"Tem uma cátedra de literatura latina em Florença."
"É bem mais velho que você?"
"Tem vinte e sete anos."

"Tão jovem, e já com uma cátedra?"
"Ele é excelente."
"Como se chama?"
"Pietro Airota."

Galiani me olhou atentamente, como no colégio, quando eu era sabatinada e dava uma resposta que ela considerava incompleta.

"Parente de Guido Airota?"
"Filho dele."

Sorriu com explícita malícia.

"Belo casamento."
"A gente se gosta."
"Já começou a escrever outro livro?"
"Estou tentando."
"Vi que você colabora com o *Unità*."
"Poucas coisas."
"Não escrevo mais para eles, é um jornal de burocratas."

Passou de novo a Lila, pareceu que queria lhe demonstrar de todos os modos sua simpatia. Disse:

"O que você fez na fábrica é notável."

Lila fez uma expressão contrariada.

"Eu não fiz nada."
"Não é verdade."

Galiani se levantou, remexeu em uns papéis na escrivaninha, mostrou-lhe umas folhas como se fossem uma prova irrefutável.

"Nadia deixou esse seu texto pela casa, e eu me permiti lê-lo. É um trabalho corajoso, novo, muito bem escrito. Queria reencontrá-la para lhe dizer isso pessoalmente."

Segurava nas mãos as páginas de Lila de onde eu tinha tirado meu primeiro artigo para o *Unità*.

60.

Ah, sim, já era tempo de eu ir embora. Saí da casa de Galiani amargurada, a boca seca, sem ter tido coragem de dizer à professora que ela não tinha o direito de me tratar daquela maneira. Não dissera uma palavra sobre meu livro, embora já o tivesse há tempos, e certamente o tinha lido ou pelo menos dado uma olhada. Não me pedira uma dedicatória na cópia que eu levara especialmente para ela e quando eu, antes de ir embora — por fraqueza, por uma necessidade de encerrar aquela relação de modo afetuoso —, me ofereci mesmo assim para fazê-la, não respondeu nem sim nem não, apenas sorriu e continuou conversando com Lila. Sobretudo não dissera nada sobre meus artigos, ou melhor, antes os citou somente para envolvê-los no juízo negativo a propósito do *Unità*, depois tirou da cartola as páginas de Lila e começou a falar com ela como se minha opinião sobre aquela matéria valesse um zero à esquerda, como se eu nem sequer estivesse mais naquela sala. Tive vontade de gritar: sim, é verdade, Lila tem uma inteligência enorme, inteligência que eu sempre reconheci, que amo, que influenciou tudo o que eu fiz; mas eu cultivei a minha com grande esforço e com êxito, sou admirada em todo lugar, não sou uma nulidade pretensiosa como sua filha. No entanto permaneci calada, só escutando enquanto discutiam sobre trabalho, fábricas e reivindicações. No patamar da escada continuaram conversando entre si, até que Galiani se despediu de mim distraidamente, enquanto dizia a Lila em tom de intimidade: dê notícias — e a abraçou. Me senti humilhada. Para piorar, Pasquale e Nadia não reapareceram, não tive ocasião de rebatê-los e fiquei com aquela raiva por dentro em relação a eles: que culpa havia em ajudar uma amiga, eu me expus ao fazer aquilo, como tinham se permitido criticar minha ação? Agora, nas escadas, no hall, na calçada do corso Vittorio Emanuele estávamos somente eu e Lila. Já estava a ponto de gritar para ela: você acha realmente que eu tenho vergonha de você, o que deu na sua cabeça, por que deu razão àqueles dois, você é uma ingrata, fiz de tudo para estar ao seu lado, para lhe ser útil, e você me trata assim, você realmente não é boa da cabeça. Mas assim que chegamos à rua, antes mesmo que eu pudesse abrir a boca (por outro lado, o que mudaria se eu tivesse desabafado?), ela me pegou pelo braço e desandou a falar em minha defesa contra Galiani.

Não encontrei nenhuma brecha para censurá-la, nem pelo seu alinhamento com Pasquale e Nadia, nem pela acusação insensata de que eu não a queria em meu casamento. Comportou-se como se uma outra Lila tivesse dito aquelas coisas, uma Lila que ela mesma desconhecia inteiramente, a quem era inútil pedir explicações. Que gente horrível — disparou a dizer sem parar, até chegarmos ao metrô de piazza Amedeo —, viu como a velha tratou você, ela quis se vingar, não consegue suportar o fato de você escrever livros e artigos, não consegue suportar que você esteja prestes a fazer um bom casamento, sobretudo não consegue suportar que Nadia, educada justamente para ser a melhor de todas, Nadia, que devia lhe dar tanta satisfação, não acerta uma, vive grudada no pedreiro e banca a vagabunda dele na frente de todos; é verdade, ela não suporta tudo isso, mas você não deveria se incomodar, foda-se para ela, não devia ter deixado o livro com ela, não devia perguntar se queria a dedicatória, aliás, não devia ter feito dedicatória nenhuma, essa gente precisa ser tratada a pontapés, seu defeito é que você é boazinha demais, engole tudo o que as pessoas estudadas dizem, como se só eles tivessem cabeça, mas não é assim, relaxe, vá, se case, faça sua viagem de lua de mel, você se preocupou muito comigo, escreva outro romance, você sabe que espero coisas maravilhosas suas, que gosto muito de você.

Durante todo o tempo fiquei ouvindo, subjugada. Com ela não havia modo de se aquietar, cedo ou tarde cada ponto firme de nosso relacionamento se revelava uma fórmula provisória, logo se movia algo em sua cabeça que a desequilibrava e me desequilibrava. Não entendi se aquelas palavras de fato serviam como um pedido de desculpas, se falava com fingimento, me ocultando sentimentos que não tinha intenção de me confiar, se pensava num adeus definitivo. Com certeza estava sendo falsa, sendo ingrata, e eu, malgrado todas as minhas mudanças, continuava sendo subalterna. Senti que nunca me livraria daquela subalternidade, e essa constatação me pareceu insuportável. Desejei — e não consegui afastar esse desejo — que o cardiologista estivesse enganado, que Armando tivesse razão, que ela realmente estivesse doente e morresse.

Desde então, por anos, não nos vimos mais, apenas nos falamos por telefone. Tornamo-nos uma para a outra fragmentos de vozes, sem jamais uma verificação do olhar. Mas o desejo de que ela morresse ficou num canto, eu o expulsava, e ele não ia embora.

61.

Na noite anterior à minha partida para Florença não consegui dormir. Dentre todos os pensamentos dolorosos, o mais resistente dizia respeito a Pasquale. As críticas dele me queimavam. Num primeiro momento as rejeitei em bloco, mas agora oscilava entre a convicção de que não as merecia e a ideia de que, se Lila dera razão a ele, talvez eu tivesse errado de fato. Por fim, fiz algo que nunca havia feito: levantei da cama às quatro da manhã e saí de casa sozinha, antes que amanhecesse. Estava muito infeliz, queria que me acontecesse algo ruim, um evento que, punindo-me por minhas ações equivocadas e meus maus pensamentos, também punisse Lila por reflexo. No entanto nada me aconteceu. Caminhei longamente pelas ruas desertas, bem mais seguras do que quando estavam lotadas. O céu ficou violeta. Cheguei ao mar, uma folha acinzentada sob o céu pálido com raras nuvens de bordas rosadas. A massa do

Castel dell'Ovo estava nitidamente cortada em duas pela luz, uma forma ocre resplandecente do lado do Vesúvio, uma mancha marrom do lado de Mergellina e Posillipo. A rua ao longo do arrecife estava vazia, o mar não tinha som, mas emanava um cheiro intenso. Quem sabe que sentimento eu teria de Nápoles, de mim, se acordasse todas as manhãs não no bairro, mas num daqueles edifícios à beira-mar. O que estou buscando? Mudar meu nascimento? Mudar a mim mesma e também aos outros? Repovoar esta cidade agora deserta de cidadãos sem o suplício da miséria ou da avidez, sem rancor e sem fúrias, cidadãos capazes de gozar o esplendor da paisagem como as divindades que um dia a habitaram? Favorecer meu demônio, dar a ele uma boa vida e me sentir feliz? Eu tinha usado o poder dos Airota, gente que há gerações lutava pelo socialismo, gente que estava ao lado de pessoas como Pasquale e Lila, não porque eu pensasse em consertar os problemas do mundo, mas porque estava em condições de ajudar uma pessoa que eu amava e me parecera indesculpável não o fazer. Tinha agido mal? Devia ter deixado Lila se virar? Nunca mais, nunca mais moveria uma palha por ninguém. Parti, fui me casar.

62.

Não recordo nada de meu casamento. O auxílio de algumas fotos, ao invés de mover a memória, congelou-a em torno de umas poucas imagens: Pietro com uma expressão distraída, eu com aparência irritada, minha mãe fora de foco, mas mesmo assim conseguindo se mostrar descontente. Ou não. É do ritual em si que não lembro nada, mas tenho em mente a longa discussão que tive com Pietro dias antes de nos casarmos. Disse a ele que pretendia tomar a pílula para não ter filhos, que me parecia urgente tentar antes de tudo escrever outro livro. Estava certa de que contaria imediatamente com sua concordância. Em vez disso, para minha surpresa, ele se mostrou contrário. Primeiro fez disso um problema jurídico, a pílula ainda não estava sendo oficialmente comercializada; depois disse que muitos falavam que ela fazia mal à saúde; então passou a uma argumentação complicada sobre sexo, amor e fecundação; por fim resmungou que, se alguém realmente precisa escrever, escreve de qualquer jeito, mesmo esperando um bebê. Fiquei incomodada, me enfureci, aquela reação me pareceu incoerente com o jovem culto que tinha exigido o casamento apenas no civil, e disse isso a ele. Brigamos. Chegamos ao dia do matrimônio sem fazermos as pazes, ele mudo, eu fria.

Houve ainda outra surpresa que não se apagou: a recepção. Tínhamos decidido casar, nos despedir dos parentes e ir para casa sem nenhum tipo de festa. Aquela escolha havia amadurecido fundindo a vocação ascética de Pietro com minha tendência a mostrar que eu não pertencia mais ao mundo de minha mãe. Mas nossa linha de conduta foi secretamente minada por Adele. Ela nos arrastou para a casa de uma amiga, para um brinde, e ali Pietro e eu nos vimos no centro de uma grande recepção numa nobilíssima mansão florentina, entre um considerável número de parentes dos Airota e pessoas conhecidas, algumas conhecidíssimas, que ficaram lá até a noite. Meu marido ficou taciturno, e eu me perguntei desorientada por que, já que de fato se tratava da festa do *meu* casamento, eu teria de me limitar a convidar apenas meus pais e irmãos. Indaguei a Pietro:

"Você sabia que as coisas estavam nesse pé?"

"Não."

No início enfrentamos juntos a situação. Mas logo ele se mostrou refratário às tentativas da mãe e da irmã de apresentá-lo ora a um, ora a outro convidado, isolou-se num canto com meus parentes e conversou com eles durante todo o tempo. Eu a princípio me resignei — com certo desconforto — a habitar a arapuca em que tínhamos caído, depois comecei a achar excitante que políticos famosos, intelectuais prestigiosos, jovens revolucionários e até um poeta e um romancista muito conhecidos demonstrassem interesse por mim, pelo meu livro, e me elogiassem pelos artigos no *Unità*. O tempo voou, e me senti cada vez mais aceita no mundo dos Airota. Até meu sogro quis me ter a seu lado, perguntando-me com gentileza sobre minhas competências em questões relativas ao trabalho. Em pouco tempo se formou um círculo, pessoas empenhadas em refletir nos jornais e revistas sobre a maré de reivindicações que estava tomando conta do país. E eu, eu estava ali, ao lado deles, e aquela era a minha festa, e eu estava no centro dos debates.

A certa altura meu sogro elogiou muito um artigo publicado no *Mondo Operaio* que, segundo ele, expunha o problema da democracia na Itália com límpida inteligência. Graças a uma grande quantidade de dados, o texto substancialmente mostrava que enquanto a RAI, os grandes jornais, a escola, a universidade e a magistratura trabalhassem dia e noite para consolidar a ideologia dominante, a concorrência eleitoral resultaria de fato truncada, e os partidos operários nunca teriam votos suficientes para governar. Sinais de concordância, citações em defesa daquela tese, referências a essa e aquela contribuição. Por fim o professor Airota, com toda sua autoridade, disse o nome do autor do artigo, e eu soube antes mesmo que o pronunciasse — Giovanni Sarratore — que se tratava de Nino. Fiquei tão contente que não consegui me conter, disse que o conhecia, chamei Adele para que confirmasse a meu marido e aos presentes como meu amigo napolitano era brilhante.

Nino participou de meu casamento mesmo não estando presente, e ao falar sobre ele me senti autorizada a falar também sobre mim, sobre as razões que me levaram a tratar das lutas dos trabalhadores, da necessidade de fornecer elementos para que partidos e representantes parlamentares da esquerda superassem os atrasos que tinham acumulado na compreensão da quadra política e econômica em curso e assim por diante, com fórmulas que eu tinha aprendido fazia pouco, mas que usei com desenvoltura. Me senti poderosa. Fiquei cada vez mais bem-humorada, gostei de estar ao lado de meus sogros e de me sentir apreciada por seus amigos. No final, quando meus parentes se despediram tímidos e correram para se abrigar não sei onde, à espera do primeiro trem que os levasse de volta a Nápoles, eu já não tinha vontade de manter a cara amarrada para Pietro. Coisa que ele deve ter notado, já que, por sua vez, ficou mais carinhoso e diluiu qualquer tensão.

Assim que chegamos ao nosso apartamento e fechamos a porta de casa, começamos a fazer amor. No início gostei muito, mas o dia ainda me reservava um fato surpreendente. Antonio, meu primeiro namorado, quando se esfregava em mim era rápido e intenso; Franco fazia enormes esforços para se conter, mas a certa altura saía de dentro de mim com um estertor ou, quando estava usando preservativo, de repente parava e parecia se tornar mais pesado, me esmagava sob seu peso rindo em meu ouvido. Já Pietro se esforçou por um tempo que me pareceu eterno. Entrava em mim com investidas calculadas, violentas, tanto que o prazer inicial se atenuou aos poucos, vencido pela insistência monótona e pela dor que sentia no ventre. Ele se cobriu de suor pelo demorado esforço, talvez pelo sofrimento, e ao ver seu rosto e o pescoço banhados, ao tocar suas costas empapadas, o desejo sumiu inteiramente. Mas ele não se deu conta, continuou a sair e a afundar dentro de mim com força, no mesmo ritmo, sem parar nunca. Eu não sabia como me comportar; acariciava-o, sussurrava-lhe palavras de amor e torcia para que parasse. Quando explodiu num rugido e desabou finalmente exausto, me senti contente, apesar de dolorida e insatisfeita.

Ficou pouquíssimo tempo na cama, levantou-se, foi ao banheiro. Esperei-o por alguns minutos, mas estava cansada e mergulhei no sono. Acordei assustada depois de uma hora e me dei conta de que ele não tinha voltado para a cama. Encontrei-o no escritório, sentado à escrivaninha.

"O que você está fazendo?"
Ele sorriu.
"Trabalhando."
"Venha dormir."
"Vá você, estou indo mais tarde."
Tenho certeza de que engravidei naquela noite.

63.

Assim que descobri que esperava um filho, fui tomada de ansiedade e telefonei logo para minha mãe. Por mais que nossa relação sempre tivesse sido conflituosa, naquela circunstância prevaleceu a necessidade de ouvi-la. Foi um erro, ela imediatamente passou a me atormentar. Queria sair de Nápoles, estabelecer-se em minha casa, me ajudar, me orientar ou, em vez disso, levar-me de volta para o bairro, ter-me de novo em sua casa, confiar-me à velha parteira que trouxera à luz todos os seus filhos. Tive dificuldade de mantê-la a distância, falei que já estava sendo acompanhada por um ginecologista amigo de minha sogra, um grande professor, e que eu faria o parto na clínica dele. Ela se ofendeu. Sibilou para mim: prefere sua sogra a mim — e não telefonou mais.

Passados alguns dias, quem me ligou foi Lila. Já tínhamos tido uns contatos telefônicos depois de minha partida, mas só de poucos minutos, não queríamos gastar muito, ela alegre, eu distante, ela perguntando irônica sobre minha vida de casada, eu me informando séria sobre sua saúde. Dessa vez me dei conta de que algo não ia bem.

"Está chateada comigo?", indagou.
"Não, por que deveria?"
"Você não me comunicou nada. A notícia só me chegou porque sua mãe se gaba de sua gravidez com todo mundo."

"Só tive a confirmação recentemente."
"Achei que estivesse tomando a pílula."
Fiquei confusa.
"Sim, mas depois decidi que não."
"Por quê?"
"Os anos passam."
"E o livro que você deve escrever?"
"Depois vejo isso."
"Veja mesmo."
"Farei o possível."
"Deve fazer o máximo."
"Vou tentar."
"Eu estou tomando a pílula."
"Então vai tudo bem com Enzo?"
"Muito bem, mas não quero engravidar nunca mais."

Ela se calou, eu também não disse mais nada. Quando tornou a falar, me contou sobre as duas vezes em que se deu conta de que esperava um bebê. Definiu ambas como uma experiência horrível: na segunda — disse — eu tinha certeza de que o menino era de Nino e, mesmo estando mal, fiquei contente. Mas, contente ou não, você vai ver, o corpo sofre, não aceita se deformar, sente muita dor. A partir dali, seguiu adiante num crescendo cada vez mais tétrico, eram coisas que ela já tinha me falado, mas nunca com tanto afã de me arrastar para seu sofrimento a fim de que eu também o experimentasse. Parecia querer me preparar para o que me esperava, estava muito preocupada comigo e com meu futuro. A vida de um outro, me disse, primeiro ele se gruda na barriga e, quando finalmente sai lá de dentro, logo a transforma numa prisioneira, lhe mete uma coleira, e você não é mais dona de si. Esboçou animadamente cada fase de minha maternidade decalcando-a da sua, expressou-se com seu modo eficaz de sempre. É como se você fabricasse para si seu próprio tormento, exclamou, e percebi que Lila não conseguia pensar que ela era ela e eu era eu, parecia-lhe inconcebível que eu pudesse ter uma gravidez diferente da dela, um sentimento diverso dos filhos. Dava por tão certo que eu enfrentaria suas mesmas dificuldades que me pareceu pronta a considerar uma eventual alegria minha com a maternidade como uma traição.

Não quis mais ouvi-la, afastei o fone do ouvido, ela me assustava. Despedimo-nos sem calor.

"Se precisar de mim", disse, "me avise."

"Tudo bem."

"Você me ajudou, agora eu quero te ajudar."

"Tudo bem."

Mas aquele telefonema não me ajudou em nada, ao contrário, me deixou mais inquieta. Estava morando numa cidade sobre a qual não sabia nada, embora graças a Pietro agora a conhecesse em cada recanto, coisa que não podia dizer de Nápoles. Eu adorava as margens do Arno, fazia belos passeios por lá, mas não gostava da cor das casas, me deixava de mau humor. O ar arrogante de seus moradores — o porteiro do prédio, o açougueiro, o padeiro, o carteiro — me levava a ser igualmente arrogante, e daí nascia uma hostilidade sem motivo. Além disso, os muitos amigos de meus sogros, tão disponíveis no dia do casamento, nunca mais tinham dado as caras, nem Pietro tinha intenção de revê-los. Sentia-me sozinha e frágil. Comprei uns livros sobre como se tornar uma mãe perfeita e me preparei com a habitual diligência.

Os dias passaram, as semanas, mas, para minha surpresa, a gravidez não me pesou nem um pouquinho, ao contrário, me deixou alegre. As náuseas foram irrelevantes, nunca tive fraquezas no corpo, no humor, na vontade de fazer as coisas. Estava no quarto mês quando meu livro recebeu um prêmio relevante, que me trouxe mais reconhecimento e um pouco mais de dinheiro. Fui recebê-lo apesar do clima político hostil àquele tipo de distinção e me senti em estado de graça, orgulhosa de mim, com um sentimento de completude física e intelectual que me deixou sem timidez, muito expansiva. No discurso de agradecimento falei demais, disse que me sentia feliz como os astronautas na branca extensão da lua. Dois dias depois, já que me sentia forte, telefonei a Lila para lhe contar sobre o prêmio. Queria dizer que as coisas não estavam indo como ela previra, que, ao contrário, tudo seguia tranquilamente, que eu estava satisfeita. Eu me sentia tão plena que desejava passar por cima dos desgostos que ela me tinha dado. Mas Lila tinha lido no *Mattino* — apenas os jornais napolitanos haviam dedicado algumas linhas ao prêmio — aquela minha frase sobre os astronautas e, sem me dar tempo de falar, criticou-a com aspereza. A branca extensão da lua, ironizou, às vezes é melhor ficar calado que dizer cagadas. E acrescentou que a lua era uma pedra entre bilhões de outras pedras e que, pedra por pedra, o melhor era ficar com os pés bem plantados nos problemas da terra.

Senti uma agulhada no estômago. Por que continuava me ferindo? Não queria que eu fosse feliz? Ou nunca se recuperara de fato, e era seu mal-estar que acentuava seu lado ruim? Ocorreram-me palavras terríveis, mas não consegui pronunciá-las. Como se não tivesse percebido que me machucara, ou como se pensasse que tinha direito a isso, passou em seguida a me contar suas coisas com um tom muito amigável. Tinha feito as pazes com o irmão, com a mãe, até com o pai; brigou com Michele Solara sobre a velha questão da marca dos calçados e do dinheiro que ele devia a Rino; entrou em contato com Stefano para solicitar que, pelo menos do ponto de vista econômico, ele também cumprisse seu papel de pai com Gennaro, e não só com Maria. Pronunciou frases cortantes, às vezes vulgares, seja contra Rino, seja contra os Solara, seja contra Stefano. Por fim me perguntou, como se de fato tivesse uma necessidade urgente de ouvir minha opinião: fiz bem? Não respondi. Eu tinha ganhado um prêmio importante e ela só se importara com a frase sobre os astronautas. Perguntei a ela, talvez para ofendê-la, se ainda tinha aqueles sintomas que lhe perturbavam a cabeça. Respondeu que não, repetiu duas vezes que estava ótima e acrescentou com uma risadinha autoirônica: só de vez em quando vejo com o canto do olho umas pessoas saindo dos móveis. Então me perguntou: tudo bem com a gravidez? Tudo ótimo, excelente — eu disse —, nunca estive melhor.

Viajei bastante naqueles meses. Era convidada para cá e para lá não só por causa de meu livro, mas também pelos artigos que escrevia, os quais por sua vez me forçavam a deslocar-me para ver de perto as novas formas de greve, as reações do patronato. Nunca pensei em me esfalfar para ser articulista. Fazia porque, ao fazê-lo, ficava contente. Me sentia desobediente, em revolta, insuflada de uma tal potência que minha docilidade parecia um disfarce. De fato, graças a isso, me intrometia nos piquetes em frente das fábricas, falava com operários, operárias e sindicalistas, irrompia entre os policiais. Nada me atemorizava. Quando o Banco da Agricultura explodiu eu estava em Milão, na editora, mas não me alarmei, não tive presságios sombrios. Considerava-me parte de uma força irrefreável, considerava-me invulnerável. Ninguém podia fazer nenhum mal a mim nem a meu menino. Nós dois éramos a única realidade durável, eu visível, e ele (ou ela: mas Pietro desejava um menino), por ora, invisível. O resto era uma corrente de ar, uma onda imaterial de imagens e sons que, desastrosa ou benéfica que fosse, constituía material para o meu trabalho, ia além ou pesava para que eu a pusesse em palavras mágicas dentro de um romance, um artigo, um discurso público, atentando para que nada escapasse ao esquema e cada conceito agradasse aos Airota, à editora, a Nino — que em algum lugar com certeza me lia —, até a Pasquale (por que não?) e a Nadia, e a Lila, que finalmente seriam forçados a pensar: olha aí, fomos injustos com Lena, ela está do nosso lado, veja só o que ela escreve.

Foi uma época particularmente intensa, a da gravidez. Fiquei surpresa com o fato de que meu estado me tornava mais propensa ao sexo. Era eu quem procurava Pietro, o abraçava, o beijava, embora ele não fosse dado a beijos e abraços e passasse quase imediatamente a me penetrar com seu modo demorado e doloroso. Depois se levantava e trabalhava até tarde da noite. Eu dormia uma ou duas horas, depois acordava, não o encontrava na cama, acendia a luz e lia até me cansar. Então ia até o escritório dele, obrigava-o a vir dormir. Ele me obedecia, mas se levantava de manhã cedo, parecia que o sono o assustava. Já eu continuava dormindo até o meio-dia.

Houve apenas um acontecimento que me deixou angustiada. Era o sétimo mês, a barriga já pesava bastante. Eu estava nos portões da metalúrgica Nuovo Pignone quando estourou uma briga e fugi. Talvez eu tenha feito um movimento errado, não sei, o fato é que senti uma fisgada dolorosíssima no centro da nádega direita, que se estendeu pela perna como um ferro quente. Voltei para casa mancando, deitei na cama, passou. Mas de vez em quando a dor reaparecia e se irradiava pela coxa até a virilha. Habituei-me a reagir buscando posições que a atenuassem, mas, quando me dei conta de que tendia a mancar continuamente, fiquei aterrorizada e fui ao professor que acompanhava meu pré-natal. Ele me acalmou, disse que estava tudo em ordem, o peso que eu carregava no ventre me cansava, causando um pouco de ciática. Por que está tão preocupada, me perguntou com um tom afetuoso, a senhora é uma pessoa tão serena. Menti, disse que não sabia. Na verdade eu sabia perfeitamente, era o temor de que os passos de minha mãe tivessem me alcançado, que tivessem se infiltrado em meu corpo, que eu passasse a mancar para sempre que nem ela.

Depois das palavras apaziguadoras do obstetra fiquei mais tranquila, a dor durou ainda um tempo, até sumir. Pietro me proibiu de fazer outras loucuras, chega dessa mania de correr para cá e para lá. Dei razão a ele, passei o último período da gravidez lendo, não escrevi quase nada. Nossa filha nasceu em 12 de fevereiro de 1970, às cinco e vinte da manhã. Demos-lhe o nome de Adele, embora minha sogra não parasse de repetir: coitada da menina, Adele é um nome horrível, deem qualquer outro nome a ela, mas não este. Dei à luz depois de dores atrozes, mas que duraram pouco. Quando vi a menina, cabelos pretíssimos, um organismo arroxeado que se retorcia e vagia cheio de vigor, experimentei um prazer físico tão arrebatador que ainda hoje não consigo achar nenhum prazer que se compare. Não a batizamos, minha mãe gritou coisas infames pelo telefone, jurou que nunca viria vê-la. Ela vai se acalmar, pensei entristecida; de todo modo, se não vier, pior para ela.

Assim que me recuperei do parto telefonei para Lila, não queria que se chateasse por eu não ter dito nada.

"Foi uma experiência maravilhosa", disse a ela.

"O quê?"

"A gravidez, o parto. Adele é linda, e muito boazinha."

Ela respondeu:

"Cada um conta a própria vida como acha melhor."

64.

Que emaranhado de fios e pontas irrecuperáveis descobri dentro de mim naquele período. Eram velhos e descoloridos, novíssimos, às vezes de cores vivas, às vezes sem cor nenhuma, finíssimos, quase invisíveis. Aquele estado de bem-estar acabou repentinamente justo quando me parecia ter escapado aos vaticínios de Lila. A menina mudou para pior, e as áreas mais remotas daquele esboço vieram à tona como num gesto distraído. A princípio, quando ainda estávamos na clínica, ela grudara em meu peito com facilidade, mas quando chegamos em casa alguma coisa saiu dos trilhos e não me quis mais. Mamava uns poucos segundos, depois berrava como um bichinho furioso. Me vi enfraquecida, exposta a velhas superstições. O que estava acontecendo com ela? Meus mamilos eram muito pequenos, lhe escapavam da boca? Não gostava do meu leite? Ou uma aversão a mim, sua mãe, lhe fora inoculada a distância por algum malefício?

Teve início um calvário de médico em médico, apenas eu e ela, Pietro estava sempre ocupado com a universidade. Meu peito inchado inutilmente começou a doer, tinha pedras incandescentes nos seios, imaginava infecções, amputações. Para me esvaziar, para tirar leite suficiente e alimentar a menina com a mamadeira, eu me torturava com o tira-leite. Sussurrava em seu ouvido, persuasiva: mame, vamos, você é tão boazinha, tão terna, que boquinha linda, que lindos olhinhos, o que é que não está bom? Inútil. A princípio optei com muita dor pelo aleitamento misto, depois renunciei até a isso. Passei ao leite artificial, que me obrigou a longos preparativos dia e noite, um sistema irritante de esterilização das mamadeiras, um controle obsessivo do peso antes e após as refeições, sentimento de culpa a cada diarreia. Às vezes me lembrava de Silvia, que, no clima turbulento da assembleia estudantil em Milão, dava de mamar ao filho de Nino, Mirko, com grande naturalidade. Por que eu não? E cedia a choros longos e escondidos.

Por alguns dias a menina se regularizou, me senti aliviada, esperei que tivesse chegado o momento de reorganizar minha vida. Mas a trégua durou menos de uma semana. Em seu primeiro ano de vida a pequena nunca pregou olho, seu corpinho miúdo se retorcia e estremecia por horas com uma energia e uma resistência insuspeitadas. Só se acalmava quando eu passeava com ela pela casa, apertada em meus braços, falando em seu ouvido: agora a criaturinha maravilhosa da mamãe vai ficar boazinha, agora vai ficar calada, agora descansa, agora dorme. Mas a criaturinha maravilhosa não queria dormir, parecia temer o sono que nem o pai. O que era? Dor de barriga, fome, medo do abandono porque eu não a amamentara, mau-olhado, um demônio que lhe entrara no corpo? E o que é que eu tinha? Que veneno tinha entrado em meu leite? E a perna?

Era uma impressão ou estava voltando a doer? Culpa de minha mãe? Queria me punir porque durante toda a vida eu tentara não me parecer com ela? Ou havia mais coisas?

Uma noite ressurgiu em minha memória o fio de voz de Gigliola quando espalhara pelo bairro que Lila tinha um poder tremendo, que era capaz de malefícios com o fogo, que sufocava os bebês na barriga. Senti vergonha de mim, tentei reagir, estava precisando repousar. Então experimentei deixar a pequena com Pietro, que, habituado a estudar à noite, sentia menos o cansaço. Eu dizia: estou acabada, me chame daqui a duas horas, e me metia na cama, caía no sono como se perdesse os sentidos. Mas certa vez fui acordada pelo choro desesperado da menina; esperei um pouco, ela não parava. Então levantei. Descobri que Pietro tinha arrastado o berço para o escritório e, sem fazer caso dos berros da filha, estava curvado sobre os livros, preenchendo fichas como se fosse surdo. Perdi as estribeiras, regredi ainda mais, o insultei no meu dialeto. Você está cagando para tudo, essa coisa é mais importante do que sua filha? Distante, impassível, meu marido me convidou a sair do quarto e a levar o berço. Estava terminando um artigo importante para uma revista inglesa, o prazo estava muito próximo. Desde então não lhe pedi mais ajuda e, se ele se oferecia, eu falava: pode ir, obrigada, eu sei que você está ocupado. Depois do jantar ele me rondava inseguro, embaraçado, e então se fechava no escritório e trabalhava até tarde da noite.

65.

Me senti abandonada, mas com a impressão de que merecia aquilo: não era capaz de garantir serenidade a minha filha. No entanto segui firme, embora estivesse cada vez mais assustada. Meu organismo recusava o papel de mãe. E por mais que eu rechaçasse a dor na perna, fazendo de tudo para ignorá-la, a dor tinha voltado e crescia. Mas eu insistia, me esgotava cuidando de tudo. Como o prédio não tinha elevador, eu subia e descia com a pequena dentro do carrinho, ia fazer as compras, voltava carregada de sacolas, limpava a casa, cozinhava, pensava: estou ficando feia e velha antes da hora, que nem as mulheres do bairro. E, claro, sempre que estava particularmente desesperada, telefonava para Lila.

Assim que ouvia a voz dela me vinha de gritar: mas o que foi que você fez, estava indo tudo bem e agora, de uma hora para outra, está acontecendo justamente o que você dizia, a menina está mal, eu estou mancando, como é possível, não aguento mais. Mas conseguia me segurar a tempo e murmurara: está tudo bem, a pequena dá um certo trabalho e por ora cresce pouco, mas é maravilhosa, estou muito contente. Então, com falso interesse, passava a perguntar por Enzo, por Gennaro, pelas relações dela com Stefano, com o irmão, o bairro, se tinha tido outros problemas com Bruno Soccavo ou com Michele. Ela respondia num dialeto pesado e agressivo, mas em geral sem raiva. Soccavo — dizia — precisa se ferrar. E Michele, se eu topar com ele, cuspo na cara. Quanto a Gennaro, agora se referia a ele explicitamente como o filho de Stefano e dizia: é quadrado que nem o pai. E ria quando eu falava é um menino tão agradável, disparava: você é uma mamãezinha tão boa, fique com ele. Naquelas frases eu sentia o sarcasmo de quem conhecia, graças quem sabe a que força oculta, o que de fato estava ocorrendo comigo, e isso me dava rancor, mas eu redobrava a carga, insistia com meu teatrinho — escute que vozinha linda a Dede tem, aqui em Florença é uma beleza, estou lendo um livro interessante de Baran — e prosseguia assim até que ela me forçava a terminar a encenação para me falar do curso que Enzo tinha começado na IBM.

Falava com respeito apenas sobre ele, demoradamente, e logo em seguida me perguntava de Pietro.

"Tudo bem com seu marido?"
"Tudo ótimo."
"Eu também com Enzo."

Quando desligava, sua voz deixava um rastro de imagens e de sons do passado que durava horas em minha cabeça: o pátio, as brincadeiras perigosas, a minha boneca que ela jogara no porão, as escadas escuras que subimos para buscá-la com dom Achille, o casamento dela, sua generosidade e sua maldade, como ela se apossara de Nino. Não tolera minha sorte, eu pensava amedrontada, me quer ao lado dela, abaixo dela, ajudando-a em suas coisas, em suas miseráveis guerras de bairro. Depois dizia a mim mesma: como sou estúpida, de que me serviu estudar — e fazia de conta que tudo estava sob controle. Para minha irmã Elisa, que me ligava frequentemente, eu dizia que ser mãe era lindo. Para Carmen Peluso, que me falava de seu casamento com o frentista do estradão, eu respondia: ah, que bela notícia, desejo-lhe muitas felicidades, mande lembranças a Pasquale, como ele está. Com minha mãe, que raramente telefonava, fingi estar radiante, e somente numa ocasião acabei cedendo e lhe perguntando: o que aconteceu com sua perna, por que você manca?; e ela respondeu: que te importa, cuide de suas coisas.

Lutei durante meses, mantive sob vigilância as partes mais opacas de mim. Às vezes me surpreendia rezando para Nossa Senhora, apesar de me considerar ateia — e me envergonhava. Mais frequentemente, quando estava sozinha em casa com a menina, lançava gritos terríveis, não palavras, apenas sopro expelido com o desespero. Mas aquele período ruim não queria passar, foi um tempo longo e atormentado. À noite, mancando, eu levava a menina para lá e para cá pelo corredor e já não lhe sussurrava palavrinhas sem sentido, a ignorava e tentava pensar em mim, sempre com um livro na mão ou uma revista, mesmo sem conseguir ler quase nada. De dia, quando Adele dormia placidamente — no início, tinha começado a chamá-la de Ade*, sem me dar conta do inferno concentrado naquelas duas sílabas, tanto que, quando Pietro chamou minha atenção para isso, fiquei perturbada e mudei para Dede —, eu tentava escrever para o jornal. Mas não tinha mais tempo — e com certeza nem sequer vontade — de andar viajando por conta do *Unità*. Assim, as coisas que eu escrevia perderam energia, tentava apenas exibir minha habilidade formal e acabava em arabescos desprovidos de substância. Uma vez rabisquei um artigo e o li a Pietro antes de ditá-lo para a redação. Ele disse:

"É vazio."

"Em que sentido?"

"São palavras, só isso."

Me senti ofendida, ditei o artigo mesmo assim. Não o publicaram. E a partir daquele momento, com um certo mal-estar, tanto a redação local quanto a nacional começaram a recusar meus textos alegando problemas de espaço. Sofri, me dei conta de que, como por violentos abalos provenientes de profundezas inacessíveis, estava desmoronando rapidamente ao meu redor tudo o que até pouco tempo atrás eu considerara uma condição de vida e de trabalho já conquistada. Lia apenas para manter os olhos fixos num livro ou revista, mas era como se eu parasse nos caracteres e não tivesse mais acesso aos significados. Duas ou três vezes topei por acaso com artigos de Nino, mas o fato de lê-los não me deu o prazer habitual de imaginá-lo, de ouvir sua voz, de usufruir seus pensamentos. Fiquei contente por ele, claro: se escrevia, isso queria dizer que estava bem, vivia a vida dele quem sabe onde, quem sabe com quem. Mas eu olhava a assinatura, lia poucas linhas e me retraía, sempre como se cada frase dele, preto no branco, tornasse minha situação ainda mais insuportável. Não tinha mais curiosidade, não conseguia me cuidar nem mesmo no aspecto. De resto, me cuidar para quê? Não encon-

---

* Referência ao mundo ínfero dos gregos, Hades (*Ade*, em italiano). (N.T.)

trava ninguém, somente Pietro, que me tratava com uma gentileza convencional, mas eu percebia que, para ele, eu era uma sombra. Às vezes tinha a impressão de pensar com a cabeça dele e quase sentia seu descontentamento. O casamento só tinha complicado sua existência de estudioso, e isso justamente quando sua fama estava crescendo, especialmente na Inglaterra e nos Estados Unidos. Eu o admirava, mas ao mesmo tempo me ressentia. E conversava com ele sempre com uma mistura de rancor e subalternidade.

Um dia eu impus a mim mesma: chega, esqueça o *Unità*, já é muito se eu conseguir achar o caminho certo para um novo livro; assim que ele estiver pronto, tudo vai se arranjar. Mas que livro? Eu garantia à minha sogra, à editora, que já estava num bom ponto, mas era mentira; e eu mentia em cada ocasião com tons cordialíssimos. Na verdade, eu só tinha cadernos cheios de apontamentos frouxos, nada mais. Quando resolvia abri-los — de noite ou de dia, a depender dos ritmos que Dede me impunha —, dormia em cima deles sem nem perceber. Num final de tarde, Pietro voltou da universidade e me encontrou em um estado pior do que aquele em que o flagrara tempos atrás: eu estava na cozinha, mergulhada no sono, a cabeça apoiada na mesa; a menina não tinha comido nada e gritava no quarto. O pai a encontrou no berço, seminua, esquecida. Quando Dede se acalmou, agarrando-se vorazmente à mamadeira, Pietro disse desolado:

"Será que você não teria ninguém que pudesse ajudar?"

"Nesta cidade, não, e você sabe muito bem."

"Traga sua mãe para cá, sua irmã."

"Não quero."

"Então peça àquela sua amiga de Nápoles: você fez tudo por ela, e ela vai fazer o mesmo por você."

Senti um calafrio. Percebi com clareza, por uma fração de segundo, que uma parte de mim tinha certeza de que Lila já estava em casa, presente: se antes ela ficava à espreita dentro de mim, agora se infiltrava por dentro de Dede, os olhos semicerrados, o cenho franzido. Sacudi a cabeça com energia. Era preciso espantar aquelas imagens, aquela possibilidade: de que eu estava me aproximando?

Pietro se conformou e telefonou para a mãe. Perguntou a ela, muito a contragosto, se poderia passar um tempo com a gente.

66.

Entreguei-me a minha sogra com uma sensação imediata de alívio, e também nesse caso ela se revelou a mulher com quem eu queria me parecer. Em poucos dias conseguiu arranjar uma garotona de pouco mais de vinte anos, Clelia, nascida na Maremma, a quem instruiu minuciosamente para que cuidasse bem da casa, das compras, da cozinha. Quando Pietro topou com Clelia pelo apartamento sem ter sido nem mesmo consultado, teve um ímpeto de revolta:

"Não quero escravas em minha casa."

Adele respondeu calmamente:

"Não é uma escrava, é uma assalariada."

E, encorajada pela presença de minha sogra, desabafei:

"Então você quer que a escrava seja eu?"

"Quero que você seja mãe, não escrava."

"Eu lavo e passo suas roupas, limpo a casa, cozinho para você, lhe dei uma filha, cuido dela com mil dificuldades, estou exausta."

"E quem a obriga a isso? Por acaso eu já lhe pedi alguma coisa?"

Não consegui reagir, mas Adele sim, liquidou o filho com um sarcasmo às vezes feroz, e Clelia ficou. Depois disso ela se incumbiu da menina, levou o berço para o quarto que eu lhe reservara, cuidou com muita precisão das várias mamadeiras durante o dia e a noite. Quando notou que eu estava mancando, me acompanhou a um médico amigo dela, que me prescreveu uma série de injeções. Ela mesma veio de manhã e de noite com o estojinho da seringa, as ampolas, e aplicava a agulha com alegria em minhas nádegas. Logo me senti melhor, a dor na perna desapareceu, o humor melhorou e eu fiquei mais tranquila. Mas Adele continuou zelando por mim. Obrigou-me gentilmente a retomar os cuidados comigo, me mandou ao cabeleireiro, me forçou a voltar ao dentista. E sobretudo me falou constantemente de teatro, de cinema, de um livro que estava traduzindo, de outro que estava organizando, do que tinham escrito nessa e naquela revista o marido ou pessoas conhecidas, que ela chamava intimamente pelo nome. Por meio dela tomei conhecimento de publicações feministas muito combativas. Mariarosa conhecia as meninas que trabalhavam nessas revistas, se entusiasmara, tinha grande estima por elas. Ela, não. Com seu habitual tom irônico, disse que elas deliravam sobre a questão feminina, como se o problema pudesse ser enfrentado prescindindo da luta de classes. De todo modo, leia os textos — me aconselhou por fim, e me passou dois daqueles livrinhos com uma última frase ferina: se quiser ser escritora, não deixe passar nada. Coloquei-os de lado, não queria perder tempo com livros que a própria Adele subestimava. Mas acima de tudo, justo naquela ocasião, senti que nenhuma daquelas conversas cultas de minha sogra nascia de uma real necessidade de trocar ideias comigo. Adele buscava programaticamente me tirar da condição desesperadora de mãe incapaz, friccionando palavras para arrancar faíscas e reacender minha cabeça e meu olhar gelados. Mas na verdade ela preferia me salvar a ouvir o que eu tinha a dizer.

De resto. De resto, Dede, apesar de tudo, continuava chorando de noite; eu a escutava, me agitava, e dela me vinha um senso de infelicidade que desarticulava a ação benéfica de minha sogra; e, mesmo tendo mais tempo à minha disposição, de todo modo eu não conseguia escrever; e Pietro, normalmente contido, na presença da mãe se tornava tão desinibido que beirava a grosseria, sua volta para casa era quase sempre acompanhada de uma rusga entre eles a golpe de sarcasmos, e isso terminava acentuando a sensação de ruína que eu sentia à minha volta. Meu marido — logo me dei conta — achava natural considerar Adele no fim das contas a responsável por todos os seus problemas. Invocava com ela por qualquer coisa, até pelo que acontecia no trabalho. Eu não sabia quase nada sobre certas tensões que ele vinha sofrendo na faculdade, em geral respondia ao meu *como vai* com um *tudo bem*, preferia me poupar. Mas com a mãe ele rompia as barreiras, assumindo o tom recriminador do menino que se sente malcuidado. Despejava em Adele tudo o que escondia de mim, e se a coisa ocorria na minha presença ele fazia de conta que eu não estava ali, quase como se eu, a mulher dele, tivesse que ser apenas uma testemunha muda.

Foi dessa maneira que muitas coisas ficaram claras para mim. Os colegas dele, todos mais velhos, atribuíam sua carreira meteórica — e até a pequena fama que começava a favorecê-lo no exterior — ao sobrenome que ostentava, e o isolaram. Os estudantes o consideraram rigoroso em excesso, um burguês metido a besta que cultivava seu jardinzinho sem ceder nada ao magma do presente, em suma, um inimigo de classe. E ele, como sempre, não se defendia nem atacava, seguia em frente seu caminho dando — disso eu estava certa — aulas com evidente inteligência, confirmando competências com igual limpidez e reprovando. Mas é difícil — ele quase gritou uma noite, dirigindo-se a Adele num tom de lamento. Depois logo abaixou a voz, murmurou que precisava de tranquilidade, que o trabalho era cansativo, que vários de seus colegas colocavam os estudantes contra ele, que frequentemente grupos de jovens irrompiam na sala onde ele estava e o obrigavam a encerrar a aula, que apareceram escritas infames contra ele nas paredes. Nessa altura, antes mesmo que Adele se manifestasse, reagi descontrolada. Se ele fosse um pouco menos reacionário, falei, essas coisas não estariam acontecendo. E ele, pela primeira vez desde que o conheci, me respondeu brutalmente, sibilando: fique calada, você só diz frases feitas.

Fui me trancar no banheiro e de repente me dei conta de que o conhecia pouquíssimo. O que eu sabia sobre ele? Era um homem pacífico, mas determinado até a obstinação. Era defensor da classe operária e dos estudantes, mas ensinava e fazia provas do modo mais tradicional. Era ateu, não tinha querido se casar na igreja, se recusara a batizar Dede, mas admirava as comunidades cristãs do Oltrarno e discorria sobre questões religiosas com extrema competência. Era um Airota, mas não suportava os privilégios e as facilidades que derivavam disso. Fiquei calma, tentei apoiá-lo, manifestar meu afeto. É meu marido, disse a mim mesma, precisamos conversar mais. Mas a presença de Adele se revelou um problema cada vez maior. Havia algo de não dito entre eles que levava Pietro a deixar as boas maneiras de lado e Adele a falar com ele como a um incapaz, sem esperança de salvação.

Agora vivíamos assim, entre desavenças contínuas: ele brigava com a mãe e acabava dizendo alguma frase que me chateava, e eu o agredia. Até que chegou uma noite em que minha sogra, durante o jantar, na minha presença, perguntou a ele por que estava dormindo no sofá. Ele respondeu: é melhor que você vá embora amanhã. Não intervim, mas sabia por que ele dormia no sofá: fazia isso por mim, para não perturbar meu sono quando, por volta das três, parava de estudar e se concedia um pouco de descanso. No dia seguinte Adele voltou para Gênova. E eu me senti perdida.

67.

No entanto os meses se passaram, e tanto eu quanto a menina seguimos em frente. Dede começou a andar sozinha no dia de seu primeiro aniversário: o pai se agachou diante dela, fez muitas palhaçadas, ela sorriu, se soltou de mim e foi na direção dele, vacilante, os braços estendidos, a boca entreaberta, como se fosse a meta feliz do seu ano de choro. A partir daquele momento suas noites ficaram tranquilas, e as minhas também. A menina passou cada vez mais tempo com Clelia, as ansiedades se atenuaram, consegui reservar um pouco de espaço para mim. Mas descobri que não tinha vontade de trabalhos cansativos. Como depois de uma longa doença, não via a hora de estar ao ar livre, aproveitar o sol e as cores, passear por ruas movimentadas, olhar as vitrines. E, como tinha bastante dinheiro guardado, naquela fase comprei roupas para mim, para a menina e para Pietro, enchi a casa de móveis e bibelôs, torrei dinheiro como nunca havia feito. Sentia a necessidade de estar bonita, de encontrar pessoas interessantes, conversar, mas não tinha conseguido fazer amizade com ninguém e, por outro lado, Pietro raramente trazia hóspedes para casa.

Aos poucos tentei recuperar a vida gratificante que eu levara até um ano antes, e só então me dei conta de que o telefone agora tocava cada vez menos, de que as ligações para mim eram raras. A lembrança de meu romance estava se apagando e, com isso, ia baixando a curiosidade em torno de meu nome. Depois daquele período de euforia veio uma fase em que, preocupada, em certos momentos deprimida, me perguntava sobre o que fazer; voltei a ler literatura contemporânea e muitas vezes me envergonhei de meu romance, que em comparação parecia frívolo e muito tradicional, deixei de lado os apontamentos para o livro novo, que tendia a refazer o antigo, e me esforcei em pensar histórias mais sérias, que abrangessem o tumulto do presente.

Também voltei a fazer tímidas ligações para o *Unità* e tentei mais uma vez escrever artigos, mas logo notei que meus textos já não interessavam à redação. Tinha perdido terreno, estava mal informada, não tinha tempo de ir ver situações específicas e reportá-las, escrevia com elegância frases de abstrato rigor formal para deixar clara minha adesão — não sei bem a quem, e justo naquele jornal — às críticas mais duras em relação ao partido comunista e aos sindicatos.

Hoje tenho dificuldade de explicar por que insisti em escrever aquelas coisas, ou melhor, por que, mesmo participando pouquíssimo da vida política da cidade, e apesar de minha brandura, me sentia cada vez mais atraída por posições extremas. Talvez fizesse isso por insegurança. Ou talvez por desconfiança quanto a qualquer forma de mediação, arte que, desde a primeira infância, eu identificava com as artimanhas de meu pai quando se movia com esperteza em meio à ineficiência da prefeitura. Ou quem sabe, pelo conhecimento vivo da miséria — que eu sentia a obrigação de não esquecer —, quisesse ficar do lado de quem tinha permanecido por baixo e lutava para fazer tudo explodir. Ou porque a política miúda e as reivindicações, sobre as quais eu até escrevera com diligência, não me interessassem grande coisa, e eu quisesse apenas que *algo grandioso* — usara e usava frequentemente essa fórmula — transbordasse e eu pudesse vivê-lo e contá-lo. Ou porque — e me era difícil admitir — meu modelo continuava sendo Lila e sua irracionalidade teimosa, que não aceitava meios-termos, tanto que, mesmo estando longe dela em todos os sentidos, eu queria dizer e fazer o que imaginava que ela diria e faria se tivesse tido meus instrumentos, se não tivesse decidido isolar-se no espaço restrito do bairro.

Parei de comprar o *Unità*, passei a ler o *Lotta continua* e *Il manifesto*. Neste último, como vim a descobrir, de vez em quando aparecia um artigo de Nino. Seus textos eram sempre bem documentados, formulados com uma lógica cerrada. Senti a necessidade — como desde menina, quando conversava com ele — de também me encerrar numa rede de proposições gerais formuladas com arte, que me impedisse de prosseguir me perdendo. Tomei consciência de modo definitivo que não pensava mais nele com desejo, nem mesmo com amor. Ele se tornara — me pareceu — uma figura do remorso, a síntese de tudo o que eu me arriscava a jamais conseguir, mesmo tendo tido as possibilidades para isso. Tínhamos nascido no mesmo ambiente, e ambos saímos brilhantemente de lá. Por que então eu estava patinando na mediocridade? Por culpa do casamento? Por culpa da maternidade e de Dede? Por que eu era mulher, por que precisava cuidar da casa e da família e limpar merda e trocar fraldas? Toda vez que topava com um artigo de Nino, e o artigo me parecia bem-feito, eu ficava de mau humor. E quem pagava o pato era Pietro, na verdade o único interlocutor que eu tinha. Cismava com ele, o acusava de ter me abandonado a mim mesma no período mais terrível de minha vida, de só se importar com sua carreira, esquecendo-se de mim. Nossas relações — era difícil admitir porque o fato me assustava, mas a realidade era essa — estavam cada vez piores. Entendia que ele estivesse mal por causa de seus problemas de trabalho, mas não conseguia justificá-lo, ao contrário, criticava-o, muitas vezes partindo de posições políticas não diversas das dos estudantes que não o deixavam em paz. Ele me ouvia incomodado, quase sem replicar. Naqueles momentos eu suspeitava que as palavras que me gritara tempos atrás (*fique calada, você só diz frases feitas*) não tinham sido apenas um rompante ocasional, mas indicavam que, no geral, ele não me considerava à altura de uma discussão séria. Aquilo me exasperava, me deprimia, o rancor aumentava, especialmente porque eu mesma sabia que oscilava entre sentimentos contraditórios que, reduzidos ao osso, podiam ser resumidos mais ou menos assim: era a desigualdade que tornava os estudos penosíssimos para alguns (para mim, por exemplo) e quase um passatempo para outros (para Pietro, por exemplo); por outro lado, com ou sem desigualdade, era preciso estudar, e bem, ou melhor, muitíssimo bem — eu tinha orgulho de meu percurso, da competência que tinha demonstrado, e me recusava a acreditar que meu esforço tinha sido inútil, em certos aspectos obtuso. No entanto, com Pietro, por motivos obscuros, me ocorria de dar forma apenas à injustiça da desigualdade. Dizia a ele: você se comporta como se tivesse diante de si estudantes todos iguais, mas não é assim, é uma forma de sadismo pretender os mesmos resultados de jovens que não tiveram as mesmas oportunidades. E também o critiquei quando me contou que tinha tido uma discussão violenta com um colega pelo menos vinte anos mais velho, um conhecido de sua irmã que tinha achado que encontrara nele um aliado contra a parte mais conservadora do corpo docente. Acontecera que aquele tal o aconselhara amigavelmente a ser menos duro com os estudantes. Pietro rebatera com seu modo educado, mas sem meias palavras, que não achava que fosse duro, mas apenas exigente. Bem — lhe dissera o outro —, então seja menos exigente, em especial com aqueles que generosamente dedicam grande parte de seu tempo a transformar este barraco. Nessa altura as coisas se precipitaram, embora eu não saiba dizer de que maneira ou com base em quais argumentos. Pietro, cujo relato era como de hábito minimizador, primeiro afirmou que só dissera, para se defender, que seu costume era tratar todos os rapazes sempre com o respeito que mereciam; depois admitiu que tinha acusado o colega de usar dois pesos e duas medidas: aquiescente com os estudantes mais agressivos e impiedoso até a humilhação com os estudantes mais amedrontados. O outro se enfureceu e chegou a gritar que, somente porque conhecia bem sua irmã, evitava lhe dizer — mas enquanto isso disse — que ele era um cretino indigno da cátedra que ocupava.

"Você não podia ser mais cauteloso?"
"Sou cauteloso."
"Não me parece."
"Mas eu também preciso dizer o que penso."
"Talvez fosse bom aprender a notar quem são os amigos e os inimigos."
"Não tenho inimigos."

Uma palavra puxa outra, acabei exagerando. A consequência desse seu modo de agir — sibilei para ele — é que ninguém nesta cidade, muito menos os amigos dos seus pais, nos convida para um jantar, um concerto ou um passeio no campo.

68.

Agora estava claro para mim que, em seu ambiente de trabalho, Pietro era considerado um homem maçante, totalmente alheio ao ativismo entusiástico de sua família, um Airota falhado. E eu tinha aquela mesma opinião, o que não favorecia nem um pouco nossa convivência e intimidade. Quando Dede finalmente se aquietara e passara a dormir com regularidade, ele voltou à nossa cama, mas assim que se encostava em mim eu me sentia incomodada, tinha medo de engravidar de novo, queria que me deixasse dormir. Então o afastava sem dizer uma palavra, bastava lhe dar as costas e, se ele insistisse e pressionasse o sexo contra a camisola, lhe dava pancadinhas de leve na perna com o calcanhar, um sinal para deixar claro: não quero, estou com sono. Pietro se retraía insatisfeito, se levantava, ia estudar.

Uma noite nos desentendemos pela enésima vez sobre Clelia. Havia sempre uma certa tensão quando era preciso pagar a ela, mas naquela ocasião ficou evidente que Clelia era uma desculpa. Ele murmurou taciturno: Elena, precisamos examinar nossa relação e fazer um balanço. Concordei imediatamente. Falei que adorava sua inteligência e boa educação, que Dede era maravilhosa, mas acrescentei que não queria mais filhos, que achava insuportável o isolamento em que eu vivia, que desejava voltar a uma vida ativa, que não tinha penado desde a infância para acabar encarcerada no papel de esposa e de mãe. Discutimos, eu com dureza, ele com polidez. Não protestou mais por causa de Clelia e finalmente capitulou. Resolveu comprar preservativos, começou a convidar amigos para o jantar — ou melhor, conhecidos, já que não tinha amigos —, resignou-se a permitir que eu fosse de vez em quando com Dede a assembleias e manifestações, apesar do sangue cada vez mais frequente nas ruas.

Entretanto, em vez de melhorar minha vida, aquele novo arranjo me trouxe complicações. Dede se apegou cada vez mais a Clelia e, quando eu a levava para fora, se aborrecia, ficava nervosa, puxava minhas orelhas, os cabelos, o nariz, chamava por ela chorando. Convenci-me de que ela se sentia melhor com a garota de Maremma do que comigo, e isso fez reemergir a suspeita de que, por eu não a ter amamentado e por seu primeiro ano de vida ter sido muito difícil, a seus olhos eu era uma figura sombria, a mulher infame que a censurava em todas as ocasiões e enquanto isso maltratava, por ciúmes, sua tia solar, a amiga de brincadeiras, a contadora de fábulas. Ela me repelia até quando, com um gesto mecânico, eu limpava com um lenço o ranho do seu nariz ou a boca dos restos de comida. Chorava e dizia que eu a estava machucando.

Quanto a Pietro, os preservativos arrefeciam ainda mais sua sensibilidade, para chegar ao orgasmo precisava de um tempo ainda maior do que em geral lhe era necessário, causando-lhe sofrimento e me fazendo sofrer. Às vezes deixava que ele me pegasse de lado, tinha a impressão de sentir menos dor assim, e enquanto ele me assestava aqueles golpes violentos, eu agarrava sua mão e a levava até meu sexo, esperando que entendesse que eu queria ser tocada. Mas ele parecia incapaz de fazer ambas as coisas e, como preferia a primeira, esquecia-se quase imediatamente da segunda, e, uma vez satisfeito, não parecia intuir que eu desejava uma parte qualquer de seu corpo para, por minha vez, saciar o desejo. Depois que obtinha seu prazer, fazia um carinho em meus cabelos e murmurava: vou trabalhar um pouco. Quando se retirava, a solidão me parecia um prêmio de consolo.

Às vezes, nas passeatas, observava com curiosidade os homens jovens que se expunham, impávidos, a qualquer perigo, cheios de uma energia alegre mesmo quando se sentiam ameaçados e se tornavam ameaçadores. Eu sucumbia a seu fascínio, me sentia atraída por aquele calor febril. Mas me considerava totalmente distante das garotas coloridas que estavam à volta deles, eu era culta demais, usava óculos, era casada, sempre com o tempo curto. Então voltava para casa descontente, tratava meu marido com frieza, me sentia já velha. Somente em duas ocasiões sonhei de olhos abertos que um daqueles jovens, conhecidíssimo em Florença, muito querido, se dava conta de mim e me levava embora com ele, como acontecia quando, garotinha, eu ficava constrangida e me negava a dançar, mas Antonio ou Pasquale me pegavam pelo braço e me obrigavam mesmo assim. Naturalmente isso nunca ocorreu. Ao contrário, foram os conhecidos que Pietro começou a trazer para casa que complicaram as coisas. Eu penava para preparar os jantares, bancava a mulher que sabe manter a conversa animada e não me queixava, fui eu quem pedira a meu marido que convidasse um pouco de gente. Mas logo percebi, incomodada, que aquele ritual não se exauria em si mesmo: eu era atraída por qualquer homem que me desse um pouco de corda. Alto, baixo, magro, gordo, feio, bonito, velho, casado ou solteiro, se o hóspede elogiava uma observação minha, se recordava meu livro com belas palavras, se chegava a entusiasmar-se com minha inteligência, eu imediatamente o olhava com simpatia e em poucas frases e olhares essa minha boa disposição se comunicava a ele. Então, se de início se mostrava entediado, o homem se transformava em espirituoso, acabava ignorando Pietro totalmente e multiplicava as atenções a mim. Cada palavra dele se tornava cada vez mais alusiva e, ao longo da conversa, os gestos e as atitudes se faziam mais íntimas. Tocava-me o ombro com a ponta dos dedos, roçava minha mão, punha os olhos nos meus formulando frases suspirosas, batia os joelhos nos meus, chocava a ponta dos sapatos contra os meus.

Naqueles momentos eu me sentia bem, me esquecia da existência de Pietro e de Dede, o rastro das obrigações insuportáveis que arrastavam atrás de si. Temia apenas o momento em que o convidado fosse embora e eu recaísse na esqualidez da casa: dias inúteis, preguiça, raivas disfarçadas pela docilidade. Por isso mesmo eu me excedia: a excitação me levava a falar muito e em voz alta, cruzava as pernas buscando descobri-las o mais possível, desabotoava num gesto irrefletido um botão da blusa. Era eu mesma quem encurtava as distâncias, como se uma parte de mim estivesse certa de que, aderindo de algum modo àquele estranho, um pouco do bem-estar que eu sentia naquele momento permaneceria em meu corpo e, quando ele deixasse o apartamento, sozinho, com a mulher ou uma companheira, eu sentiria menos a depressão, o vazio por trás da exibição de sentimentos e de ideias, a angústia do fracasso.

Na realidade, depois, sozinha na cama enquanto Pietro estudava, me sentia simplesmente estúpida e me desprezava. Porém, por mais que eu resistisse, não conseguia mudar. Tanto mais que aqueles homens saíam convencidos de terem me fisgado e, em geral, ligavam no dia seguinte, inventando desculpas para me encontrar. Eu aceitava. Mas, assim que chegava ao encontro, ficava assustada. O simples fato de estarem excitados — mesmo tendo, digamos, trinta anos a mais que eu ou sendo casados — apagava sua autoridade, anulava o papel de salvador que eu lhes atribuíra, e o próprio prazer que sentira durante o jogo de sedução resultava num equívoco infame. Perguntava a mim mesma, perdida: por que me comportei daquela maneira, o que está acontecendo comigo? E passava a dar mais atenção a Dede e a Pietro.

Mas na primeira oportunidade tudo recomeçava. Eu devaneava, escutava em alto volume músicas que ignorara quando mocinha, não lia, não escrevia. Sobretudo lamentava cada vez mais o fato de, por culpa da minha autodisciplina em tudo, eu ter perdido a alegria de me desregrar, que, ao contrário, as mulheres de minha idade e do ambiente que agora frequentava davam mostras de ter usufruído e estarem usufruindo. Nas vezes, por exemplo, em que Mariarosa aparecia em Florença, ora por razões de estudo, ora por reuniões políticas, vinha dormir conosco com homens sempre diferentes, às vezes com amigas, e usava drogas, as oferecia a seus companheiros e a nós e, se Pietro se irritava e ia se fechar no quarto, eu ao contrário ficava fascinada, me recusava insegura a provar fumo ou ácido — tinha medo de passar mal —, mas continuava conversando com ela e seus amigos até tarde da noite.

Falava-se de tudo, as discussões eram frequentemente violentas, eu tinha a impressão de que a boa língua que me esforçara para adquirir tivesse se tornado inadequada. Preciosa demais, limpa demais. Olha como a linguagem de Mariarosa se modificou — eu pensava —, ela quebrou as pontes com a educação que teve, é desbocada. Agora a irmã de Pietro se expressava pior do que eu e Lila na infância. Não pronunciava um substantivo que não fosse precedido de "porra". *Onde eu coloquei a porra do isqueiro, onde está a porra do cigarro?* Lila nunca deixou de falar assim; e eu, o que devia fazer, voltar a ser que nem ela, voltar ao ponto de partida? Então por que me esforçara tanto?

Ficava observando minha cunhada. Gostava de como ostentava solidariedade a mim e de como, ao contrário, deixava em apuros o irmão, os homens que trazia para casa. Uma noite interrompeu bruscamente a conversa para dizer ao jovem que a acompanhava: chega, vamos trepar. *Trepar.* Pietro tinha inventado um vocabulário infantil de boa família para coisas relacionadas ao sexo, eu o assimilara e o usava em lugar do sórdido vocabulário dialetal que conhecia desde a primeira infância. Mas agora, para se sentir de fato no mundo em mutação, era preciso repor as palavras obscenas em circulação e dizer: quero que me coma, que me foda assim e assado? Inimaginável com meu marido. No entanto os poucos homens que eu frequentava, todos cultíssimos, se travestiam à vontade de populacho, se divertiam com mulheres que se fingiam de vadias, pareciam gozar ao lidar com uma senhora como se ela fosse uma prostituta. A princípio eram muito formais, contidos. Mas não viam a hora de se lançar a uma escaramuça que passasse do implícito ao explícito, ao cada vez mais explícito, num jogo de liberdades em que o recato feminino era considerado um sinal de bom-mocismo hipócrita. Em vez disso, franqueza, naturalidade. Essas eram as qualidades da mulher liberada, e eu me esforçava para me adequar. Mas, quanto mais me adequava, mais me sentia seduzida pelo meu interlocutor. Em dois casos, tive a impressão de estar apaixonada.

69.

Primeiro aconteceu com um professor-assistente de literatura grega, da minha idade, piemontês de Asti, que tinha na cidade natal uma noiva com quem se dizia insatisfeito; depois, com o marido de uma encarregada de papirologia, um casal com duas crianças pequenas, ela de Catânia, ele de Florença, engenheiro que ensinava mecânica, se chamava Mario, tinha vasta cultura política, bastante autoridade pública, cabelos compridos, nas horas vagas tocava bateria numa banda de rock, e era sete anos mais velho que eu. Com ambos a sequência foi a mesma: Pietro os convidou para jantar, eu comecei a flertar. Telefonemas, alegres participações em manifestações, muitos passeios, às vezes acompanhada de Dede, às vezes sozinha, algumas idas ao cinema. Com o professor-assistente, recuei assim que ele se tornou direto. Já Mario me envolveu numa rede cada vez mais estreita e, uma noite, no carro dele, me deu um beijo, um beijo demorado, acariciando meus peitos dentro do sutiã. Rejeitei-o com dificuldade, disse que não queria mais vê-lo. Mas ele telefonou, tornou a telefonar, sentia sua falta, cedi. Como tinha me beijado e me apalpado, estava certo de ter direitos sobre mim e logo se comportou como se recomeçássemos do ponto em que tínhamos parado. Insistia, fazia propostas, pressionava. Quando eu em parte o provocava, em parte me esquivava, rindo, ele se fazia de ofendido, me ofendia.

 Certa manhã eu estava passeando com ele e Dede, que na época tinha, se bem me lembro, pouco mais de dois anos e estava toda entretida com um bonequinho que ela adorava, Tes, um nome inventado por ela. Naquelas ocasiões eu prestava pouquíssima atenção a ela, me via arrebatada pelo jogo verbal, às vezes me esquecia inteiramente dela. Quanto a Mario, não dava a mínima importância à presença da menina e só se preocupava em me assediar com falas desinibidas, dirigindo-se a Dede apenas para lhe sussurrar no ouvido frases jocosas do tipo: por favor, pode pedir à mamãe para ser boazinha comigo?

O tempo passou voando, nos despedimos, Dede e eu tomamos o caminho de casa. Mas depois de poucos passos a menina escandiu, áspera: Tes me disse que vai contar um segredo ao papai. Meu coração teve um sobressalto. Tes? Sim. E o que ele vai dizer a papai? Tes é que sabe. Uma coisa boa ou ruim? Ruim. Então a ameacei: explique a Tes que se ele contar isso ao papai você vai trancá-lo dentro do depósito, no escuro. Ela caiu no choro, e precisei levá-la para casa no colo, ela, que para me agradar caminhava fingindo nunca estar cansada. Quer dizer que Dede entendia, ou pelo menos percebia, que entre mim e aquele homem havia algo que seu pai não teria tolerado.

Interrompi mais uma vez os encontros com Mario. No fim das contas ele era o quê? Um burguês doente de pornolalia. Mas a inquietude não passou, estava crescendo em mim uma ânsia de violação, queria me desregrar assim como o mundo parecia estar se desregrando. Desejava sair do casamento nem que fosse uma única vez ou, por que não, de tudo o que era minha vida, do que eu tinha aprendido, do que tinha escrito, do que tentava escrever, da menina que tinha posto no mundo. Ah, sim, o casamento era uma prisão: Lila, que tinha coragem, só escapara dele arriscando a própria vida. Quanto a mim, que riscos eu corria com Pietro, tão distraído, tão ausente? Nenhum. E então? Liguei para Mario. Deixei Dede com Clelia e fui encontrá-lo em seu escritório. Nós nos beijamos, ele chupou o bico dos meus peitos, me tocou entre as pernas como Antonio fazia nos pântanos muitos anos atrás. Mas, quando baixou as calças e, com a cueca nos joelhos, agarrou-me pela nuca tentando me puxar para seu sexo, me esquivei, disse que não, me arrumei e saí.

Voltei para casa agitadíssima, cheia de sentimentos de culpa. Fiz amor com Pietro apaixonadamente, nunca me sentira tão envolvida, eu mesma não quis que ele botasse o preservativo. Estou me preocupando à toa — pensei comigo —, estou perto de menstruar, não vai acontecer nada. No entanto aconteceu. Em poucas semanas descobri que estava grávida de novo.

70.

Sobre aborto, com Pietro, nem ousei falar — estava muito feliz que eu lhe desse outro filho —, e de resto eu também tinha medo de tentar aquela via, só a palavra me dava dor de estômago. Quem mencionou o aborto foi Adele, por telefone, mas logo saí pela tangente com frases do tipo: Dede precisa de companhia, crescer sozinho é ruim, é melhor dar um irmãozinho ou irmãzinha a ela.

"E o livro?"
"Estou num bom ponto", menti.
"Vai me deixar ler?"
"Claro."
"Estamos todos esperando."
"Eu sei."

Eu estava em pânico e, quase sem refletir, tive uma iniciativa que espantou muito Pietro, talvez até a mim. Telefonei para minha mãe, disse que estava esperando outro filho, perguntei se ela gostaria de passar um tempo em Florença. Resmungou que não podia, que precisava cuidar de meu pai, de meus irmãos. Gritei para ela: isso quer dizer que, por culpa sua, não vou mais escrever. E quem se importa, respondeu ela, já não lhe basta levar uma vida de madame? E pôs o fone no gancho. Mas cinco minutos depois Elisa telefonou. Eu cuido da casa, ela disse, mamãe viaja amanhã.

Pietro foi buscar minha mãe de carro na estação, o que a deixou orgulhosa, a fez se sentir amada. Assim que colocou os pés dentro de casa, listei a ela uma série de regras: não mudar a ordem das coisas em meu quarto e no de Pietro; não mimar Dede; nunca se intrometer em minha relação com Pietro; ficar de olho em Clelia, mas sem entrar em conflito com ela; considerar-me uma estranha e não me perturbar em hipótese nenhuma; ficar na cozinha ou em seu quarto se eu recebesse hóspedes. Eu já estava resignada à ideia de que ela não respeitaria nenhuma dessas regras, mas, como se o medo de estar longe tivesse modificado sua natureza, no intervalo de poucos dias ela se reduziu a uma serva dedicada, que acudia todas as necessidades da casa e resolvia qualquer problema com decisão e eficiência, sem jamais incomodar Pietro ou a mim.

De quando em quando ia a Nápoles, e logo sua ausência me fazia sentir exposta à casualidade, com medo de que não voltasse mais. Mas ela sempre voltou. Me contava as novidades do bairro (Carmen estava grávida, Marisa tinha tido um menino, Gigliola estava dando um segundo filho a Michele Solara, não falava nada de Lila para evitar conflitos) e depois se tornava uma espécie de espírito da casa que, invisível, garantia a todos nós a roupa de cama limpa e bem passada, refeições com os sabores da infância, um apartamento sempre brilhando, uma ordem que, apenas perturbada, se recompunha com uma pontualidade maníaca. Pietro pensou em tentar mais uma vez se ver livre de Clelia, e minha mãe se mostrou de acordo. Fiquei furiosa, mas em vez de atacar meu marido fiz um escândalo com ela, que se retirou para o quarto sem reclamar. Pietro me recriminou e fez tudo para que eu me reconciliasse com minha mãe, o que ocorreu logo e fez bem a todos. Ele a adorava, dizia que era uma mulher muito inteligente, muitas vezes ficava na cozinha com ela, depois do jantar, conversando. Dede a chamava de vovó e se ligou a tal ponto a ela que se incomodava quando Clelia aparecia. Pronto, me disse, está tudo em ordem, agora você não tem desculpas. E me forçou a me concentrar no livro.

Revi os apontamentos. Definitivamente me convenci de que devia mudar de rumo. Queria deixar para trás o que Franco tinha considerado *uma história de paixõezinhas* e escrever algo mais adequado ao tempo de manifestações de rua, mortes violentas, repressão policial, temores de golpe de estado. Não achei nada que fosse além de umas dez paginazinhas desinteressantes. Então o que me faltava? Difícil dizer. Talvez Nápoles, o bairro. Ou uma imagem como a da *Fada azul*. Ou um amor. Ou uma voz a quem atribuir autoridade e que me desse um rumo. Passava horas inutilmente na escrivaninha, lia uns romances, nunca saía do quarto com medo de ser capturada por Dede. Como eu era infeliz. Ouvia a voz da menina no corredor, a de Clelia, o passo manco de minha mãe. Levantava a saia, olhava a barriga que já começava a crescer, expandindo por todo o organismo um bem-estar indesejado. Pela segunda vez estava grávida e, no entanto, vazia.

71.

Foi então que comecei a telefonar para Lila não esporadicamente, como tinha ocorrido até aquele momento, mas quase todos os dias. Fazia caras ligações interurbanas com o único objetivo de me aninhar em sua sombra, fazer passar o tempo da gravidez, esperar que, segundo um velho costume, ela pusesse minha fantasia em movimento. Naturalmente eu tomava cuidado para não dizer coisas erradas, e esperava que ela fizesse o mesmo. Agora sabia com clareza que só era possível cultivar nossa amizade com a condição de frearmos nossa língua. Por exemplo, eu não podia confessar a ela que uma parte sombria de mim temera que ela tivesse feito malefícios contra mim a distância, que essa parte ainda esperava que ela de fato estivesse doente e morresse. Por exemplo, ela não podia revelar os reais motivos que a levavam a me tratar de modo áspero, frequentemente ofensivo. Por isso nos limitávamos a falar de Gennaro, que era um dos melhores alunos da escola fundamental, de Dede, que já sabia ler — e o fazíamos como duas mães, com as normais gabolices de mãe. Ou então mencionava minhas tentativas de escrever, mas sem dramatizar, dizendo apenas: estou trabalhando, não é fácil, a gravidez me consome um pouco. Ou tentava entender se Michele continuava lhe fazendo o cerco, para prendê-la de algum modo e se apossar dela. Ou às vezes tentava saber se ela gostava de certos atores do cinema ou da TV, levá-la a me dizer se era atraída por homens diferentes de Enzo, e se fosse o caso confessar que também eu desejava outros homens que não Pietro. Mas parecia que esse último assunto não lhe interessava. Sobre os atores, dizia quase sempre: quem é? Nunca vi nem no cinema, nem na televisão. Mas bastava que eu mencionasse o nome de Enzo, e ela desandava a falar sobre a história dos computadores, confundindo-me com um jargão incompreensível.

Eram relatos entusiásticos, e às vezes, na hipótese de que pudessem ser úteis no futuro, eu tomava nota enquanto ela falava. Enzo tinha conseguido, agora trabalhava numa pequena fábrica de tecidos a cinquenta quilômetros de Nápoles. A empresa havia alugado uma máquina da IBM, e ele era o analista de sistemas. Sabe que trabalho é esse? Ele esquematiza os processos manuais, transformando-os em diagramas de fluxo. A unidade central da máquina é do tamanho de um armário de três portas, e a memória é de 8 KByte. Que calor que faz, Lenu, você não pode imaginar: o computador é pior que uma estufa. Máxima abstração misturada a suor e muito fedor. Me falava de núcleos de ferrita, de anéis atravessados por um cabo elétrico cuja tensão determinava sua rotação, 0 ou 1, e um anel era um bit, e o conjunto de oito anéis podia representar um byte, isto é, um caractere. Enzo era o protagonista absoluto da verborragia de Lila. Dominava como um deus toda aquela matéria, manipulava aquele vocabulário e sua substância dentro de uma grande sala com grandes condicionadores de ar, um gigante que conseguia que a máquina fizesse tudo o que as pessoas faziam. Estou sendo clara?, me perguntava de vez em quando. Eu respondia vacilante que sim, mas não tinha ideia do que ela estava falando. Percebia apenas que ela notava quão obscuro era tudo aquilo para mim, e isso me envergonhava.

O entusiasmo dela cresceu de interurbano em interurbano. Enzo agora ganhava 148 mil liras por mês, precisamente, *cento e quarenta e oito*. Porque era excepcional, o homem mais inteligente que já tinha conhecido. Tão competente, tão rápido, que logo se tornou indispensável e encontrou um modo de a contratarem também, como ajudante. Sim, esta era a novidade: Lila estava trabalhando de novo, e dessa vez estava gostando. Ele é o chefe, Lenu, e eu, a subchefe. Deixo Gennaro com minha mãe — às vezes até com Stefano — e vou para a fábrica todas as manhãs. Eu e Enzo estudamos a empresa ponto por ponto. Fazemos o que os funcionários fazem para entender bem o que devemos inserir no computador. Assinalamos, por exemplo, os movimentos contábeis, colamos os registros nas faturas, verificamos as cadernetas dos aprendizes, os cartões de presença, e depois transformamos tudo em diagramas e furos nas fichas. Sim, sim, também trabalho como perfuradora: fico lá com outras três mulheres, e me pagam 80 mil liras. Cento e quarenta e oito mais oitenta dá duzentas e vinte e oito, Lenu. Eu e Enzo estamos ricos, e vai ficar ainda melhor daqui a uns meses, porque o patrão se deu conta de que sou capaz e quer que eu faça um curso. Viu a vida que estou levando? Está contente?

72.

Uma noite foi ela quem me ligou, disse que tinha acabado de receber uma péssima notícia: tinham assassinado a pauladas, bem na saída da escola, na piazza del Gesù, Dario, o estudante sobre quem ela tinha me falado tempos atrás, o garoto do comitê que distribuía panfletos na frente da Soccavo.

Ela me pareceu preocupada. Passou a me falar da capa de chumbo que pesava sobre o bairro e em toda a cidade, agressões e mais agressões. Por trás de muitos daqueles massacres — falou — estavam os fascistas de Gino e, por trás de Gino, estava Michele Solara, nomes que, ao pronunciá-los, carregou com a velha repulsa e com uma raiva nova, como se por trás do que dizia houvesse muito mais coisa que silenciava. Pensei: como é que está tão certa da responsabilidade deles? Talvez tenha mantido contato com os estudantes de via dei Tribunali, talvez não dedicasse a vida apenas aos computadores de Enzo. Escutei sem a interromper, enquanto ela fazia as palavras escorrerem com seu modo cativante. Narrou com riqueza de detalhes sobre um certo número de expedições de milicianos que partiam da seção do Movimento Social Italiano em frente à escola fundamental, espalhavam-se pelo Rettifilo, pela piazza Municipio, subiam pelo Vomero e atacavam companheiros com barras de ferro e facadas. Até Pasquale tinha sido espancado duas vezes, arrebentaram-lhe os dentes da frente. E certa noite Enzo saiu na mão com o próprio Gino, bem na entrada de nosso prédio.

Então parou, mudou de tom. Você se lembra — perguntou — do clima do bairro quando a gente era pequena? Está pior, ou melhor, é igual. E citou o sogro, dom Achille Carracci, o agiota, o fascista, e Peluso, o marceneiro, o comunista, e a guerra que tinha acontecido bem diante dos nossos olhos. A partir daquele momento deslizamos lentamente para dentro daquela época, eu recordava um detalhe, ela acrescentava outro. Até que Lila acentuou a qualidade visionária das frases e começou a me narrar o assassinato de dom Achille tal como fazia na infância, com fragmentos de realidade e muitas fantasias. A facada no pescoço, o longo esguicho de sangue que manchara a panela de cobre. Excluiu, como já fizera na época, que o assassino fosse o marceneiro. Disse com convicção adulta: a justiça de então, como aliás a de hoje, logo se contentou com a pista mais óbvia, a que levava ao comunista. Então exclamou: mas quem disse que foi realmente o pai de Carmen e de Pasquale? E quem disse que foi um homem, e não uma mulher? Eu, como numa brincadeira de infância, quando parecíamos em tudo complementares, a acompanhei passo a passo, sobrepondo minha voz excitada à dela, e tive a impressão de que juntas — as meninas de então e as adultas de hoje — estávamos chegando a uma verdade deixada por duas décadas impronunciável. *Pense um pouco*, me disse, *quem realmente ganhou com aquele homicídio, com quem terminou o controle da agiotagem que era comandado por dom Achille?* Sim, com quem? Encontramos a resposta em uníssono: quem ganhou foi a mulher do caderninho vermelho, Manuela Solara, a mãe de Marcello e de Michele. Foi ela quem matou dom Achille, dissemos exaltadas, e então murmuramos, primeiro eu, depois ela, com tristeza: mas o que é que estamos falando, chega, ainda somos duas meninas, não vamos crescer nunca.

73.

O momento finalmente me pareceu propício, fazia muito tempo que não reencontrávamos a antiga sintonia. Só que dessa vez a sintonia de fato se limitava a um enlace de tons vibrantes através dos fios telefônicos. Não nos víamos há séculos. Ela não conhecia meu aspecto depois das duas gestações, eu não sabia se ela permanecera pálida, magérrima, ou se tinha mudado. Há alguns anos eu vinha falando a uma imagem mental que a voz exumava preguiçosamente. Talvez por isso, repentinamente, o assassinato de dom Achille me parecera sobretudo uma invenção, o núcleo de um possível romance. E assim que terminei a ligação tentei pôr uma ordem em nossa conversa, reconstruindo as passagens a que Lila me conduzira, fundindo passado e presente, do assassinato do pobre Dario ao do agiota, até Manuela Solara. Foi difícil pegar no sono, fiquei remoendo aquilo demoradamente. Senti com nitidez cada vez maior que aquele material podia ser como uma margem da qual me lançar para capturar uma história. Nos dias seguintes misturei Florença e Nápoles, os tumultos do presente com as vozes distantes, o conforto de agora e o esforço que tinha feito para romper com minhas raízes, o terror de perder tudo e o fascínio da regressão. De tanto pensar no assunto, me convenci de que poderia tirar um livro dali. Com dificuldade, entre ruminações contínuas e dolorosas, enchi um caderno quadriculado construindo uma trama de violências que amarrava os últimos vinte anos. Lila às vezes telefonava e perguntava:

"Por que é que você não tem ligado? Está tudo bem?"
"Tudo ótimo, estou escrevendo."
"E quando você escreve eu deixo de existir?"
"Existe, mas eu me distraio."
"E se eu estiver mal, se precisar de você?"
"Telefone."
"E se eu não telefonar? Você fica dentro de seu romance?"
"Sim."
"Que inveja, sorte sua."

Trabalhei com crescente ansiedade, temendo não conseguir terminar a história antes do parto, imaginando que morreria ao dar à luz e deixaria o livro inacabado. Foi difícil, nada a ver com a feliz inconsciência com que rabiscara meu primeiro romance. Uma vez esboçada a história, me empenhei em dar ao texto um andamento mais meditado. Queria uma escrita movimentada, nova, estudadamente caótica, e não me poupei. Então trabalhei numa segunda redação, cavilosa. Voltei a fazer e refazer cada linha mesmo quando, graças a uma Lettera 32 que eu comprara no período em que estava esperando Dede, graças ao papel carbono, transformei os cadernos num datiloscrito substancioso, em cópia tríplice, quase duzentas páginas, sem um erro de digitação.

Era verão, fazia muito calor, eu estava com uma barriga enorme. Há algum tempo tinha reaparecido aquela dor no glúteo, ia e vinha, e os passos de minha mãe pelo corredor me davam nos nervos. Fixei as folhas, descobri que estava com medo. Durante dias não consegui me decidir, a ideia de dá-lo a Pietro para que o lesse me agitava. Talvez, pensei, devesse mandar o livro diretamente a Adele, ele não é adequado para esse tipo de história. Além disso, com a teimosia de sempre, Pietro continuava complicando a vida na faculdade, voltava para casa nervosíssimo, me fazia discursos abstratos sobre o valor da legalidade, enfim, não estava no clima favorável para ler um romance em que havia operários, patrões, lutas, sangue, camorristas e agiotas. De resto, era o *meu* romance. Ele me mantém distante de seus conflitos internos, não se interessou pelo que eu era e pelo que me tornei, qual o sentido de lhe dar o texto? Vai se limitar a discutir sobre essa ou aquela escolha lexical, sobre a pontuação, e se eu insistir num parecer me dirá frases vagas. Enviei a Adele uma cópia do datiloscrito e telefonei para ela.

"Terminei."
"Fico muito feliz. Vai mandar para mim?"
"Já mandei hoje de manhã."
"Excelente, não vejo a hora de ler."

74.

Então começou a espera, uma espera que se revelou bem mais ansiosa do que a do bebê que chutava minha barriga. Contei cinco dias seguidos, Adele não deu notícias. No sexto dia, durante o jantar, enquanto Dede se esforçava para comer sozinha, querendo me agradar, e a avó morria de vontade de ajudá-la, mas não o fazia, Pietro me perguntou:

"Você terminou seu livro?"
"Terminei."
"E por que o deu para ler à minha mãe, e não a mim?"
"Você está muito ocupado, não queria incomodar. Mas, se quiser ler, tem uma cópia em minha escrivaninha."

Não respondeu. Esperei um pouco e perguntei:
"Adele lhe disse que mandei o texto para ela?"
"Quem você acha que poderia ter sido?"
"Ela já leu?"
"Sim."
"E o que achou?"
"Ela mesma vai lhe dizer, é assunto de vocês."

Ele reagira mal. Depois do jantar, transferi o datiloscrito de minha escrivaninha para a dele, pus Dede para dormir, assisti a televisão sem ver nem ouvir nada e por fim fui deitar. Não consegui pregar o olho: por que Adele falara do livro com Pietro, mas ainda não tinha telefonado para mim? No dia seguinte — 30 de julho de 1973 — fui checar se meu marido tinha começado a ler: o texto tinha ido parar sob a pilha de livros nos quais ele trabalhara grande parte da noite, era evidente que não o tinha nem mesmo folheado. Fiquei nervosa, gritei para Clelia que cuidasse de Dede, que não ficasse de braços cruzados deixando tudo por conta de minha mãe. Fui muito dura, e minha mãe evidentemente tomou aquilo como um sinal de afeto. Tocou minha barriga para me acalmar, perguntou:

"Se for outra menina, que nome você vai dar?"

Eu estava pensando em outras coisas, a perna estava doendo, respondi sem pensar:

"Elsa."

Ela se anuviou, me dei conta tarde demais que esperava outra resposta: demos o nome da mãe de Pietro a Dede, e se dessa vez também nascer uma menina vamos dar a ela o seu nome. Tentei me justificar, mas sem empenho. Disse: mãe, tente entender, você se chama Immacolata, não posso dar um nome assim à minha filha, eu não gostaria. Ela resmungou: e por quê? Elsa por acaso é mais bonito? Repliquei: Elsa é que nem Elisa, nesse caso posso pôr o nome de minha irmã, assim você deve ficar contente. Não me dirigiu mais a palavra. Ah, como eu estava cansada de tudo. Fazia cada vez mais calor, eu suava em bicas, não suportava minha barriga pesada, não suportava meu passo manco, não suportava nada, nada, nada.

Finalmente, pouco antes da hora do almoço, Adele telefonou. A voz não tinha a costumeira inflexão irônica. Falou com lentidão e gravidade, senti que cada palavra lhe custava um grande esforço, disse com um largo rodeio de frases e muitas ressalvas que o livro não era bom. Porém, quando tentei defender o texto, ela parou de buscar fórmulas que não me ferissem e se tornou explícita. A protagonista era antipática. Não havia personagens, só marionetes. Situações e diálogos eram amaneirados. A escrita queria ser moderna, mas era apenas confusa. Todo aquele ódio se tornava desagradável. O final era grosseiro, de western à italiana, não estava à altura de minha inteligência, minha cultura, meu talento. Conformei-me ao silêncio e escutei suas críticas até o fim. Concluiu dizendo: o romance anterior era vivo, novíssimo, já este é velho nos conteúdos e escrito de modo tão pretensioso que as palavras parecem vazias. Respondi baixinho: talvez na editora eles sejam mais benevolentes. Ela recrudesceu e replicou: se quiser mandar para eles, faça isso, mas tenho certeza de que vão considerá-lo impublicável. Eu não soube o que responder, apenas murmurei: tudo bem, vou pensar, tchau. Mas ela me deteve, mudou de registro rapidamente, passou a falar com afeto de Dede, de minha mãe, de minha gravidez, de Mariarosa, que a estava deixando furiosa. Então me perguntou:

"Por que você não deu o romance a Pietro?"

"Não sei."

"Ele poderia ter lhe dado uns conselhos."

"Duvido."

"Você não tem nenhum apreço por ele?"

"Não."

Depois, trancada em meu quarto, me desesperei. Tinha sido humilhante, eu não conseguia tolerar. Não comi quase nada, dormi com a janela fechada apesar do calor. Às quatro da tarde senti as primeiras dores. Não disse nada a minha mãe, peguei a bolsa que tinha preparado havia tempos, entrei no carro e dirigi até a clínica, esperando morrer no caminho, eu e meu segundo filho. Mas tudo deu certo. Senti dores terríveis e em poucas horas tive outra menina. Já na manhã seguinte Pietro fez de tudo para dar à nossa segunda filha o nome de minha mãe, que lhe parecia uma homenagem necessária. De péssimo humor, rebati que estava cansada de seguir a tradição, reiterei que ela devia se chamar Elsa. Quando voltei da clínica para casa, a primeira coisa que fiz foi ligar para Lila. Não disse que tinha acabado de dar à luz, perguntei apenas se podia mandar o romance para ela.

Por alguns segundos ouvi sua respiração leve, até que murmurou:
"Leio quando sair."
"Preciso de seu parecer o mais rápido possível."
"Não abro um livro há séculos, Lenu, não sei mais ler, não sou capaz."
"Por favor, estou pedindo."
"Você publicou o outro sem problemas: por que este não?"
"Porque o outro nem me parecia um livro."
"Só posso lhe dizer se gostei ou não."
"Tudo bem, é suficiente."

75.

Enquanto aguardava que Lila fizesse sua leitura, soube-se que em Nápoles havia uma epidemia de cólera. Minha mãe se agitou exageradamente, depois ficou absorta, acabou quebrando uma sopeira de que eu gostava muito, anunciou que precisava voltar para casa. Logo intuí que, se a cólera tinha algum peso em sua decisão, o fato de eu ter recusado dar o nome dela a minha segunda filha não era algo secundário. Tentei segurá-la, mas ela me abandonou mesmo assim, quando eu ainda não havia me recuperado do parto e a perna continuava doendo. Não suportava mais sacrificar meses e meses da vida por minha causa, uma criatura que nascera dela sem nenhum respeito ou reconhecimento: preferia ir correndo morrer de vibrião com o marido e os filhos bons. No entanto, até a despedida, manteve a impassibilidade que eu exigira: não se lamentou, não resmungou, não me jogou nada na cara. Aceitou de bom grado que

Pietro a acompanhasse de carro à estação. Sentia que o genro gostava dela e provavelmente — pensei — sempre se controlara não para me agradar, mas para não fazer feio diante dele. Só se comoveu quando precisou se separar de Dede. No patamar da escada, perguntou à menina em seu italiano forçado: está triste que vovó vai embora? Dede, que estava vivendo aquela partida como uma traição, respondeu enfezada: não.

Fiquei com mais raiva de mim do que dela. Depois fui tomada de uma fúria autodestrutiva e, poucas horas depois, demiti Clelia. Pietro ficou espantado, se assustou. Disse-lhe irritada que não aguentava mais lutar ora com o sotaque maremmano de Dede, ora com o napolitano de minha mãe: queria voltar a ser dona de minha casa e de meus filhos. Na verdade, me sentia culpada e tinha uma enorme necessidade de me punir. Com um prazer desesperado, me abandonei à ideia de que seria esmagada pelas duas meninas, pelos afazeres domésticos, pela perna doente.

Não tinha dúvida de que Elsa me submeteria a um ano não menos terrível do que aquele vivido com Dede. No entanto, talvez porque tivesse mais prática com recém-nascidos, talvez porque estivesse resignada a ser uma mãe ruim e abandonara a ânsia de perfeição, a menina grudou em meu peito sem problemas, entregando-se a longas mamadas e sonos intermináveis. Consequentemente também dormi bastante naqueles primeiros dias em casa, e para minha surpresa Pietro tratou de manter o apartamento limpo, fez as compras, cozinhou, deu banho em Elsa e brincou com Dede, que estava atordoada com o surgimento da irmãzinha e a partida da avó. A dor na perna cessou de repente. E no fim das contas eu estava tranquila, até que, num fim de tarde, enquanto cochilava, meu marido veio me acordar: sua amiga de Nápoles está no telefone, disse. Corri para atender.

Lila tinha conversado bastante com Pietro, disse que não via a hora de conhecê-lo pessoalmente. Ouvi sem vontade o que ela me dizia — Pietro era sempre afável com quem não pertencia ao mundo de seus pais — e, como ela se demorava em frases que me pareceram de uma alegria nervosa, estive a ponto de gritar: dei a você a possibilidade de me fazer todo o mal possível, vamos logo, fale, você ficou treze dias com o livro, me diga o que você pensa sobre ele. Em vez disso, limitei-me a interrompê-la bruscamente:

"Você leu ou não?"

Ficou séria.

"Li."

"E então?"

"É bom."

"Bom como? O livro lhe pareceu interessante, divertido, tedioso?"

"Interessante."

"Quanto? Muito, pouco?"

"Muito."

"E por quê?"

"Pela história: dá vontade de ler."

"E o que mais?"

"O que mais o quê?"

Fui dura, falei:

"Lila, eu preciso absolutamente saber como é esse troço que escrevi e não tenho mais ninguém que me possa dizer isso, somente você."

"É o que estou fazendo."

"Não, não é verdade, você está me enrolando: você nunca falou de modo tão superficial quanto agora."

Houve um longo silêncio. Imaginei-a sentada de pernas cruzadas, ao lado de uma feia mesinha onde estava apoiado o telefone. Talvez ela e Enzo tivessem acabado de voltar do trabalho, talvez Gennaro estivesse brincando ali por perto. Falou:

"Eu tinha dito a você que não sei mais ler."

"Não é este o ponto: a questão é que preciso de você, e você não está nem aí."

Outro silêncio. Então resmungou algo que não entendi, talvez um insulto. Disse com dureza, ressentida: eu faço um tipo de trabalho, você faz outro, o que quer de mim, foi você que estudou, é você quem sabe como os livros devem ser. Depois sua voz se rompeu e ela quase gritou: você não deve escrever essas coisas, Lenu, você não é isso, nada do que li se parece com você, é um livro feio, feio, feio — e o anterior também era.

Assim. Frases velozes e entrecortadas, como se a respiração suave de repente se tornasse sólida e não conseguisse mais entrar e sair da garganta. Senti dor de estômago, uma dor forte acima do ventre, que cresceu, mas não pelo que ela dissera, e sim por *como* o dissera. Estava soluçando? Exclamei ansiosa: Lila, o que foi, se acalme, vamos, respire. Não se acalmou. De fato, eram soluços, pude ouvi-los nitidamente tão carregados de sofrimento que não consegui sentir a ferida daquele *feio, Lenu, feio, feio*, nem me ofendi por ter reduzido meu primeiro livro — o livro que vendera tanto, o livro do meu sucesso, sobre o qual ela nunca se pronunciara de verdade — a um fracasso. O que me fez mal foi seu choro. Eu não estava preparada, não esperava aquilo. Teria preferido a Lila cruel, teria preferido seu tom pérfido. Mas não, ela soluçava e não conseguia parar.

Me senti perdida. Tudo bem, pensei, escrevi dois livros ruins, mas e daí?, esse sofrimento é bem mais grave. Então murmurei: Lila, por que esse choro, eu é que devia estar chorando, pare com isso. Mas ela estrilou: por que você me forçou a ler, por que me obrigou a dizer o que penso? Eu devia guardar para mim. E eu: não, estou contente por você ter falado, lhe juro. Queria que sossegasse, mas ela não conseguia, e continuou despejando em mim frases desconexas: não me faça ler mais nada, não sou capaz, espero o máximo de você, tenho certeza de que sabe fazer melhor, *quero* que você faça melhor, é a coisa que mais desejo, pois quem sou eu se você não for excelente, quem sou eu? Murmurei: não se preocupe, me diga sempre o que pensa, só assim você pode me ajudar, e me ajudou desde que éramos pequenas, eu sem você não sou capaz de nada. Ela finalmente sufocou os soluços e sussurrou, fungando o nariz: não sei por que comecei a chorar, sou mesmo uma cretina. Riu: não queria lhe dar um desgosto, tinha preparado todo um discurso positivo, imagine que até o escrevi, queria dar uma boa impressão. Insisti para que me mandasse o texto, disse: pode ser que você saiba melhor que eu o que devo escrever. Nessa altura deixamos o livro de lado, anunciei que Elsa tinha nascido, falamos de Florença, de Nápoles, da cólera. Que cólera — ironizou —, não há nenhuma cólera, há apenas a confusão de sempre e o medo de morrer na merda, mais medo que fatos, não há fatos, comemos um monte de limões e ninguém mais caga.

Agora falava sem freios, quase alegre, tinha se livrado de um peso. Então tornei a sentir a cilada em que eu estava — duas filhas pequenas, um marido em geral ausente, o desastre do novo livro —, mas não fiquei ansiosa, ao contrário, me senti leve, e fui eu mesma que reconduzi a conversa ao meu fracasso. Tinha em mente frases do tipo: a corda arrebentou, aquele seu fluxo que me influenciava positivamente secou, agora estou realmente sozinha. Mas não falei nada. Em vez disso, confessei num tom autoirônico que por trás do esforço daquele livro havia o desejo de acertar as contas com o bairro, que tive a impressão de estar representando as grandes mudanças que testemunhara, que o que de algum modo me inspirou, me encorajou a escrevê-lo, tinha sido a história de dom Achille e da mãe dos Solara. Ela caiu na risada. Disse que a face nojenta das coisas não era suficiente para escrever um romance: sem imaginação não parecia uma face verdadeira, mas uma máscara.

76.

Não sei bem o que me aconteceu depois. Ainda hoje, enquanto ponho ordem naquele nosso telefonema, tenho dificuldade de relatar os efeitos dos soluços de Lila. Se me estendo, tenho a impressão de enxergar sobretudo uma espécie de gratificação incongruente, como se aquele choro, ao me confirmar o afeto dela e a confiança que tinha nas minhas capacidades, tivesse acabado por apagar o julgamento negativo sobre ambos os livros. Só muito mais tarde me passou pela cabeça que aqueles soluços lhe permitiram liquidar meu trabalho sem apelação, esquivar-se de meu ressentimento, impor-me um objetivo tão alto — *não a decepcionar* — que paralisasse qualquer outra tentativa de escrever. Mas repito que, por mais que me esforce em esmiuçar aquele telefonema, não consigo dizer: ele esteve na origem disso ou daquilo, foi um momento alto de nossa amizade ou, ao contrário, foi um dos momentos mais mesquinhos. O certo é que Lila reforçou seu papel de espelho de minhas incapacidades. O certo é que me senti mais disposta a aceitar o fracasso, como se o parecer de Lila fosse muito mais autorizado — mas também mais persuasivo e mais afetuoso — que o de minha sogra.

Alguns dias depois, telefonei para Adele e lhe disse: obrigada por ter sido tão franca, me dei conta de que você tem razão, e agora tenho a impressão de que meu primeiro livro também tinha muitos defeitos; acho que preciso refletir, talvez eu não seja uma boa escritora, ou simplesmente preciso de mais tempo. Minha sogra imediatamente me cobriu de elogios, louvou minha capacidade de autocrítica, lembrou-me que eu tinha um público e que esse público estava aguardando. Murmurei: sim, claro. E logo em seguida guardei a última cópia do romance numa gaveta, pus de lado os cadernos cheios de apontamentos e me deixei absorver pela cotidianidade. O desgosto por aquele esforço inútil se estendeu também ao meu primeiro livro, talvez até ao próprio uso literário da escrita. Assim que me ocorria alguma imagem, uma frase sugestiva, me vinha uma sensação de mal-estar e passava adiante.

Me dediquei à casa, às filhas, a Pietro. Não pensei nenhuma vez em chamar Clelia de volta ou substituí-la por outra. Tornei a me encarregar de tudo, e certamente o fiz para me entorpecer. Mas aconteceu sem esforço, sem remorso, como se de repente eu tivesse descoberto que aquele era o modo mais justo de empregar a vida e uma parte de mim me sussurrasse: chega de grilos na cabeça. Dei aos trabalhos domésticos uma organização férrea e cuidei de Dede e Elsa com uma alegria inesperada, como se, além do peso do ventre, além do peso do livro, eu tivesse me livrado de outro peso, mais oculto, que eu mesma era incapaz de nomear. Elsa confirmou ser uma criaturinha tranquilíssima — tomava longos banhos serenos, mamava, dormia, ria até durante o sono —, mas precisei dar muita atenção a Dede, que odiava a irmã, acordava de manhã com um ar transtornado, contava que a salvara ora do fogo, ora da água, ora do lobo, mas acima de tudo fingia ser uma recém-nascida e pedia para chupar meus mamilos, imitava os vagidos da irmã e de fato não se conformava em ser o que realmente era, uma menina de quase quatro anos com uma linguagem muito desenvolvida, perfeitamente autônoma em suas funções primárias. Tive o cuidado de lhe dar muito afeto, de elogiar sua inteligência e sua eficiência, de convencê-la de que eu precisava de sua ajuda em tudo, para fazer as compras, cozinhar, impedir que a irmã fizesse estragos.

Enquanto isso, como estava aterrorizada com a possibilidade de engravidar de novo, comecei a tomar a pílula. Engordei, me sentia inchada, mas não tive coragem de parar: uma nova gravidez me assustava mais que qualquer coisa. De resto, já não me importava com meu corpo como antigamente. Achava que as duas meninas tinham decretado que eu não era mais jovem, que ser marcada pelo cansaço — dar banho nelas, vesti-las, tirar sua roupa, passear de carrinho, fazer as compras, cozinhar, uma no colo e outra na mão, as duas no colo, tirar o ranho de uma, limpar a boca da outra, em suma, as tensões de todo dia — testemunhasse minha maturidade de mulher, que me transformar como as mães do bairro não fosse uma ameaça, mas o curso natural das coisas. Tudo bem assim, dizia a mim mesma.

Pietro, que tinha cedido quanto à pílula depois de uma longa resistência, me observava preocupado. Você está arredondando. O que são essas manchas na pele? Temia que as meninas, eu, ele, todos nós ficássemos doentes, mas detestava médicos. Eu tentava tranquilizá-lo. Tinha emagrecido muito nos últimos tempos; os olhos cada vez mais fundos nas olheiras e já uns fios brancos no cabelo; queixava-se de dores ora num joelho, ora no quadril direito, ora num ombro, mas se negava a fazer consultas. Então o obriguei, eu mesma o acompanhei com as meninas e, afora a necessidade de tomar alguns calmantes, ele estava esbanjando saúde. Isso o deixou eufórico por umas horas, e todos os sintomas desapareceram. Mas em pouco tempo, apesar dos tranquilizantes, voltou a se sentir mal. Certa vez em que Dede não o deixava assistir ao telejornal — foi logo após o golpe de estado no Chile —, ele lhe deu umas palmadas com excessiva dureza. E, assim que passei a tomar a pílula, veio-lhe uma vontade de transar com frequência ainda maior, mas só de manhã ou à tarde, porque — dizia — era o orgasmo noturno que o fazia perder o sono, forçando-o a estudar até altas horas da noite, o que lhe causava um cansaço crônico e, consequentemente, todas aquelas dores.

Tudo balela sem sentido: para ele, estudar à noite sempre tinha sido mais que um hábito, uma necessidade. No entanto eu concordava: não vamos fazer mais à noite, tudo estava bem para mim. Claro, às vezes eu me exasperava. Era difícil obter dele uma mínima ajuda em coisas úteis: fazer as compras quando estava mais livre, lavar os pratos depois do jantar. Uma noite perdi a paciência: não lhe disse nada de terrível, simplesmente falei mais alto. E fiz uma descoberta importante: bastava eu gritar para que sua teimosia sumisse de repente e ele me obedecesse. Era possível, enfrentando-o com alguma firmeza, fazê-lo se esquecer até das dores erráticas, até do desejo neurótico de me possuir continuamente. Mas eu não gostava de fazer isso. Quando me comportava daquela maneira sentia pena dele, tinha a impressão de causar-lhe um frêmito doloroso no cérebro. De todo modo, os resultados não eram duradouros. Ele cedia, se restabelecia, assumia compromissos com certa solenidade, mas depois voltava a ficar cansadíssimo, se esquecia do pacto, recomeçava a cuidar apenas de si. Por fim eu desistia, tentava animá-lo, beijava-o. O que eu ganhava com alguns pratos mal lavados? Somente cara amarrada e uma distração que significava: estou aqui perdendo meu tempo enquanto preciso trabalhar. Melhor deixá-lo em paz, e ficava contente quando conseguia evitar tensões.

Para não deixá-lo nervoso, também aprendi a não expressar minhas opiniões. De resto, não parecia que se importasse com elas. Se ele argumentava, sei lá, sobre as medidas do governo por causa da crise do petróleo, se elogiava a aproximação do partido comunista com a democracia-cristã, preferia que eu apenas escutasse aquiescente. E, nas vezes em que eu discordava, assumia ares vagos ou falava com um tom que evidentemente usava com os estudantes: você teve uma má-educação, não conhece o valor da democracia, do Estado, das leis, da mediação entre os interesses constituídos, do equilíbrio entre as nações — você gosta do apocalipse. Eu era sua esposa, uma mulher culta, e ele esperava que eu prestasse muita atenção quando falava de política, de seus estudos, do novo livro em que estava trabalhando à exaustão, cheio de ansiedade; mas a atenção devia ser exclusivamente afetuosa, não queria ouvir opiniões, sobretudo quando o deixavam em dúvida. Era como se pensasse em voz alta, só para fazer um balanço interno. No entanto a mãe dele era um tipo de mulher totalmente diversa. E a irmã também. Mas evidentemente ele não queria que eu fosse como elas. Naquele seu período de fraqueza, compreendi por meias frases que ele deve ter se incomodado não só com o sucesso, mas também com a própria divulgação de meu primeiro livro. Quanto ao segundo, nunca me perguntou que fim levara o datiloscrito e que projetos eu tinha para o futuro. Tive a impressão de que o fato de eu não falar mais em escrever o deixava aliviado.

Mas a revelação de que Pietro a cada dia se tornava pior do que eu imaginava não me levou de novo a outros homens. Às vezes me acontecia de topar com Mario, o engenheiro, mas logo descobri que a vontade de seduzir e de ser seduzida tinha passado, aliás, aquela agitação de antes me pareceu uma fase um tanto ridícula de minha vida, ainda bem que já estava superada. Também se atenuou a ânsia de sair de casa, de participar da vida pública da cidade. Se decidia ir a um debate ou manifestação, levava sempre comigo as meninas e me sentia orgulhosa de minhas bolsas cheias do necessário para acudi-las, da desaprovação cautelosa de quem dizia: elas são tão pequenas, pode ser perigoso.

Mas saía todos os dias, não importava o clima, para permitir que minhas filhas tomassem um pouco de ar e sol. Nunca o fazia sem levar um livro. Seguindo um hábito que não me abandonava, continuei lendo em qualquer circunstância, ainda que tivesse como que se dissipado a ambição de formar um mundo com aquilo. Em geral eu perambulava um tempo e depois me sentava num banco não distante de casa. Folheava ensaios complicados, lia o jornal, gritava: Dede, não vá para longe, fique perto da mamãe. Eu era isso, e precisava aceitar. Lila, não importa que rumo sua vida tomasse, era outra coisa.

77.

Naquele período aconteceu que Mariarosa veio a Florença para apresentar um livro de sua colega na universidade sobre a *Nossa Senhora do parto*. Pietro jurou que não faltaria, mas no último momento arranjou uma desculpa e se entocou em algum lugar. Minha cunhada chegou de carro, dessa vez sozinha, um pouco cansada, mas carinhosa como sempre e carregada de presentes para Dede e Elsa. Em nenhum momento acenou a meu romance abortado, embora com certeza Adele tenha contado tudo a ela. Falou sem parar das viagens que tinha feito e de livros, com o entusiasmo habitual. Acompanhava cheia de energia as muitas novidades do planeta. Afirmava uma coisa, se cansava, passava para outra que, até pouco antes, por distração, por cegueira, tinha negado. Quando falou do livro da colega, conquistou imediatamente a admiração da parte do público composta de historiadores da arte. E a noite teria corrido tranquila nos trilhos acadêmicos de sempre se, a certa altura, com uma guinada brusca, ela não tivesse pronunciado frases às vezes desbocadas, do tipo: não é preciso dar filhos a nenhum pai, muito menos a Deus Pai, os filhos devem ser dados a si mesmos; chegou o momento de estudarmos como mulheres, e não como homens; por trás de toda disciplina está o pau, e quando o pau se sente impotente recorre ao porrete, à polícia, às prisões, ao exército, aos campos de concentração; e se você não se submete, se ao contrário continua questionando tudo, vem o massacre. Rumores de discordância, de consenso, no final ela foi cercada por um grupo numeroso de mulheres. Chamou-me para o lado dela com acenos alegres, mostrou orgulhosamente Dede e Elsa a suas amigas florentinas, falou muito bem de mim. Uma delas se lembrou de meu livro, mas eu logo me esquivei, como se não o tivesse escrito. Foi uma bela noitada, que deu origem ao convite — por parte de um grupinho heterogêneo de garotas e mulheres feitas — para ir à casa de uma delas, uma vez por semana, para falar — me disseram — de nós.

As frases provocadoras de Mariarosa e o convite de suas amigas me levaram a desenterrar de baixo de uma pilha de livros aqueles dois opúsculos que Adele me dera tempos atrás. Andei com eles por aí dentro da bolsa, li ao ar livre, sob um céu cinzento de fim de inverno. O primeiro que li, atraída pelo título, foi um texto intitulado *Vamos cuspir em Hegel*. Li enquanto Elsa dormia no carrinho e Dede, de casaco, echarpe e gorro de lã, conversava em voz baixa com seu boneco. Cada frase, cada palavra me surpreendeu, sobretudo a ousada liberdade de pensamento. Sublinhei muitas passagens com força, coloquei pontos exclamativos, marcas verticais. Cuspir em Hegel. Cuspir na cultura dos homens, cuspir em Marx, em Engels, em Lênin. E no materialismo histórico. E em Freud. E na psicanálise e na inveja do pênis. E no casamento, na família. E no nazismo, no stalinismo, no terrorismo. E na guerra. E na luta de classes. E na ditadura do proletariado. E no socialismo. E no comunismo. E na armadilha da igualdade. E em *todas* as manifestações da cultura patriarcal. E em *todas* as formas organizativas. Opor-se à dispersão das inteligências femininas. Desculturalizar-se. Desaculturar-se a partir da maternidade, não *dar* filhos a ninguém. Livrar-se da dialética servo-patrão. Tirar da cabeça a inferioridade. Restituir-se a si mesmas. Não ter antíteses. Mover-se num outro plano em nome da própria diferença. A universidade não liberta as mulheres, mas aperfeiçoa sua repressão. Contra a sabedoria. Enquanto os homens se entregam a aventuras espaciais, a vida para as mulheres deste planeta ainda deve começar. A mulher é a outra face da terra. A mulher é o Sujeito Imprevisto. Libertar-se da submissão, aqui, agora, neste presente. A autora daquelas páginas se chamava Carla Lonzi. Como é possível, me perguntei, que uma mulher saiba pensar assim? Trabalhei muito nos livros, mas sempre me submeti a eles, nunca os utilizei realmente, nunca os voltei contra si mesmos. Aí está como se pensa. Aí está como se pensa contra. Eu — depois de tanto esforço — não sei pensar. Nem mesmo Mariarosa sabe: leu páginas e páginas e as recombina com estro, dando espetáculos. Só isso. Já Lila sabe. É a natureza dela. Se tivesse estudado, saberia pensar dessa maneira.

Essa ideia se tornou insistente. Todas as leituras daquele período terminaram, de um modo ou de outro, trazendo Lila para o centro. Eu encontrara um modelo feminino de pensamento que, feitas as devidas diferenças, me causava a mesma admiração, a mesma subalternidade que sentia em relação a ela. Não só: lia pensando nela, em fragmentos de sua vida, em frases que ela aprovaria, em outras que rejeitaria. Em seguida, motivada por aquela leitura, me reuni várias vezes com o grupo de amigas de Mariarosa, e não foi fácil. Dede me solicitava continuamente: quando vamos embora, Elsa lançava de repente gritos de alegria. Mas as dificuldades não vieram apenas de minhas filhas. Na verdade, ali só encontrei mulheres que, mesmo se parecendo comigo, não me foram de grande ajuda. Eu me entediava quando a discussão era uma espécie de resumo mal formulado daquilo que já conhecia. E tinha a impressão de saber bastante bem o que significava ter nascido mulher, não me apaixonava pelos combates da consciência de si. E não tinha nenhuma intenção de falar em público sobre minha relação com Pietro, com os homens em geral, para dar testemunho do que são os homens de todas as classes e idades. E ninguém melhor do que eu sabia o que significava masculinizar a própria cabeça para ser bem acolhida pela cultura dos homens, eu tinha feito isso, continuava fazendo. Além disso, continuava completamente alheia a tensões, explosões de ciúme, tons autoritários, vozinhas subalternas, hierarquias intelectuais, lutas pelo primado no grupo que terminavam em choros desesperados. Mas aconteceu um fato novo que naturalmente me reconduziu a Lila. Fiquei fascinada com o modo — explícito até a inconveniência — com que ali se falava e se divergia. Não gostei tanto da condescendência que cedia o passo à lenga-lenga, isso eu conhecia bastante bem desde a infância. O que me seduziu foi a urgência de autenticidade que eu nunca sentira e que talvez não estivesse em minha natureza. Nunca disse uma só palavra naquele ambiente que se adequasse àquela urgência. Mas senti que devia fazer alguma coisa do gênero com Lila, examinarmo-nos em nossa trama com a mesma inflexibilidade, dizer-nos até o fundo o que silenciávamos, partindo quem sabe do choro insólito pelo meu livro falhado.

Aquela necessidade foi tão forte que cogitei ir a Nápoles com as meninas por um tempo, ou pedir que ela viesse me ver com Gennaro, ou que nos escrevêssemos. Falei sobre isso com ela uma vez, por telefone, mas foi um fiasco. Contei sobre os livros de mulher que eu andava lendo, do grupo que frequentava. Ela ficou escutando, mas depois riu diante de títulos como *A mulher clitoridiana e a mulher vaginal* e fez de tudo para ser vulgar: que porra você está dizendo, Lenu, o prazer, a racha, os problemas aqui já são tantos, ficou doida. Queria demonstrar que não tinha instrumentos para dar palpite nas coisas que me interessavam. No final falou com desprezo: trabalhe, Lenu, faça as coisas que precisa fazer, não jogue seu tempo fora. Estava irritada. Evidentemente não é o melhor momento, pensei, vou tentar mais adiante. Mas nunca tive tempo nem coragem de tentar de novo. Terminei concluindo que antes de tudo eu devia entender melhor o que eu era. Indagar sobre minha condição de mulher. Tinha me excedido, fizera um enorme esforço para adquirir capacidades masculinas. Acreditava que devia saber tudo, tratar de tudo. O que me importava a política, as lutas? Queria fazer bonito diante dos homens, estar à altura. À altura de quê? Da razão deles, a mais irracional. Tanto esforço para memorizar frases em voga, tanta energia desperdiçada. Tinha sido condicionada pelo estudo, que havia modelado minha cabeça, minha voz. Que pactos secretos assumira intimamente a fim de me destacar? E agora, depois do duro esforço de aprender, o que precisava desaprender? Além disso, por causa da forte proximidade de Lila, tinha sido forçada a me imaginar de um jeito que eu não era. Acabara me somando a ela e me sentia mutilada assim que me subtraía. Sem Lila, nem sequer uma ideia. Sem o apoio de seus pensamentos, nenhum pensamento em que pudesse confiar. Nenhuma imagem. Devia me aceitar fora dela. O núcleo era esse. Aceitar que eu era uma pessoa mediana. O que eu devia fazer? Tentar escrever mais uma vez? Talvez não tivesse a paixão para isso, talvez me limitasse a executar uma tarefa. Então nunca mais escrever. Achar um trabalho qualquer. Ou bancar a madame, como dizia minha mãe. Fechar-me na família. Ou jogar tudo pelos ares. A casa. As filhas. O marido.

78.

Fortaleci os laços com Mariarosa. Liguei frequentemente para ela, mas quando Pietro se deu conta disso começou a me falar da irmã com um desprezo cada vez mais evidente. Era frívola, vazia, perigosa para si e para os outros, tinha sido a cruel torturadora de sua infância e adolescência, era a maior preocupação dos pais. Uma noite, enquanto eu falava com minha cunhada por telefone, saiu do escritório desgrenhado, o rosto exausto. Circulou pela cozinha, comeu alguma coisa, brincou com Dede e enquanto isso ficou escutando nossa conversa. Depois, de uma hora pra outra, gritou: essa cretina sabe que está na hora do jantar? Desculpei-me com Mariarosa e pus o fone no gancho. Está tudo pronto — falei —, já vamos comer, não precisa gritar. Ele resmungou que gastar dinheiro com interurbanos para ouvir as doidices da irmã lhe parecia uma estupidez. Não respondi, pus a mesa. Percebeu que eu estava com raiva e disse preocupado: não era com você, era com Mariarosa. Mas a partir daquela noite ele começou a folhear os livros que eu lia, a ironizar sobre frases que eu tinha sublinhado. Dizia: não se deixe enganar, é tudo bobagem. E tentava me demonstrar a lógica claudicante de manifestos e opúsculos feministas.

Uma noite, justamente sobre aquele tema, acabamos brigando e eu talvez tenha exagerado; de frase em frase, cheguei a lhe dizer: você se dá muita importância, mas tudo o que você é depende de seu pai e de sua mãe, exatamente como Mariarosa. Ele reagiu de modo inesperado, me deu uma bofetada, e na presença de Dede.

Aguentei firme, melhor do que ele: tinha levado muitas bofetadas ao longo da vida, Pietro nunca tinha dado uma, nem provavelmente recebido. Vi em sua expressão o horror pelo que havia feito, fixou a filha por um instante, saiu de casa. Esperei o ódio esfriar. Não fui para a cama, esperei por ele e, como não voltava, fiquei preocupada, não sabia o que fazer. Ele estava com problema de nervos, precisava de repouso? Ou essa era sua verdadeira natureza, enterrada sob milhares de livros e uma boa educação? Mais uma vez me dei conta de que sabia bem pouco sobre ele, que não era capaz de prever seus movimentos: podia ter pulado no Arno, estar caído embriagado em algum canto, até ter ido a Gênova em busca de conforto e curativo nos braços da mãe. Ah, chega, eu estava assustada. Percebi que estava deixando à margem de minha vida privada tudo aquilo que eu lia, que sabia. Tinha duas filhas, não queria encerrar as contas muito apressadamente.

Pietro voltou por volta das cinco da manhã, e senti tanto alívio ao vê-lo são e salvo que o abracei e beijei. Ele balbuciou: você não me ama, nunca me amou. E acrescentou: de todo modo, não mereço você.

79.

Na verdade, Pietro não conseguia aceitar a desordem agora difusa em cada âmbito da existência. Teria preferido uma vida regrada por hábitos indiscutíveis: estudar, ensinar, brincar com as meninas, fazer amor, contribuir a cada dia, em seu pequeno raio de ação, para desembaraçar de acordo com a democracia o complicadíssimo emaranhado italiano. Em vez disso, estava extenuado com os conflitos universitários, seus colegas denegriam seu trabalho que, no entanto, tinha cada vez mais crédito no exterior, sentia-se continuamente vilipendiado e ameaçado, tinha a impressão de que, por conta de minha inquietude (mas que inquietude, eu era uma mulher opaca), nossa própria família estivesse exposta a contínuos riscos. Numa tarde, Elsa estava brincando sozinha, eu obrigava Dede a exercícios de leitura, ele estava fechado no escritório, a casa estava imóvel. Pietro — pensei nervosa — aspira a uma fortaleza em que possa trabalhar em seu livro, eu me preocupo com a economia doméstica e as meninas crescem serenamente. Depois veio a descarga elétrica da campainha, corri para abrir e, de surpresa, entraram em casa Pasquale e Nadia.

Estavam carregando pesadas mochilas militares, ele usava um chapéu surrado sobre uma massa cheíssima de cabelos crespos que caíam numa barba igualmente cheia e crespa, ela parecia mais magra e cansada, com olhos enormes, de menina assustada que finge não ter medo. Tinham conseguido nosso endereço com Carmen, que por sua vez o obtivera com minha mãe. Ambos foram afetuosos, e eu também, como se nunca tivéssemos tido tensões ou divergências. Ocuparam a casa deixando coisas espalhadas por todo lado. Pasquale falava muito, em voz alta, quase sempre em dialeto. No início ambos me pareceram uma agradável interrupção em meu cotidiano monótono. Mas logo me dei conta de que Pietro não gostava deles. Ficou irritado por não terem telefonado antes avisando da chegada, por ambos se comportarem com excessiva desenvoltura. Nadia tirou os sapatos e se espreguiçou no sofá. Pasquale continuou com o chapéu na cabeça, tocou em objetos, folheou livros, pegou na geladeira uma cerveja para si e para Nadia sem pedir permissão, bebeu no gargalo e arrotou de um jeito que fez Dede rir. Disseram que tinham decidido *dar um rolé,* falaram exatamente *dar um rolé,* sem especificar. Quando tinham saído de Nápoles? Foram vagos. Quando voltariam para lá? Foram igualmente vagos. E o trabalho? — perguntei a Pasquale. Ele riu: chega, já trabalhei demais, agora descanso. E mostrou as mãos a Pietro, quis que ele mostrasse as dele, esfregou palma contra palma dizendo: sente a diferença? Depois pegou o *Lotta Continua* e passou a direita sobre a primeira página, orgulhoso do som que fazia o papel raspado pela pele áspera, alegre como se tivesse inventado um novo jogo. Então acrescentou quase ameaçador: sem estas mãos de lixa, professô, não existiria nenhuma cadeira sequer, nenhum prédio, um automóvel, nada, nem sequer você; se nós, trabalhadores, deixássemos de labutar, tudo pararia, o céu cairia por terra e a terra salpicaria no céu, as plantas retomariam as cidades, o Arno alagaria suas belas casas, e somente quem sempre labutou saberia como sobreviver, enquanto vocês dois, com todos os seus livros, seriam trucidados pelos cães.

Foi um discurso ao modo de Pasquale, exaltado e sincero, que Pietro escutou sem replicar. Assim como Nadia, que, enquanto seu companheiro falava, se mantinha séria, deitada no sofá, os olhos fixos no teto. Ela pouco interveio na conversa entre os dois homens, nem disse nada a mim. Mas, quando fui preparar o café, me acompanhou até a cozinha. Notou que Elsa estava sempre grudada em mim e disse séria:

"Ela gosta muito de você."

"É muito pequena."

"Está dizendo que quando crescer não vai mais gostar de você?"

"Não, espero que goste de mim também quando estiver grande."

"Minha mãe falava muitíssimo de você. Era só uma aluna dela, mas parecia mais filha do que eu."

"É mesmo?"

"Eu odiava você por isso, e também porque tomou Nino de mim."

"Não foi por mim que ele deixou você."

"Estou me lixando, agora nem me lembro mais da cara que ele tinha."

"Quando eu era novinha, queria ser que nem você."

"Pra quê? Você acha que nascer e já encontrar tudo de mão beijada é uma coisa boa?"

"Bem, você precisa batalhar menos."

"Você se engana, a verdade é que tudo parece já feito e você não tem nenhum bom motivo para se esforçar. Sente apenas a culpa pelo que você é sem ter merecido."

"Melhor que sentir a culpa de ter fracassado."

"É o que sua amiga Lina lhe diz?"

"Não, não."

Nadia fez um movimento agressivo com a cabeça e uma expressão pérfida, que nunca pensaria ver nela. Disse:

"Prefiro ela a você. Vocês são duas merdinhas que nunca vão mudar, dois exemplares da escória subproletária. Mas você se faz de simpática, Lina, não."

Deixou-me na cozinha sem palavras. Ouvi que ela gritava a Pasquale, vou tomar uma ducha, e você também devia dar uma enxaguada no corpo. Os dois se fecharam no banheiro. Escutamos suas risadas, ela lançava gritinhos que — percebi — deixavam Dede muito preocupada. Quando saíram estavam seminus, os cabelos molhados, felicíssimos. Continuaram brincando entre si como se não estivéssemos ali. Pietro tentou se intrometer com perguntas do tipo: há quanto tempo vocês estão juntos? Nadia respondeu friíssima: não estamos juntos, talvez *vocês dois* estejam juntos. Ele então perguntou com o tom birrento que costumava exibir nos casos em que as pessoas lhe pareciam superficiais: o que significa? Você não conseguiria entender, respondeu Nadia. Meu marido objetou: quando alguém não consegue entender, os outros tentam explicar. Neste ponto Pasquale interveio, rindo: não há nada a explicar, professô; você precisa pensar que está morto e não sabe; tudo está morto, o modo como vocês vivem, como falam, a convicção de serem inteligentíssimos, democratas e de esquerda. Como se pode explicar algo a quem está morto?

Houve um momento de tensão. Eu não disse nada, não conseguia tirar da cabeça os insultos de Nadia, assim, como se nada fosse, na minha própria casa. Finalmente eles foram embora, quase sem avisar, assim como tinham chegado. Pegaram as coisas deles e desapareceram. Pasquale apenas disse da soleira, com um tom subitamente triste:

"Tchau, senhora Airota."

Senhora Airota. Até meu amigo do bairro estava me julgando negativamente? Queria dizer que, para ele, eu não era mais Lenu, Elena, Elena Greco? Para ele e para todos os outros? Até para mim?

Eu mesma não usava quase sempre o sobrenome de meu marido, agora que o meu tinha perdido aquele pouco de prestígio que havia conquistado? Recoloquei a casa em ordem, principalmente o banheiro, que os dois tinham deixado em péssimo estado. Pietro disse: não quero nunca mais esses dois em minha casa; alguém que fala assim do trabalho intelectual é um fascista, mesmo que não saiba; quanto a ela, é um tipo que conheço muito bem, não tem nada na cabeça.

80.

Como se desse razão a Pietro, a desordem começou a se tornar concreta, envolvendo pessoas que tinham sido próximas. Soube por Mariarosa que Franco tinha sido agredido em Milão por fascistas, estava em péssimas condições, tinha perdido um olho. Viajei imediatamente para lá com Dede e a pequena Elsa. Fui de trem, brincando com as meninas e lhes dando comida, mas entristecida com a outra que eu fui — a namorada pobre e inculta do rico estudante hiperpolitizado Franco Mari; quantas de mim ainda existiam? —, que se perdera em algum lugar e que agora tornava a despontar.

Na estação encontrei minha cunhada, pálida, alarmada. Ela nos levou para a casa dela, uma casa agora deserta e ainda mais bagunçada do que quando me hospedara depois da assembleia na universidade. Enquanto Dede brincava e Elsa dormia, ela me contou mais do que me dissera por telefone. O fato tinha ocorrido cinco dias antes. Franco falara numa manifestação da Vanguarda Operária, num teatrinho lotado. No final, se afastou com Silvia, que agora vivia com um redator de *Il Giorno* numa bela casa ali perto do teatro: ele iria dormir lá e partir no dia seguinte para Piacenza. Já estavam quase no portão, Silvia tinha acabado de tirar as chaves da bolsa, quando um furgão branco encostou e os fascistas desceram. Ele tinha sido massacrado na porrada, Silvia tinha sido surrada e violentada.

Bebemos muito vinho, Mariarosa pegou a droga: chamava-a assim, noutros casos usava o plural. Dessa vez resolvi experimentar, mas só porque, apesar do vinho, me sentia sem uma coisa boa sequer à qual me agarrar. Depois de frases cada vez mais raivosas, minha cunhada se calou e desandou a chorar. Não achei nem uma palavra para consolá-la. Eu *sentia* suas lágrimas, tive a impressão de que faziam um rumor ao escorrer de seus olhos pelas faces. De repente não a vi mais, não vi nem mesmo o quarto, tudo ficou escuro. E desmaiei.

Quando recuperei os sentidos, me desculpei muito constrangida, disse que tinha sido o cansaço. Dormi pouco à noite: o corpo me pesava por excesso de disciplina, e as palavras dos livros e das revistas escorriam como se de repente as letras do alfabeto não fossem mais combináveis. Fiquei do lado das meninas como se fossem elas que devessem me confortar e proteger.

No dia seguinte deixei Dede e Elsa com minha cunhada e fui ao hospital. Encontrei Franco numa enfermaria esverdeada, que tinha um cheiro forte de hálito, urina e medicamentos. Tinha como que encurtado e inchado, ainda tenho na lembrança o branco das ataduras, a cor arroxeada de parte do rosto e do pescoço. Não me recebeu bem, tive a impressão de que se envergonhava pelo seu estado. Então falei eu, contei a ele sobre minhas filhas. Depois de alguns minutos, murmurou: vá embora, não quero você aqui. Como insisti em continuar, sussurrou aborrecido: não sou mais eu, vá embora. Estava muito mal, soube por um grupinho de companheiros dele que talvez tivessem de operá-lo de novo. Quando voltei do hospital, Mariarosa percebeu que eu estava transtornada. Me ajudou com as meninas e, assim que Dede dormiu, me mandou também para a cama. Mas no dia seguinte ela quis que eu a acompanhasse na visita a Silvia. Tentei não ir, já tinha sido insuportável encontrar Franco e sentir que não só não podia ajudá-lo, mas o deixava ainda mais frágil. Disse que preferia recordá-la como a tinha visto durante a assembleia na Estatal. Não, insistiu Mariarosa, ela quer que a vejamos como está agora, é importante para ela. E fomos.

Uma senhora muito arrumada, com cabelos louríssimos que desciam em onda até os ombros, abriu a porta para nós. Era a mãe de Silvia e estava ao lado de Mirko, também louro, um menino já de cinco ou seis anos que Dede, com seu jeito meio emburrado e autoritário, logo obrigou a brincar com Tes, o velho boneco que ela levava para todo lado. Silvia estava dormindo, mas tinha dito que queria ser acordada quando chegássemos. Esperamos bastante até que ela aparecesse. Tinha feito uma maquiagem pesada, colocado um belo vestido verde, comprido. O que mais me chamou a atenção não foram os hematomas, os cortes, o passo incerto — Lila me parecera ainda mais maltratada quando voltara da viagem de núpcias —, mas o olhar inexpressivo. Tinha olhos vazios, totalmente incongruentes com o falatório frenético, interrompido por risadinhas, com que disparou a contar *a mim*, somente a mim, que ainda não conhecia a história, o que os fascistas tinham feito com ela. Expressou-se como se recitasse uma cantilena atroz, que era o modo pelo qual, por ora, estava sedimentando o horror à força de repeti-lo a quem quer que a visitasse. A mãe tentou várias vezes interrompê-la, mas ela sempre a rechaçou com um gesto aborrecido, erguendo a voz, escandindo obscenidades e prevendo um tempo próximo, muito próximo, de vinganças ferozes. Quando comecei a chorar, ela parou bruscamente. Enquanto isso, outras pessoas chegaram, especialmente amigas de família e companheiras dela. Então Silvia recomeçou, e eu me retirei depressa para um canto abraçando Elsa, dando-lhe beijos suaves. Entretanto voltavam à minha mente os detalhes do que Stefano fizera com Lila, os detalhes que eu tinha imaginado enquanto Silvia me contava, e me pareceu que as palavras de ambos os relatos fossem gritos animalescos de terror.

A certa altura fui procurar Dede. Encontrei-a no corredor, brincando com Mirko e o boneco. Fingiam que eram a mãe e o pai com seu filho, mas não havia paz entre eles, estavam encenando uma briga. Fiquei parada. Dede instruía Mirko: *você tem de me dar um tapa, entendeu?* A nova carne viva repetia a velha por brincadeira, éramos uma cadeia de sombras sempre encenada com a mesma carga de amor, de ódio, de vontades e de violência. Observei Dede com atenção, me pareceu semelhante a Pietro. Já Mirko era idêntico a Nino.

81.

Não muito tempo depois, a guerra subterrânea que irrompia em picos imprevistos nos jornais e na TV — planos golpistas, repressão policial, bandos armados, combates de fogo, ferimentos, assassinatos, bombas e massacres em cidades grandes e pequenas — me atingiu mais uma vez. Carmen telefonou, estava preocupadíssima, não tinha notícias de Pasquale há semanas.

"Por acaso ele esteve aí com você?"

"Esteve, mas há pelo menos uns dois meses."

"Ah. Ele tinha me pedido seu número de telefone e o endereço: queria ouvir um conselho seu. Ele fez isso?"

"Um conselho sobre o quê?"

"Não sei."

"Ele não me pediu nenhum conselho."

"E o que ele falou?"

"Nada, estava bem, alegre."

Carmen tinha perguntado por ele a todo mundo, até a Lila, até a Enzo, até ao pessoal do coletivo na via dei Tribunali. Por fim telefonara para Nadia, mas a mãe tinha sido ríspida, e Armando lhe dissera apenas que ela se mudara sem deixar nenhum contato.

"Devem ter ido morar juntos."

"Pasquale com aquela lá? Sem deixar um endereço ou telefone?"

Ficamos um bom tempo tentando entender. Disse a ela que talvez Nadia tivesse rompido com a família por causa de sua ligação com Pasquale, que — quem sabe — talvez eles tivessem ido morar na Alemanha, na Inglaterra, na França. Mas Carmen não se convenceu. Pasquale é um irmão muito querido, disse, nunca desapareceria assim. Estava com um pressentimento terrível: os combates no bairro eram agora cotidianos, todos os companheiros deviam tomar cuidado, os fascistas tinham ameaçado até ela e o marido. E tinham acusado Pasquale de ter incendiado tanto a seção do MSI quanto o supermercado dos Solara. Eu não estava sabendo de nada daquilo e fiquei espantada: isso tinha acontecido no bairro? Os fascistas atribuíam as ações a Pasquale? Sim, ele estava no topo da lista, era considerado alguém a ser varrido do mapa. Talvez Gino tenha mandado matá-lo, disse Carmen.

"Você foi à polícia?"

"Fui."

"E o que eles disseram?"

"Por pouco não me prenderam, são mais fascistas que os fascistas."

Telefonei para Galiani. Ela me disse irônica: o que aconteceu com você, não a vejo mais nas livrarias nem nos jornais, já se aposentou? Respondi que tinha duas meninas, que por ora precisava me dedicar a elas, depois perguntei de Nadia. Ela foi antipática. Nadia é grande, foi morar sozinha. Onde — indaguei. Ela é que sabe, respondeu e, sem se despedir, justo quando ia lhe pedir o telefone do filho, desligou a chamada.

Demorei bastante para encontrar o número de Armando, e mais difícil ainda foi encontrá-lo em casa. Quando finalmente atendeu, parecia contente de me ouvir e bastante propenso a confidências. Estava trabalhando muito no hospital, tinha se separado da mulher, que saíra de casa levando o menino, deixando-o só e desorientado. Travou quando falou da irmã. Disse baixinho: não tenho mais nenhuma relação com ela. Divergências políticas, divergências sobre tudo: desde que se juntara a Pasquale, não era mais possível conversar. Perguntei: eles foram viver juntos? Ele foi direto: digamos que sim. Então, como se o assunto fosse desimportante, ele se esquivou e passou a fazer comentários duros sobre a situação política, falou dos atentados de Brescia, dos patrões que subornavam os partidos e, assim que a situação apertava, recorriam aos fascistas.

Tornei a ligar para Carmen tentando acalmá-la. Disse-lhe que Nadia tinha rompido com a família para ficar com Pasquale, e que Pasquale foi atrás dela feito um cachorrinho.

"Você acha?", perguntou Carmen.

"Com certeza, o amor é assim."

Ela se mostrou cética. Eu insisti, falei com mais detalhes sobre a tarde que os dois tinham passado em minha casa e exagerei um pouco sobre quanto eles se gostavam. Então nos despedimos. Mas em meados de junho Carmen me ligou de novo, desesperada. Gino tinha sido assassinado em plena luz do dia, na frente da farmácia, deram-lhe um tiro na cara. No momento pensei que estivesse me dando aquela notícia porque o filho do farmacêutico era parte de nossa primeira adolescência e, fascista ou não, certamente o acontecimento me abalaria. Mas o motivo central não era compartilhar comigo o horror daquela morte violenta. Os policiais tinham ido até ela e vasculharam o apartamento de cima a baixo, inclusive a bomba de gasolina. Procuravam alguma pista que pudesse levá-los até Pasquale, e ela se sentira bem pior do que quando tinham ido prender seu pai após o assassinato de dom Achille.

82.

Carmen estava numa ansiedade tremenda, chorava por aquilo que lhe parecia o retorno de uma perseguição. Quanto a mim, não conseguia tirar da cabeça a pracinha desolada onde ficava a farmácia, e tinha diante dos olhos o interior da loja, que sempre me agradara pelo cheiro de caramelos e de xaropes, pelos móveis de madeira escura sobre os quais se alinhavam vasos coloridos, sobretudo pelos pais de Gino, gentilíssimos, um tanto curvados atrás do balcão de onde se debruçavam como de uma galeria de teatro, eles, que seguramente estavam ali quando o barulho dos tiros os fez estremecer, eles, que dali mesmo talvez tenham visto de olhos arregalados o filho desabar na soleira, e o sangue. Quis falar com Lila. Mas ela se mostrou de uma indiferença total e, liquidando o assunto como mais um dos tantos, se limitou a dizer: imagine se a polícia não iria atrás de Pasquale. A voz dela conseguiu imediatamente me capturar e persuadir, sublinhando que, mesmo que Pasquale tivesse de fato assassinado Gino — hipótese que ela excluía —, de todo modo ela ficaria do lado dele, porque a polícia deveria ter se preocupado mais com o morto, por todas as desgraças que ele fizera, e não com nosso amigo pedreiro e comunista. Depois disso, com o tom de quem passa a questões mais relevantes, me perguntou se poderia deixar Gennaro comigo enquanto as aulas não recomeçavam. Gennaro? E como eu faria? Eu já tinha Dede e Elsa que me esgotavam. Murmurei:

"Por quê?"

"Preciso trabalhar."

"Estou indo para a praia com as meninas."

"Leve ele também."

"Vou para Viareggio e fico lá até o final de agosto: o menino me conhece pouco, vai querer você. Se você também vier, tudo bem, mas sozinha eu não sei."

"Você me jurou que cuidaria dele."

"Sim, mas se você estivesse mal."

"E como é que você sabe que não estou mal?"

"Você está?"

"Não."

"Então pode muito bem deixá-lo com sua mãe ou com Stefano."

Ficou calada por uns segundos, depois perdeu as boas maneiras:

"Você pode me fazer esse favor? Sim ou não?"

Cedi na hora.

"Tudo bem, pode trazer o menino."

Enzo chegou num sábado à tarde com uma Cinquecento branquíssima, que tinha acabado de comprar. Só de avistá-lo da janela, de ouvir o dialeto que usou para dizer algo ao menino que ainda estava no carro — era ele, idêntico, o mesmo gesto compassado, o mesmo organismo compacto —, senti de novo a materialidade de Nápoles, do bairro. Abri a porta com Dede agarrada a meu vestido, e me bastou apenas olhar para Gennaro e perceber que, já cinco anos atrás, Melina tinha acertado: agora que estava com dez anos o menino mostrava evidentemente que não se parecia nada não só com Nino, mas nem sequer com Lila — era uma reprodução perfeita de Stefano.

Ao constatá-lo, tive um sentimento ambíguo, uma mistura de decepção e de regozijo. Pensei que, no fim das contas, tendo de ficar com o menino por tanto tempo, teria sido bom ver pela casa, ao lado de minhas filhas, um filho de Nino; no entanto, constatei de bom grado que Nino não tinha deixado nada para Lila.

83.

Enzo queria partir logo em seguida, mas Pietro o acolheu com muita gentileza e o obrigou a passar a noite com a gente. Tentei estimular Gennaro a brincar com Dede, embora tivessem quase seis anos de diferença, mas, enquanto ela se mostrou propensa, ele se recusou com um movimento decidido da cabeça. Fiquei tocada com a atenção que Enzo dispensou àquele filho que não era dele, mostrando conhecer seus hábitos, os gostos, as necessidades. Obrigou-o com delicadeza, apesar de Gennaro protestar por causa do sono, a fazer xixi e a escovar os dentes antes de ir para a cama; depois, quando o menino apagou de cansaço, tirou a roupa dele e lhe pôs o pijama delicadamente.

Enquanto eu lavava os pratos e arrumava as coisas, Pietro entretinha nosso hóspede. Estavam sentados à mesa da cozinha, não tinham nada em comum. Tentaram primeiro com a política, mas, quando meu marido acenou positivamente à progressiva aproximação entre os comunistas e os democratas-cristãos, e Enzo rebateu que, se aquela estratégia prevalecesse, Berlinguer teria ajudado os piores inimigos da classe operária, renunciaram a discutir para evitar um desentendimento. Então Pietro passou gentilmente a perguntar sobre o trabalho do outro, e Enzo deve ter achado aquela curiosidade sincera, porque foi menos lacônico que o habitual e começou um relato conciso, talvez um pouco técnico demais. A IBM tinha acabado de mandá-los, ele e Lila, para uma empresa maior, uma fábrica nos arredores de Nola que tinha trezentos operários e uns quarenta funcionários. A proposta salarial os deixara sem fôlego: trezentas e cinquenta mil liras ao mês para ele, que era o chefe do centro, e cem mil para ela, sua ajudante. Obviamente tinham aceitado, mas agora eles deveriam fazer jus a todo aquele dinheiro, e o trabalho era realmente enorme. Somos responsáveis — nos explicou, usando a partir daquele momento sempre o *nós* — por um Sistema 3 modelo 10, e temos à nossa disposição dois operadores e cinco perfuradoras, que são também verificadoras. Precisamos recolher e inserir dentro do Sistema uma grande quantidade de informações, necessárias para que a máquina possa fazer, digamos, a contabilidade, os pagamentos, as faturas, o armazenamento, a gestão das vendedoras, os pedidos aos fornecedores, a produção e a expedição. Para isso nos servimos de cartõezinhos, isto é, as fichas a serem perfuradas. As perfurações são tudo, todo o esforço converge para elas. Vou dar um exemplo do trabalho que é preciso fazer para programar uma operação simples como a emissão de faturas. Começa-se pelas etiquetas de papel, aquelas em que o responsável pelo depósito registrou os produtos e os clientes aos quais foram entregues. O cliente tem seu código, seus dados pessoais têm outro código e os produtos também têm um código. As perfuradoras vão para as máquinas, apertam a tecla de liberação das fichas, batem nas teclas e reduzem o número-nota fiscal, o código-cliente, o código-dados pessoais, o código-produto-quantidade a outros tantos furos nos cartõezinhos. Só para vocês entenderem, mil notas fiscais para dez produtos produzem dez mil fichas perfuradas com buraquinhos pequenos como os de uma agulha; está claro, vocês estão acompanhando?

A noite passou assim. Pietro de vez em quando fazia sinal de que estava entendendo e tentou até fazer umas perguntas (*os furos contam, mas as partes não perfuradas também contam?*). Eu me limitava a um meio sorriso enquanto lavava e lustrava. Enzo parecia contente por poder explicar a um professor universitário, que o ouvia como um estudante aplicado, e a uma velha amiga, que se formara e escrevera um livro e agora arrumava a cozinha, coisas que eles ignoravam completamente. Mas na verdade eu logo me distraí. Um operador pegava dez mil cartõezinhos e os inseria numa máquina que se chamava selecionadora. A máquina os organizava segundo o código-produto. Depois se passava a dois leitores, não no sentido de pessoas, mas no de máquinas programadas para ler os furos e os não furos nos cartõezinhos. E depois? Nesse ponto me perdi. Me perdi entre os códigos e os enormes pacotes de cartõezinhos e os furos que eram contrastados com outros furos, que selecionavam furos, que liam furos, que faziam as quatro operações, quem imprimiam nomes, endereços, somas. Me perdi dentro de uma palavra que nunca tinha escutado, *file*, que Enzo usava frequentemente e pronunciava como o plural de *fila*, mas não dizia *le file*, mas *il file*, um misterioso masculino, o *file* disso, o *file* daquilo, sem parar. Me perdi atrás de Lila, que sabia tudo daquelas palavras, daquelas máquinas, daquele trabalho, trabalho que agora ela fazia naquela grande fábrica de Nola, embora com o salário que pagavam a seu companheiro ela tivesse mais condições de bancar a madame do que eu. Me perdi atrás de Enzo, que podia dizer com orgulho: sem ela eu não conseguiria, e assim nos comunicava um amor altíssimo, era evidente que ele gostava de recordar a si mesmo e aos outros a extraordinariedade de sua mulher, ao passo que meu marido nunca me elogiava, ao contrário, me reduzia a mãe de seus filhos, queria que eu, mesmo tendo estudado, não fosse capaz de um pensamento autônomo, me humilhava humilhando o que eu lia, o que me interessava, o que eu dizia, e parecia disposto a só me amar desde que pudesse demonstrar continuamente minha nulidade.

Finalmente também me sentei à mesa, soturna porque nenhum dos dois tinha experimentado dizer: vamos ajudar você a pôr a mesa, a tirar os pratos, a lavar a louça, a varrer o chão. Uma fatura, estava dizendo Enzo, é um documento simples, o que é que custa fazê-la à mão? Nada, caso eu só precise preencher dez ao dia. Mas e se eu precisar preencher mil? Os leitores leem até duzentas fichas por minuto, portanto duas mil em dez minutos e dez mil em cinquenta. A velocidade da máquina é uma vantagem enorme, especialmente se for preparada para ser capaz de fazer operações complexas, que demandam muito tempo. E meu trabalho e o de Lila é justamente esse: preparar o Sistema para fazer operações complexas. As fases de desenvolvimento dos programas são realmente belíssimas. Já as fases operacionais são um pouco menos. Muitas vezes as fichas emperram e se rasgam nas selecionadoras. Muitíssimas vezes uma caixa com fichas recém-ordenadas cai no chão e os cartõezinhos se espalham pelo piso. Mas é bonito, mesmo assim é bonito.

Então o interrompi só para me sentir presente e disse:

"Ele pode errar?"

"Ele quem?"

"O computador."

"Não há nenhum ele, Lenu, ele sou eu. Se ele errar, se fizer confusão, quem errou fui eu, eu é que fiz confusão."

"Ah", disse; e murmurei: "Estou cansada."

Pietro fez sinal que sim e pareceu pronto a encerrar a noite. Mas depois se dirigiu a Enzo:

"É entusiasmante, com certeza, mas, se a coisa é mesmo como você diz, essas máquinas vão acabar tomando o lugar dos homens, muitas competências vão desaparecer, na Fiat a soldagem já é feita por robôs, muitíssimos postos de trabalho vão se perder."

De início Enzo concordou, depois pareceu vacilar, por fim recorreu à única pessoa a quem atribuía autoridade:

"Lina diz que isso é bom: os trabalhos humilhantes e os que imbecilizam precisam desaparecer."

Lina, Lina, Lina. Perguntei para provocar: se Lina é tão excelente, por que dão trezentas e cinquenta mil liras a você e cem mil a ela? Só porque você é o chefe e ela é a ajudante? Enzo hesitou de novo, pareceu a ponto de dizer algo urgente que depois decidiu deixar de lado. Balbuciou: o que você quer de mim, é preciso abolir a propriedade privada dos meios de produção. Na cozinha se ouviu por alguns segundos o zumbido da geladeira. Pietro se levantou e disse: vamos dormir.

84.

Enzo queria partir por volta das seis, mas já às quatro da manhã o escutei se movendo no quarto e me levantei para preparar o café. A sós, na casa silenciosa, a língua dos computadores ou o italiano devido à autoridade de Pietro desapareceram, e passamos ao dialeto. Perguntei sobre a relação dele com Lila. Disse que ia bem, embora ela não parasse nunca. Ora estava às voltas com os problemas no trabalho, ora se desentendia com a mãe, com o pai, com o irmão, ora ajudava Gennaro a fazer as tarefas, e vira e mexe acabava também ajudando os filhos de Rino e todas as crianças que apareciam na casa. Lila não se poupava, por isso vivia exausta, parecia à beira de pifar, como já acontecera outras vezes, estava muito cansada. Logo entendi que aquela dupla entrosada, cotovelo com cotovelo no trabalho, abençoada por bons salários, devia ser posta numa sequência mais complicada. Arrisquei:

"Talvez vocês estejam precisando se organizar melhor: Lila não pode exagerar no trabalho."

"É o que eu sempre digo a ela."

"Além disso há a separação, o divórcio: não faz sentido que ela continue casada com Stefano."

"Quanto a isso, ela está pouco se lixando."

"Mas e Stefano?"

"Nem sequer sabe que agora é possível se divorciar."

"E Ada?"

"Ada precisa sobreviver. A roda gira, quem estava em cima termina embaixo. Os Carracci não têm mais uma lira, somente dívidas com os Solara, e Ada tenta raspar o que pode antes que seja tarde."

"E você? Não quer se casar?"

Compreendi que ele se casaria de bom grado, mas Lila era contra. Não só não queria perder tempo com o divórcio — e daí se eu continuo casada com aquele sujeito, eu estou com você, durmo com você, o que importa é isso —, mas também a própria ideia de outro casamento já lhe provocava risos. Dizia: eu e você? Eu e você nos casando? Mas que nada, estamos bem assim, e quando nos enchermos cada um segue seu rumo. Lila não se interessava pela perspectiva de um novo casamento, tinha mais em que pensar.

"Em quê?"

"Deixa pra lá."

"Me diga."

"Ela nunca lhe disse nada?"

"Sobre o quê?"

"Sobre Michele Solara."

Me contou com frases breves e tensas que em todos aqueles anos Michele nunca deixou de pedir a Lila que voltasse a trabalhar para ele. Tinha lhe proposto administrar uma loja nova no Vomero. Ou cuidar da contabilidade e dos impostos. Ou ser secretária de um amigo dele, um importante político democrata-cristão. Tinha chegado até a oferecer um salário de duzentas mil liras ao mês só para que inventasse coisas, ideias malucas, tudo o que lhe passasse pela cabeça. Mesmo morando em Posillipo, ele continuava mantendo a sede de seus negócios no bairro, na casa da mãe e do pai. Assim Lila topava com ele frequentemente, na rua, no mercado, nas lojas. Sempre muito amigável, ele a entretinha, brincava com Gennaro, dava presentinhos para ele. Depois ficava seriíssimo e, mesmo depois de ela recusar os trabalhos que lhe oferecia, ele reagia com paciência e se despedia dela com a ironia de sempre: eu não desisto, vou esperar você pela eternidade, me chame quando quiser que eu venho correndo. Até que ficou sabendo que ela estava trabalhando para a IBM. Isso o deixou furioso, tinha chegado a mobilizar uns conhecidos dele para tirar Enzo do emprego e, consequentemente, também Lila. Não obtivera nenhum resultado, a IBM precisava urgentemente de técnicos, e técnicos qualificados como Enzo e Lila eram raros. Mas o clima tinha mudado. Enzo topara com os fascistas de Gino na porta de casa e só escapou porque conseguiu chegar antes ao portão e trancá-lo rapidamente. Mas logo em seguida aconteceu um fato preocupante com Gennaro. A mãe de Lila foi buscá-lo na escola, como de costume. Todos os alunos já tinham saído, mas não se via o menino. A professora: ele estava aqui agora mesmo. Os colegas: estava aqui e depois desapareceu. Assustadíssima, Nunzia chamou a filha no trabalho e Lila voltou correndo em busca do filho. Ele estava sentado num banco dos jardinzinhos. Estava ali quieto, a farda, o laço, a pasta e, ao ser perguntado: aonde você foi, o que fez, ria com os olhos vazios. Ela queria ir imediatamente até Michele e matá-lo, seja pela tentativa de espancamento, seja pelo sequestro de Gennaro, mas Enzo a impedira. Os fascistas perseguiam quem quer que fosse de esquerda, e nada provava que tinha sido Michele que ordenara aquilo. Quanto a Gennaro, ele mesmo reconhecera que sua breve ausência tinha sido uma mera desobediência. De todo modo, depois que Lila se acalmou, Enzo decidiu por conta própria ir conversar com Michele. Apresentou-se no bar Solara e Michele o escutou sem piscar o olho. Depois lhe falou mais ou menos assim: não sei de que merda você está falando, Enzù, eu tenho carinho por Gennaro, quem mexer com ele está morto, mas de todas as bobagens que você disse a única coisa verdadeira é que Lina é de fato excelente e é uma pena que ela desperdice sua inteligência, faz anos que peço a ela que venha trabalhar comigo. Então prosseguiu: você se chateia com isso? E daí? Mas você está errado, se gosta mesmo dela, deveria encorajá-la a usar suas grandes capacidades. Venha cá, se sente, pegue um café e um doce, me conte para que servem esses seus computadores. E não terminou ali. Tinham se encontrado casualmente duas ou três vezes, e Michele mostrara cada vez mais interesse pelo Sistema 3. Um dia chegou a dizer, brincalhão, que tinha perguntado a um sujeito da IBM quem era o melhor, ele ou Lila, e que o outro dissera que Enzo era realmente muito bom, mas que a melhor na praça era Lila. Depois disso, noutra ocasião, ele a parou na rua e fez uma proposta importante. Estava pensando em alugar o Sistema 3 e utilizá-lo em todas as suas atividades comerciais. Consequência: queria que ela fosse a chefe do centro, por quatrocentas mil liras ao mês.

"Ela não lhe contou nem isso?", Enzo me perguntou cauteloso.

"Não."

"Deve ser porque não quer incomodá-la, você tem sua vida. Mas você entende que, para ela, pessoalmente, seria um salto de qualidade, e para nós dois seria uma fortuna: chegaríamos a setecentas e cinquenta mil liras por mês, não sei se ficou claro."

"Mas e Lina?"

"Deve dar uma resposta em setembro."

"E o que ela vai fazer?"

"Não sei. Você já conseguiu prever o que se passa naquela cabeça?"

"Não. Mas o que você acha que ela deveria fazer?"
"Eu acho o que ela achar."
"Mesmo que não esteja de acordo?"
"Mesmo assim."

Acompanhei-o até o carro. Enquanto descia as escadas, pensei que talvez devesse lhe dizer o que ele seguramente não sabia, isto é, que Michele nutria por Lila um amor obsessivo, um amor perigoso, que não tinha a ver com a posse física nem com uma devota subalternidade. E estive a ponto de falar aquilo, porque eu gostava dele, não queria que acreditasse que tinha diante de si apenas um meio camorrista que há tempos planejava comprar a inteligência de sua mulher. Quando ele já estava dentro do carro, perguntei:

"E se Michele quiser tomá-la de você?"

Continuou impassível:

"Eu mato ele. Mas de todo modo ele não quer, já tem uma amante, todo mundo sabe disso."

"Quem é?"

"Marisa, ele a engravidou de novo."

No momento tive a impressão de não ter entendido.

"Marisa Sarratore?"

"Sim, Marisa, a mulher de Alfonso."

Então me lembrei da conversa com meu colega de escola. Ele tinha tentado me dizer como sua vida era complicada, e eu me retraíra, tocada mais pela superfície de sua revelação que pela substância. Mesmo naquela ocasião seu mal-estar me pareceu confuso — para entender melhor, precisaria ter conversado de novo com ele, e talvez nem assim tivesse entendido —, no entanto assimilei a notícia com um desagradável incômodo. Perguntei:

"E Alfonso?"

"Ele não está nem aí, dizem que é veado."

"Quem diz?"

"Todo mundo."

"Todo mundo é muito genérico, Enzo. O que mais *todo mundo* diz?"
Ele me olhou com um lampejo de ironia cúmplice:
"Tantas coisas, o bairro é um falatório contínuo."
"Como assim?"
"Vieram à tona velhas histórias. Andam dizendo que quem matou dom Achille foi a mãe dos Solara."

Finalmente ele foi embora, e esperei que também levasse aquelas palavras com ele. Mas o que fiquei sabendo durou, me deixou preocupada, me fez sentir raiva. Para me livrar da sensação, corri ao telefone, falei com Lila e misturei aflições a recriminações: por que você não me disse nada sobre as propostas de trabalho de Michele, especialmente sobre essa última; por que revelou o segredo de Alfonso; por que espalhou aquela história da mãe dos Solara, aquilo era uma brincadeira nossa; por que mandou Gennaro para cá, está preocupada com ele, me responda com clareza, eu tenho o direito de saber; por que pelo menos uma vez na vida você não me fala o que está se passando na sua cabeça? Foi um desabafo, mas, de frase em frase, dentro de mim, tive a esperança de que não pararíamos por ali, de que finalmente se realizaria, ainda que só por telefone, o velho desejo de encarar nossa relação por inteiro, reexaminá-la e ter plena consciência do que ela era. Esperava provocá-la e atraí-la para outras perguntas, cada vez mais pessoais. Mas Lila se aborreceu, me tratou com bastante frieza, não estava de bom humor. Respondeu que eu tinha ido embora havia anos, que agora eu levava uma vida na qual os Solara, Stefano, Marisa, Alfonso não significavam mais nada, importavam menos que zero. Aproveitem as férias — me falou encurtando a conversa —, escreva, siga sua vida de intelectual, nós aqui continuamos muito terra a terra para você, fique longe disso; e olhe lá, faça Gennaro pegar um pouco de sol, se não ele vai voltar raquítico que nem o pai.

A ironia da voz, o tom minimizador, quase grosseiro, deram mais consistência ao relato de Enzo e eliminaram qualquer possibilidade de atraí-la para os livros que eu estava lendo, para as palavras que eu tinha aprendido com Mariarosa e o grupo florentino, para as questões que estava tentando fazer a mim mesma e que, uma vez que lhe tivesse fornecido os conceitos de base, ela certamente saberia enfrentar melhor que nós todas. Mas claro, pensei, eu cuido de minhas coisas e você das suas: se prefere assim, não cresça, continue brincando no pátio, mesmo agora, que está prestes a fazer trinta anos; chega, vou para a praia. E assim fiz.

85.

Pietro nos acompanhou, a mim e às três crianças, até uma casa feiosa de Viareggio que tínhamos alugado e em seguida voltou a Florença para terminar seu livro. Pronto — disse a mim mesma —, agora sou uma veranista, uma senhora abastada com três filhos e muitos brinquedos, um guarda-sol na primeira fila, toalhas macias, muita coisa para comer, cinco biquínis de várias cores, cigarros mentolados, o sol que bronzeia minha pele e me deixa ainda mais loura. Telefonava todas as noites para Pietro e para Lila. Pietro me falava de pessoas que tinham me procurado, resíduos de uma época distante, e, mais raramente, me falava de alguma hipótese de trabalho que tinha acabado de lhe ocorrer. Passava Lila a Gennaro, que relatava desinteressadamente à mãe os fatos — segundo ele — mais relevantes do dia e lhe dava boa noite. Eu não falava quase nada, nem com um, nem com outro. Sobretudo Lila me parecia reduzida a uma mera voz.

Mas depois de um tempo me dei conta de que não era bem assim, parte dela estava em carne e osso dentro de Gennaro. O menino era certamente muito parecido com Stefano e não se assemelhava nem um pouco a Lila. Entretanto os gestos, o modo de falar, alguns vocábulos, algumas expressões e certa agressividade eram os mesmos de quando ela era menina. Assim, quando de vez em quando eu me distraía, levava um susto ao ouvir a voz dele ou me encantava observando-o enquanto gesticulava para explicar uma brincadeira a Dede.

Porém, diferentemente da mãe, Gennaro era dissimulado. A maldade de Lila quando era pequena sempre tinha sido explícita, nenhuma punição jamais a levara a escondê-la. Já Gennaro desempenhava o papel de garotinho bem-comportado, até tímido, mas assim que eu virava as costas ele pirraçava Dede, escondia o boneco dela, batia nela. Quando eu o ameaçava dizendo que, por punição, não telefonaríamos mais a sua mãe para dar boa noite, assumia uma expressão compungida. Mas na verdade aquela eventual punição não o preocupava nem um pouco, fui eu quem impus o ritual das ligações noturnas, ele passaria sem isso tranquilamente. O que mais o preocupava era a ameaça de não ganhar um sorvete. Então desandava a chorar, dizia entre soluços que queria voltar para Nápoles, e eu imediatamente cedia. Mas isso não o apaziguava. Vingava-se de mim atacando Dede às escondidas.

Eu estava certa de que a menina tinha medo dele, de que o odiava. Mas não. Com o passar do tempo, reagiu cada vez menos às provocações de Gennaro e se apaixonou por ele. Chamava-o de Rino ou Rinuccio porque ele tinha dito que seus amigos o chamavam assim, e o seguia por toda parte sem ligar para meus chamados, ao contrário, era ela que o incentivava a se afastar do guarda-sol. Eu passava o dia inteiro gritando: Dede, aonde você vai, Gennaro, venha para cá, Elsa, o que você está fazendo, não ponha areia na boca, Gennaro, pare com isso, Dede, se você não me obedecer eu vou aí e vamos ver. Um esforço inútil: Elsa comia areia matematicamente, e matematicamente, enquanto enxaguava sua boca com a água do mar, Dede e Gennaro desapareciam.

O local onde se refugiavam era um caniçal que ficava ali perto. Uma vez fui ver com Elsa o que os dois estavam aprontando e descobri que tinham tirado a roupa de banho e Dede tocava curiosa o pintinho duro que Gennaro lhe mostrava. Parei a poucos metros, não sabia como me comportar. Dede — eu sabia, já tinha visto — muitas vezes se masturbava deitada de barriga para baixo. Mas eu tinha lido bastante sobre sexualidade infantil — tinha até comprado para minha filha um livrinho cheio de ilustrações coloridas que explicava com frases brevíssimas o que acontecia entre homem e mulher, palavras que tinha lido para ela sem suscitar nenhum interesse —, e, mesmo me sentindo incomodada, não só me obriguei a não interromper nem a censurar, mas também, dando por certo que o pai teria feito isso, tive o cuidado de evitar surpreendê-la.

Mas e agora? Devia deixar que brincassem entre si? Devia recuar, ir embora de fininho? Ou me aproximar sem dar nenhum peso àquilo, falar com naturalidade de outra coisa? E se aquele meninão violento, bem maior que Dede, a obrigasse a sabe-se lá o quê, e se a machucasse? A diferença de idade não seria um perigo? O que acabou precipitando a situação foram dois acontecimentos: Elsa viu a irmã, gritou de alegria, a chamou; e no mesmo instante ouvi as palavras em dialeto que Gennaro estava dizendo a Dede, palavras pesadas, as mesmíssimas e vulgares palavras que eu também tinha aprendido no pátio quando era pequena. Não consegui mais me controlar, tudo o que eu tinha lido sobre prazeres, latências, neuroses, perversões polimorfas de meninos e de mulheres desapareceu na hora, e repreendi os dois com dureza, principalmente Gennaro, que agarrei por um braço e arrastei embora. Ele caiu no choro, Dede me disse fria, destemida: você é muito malvada.

Comprei sorvete para ambos, mas então começou uma fase em que, a uma vigilância discreta, buscando evitar que o episódio se repetisse, se juntou um certo alarme pelo modo como a linguagem de Dede ia incorporando vocábulos obscenos do dialeto napolitano. De noite, enquanto os meninos dormiam, peguei o hábito de forçar a memória: será que eu também tinha feito aquelas brincadeiras com meus amigos do pátio? E Lila também tivera experiências daquele tipo? Nunca tínhamos falado sobre isso. Na época dizíamos palavras asquerosas, isto sim, mas eram insultos que serviam entre outras coisas para repelir as mãos de adultos indecentes, palavrões que gritávamos ao fugirmos. E quanto ao resto? Cheguei com dificuldade a me pôr a questão: será que eu e ela alguma vez nos bolinamos? Alguma vez eu tinha desejado fazer isso quando criança, menina, adolescente, adulta? E ela? Fiquei rondando aquelas perguntas demoradamente. Então me respondi baixinho: não sei, não quero saber. Depois admiti que uma espécie de admiração pelo seu corpo, talvez isso sim, tinha havido, mas excluí que alguma vez tivesse ocorrido algo entre nós. Era medo demais: se nos flagrassem, nos matariam de tanta surra.

De todo modo, nos dias em que me vi diante daquele problema, evitei levar Gennaro ao telefone público. Temia que ele dissesse a Lila que não estava mais bem comigo, que talvez até lhe contasse aquele episódio. Aquele temor me aborreceu: por que eu me preocupava tanto? Deixei que tudo se atenuasse. Até a vigilância sobre os dois meninos aos poucos se abrandou, não podia ficar o tempo todo de olho neles. Dediquei-me a Elisa e os deixei em paz. Somente quando, mesmo com os lábios lívidos e os dedos enrugados, se recusavam a sair da água é que eu gritava nervosíssima da beira do mar, com as toalhas prontas para os dois.

Os dias de agosto passaram voando. Casa, mercado, preparação de bolsas lotadas, praia, volta para casa, jantar, sorvete, telefone. Conversava com outras mães, todas mais velhas que eu, e ficava contente se elogiavam *meus* meninos e minha paciência. Falavam-me dos maridos, dos trabalhos que faziam. Eu falava do meu, dizia: é professor de latim na universidade. No fim de semana Pietro chegava, exatamente como anos atrás, em Ischia, Stefano e Rino chegavam. Minhas conhecidas lhe lançavam olhares respeitosíssimos e pareciam apreciar, graças a sua cátedra, até sua moita de cabelos. Ele tomava banho com as filhas e com Gennaro, os envolvia em aventuras falsamente arriscadas que faziam os quatro se divertirem muito, depois ficava estudando debaixo do guarda-sol, queixando-se de tanto em tanto do pouco sono, já que muitas vezes se esquecia de levar os tranquilizantes. Na cozinha, quando os meninos já estavam dormindo, me comia de pé para evitar o rangido da cama. O casamento agora me parecia um instituto que, contrariamente ao que se pensava, destituía o coito de qualquer humanidade.

86.

Foi Pietro que, num sábado, identificou em meio à multidão de títulos dos jornais, que durante dias só falaram da bomba fascista que explodira no trem Italicus, uma breve notícia no *Corriere della Sera* referente a uma pequena indústria na periferia de Nápoles.

"A fábrica em que sua amiga trabalhava não se chamava Soccavo?", me perguntou.

"O que foi que aconteceu?"

Passou o jornal para mim. Um comando composto de dois homens e uma mulher tinha invadido uma fábrica de embutidos na periferia de Nápoles. Primeiro os três atiraram nas pernas do vigia, Filippo Cara, que estava em estado gravíssimo; depois subiram ao escritório do proprietário, Bruno Soccavo, um jovem empresário napolitano, e o assassinaram com quatro tiros de pistola, três no peito e um na cabeça. Enquanto lia, visualizei o rosto de Bruno se desfazendo, arrebentando com seus dentes branquíssimos. Oh, meu Deus, meu Deus, não consegui respirar. Deixei os meninos com Pietro e fui correndo ligar para Lila; o telefone tocou por muito tempo sem que ninguém atendesse. Tentei de novo à noite, e nada. Consegui encontrá-la no dia seguinte, e ela me perguntou assustada: o que houve, Gennaro não está bem? Tranquilizei-a, contei sobre Bruno. Não sabia de nada, me deixou falar e por fim murmurou apática: você me deu uma notícia péssima. Nada mais. Insisti: telefone para alguém, tente saber mais, pergunte para onde posso enviar um telegrama de condolências. Ela disse que não tinha mais contato com ninguém da fábrica. E depois, que telegrama que nada — resmungou —, deixa pra lá.

Deixei pra lá. Mas no dia seguinte encontrei no *Manifesto* um artigo assinado por Giovanni Sarratore, Nino, que trazia muitas informações sobre a pequena fábrica da Campânia, enfatizava as tensões políticas presentes naquela realidade atrasada e citava com afeto Bruno e sua trágica morte. A partir daquele momento acompanhei o desdobramento da notícia por dias, mas sem resultado, já que rapidamente o caso sumiu dos jornais. Além disso, Lila não quis mais falar sobre o assunto. À noite eu ligava para ela com os meninos, e ela cortava a conversa, dizendo: me passe Gennaro. Ficou particularmente irritada quando mencionei Nino. A mania de sempre, resmungou, precisa sempre meter o bedelho: não tem nada a ver com política, pode ter sido por mil outros motivos, aqui se morre assassinado por qualquer coisa, chifres, trapaças, até por um olhar excessivo. Assim os dias se passaram e só me restou de Bruno uma imagem, mais nada. Não era a do patrão que eu havia ameaçado por telefone, servindo-me da autoridade dos Airota, mas a do rapaz que tinha tentado me beijar e que eu rejeitara duramente.

87.

Já ali na praia comecei a ter pensamentos ruins. Lila — disse a mim mesma — reprime calculadamente as emoções e os sentimentos. Quanto mais eu buscava instrumentos para tentar compreender a mim mesma, mais ela, ao contrário, se escondia. Quanto mais eu procurava trazê-la para a berlinda e envolvê-la em minha vontade de clareza, mais ela se refugiava na penumbra. Parecia a lua cheia quando se oculta atrás do bosque e os ramos rabiscam sua superfície.

Retornei a Florença nos primeiros dias de setembro, mas os maus pensamentos, em vez de se dissolverem, tornaram-se ainda mais fortes. Inútil tentar me abrir com Pietro. Ficou muito descontente com nossa volta para casa, estava atrasado com o livro e a ideia de que o ano letivo recomeçaria dali a pouco o deixava impaciente. Numa noite em que, à mesa, Dede e Gennaro disputavam não me lembro o quê, ele deu um pulo de repente e saiu da cozinha batendo a porta com tanta violência que o vidro fosco se espatifou. Telefonei para Lila e disse a ela sem rodeios que alguém precisava vir buscar o menino, fazia um mês e meio que seu filho vivia comigo.

"Você não pode ficar com ele até o final do mês?"

"Não."

"A coisa aqui está feia."

"Aqui também."

Enzo partiu em plena noite e chegou de manhã, quando Pietro estava no trabalho. Eu já tinha preparado a bagagem de Gennaro. Expliquei a ele que as tensões entre os meninos tinham se tornado insuportáveis, que eu lamentava, mas três era além da conta, eu não aguentava mais. Ele disse que entendia e me agradeceu por tudo o que eu tinha feito. Apenas murmurou, a título de justificativa: você sabe como Lina é. Não repliquei, seja porque Dede estava gritando, desesperada com a partida de Gennaro, seja porque, se o tivesse feito, poderia ter dito coisas — justamente a propósito de como era Lila — das quais me arrependeria mais tarde.

Tinha pensamentos na cabeça que não queria formular nem para mim mesma, temia que os fatos se adaptassem magicamente às palavras. Mas não conseguia apagar as frases, sentia na cabeça sua sintaxe já pronta e ficava assustada, estava fascinada por aquilo, me causava horror, me seduzia. Meu adestramento para encontrar uma ordem estabelecendo conexões entre elementos distantes tinha me tomado pela mão. Eu havia somado a morte violenta de Gino à de

Bruno Soccavo (Filippo, o vigia da fábrica, tinha escapado). E tinha chegado à ideia de que cada um daqueles acontecimentos levava a Pasquale, talvez até a Nadia. Já essa hipótese me deixara extremamente agitada. Pensei em telefonar para Carmen, perguntar se tinha notícias do irmão; depois mudei de ideia, assustada com a possibilidade de que seu telefone pudesse estar grampeado. Quando Enzo veio buscar Gennaro, disse a mim mesma: agora toco no assunto com ele, vamos ver como reage. Mas também nesse caso permaneci calada, temendo falar demais, temendo pronunciar o nome da figura que estava por trás de Pasquale e de Nadia, ou seja, Lila: sempre Lila, a que não diz as coisas, faz; Lila, que está embebida na cultura do bairro e não tem nenhuma consideração pela polícia, pelas leis, pelo Estado, mas acredita que existem problemas solucionáveis apenas com o trinchete; Lila, que conhece o horror da desigualdade; Lila, que na época do coletivo da via dei Tribunali encontrou na teoria e na práxis revolucionária uma maneira de empregar sua inteligência demasiado ativa; Lila, que transformou em objetivos políticos seus antigos e novos rancores; Lila, que move as pessoas como personagens de um romance; Lila, que conectou, está conectando, nosso conhecimento pessoal da miséria e da opressão com a luta armada contra os fascistas, contra os patrões, contra o capital. Admito aqui pela primeira vez de modo claro: naqueles dias de setembro suspeitei que não só Pasquale — Pasquale, impelido por sua história pessoal à necessidade de empunhar armas —, não só Nadia, mas também Lila tivesse participado daqueles atentados. Por um longo tempo, enquanto cozinhava, enquanto cuidava de minhas filhas, pude vê-la, em companhia dos outros dois, atirando em Gino, atirando em Filippo, atirando em Bruno Soccavo. E, se tinha dificuldade de imaginar Pasquale e Nadia em cada detalhe — eu o considerava um bom rapaz, meio fanfarrão e capaz, sim, de entrar numa luta com dureza, mas não de matar; ela me parecia uma garotinha mimada que no máximo podia ferir com perfídias verbais —, quanto a Lila nunca tive dúvida: ela teria sabido arquitetar o plano mais eficaz, ela teria reduzido os riscos ao mínimo, ela teria mantido o medo sob controle, ela era capaz de conferir às intenções assassinas uma abstrata pureza, ela sabia como subtrair substância humana aos corpos e ao sangue, ela não teria escrúpulos e menos ainda remorsos, ela teria matado e se sentido com razão.

Então lá estava ela, nítida, junto à sombra de Pasquale, de Nadia, de sabe-se lá quantos outros. Passavam de carro pela pracinha, reduziam a marcha diante da farmácia e disparavam contra Gino, contra seu corpo de miliciano fechado no avental branco. Ou chegavam à Soccavo pela estrada poeirenta, dejetos de todo tipo amontoados no acostamento. Pasquale atravessava o portão, atirava nas pernas de Filippo, o sangue se espalhava pela guarita, gritos, olhos aterrorizados. Lila, para quem o ambiente era bem conhecido, cruzava o pátio, entrava na fábrica, subia as escadas, irrompia no escritório de Bruno e, justamente quando ele lhe dizia alegre: oi, você por essas bandas, lhe explodia três tiros no peito e um na cara.

Ah, sim, antifascismo militante, nova resistência, justiça proletária e outras fórmulas às quais ela, que por instinto sabia evitar a baboseira gregária, certamente podia dar mais consistência. Imaginei que aquelas ações fossem obrigatórias para entrar, sei lá, nas Brigadas Vermelhas, na Primeira Linha, nos Núcleos Armados Proletários. Lila desapareceria do bairro tal como Pasquale já tinha feito. Talvez por isso tenha tentado deixar Gennaro comigo, aparentemente por um mês, mas na verdade com a intenção de entregá-lo a mim para sempre. Nunca mais a veríamos. Ou então seria presa, como tinha acontecido com os chefes das Brigadas Vermelhas, Curcio e Franceschini. Ou escaparia de qualquer policial ou prisão, fantasiosa e temerária como era. E, quando o *grande advento* se realizasse, reapareceria triunfal, admirada por seus feitos, em trajes de líder revolucionária, e me diria: você queria escrever romances, eu fiz meu romance com pessoas de carne e osso, com sangue de verdade, no mundo real.

De noite, todas as fantasias me pareciam fatos acontecidos ou que ainda estavam acontecendo, e eu temia por ela, a imaginava caçada, ferida como tantas e tantos outros na desordem das coisas, e me dava pena, mas também a invejava. Ampliava enormemente a convicção infantil de que ela estava destinada desde sempre a aventuras extraordinárias, e me lamentava por ter fugido de Nápoles, por ter me afastado dela, voltando a sentir a necessidade de estar a seu lado. Mas também me enfurecia por ela ter tomado aquele rumo sem me consultar, como se não me tivesse considerado à altura. No entanto eu sabia bastante sobre capital, exploração, luta de classes, a inevitabilidade da revolução proletária. Poderia ter sido útil participar de algum modo. E estava infeliz. Definhava na cama, triste com minha condição de mãe de família, de mulher casada, todo o futuro aviltado pela repetição até a morte de rituais domésticos na cozinha, no leito conjugal.

De manhã me sentia mais lúcida, e o horror levava a melhor. Imaginava uma Lila caprichosa, que estimulava ódios com esmero e acabava se vendo cada vez mais envolvida em ações ferozes. Com certeza tinha tido a coragem de ir além, de tomar iniciativas com a determinação cristalina e a crueldade generosa de quem é movido por justas razões. Mas com que perspectiva? Preparar uma guerra civil? Transformar o bairro, Nápoles, a Itália inteira num campo de batalha, um Vietnã no meio do Mediterrâneo? Lançar todos nós em um conflito impiedoso, interminável, esmagado entre o bloco oriental e ocidental? Favorecer seu alastramento incendiário pela Europa, pelo planeta inteiro? Até a vitória, sempre? Mas que vitória? As cidades destruídas, o fogo, os mortos nas ruas, a ignomínia dos combates furiosos não só com os inimigos de classe, mas também no interior da mesma frente, entre grupos revolucionários de várias regiões e convicções, todos em nome do proletariado e de sua ditadura. Talvez até a guerra nuclear?

Fechava os olhos horrorizada. As meninas, o futuro. E me agarrava a fórmulas: o sujeito imprevisto, a lógica destrutiva do patriarca, o valor feminino da sobrevivência, a piedade. Preciso conversar com Lila, pensava. Ela tem de me contar tudo o que está fazendo, o que está planejando, para que eu possa decidir se serei ou não sua cúmplice.

Mas nunca telefonei para ela, nem ela ligou para mim. Convenci-me de que o longo fio de voz que tinha sido nosso único contato por anos não nos favorecera. Tínhamos mantido o laço entre nossas duas histórias, mas por subtração. Tínhamos nos tornado entidades abstratas uma para a outra, tanto que agora eu podia inventá-la para mim a meu modo, seja como uma especialista em computadores, seja como uma guerrilheira urbana decidida e implacável, ao passo que ela, com toda probabilidade, podia me ver tanto como o estereótipo da intelectual de sucesso quanto como uma senhora culta e abastada, toda dedicada aos filhos, aos livros e a conversas eruditas com o marido acadêmico. Ambas precisávamos de uma nova concretude, de um corpo, e no entanto nos distanciáramos e não conseguíamos mais nos conceder isso.

88.

Todo o mês de setembro passou assim, e também outubro. Eu não conversava com ninguém, nem com Adele, que tinha muito trabalho, nem com Mariarosa, que acolhera Franco em sua casa — um Franco inválido, necessitado de assistência, transfigurado pela depressão — e me atendia alegre, prometia mandar minhas lembranças para ele, mas depois encurtava a conversa por causa dos muitos compromissos. Sem falar do mutismo de Pietro. O mundo fora dos livros lhe pesava cada vez mais, ia com grande má vontade ao caos regulamentado da universidade, frequentemente dizia que estava doente. Falava que agia assim para poder estudar, mas não conseguia concluir seu livro, raramente se trancava para estudar e, como para perdoar-se e se fazer perdoar, dava atenção a Elsa, cozinhava, varria, lavava, passava. Eu precisava tratá-lo com dureza para conseguir que voltasse à faculdade, mas logo me arrependia por isso. Desde que a violência atingira pessoas do meu círculo de conhecidos, temia por ele. Jamais renunciara, mesmo tendo enfrentado situações perigosas, a opor-se publicamente àquilo que, em seu vocabulário preferido, definia a estultice de seus estudantes e de muitos colegas. Mas eu, mesmo me preocupando com ele — aliás, exatamente porque me preocupava —, nunca lhe dava razão. Esperava que, criticando-o, ele se arrependesse, parasse com aquele reformismo reacionário (eu usava essa fórmula), se tornasse mais maleável. Mas a seus olhos minha atitude me levava ainda mais para o lado dos estudantes que o agrediam, dos professores que tramavam contra ele.

Não era assim, a situação era bem mais complicada. Por um lado, eu queria confusamente protegê-lo, por outro, tinha a impressão de me alinhar com Lila, de defender as escolhas que secretamente lhe atribuía. Tanto que de vez em quando pensava em ligar para ela e começar uma conversa justamente a partir de Pietro, de nossos conflitos, para só então ouvir o que ela achava e, um passo depois do outro, tirá-la da toca. Obviamente acabava desistindo da ideia, era ridículo esperar sinceridade sobre esses assuntos por telefone. Mas uma noite foi ela quem me ligou, estava contentíssima.

"Preciso lhe dar uma boa notícia."

"O que foi?"

"Sou chefe do centro."

"Como assim?"

"Chefe do centro mecanográfico IBM que Michele alugou."

Aquilo me pareceu inacreditável. Pedi que repetisse, que me explicasse direito. Tinha aceitado a proposta de Solara? Depois de tantas resistências voltara a trabalhar para ele como na época da piazza dei Martiri? Respondeu que sim, com entusiasmo, e se mostrou cada vez mais alegre, cada vez mais explícita: Michele confiara a ela o Sistema 3 que tinha alugado e instalado em um depósito de sapatos em Acerra; ela teria sob seu comando operadores e perfuradoras; o salário era de quatrocentas e vinte e cinco mil liras.

Fiquei mal. Não só a imagem da guerrilheira se dissipou num instante, mas tudo o que eu tinha a impressão de saber sobre Lila vacilou. Falei:

"Era a última coisa que eu esperaria de você."

"O que eu devo fazer?"

"Recusar."

"Por quê?"

"A gente conhece bem os Solara."

"E daí? Já aconteceu antes, e, como empregada de Michele, eu passei bem melhor do que com o cretino do Soccavo."

"Faça como achar melhor."

Escutei sua respiração. Ela disse:

"Não gosto desse tom, Lenu. Vou ganhar um salário melhor que o de Enzo, que é homem: qual é o problema?"

"Nenhum."

"A revolução, os operários, o novo mundo e bobagens desse tipo?"

"Pare com isso. Se de repente você decidir ter uma conversa verdadeira, pode contar comigo; se não, é melhor deixar pra lá."

"Posso lhe fazer uma observação? Você sempre usa *verdadeira* ou *verdadeiramente*, tanto falando quanto escrevendo. Ou então diz: *de repente*. Mas desde quando as pessoas falam *verdadeiramente* e desde quando as coisas acontecem *de repente*? Você sabe melhor do que eu que tudo é uma grande confusão, que uma coisa acontece depois de outra e de mais outra. Eu não faço mais nada *verdadeiramente*, Lenu. E aprendi a prestar atenção às coisas, só os idiotas acreditam que elas acontecem *de repente*."

"Muito bem. Você quer que eu acredite em quê? Que você tem tudo sob controle, que é você quem usa Michele, e não o contrário? Vamos deixar pra lá, vamos, tchau."

"Não, fale, diga o que você quer dizer."
"Não tenho nada a dizer."
"Fale, se não falo eu."
"Então fale, quero ouvir."
"Você me critica e não tem nada a dizer a sua irmã?"
Caí das nuvens.
"O que é que minha irmã tem a ver agora?"
"Não está sabendo nada de Elisa?"
"E o que eu deveria saber?"
Riu com maldade.
"Pergunte a sua mãe, seu pai, seus irmãos."

89.

Não quis me adiantar mais nada e interrompeu furiosíssima a ligação. Telefonei ansiosa para a casa de meus pais, minha mãe atendeu.

"De vez em quando você se lembra de que a gente existe", ela disse.

"Mãe, o que está acontecendo com Elisa?"
"O mesmo que acontece com as mulheres de hoje."
"Ou seja?"
"Está com alguém."
"Ficou noiva?"
"Digamos que sim."
"E com quem ela está?"
A resposta me atravessou o coração.
"Com Marcello Solara."

Então era isso que Lila queria que eu soubesse. Marcello, o belo Marcello de nossa primeira adolescência, seu noivo teimoso e desesperado, o rapaz que ela humilhara ao se casar com Stefano Carracci, tinha tomado Elisa para si, a mais nova da família, minha irmãzinha boa, a mulher que eu ainda sentia como uma menina mágica. E Elisa se deixara tomar. Meus pais e meus irmãos não tinham movido uma palha para impedi-lo. E toda minha família, e de algum modo eu mesma, acabaríamos aparentados com os Solara.

"Desde quando?", perguntei.

"Sei lá, um ano."

"E vocês deram permissão?"

"Você por acaso pediu nossa permissão? Fez como bem entendeu. E ela fez a mesma coisa."

"Pietro não é Marcello Solara."

"Você tem razão: Marcello nunca permitiria que Elisa o tratasse como você trata Pietro."

Silêncio.

"Vocês podiam ter me informado, ter me consultado."

"E por quê? Você foi embora. 'Eu cuido de vocês, não se preocupem.' Coisa nenhuma. Você só pensou em suas coisas, se fodeu para a gente."

Decidi viajar imediatamente para Nápoles com as meninas. Queria ir de trem, mas Pietro se ofereceu para nos levar de carro, fazendo passar por zelo o fato de que não queria trabalhar. Já quando saímos da Doganella e entramos no trânsito caótico de Nápoles, me senti agarrada de novo pela cidade, comandada por suas leis não escritas. Não punha os pés ali desde que tinha saído para me casar. O barulho me pareceu insuportável, fiquei nervosa com o buzinar contínuo dos carros, com as ofensas que lançavam a Pietro quando, por não conhecer a estrada, hesitava, diminuía a marcha. Pouco antes de piazza Carlo III o obriguei a encostar o carro, assumi o volante e guiei com agressividade até via Firenze, até o mesmo hotel em que ele se hospedara anos antes. Deixamos as bagagens e me dediquei a cuidados meticulosos com as meninas e comigo. Depois fomos ao bairro, para a casa de meus pais. O que eu achava que poderia fazer? Impor a Elisa minha autoridade de irmã mais velha, formada, bem-casada?

Induzi-la a romper o noivado? Dizer: conheço Marcello desde que me agarrou pelo pulso e tentou me puxar para dentro de sua Millecento, arrebentando o bracelete de prata de mamãe, confie em mim, ele é um homem vulgar e violento? Sim. Eu me sentia determinada, minha tarefa era tirar Elisa daquela armadilha.

Minha mãe acolheu Pietro com grande afeto e, um após outro — *este é para a Dede da vovó, este é para Elsa* —, deu às meninas muitos presentinhos que, cada qual a seu jeito, as deixaram muito animadas. Meu pai ficou com a voz rouca de emoção, me pareceu emagrecido, ainda mais subalterno. Esperei que meus irmãos aparecessem, mas descobri que não estavam em casa.

"Estão sempre trabalhando", disse meu pai sem entusiasmo.

"O que eles estão fazendo?"

"Labutando", atalhou minha mãe.

"Onde?"

"Marcello arranjou emprego para eles."

Me lembrei de como os Solara tinham *arranjado emprego* para Antonio, em que eles o haviam transformado.

"Que tipo de emprego?", perguntei.

Minha mãe respondeu irritada:

"Eles trazem dinheiro para casa, é o que importa. Elisa não é que nem você, Elisa pensa em todos nós."

Fiz de conta que não escutei:

"Você avisou que eu chegaria hoje? Onde ela está?"

Meu pai baixou os olhos, minha mãe falou seca:

"Na casa dela."

Fiquei furiosa:

"Ela não mora mais aqui?"

"Não."

"E desde quando?"

"Quase dois meses. Ela e Marcello têm um belo apartamento no bairro novo", disse minha mãe, gelada.

90.

Então a coisa ia muito além de um noivado. Quis ir imediatamente para a casa de Elisa, embora minha mãe repetisse: não faça isso, sua irmã está preparando uma surpresa para você, fique aqui, vamos todos juntos mais tarde. Não lhe dei ouvidos. Telefonei para Elisa, que atendeu ao mesmo tempo alegre e constrangida. Falei: me espere, estou chegando. Deixei Pietro e as meninas com meus pais e fui a pé.

O bairro me pareceu ainda mais degradado: prédios descascados, a pavimentação das ruas esburacada, imundície. Pelos cartazetes tarjados de preto que forravam os muros — nunca tinha visto tantos —, fiquei sabendo que o velho Ugo Solara, avô de Marcello e Michele, tinha morrido. Como a data atestava, o fato não era recente, remontava a pelo menos dois meses antes, e as frases grandiloquentes, os rostos de virgens dolorosas, o próprio nome do morto se mostravam desbotados e sem bordas. No entanto os avisos fúnebres continuavam pelas ruas como se os outros mortos, por respeito, tivessem decidido sumir do mundo sem que ninguém tomasse conhecimento. Topei com muitos deles até na entrada da charcutaria de Stefano. Estava aberta, mas me pareceu uma fenda no muro, escura, deserta; Carracci apareceu ao fundo, de avental branco, e desapareceu como um fantasma.

Rumei na direção da ferrovia, passei na frente da loja que antigamente chamávamos de a charcutaria nova. A porta abaixada, parcialmente fora dos trilhos, estava enferrujada e emporcalhada por dizeres e desenhos obscenos. Toda aquela parte do bairro parecia abandonada, o branco resplandecente de antes se tornara cinzento, em certos pontos o reboco cedera e dava a ver os tijolos. Passei em frente ao prédio onde Lila tinha morado. Das arvorezinhas mirradas daquela época, poucas haviam sobrevivido. Uma fita preta para embalagens protegia a rachadura no vidro do portão de entrada. Elisa morava bem mais no alto, numa área mais conservada, mais pretensiosa. O porteiro, um homenzinho calvo com finos bigodes, pôs a cara para fora e me perguntou hostil quem eu procurava. Não soube o que dizer, balbuciei: Solara. Ele assumiu um ar deferente e me deixou entrar.

Somente no elevador me dei conta de que eu tinha deslizado como que por inteiro para trás. O que teria me parecido aceitável em Milão ou em Florença — a livre disponibilidade feminina do próprio corpo e dos próprios desejos, uma relação fora do casamento —, ali, no bairro, me parecia inconcebível: o que estava em questão era o futuro de minha irmã, não conseguia me acalmar. Elisa tinha montado uma casa com uma pessoa perigosa como Marcello? E minha mãe estava contente? Ela, que ficara furiosa porque eu me casara no civil, e não na igreja; ela, que considerava Lila uma vagabunda porque convivia com Enzo, e Ada, uma grande puta, porque se tornara a amante de Stefano; *ela* aceitava que sua filha caçula dormisse com Marcello Solara — uma má pessoa — sem ter se casado? Tinha pensamentos desse tipo enquanto subia para ver Elisa, além de uma raiva que eu considerava justa. Mas a cabeça — minha cabeça disciplinada — se sentia confusa, não sabia a que argumentos poderia recorrer. Aos mesmos argumentos a que minha mãe teria se apegado até uns anos atrás se eu tivesse feito uma escolha do gênero? Então eu regrediria a um nível que ela mesma já tinha superado? Ou diria: vá morar com quem quiser, mas não com Marcello Solara? Falaria assim? Mas quando que hoje, em Florença, em Milão, eu teria forçado uma garota a abdicar de seu homem, não importa qual, por quem ela estivesse apaixonada?

Quando Elisa abriu a porta, lhe dei um abraço tão forte que ela murmurou, rindo: está me machucando. Senti que ela estava alarmada enquanto me acomodava na sala de estar — uma sala pretensiosa, toda tomada de sofás e de poltronas floridas, com espaldares dourados —, e começou a falar sem parar, mas de outras coisas: como eu estava bem, que lindos brincos eu estava usando, que belo colar, como estava elegante, tinha tanta vontade de conhecer Dede e Elsa. Descrevi as sobrinhas para ela com entusiasmo, tirei os brincos, disse que os provasse na frente do espelho, dei-os para ela de presente. Percebi que ela se desanuviava, riu, murmurou:

"Tive medo de que você tivesse vindo para me recriminar, para dizer que era contrária à minha relação com Marcello."

Fixei-a por um longo instante e disse:

"Elisa, eu *sou* contrária. E fiz essa viagem justamente para dizer isso a você, a mamãe, a papai e aos irmãos."

Mudou de expressão, os olhos se encheram de lágrimas.

"Agora você me deixou triste: por que é contrária?"

"Os Solara são gente ruim."

"Marcello, não."

Desandou a falar dele. Disse que tudo começara quando eu estava grávida de Elsa. Nossa mãe tinha ido morar comigo, e ela se viu com todo o peso da família sobre ela. Uma vez em que tinha ido fazer compras no supermercado dos Solara, Rino, o irmão de Lila, disse que, se ela deixasse a lista das coisas com ele, mandaria alguém levá-las em casa. E, enquanto Rino falava, notou que Marcello lhe fazia um sinal de longe, como se dissesse que ele mesmo dera aquela ordem. Desde então ele passou a rondá-la, enchendo-a de gentilezas. Elisa disse a si mesma: é velho, não gosto dele. Mas ele se tornara cada vez mais presente em sua vida, sempre bem-educado, nunca houvera um gesto ou uma palavra que lembrasse as coisas odiosas dos Solara. Marcello era realmente uma pessoa direita, que passava segurança, e tinha uma força, uma presença, que o faziam parecer um gigante. Não só. A partir do momento em que seu interesse por ela ficou claro, a vida de Elisa mudou. Todo mundo, no bairro e fora dele, começou a tratá-la como uma rainha, todos passaram a lhe dar importância. Era uma sensação maravilhosa, com a qual ainda não se habituara. Antes — me disse — você não é ninguém, e logo depois até os ratos da sarjeta te conhecem: claro, você escreveu um livro, é famosa, está habituada a isso, mas eu não, fiquei de queixo caído. Tinha sido emocionante descobrir que não precisava me preocupar com mais nada. Marcello pensava em tudo, cada desejo seu para ele era uma ordem. Assim, quanto mais o tempo passava, mais ela se apaixonava. Até que finalmente lhe disse sim. E agora, se passava um dia sem vê-lo ou ouvi-lo, ficava a noite inteira acordada, chorando.

Compreendi que Elisa estava convencida de ter tido uma sorte inimaginável e vi que eu não teria condições de estragar toda aquela felicidade. Tanto mais que ela não me deixava brechas: Marcello era capaz, Marcello era responsável, Marcello era lindo, Marcello era perfeito. A cada palavra que pronunciava, tomava todo o cuidado de distingui-lo da família Solara, ou então falava com discreta simpatia ora da mãe dele, ora do pai, que estava péssimo de estômago e quase não saía mais de casa, ora da boa alma do avô, ora até de Michele, que, ele também, ao frequentá-lo, parecia diferente de como as pessoas o julgavam, era muito afetuoso. Por isso, acredite em mim — me disse —, nunca estive tão bem desde que nasci, e mamãe também — e você sabe como ela é, está sempre do meu lado —, até papai; e Gianni e Peppe, que até pouco tempo atrás passavam o dia sem fazer nada, agora Marcello os utiliza pagando super bem.

"Se as coisas estão assim, então se casem."

"Vamos fazer isso. Mas agora não é um bom período, Marcello me disse que precisa resolver vários negócios complicados. Além disso, há o luto pelo avô, que, coitadinho, estava com a cabeça no mundo da lua, não se lembrava nem de como se andava, como se falava, Deus o libertou ao levá-lo. Mas assim que as coisas se ajeitarem vamos nos casar, não se preocupe. De resto, antes de partir para o casamento, é melhor ver se a vida juntos dá certo, não é?"

Passou a usar palavras que não eram as dela, palavras de garota moderna aprendidas nos jornalecos que lia. Comparei-as com as que eu teria dito sobre aqueles mesmos assuntos e me dei conta de que não eram muito diferentes, apenas as palavras de Elisa soavam um pouco mais toscas. Rebater com quê? Não sabia desde o início daquele encontro, e continuava não sabendo agora. Poderia ter dito: não há muito que discutir, Elisa, já está tudo claro, Marcello vai consumi-la, vai se habituar a seu corpo e abandoná-la. Mas eram frases que soavam velhas, nem mesmo minha mãe se arriscaria a pronunciá-las. Por isso me resignei. Eu tinha ido embora, Elisa tinha ficado. O que eu seria se também tivesse ficado? Que escolhas teria feito? Eu não gostava também dos jovens Solara quando era menina? De resto, o que eu tinha ganhado indo embora? Nem sequer a capacidade de achar palavras sábias para convencer minha irmã a não se arruinar. Elisa tinha um rosto bonito, muito delicado, e um corpo sem excessos, uma voz macia. Eu me lembrava de Marcello alto, bonito, o rosto quadrado de uma tez saudável, musculoso, capaz de sentimentos de amor intensos e duradouros: dera demonstrações disso quando se apaixonara por Lila, e não se tinha notícias de que desde então tivesse tido outros amores. Sendo assim, o que dizer? No final ela foi buscar uma caixa e me mostrou todas as joias que Marcello lhe dera de presente, objetos diante dos quais os brincos que eu tinha dado a ela eram o que eram, ninharias.

"Tome cuidado", disse a ela, "não se perca. E se precisar, me telefone."

Fiz que ia me levantar, e ela me interrompeu, rindo.

"Aonde você vai? Mamãe não lhe disse? Todo mundo está vindo jantar aqui. Preparei um monte de coisas."

Demonstrei contrariedade:

"Todo mundo quem?"

"Todos: é uma surpresa."

91.

Primeiro chegaram meu pai, minha mãe, as duas meninas e Pietro. Dede e Elsa receberam mais presentes de Elisa, que fez muita festa para elas (*Dede, meu docinho, me dê um beijão aqui; Elsa, como você é fofinha, venha aqui com a titia, sabe que temos o mesmo nome?*). Minha mãe logo desapareceu na cozinha, cabeça baixa, sem olhar para mim. Pietro tentou me puxar para o lado e me falar não sei o quê de grave, mas com um ar de quem quer protestar sua inocência. Não conseguiu, meu pai o arrastou para se acomodar em um sofá diante da televisão, que ligou num volume altíssimo.

Passou pouco tempo e apareceu Gigliola com os filhos, dois meninos endiabrados que logo se juntaram a Dede, enquanto Elsa, perplexa, se refugiava em mim. Gigliola estava toda produzida, tiquetaqueava sobre saltos altíssimos, reluzia de ouro nas orelhas, no pescoço, nos braços. Mal cabia dentro de um vestido verde brilhante, decotadíssimo, e usava uma maquiagem pesada, que já estava se desfazendo. Dirigiu-se a mim sem preâmbulos, sarcástica:

"Cá estamos, viemos todos só para prestigiar vocês, professores. Tudo bem, Lenu? Aquele é o gênio da universidade? Caramba, que cabelo bonito seu marido tem."

Pietro se livrou de meu pai, que estava com um braço sobre seu ombro, pôs-se de pé com um sorriso tímido e não conseguiu controlar-se, pousando instintivamente o olhar sobre a grande onda dos peitos de Gigliola. Ela se deu conta disso com satisfação.

"Se acomode, se acomode", falou, "se não me envergonho. Aqui ninguém nunca se levantou para cumprimentar uma senhora."

Meu pai puxou meu marido para baixo, preocupado que o levassem embora, e recomeçou a falar com ele sabe-se lá sobre o quê, apesar do alto volume da televisão. Perguntei a Gigliola como estava, tentando comunicar-lhe com os olhos, com o tom de voz, que não tinha me esquecido de suas confidências e que estava ao lado dela. Isso não deve ter lhe agradado, e ela retrucou:

"Olhe, querida, eu estou bem, você está bem, estamos todos bem. Mas, se meu marido não tivesse me obrigado a vir aqui encher meu saco, eu estaria bem melhor em minha casa. Só para esclarecer as coisas."

Não consegui responder, tocaram a campainha. Minha irmã se moveu rápida, pareceu flutuar num fio de vento, correu para abrir a porta. Ouvi que exclamava: como estou contente, venham, mamãe, entrem. E reapareceu trazendo pela mão a futura sogra, Manuela Solara, vestida de festa, com uma flor falsa entre os cabelos de uma tintura avermelhada, olhos de espírito dolente encastoados em olheiras profundas, ainda mais magra que da última vez em que a tinha visto, quase pele e osso. Atrás dela surgiu Michele, bem-vestido, bem barbeado, com uma força enxuta no olhar e nos gestos calmos. E um instante depois apareceu um homenzarrão que eu quase não reconheci, de tão enorme que era em tudo: alto, pés grandes, pernas longas, grossas e poderosas, barriga, tórax e ombros inchados de alguma matéria pesada e muito compacta, a grande cabeça e uma testa ampla, cabelos castanhos compridos e penteados para trás, a barba de um antracito lustroso. Era Marcello, me confirmou Elisa oferecendo-lhe os lábios como a um deus a quem se deve respeito e gratidão. Ele se inclinou para retribuir o beijo, enquanto meu pai se levantava puxando consigo também Pietro, com ar embaraçado, e minha mãe acorria mancando da cozinha. Percebi que a presença da senhora Solara era considerada um fato excepcional, algo que devia orgulhar a todos. Elisa me sussurrou emocionada: hoje minha sogra faz sessenta anos. Ah, eu disse, e enquanto isso me surpreendi que Marcello, assim que entrou, se dirigisse diretamente a meu marido, como se os dois já se conhecessem. Abriu-lhe um sorriso branquíssimo e gritou: tudo certo, professô. *Tudo certo o quê?* Pietro respondeu com um sorriso incerto, depois olhou para mim balançando a cabeça desolado, como se me dissesse: fiz o possível. Eu queria que ele me explicasse, mas Marcello já estava lhe apresentando Manuela: venha, mamãe, este é o professor marido de Lenuccia, sente-se aqui ao lado dele. Pietro fez uma mesura, e eu também me senti forçada a cumprimentar a senhora Solara, que disse: como você está bonita, Lenu, bonita como sua irmã; e então me perguntou um tanto ansiosa: faz um certo calor aqui dentro, não está sentindo? Não respondi. Dede choramingava me chamando, Gigliola — a única que mostrava não dar nenhum peso à presença de Manuela — gritava em dialeto algo grosseiro a seus filhos, que tinham machucado a minha. Notei que Michele estava me estudando em silêncio, sem me dizer nem mesmo um oi. Então o cumprimentei com voz forte, depois tentei acalmar Dede e Elsa, que, ao ver a irmã machucada, também estava prestes a chorar. Marcello me disse: estou muito contente de hospedá-los em minha casa, para mim é uma grande honra, acredite. Dirigiu-se a Elisa como se falar diretamente a mim lhe parecesse algo além de suas forças: diga a ela como estou contente, sua irmã me deixa intimidado. Murmurei qualquer coisa para tranquilizá-lo, mas naquele instante bateram de novo à porta.

Michele foi abrir e voltou logo em seguida com um ar divertido. Estava acompanhado de um homem idoso que arrastava umas malas, *as minhas malas*, a bagagem que tínhamos deixado no hotel. Michele fez um sinal em minha direção, e o homem as depositou diante de mim como se fizesse um passe de mágica para minha diversão. Não, exclamei, ah, não, assim vocês vão me deixar chateada. Mas Elisa me abraçou, me beijou e disse: temos espaço, vocês não podem ficar num hotel, aqui há muitos quartos e dois banheiros. De todo modo, enfatizou Marcello, antes eu pedi permissão a seu marido, nunca me arriscaria a tomar essa iniciativa sozinho: professô, por favor, converse com sua esposa, me defenda. Agitei os braços furiosa, mas sorridente. Meu Deus, que confusão, obrigada, Marcé, muito gentil de sua parte, mas realmente não podemos aceitar. E tentei mandar as malas de volta para o hotel. Mas também precisei cuidar de Dede e perguntei a ela: me deixe ver o que os meninos fizeram, não foi nada, com um beijinho já passa, vá brincar, leve Elsa também. E chamei Pietro, já enredado nas espirais de Manuela Solara: Pietro, por favor, venha cá, o que foi que você disse a Marcello, não podemos dormir aqui. E me dei conta de que o nervoso estava aumentando minha cadência dialetal, que algumas palavras me vinham no napolitano do bairro, que o bairro — do pátio ao estradão e ao túnel — estava me impondo sua língua, a maneira de agir e reagir, suas figuras, aquelas que em Florença pareciam imagens desbotadas e aqui, ao contrário, se mostravam em carne e osso.

Tocaram mais uma vez a campainha, e Elisa foi abrir. Quem mais ainda iria chegar? Passaram-se poucos segundos e quem invadiu a sala foi Gennaro, que logo avistou Dede, e Dede o viu incrédula, parou imediatamente de se queixar, e ambos se perscrutaram emocionados por aquele reencontro imprevisto. Logo depois apareceu Enzo, o único louro entre tantos morenos, de cores claríssimas, e no entanto sombrio. Por fim entrou Lila.

92.

Um longo tempo de palavras sem corpo, de apenas voz que corria em onda por um mar elétrico, se rompeu de repente. Lila usava um vestido azul que ia até acima do joelho. Estava enxuta, toda nervos, coisa que a fazia parecer mais alta que de costume, apesar do salto baixo. Tinha vincos marcados nos cantos da boca e dos olhos; quanto ao resto, a pele do rosto, branquíssima, era lisa na testa e sobre as maçãs do rosto. Os cabelos penteados num rabo de cavalo mostravam rastros de fios brancos sobre as orelhas quase sem lobo. Assim que me avistou sorriu, apertou os olhos. Eu não sorri nem disse nada de tão surpresa, nem mesmo um oi. Embora ambas tivéssemos trinta anos, ela me pareceu mais velha, mais enrugada do que a imagem que eu fazia de mim mesma. Gigliola gritou: finalmente chegou a outra princesinha, os meninos estão com fome, não consigo mais segurá-los.

Jantamos. Me senti pressionada num mecanismo incômodo, não conseguia engolir as garfadas. Pensava com raiva nas bagagens que eu tinha desfeito assim que chegamos ao hotel e que tinham sido arbitrariamente refeitas por um ou mais estranhos, pessoas que haviam tocado em minhas coisas, nas de Pietro, das meninas, deixando tudo em desordem. Não conseguia aceitar aquela evidência, ou seja, que eu deveria dormir na casa de Marcello Solara para agradar a minha irmã, que dividia a cama com ele. Com uma hostilidade que me entristecia, observava Elisa e minha mãe, a primeira que, arrastada por uma felicidade ansiosa, falava sem parar representando o papel de dona da casa, a segunda que parecia contente, tão contente que até enchia o prato de Lila com boas maneiras. Espiava Enzo comendo de cabeça baixa e importunado por Gigliola, que pressionava o seio enorme contra seu braço e lhe falava em alto volume com tons sedutores. Olhava com irritação para Pietro, que, embora assediado por meu pai, por Marcello e pela senhora Solara, dava espaço sobretudo a Lila, que estava sentada na frente dele e se mostrava indiferente a todos, inclusive a mim — talvez sobretudo a mim —, mas não a ele. E os meninos me davam nos nervos, cinco vidas novas que tinham se organizado em duas fileiras: Gennaro e Dede, comportados e dissimulados, contra os filhos de Gigliola, que bebiam vinho do copo da mãe distraída, tornando-se cada vez mais insuportáveis, e agora atraíam a atenção de Elsa, que se associara a eles embora nem sequer a levassem em consideração.

Quem tinha armado aquele teatro? Quem tinha misturado juntos motivos tão diversos para fazer a festa? Seguramente Elisa, mas impelida por quem? Talvez por Marcello. Mas Marcello com certeza tinha sido orientado por Michele, que estava sentado a meu lado e comia à vontade, bebia, demonstrava ignorar o comportamento da esposa e dos filhos, mas fixava ironicamente meu marido, que parecia fascinado por Lila. O que queria demonstrar? Que aquele era o território dos Solara? Que, mesmo tendo fugido dali, eu pertencia àquele lugar e, consequentemente, a eles também? Que podiam me impor qualquer coisa mobilizando afetos, vocabulário, rituais, mas também desfazê-los, transformando por conveniência o feio em bonito e o bonito em feio? Dirigiu-se a mim pela primeira vez desde que tinha chegado. Viu mamãe? — me perguntou —, imagine que acabou de fazer sessenta anos, mas quem diria? Olha como está bonita, está realmente muito bem, não é? Elevou a voz de propósito, para que todos ouvissem não tanto sua pergunta, mas a resposta que agora eu era obrigada a dar. Devia me pronunciar em louvor à sua mãe. Lá estava ela, sentada ao lado de Pietro, uma mulher idosa um tanto perdida, gentil, de aparência inócua, o rosto comprido e ossudo, o nariz maciço, aquela flor maluca nos cabelos ralos. No entanto era a agiota que tinha consolidado a fortuna da família; a organizadora e guardiã do livro vermelho no qual estavam os nomes de tantos do bairro, da cidade, da província; a mulher do crime sem castigo, fêmea impiedosa e perigosíssima, de acordo com a fantasia telefônica à qual eu me abandonara em companhia de Lila, e também segundo não poucas páginas de meu romance abortado: a mãe que tinha assassinado dom Achille para tomar seu lugar no monopólio da agiotagem e que educara os dois filhos para se apropriar de tudo, passando por cima de todos. E agora eu me via forçada a dizer a Michele: sim, é verdade, como sua mãe é bonita, está excelente com a idade que tem, parabéns. E via com o rabo do olho que Lila parara de falar com Pietro e só esperava por isso, já se virava para me ver, os lábios cheios quase entreabertos, os olhos em fenda, a fronte franzida. Li em seu rosto o sarcasmo, me ocorreu que talvez tivesse sido ela quem sugerira a Michele me colocar naquela gaiola: *mamãe acabou de fazer sessenta anos, Lenu, a mãe de seu cunhado, a sogra de sua irmã, vejamos o que você tem a dizer agora, vamos ver se continua bancando a professorinha.* Respondi virando-me para Manuela: *meus parabéns*, e nada mais. Mas logo interveio Marcello como para me ajudar, exclamando comovido: obrigado, obrigado, Lenu. Então se dirigiu à mãe, que tinha o rosto castigado de suor e manchas vermelhas no pescoço descarnado: Lenuccia lhe deu os parabéns, mamãe. E logo em seguida Pietro disse à mulher sentada a seu lado: parabéns igualmente de minha parte, senhora. Assim todos — todos, exceto Gigliola e Lila — renderam homenagem à senhora Solara, inclusive os meninos, em coro: que tenha cem dias como este, Manuela, cem dias como este, vovó. Mas ela se esquivou, resmungando: estou velha, e tirou da bolsa um leque azul com a imagem do golfo e do Vesúvio fumegante, passando a abanar-se primeiro devagar, depois cada vez com mais energia.

Mesmo tendo se dirigido a mim, Michele pareceu dar mais peso aos parabéns de meu marido. Falou a ele com cortesia: muito gentil, professô, o senhor não é daqui e não pode saber quais são os méritos de nossa mãe. Então assumiu um tom confidencial: nós somos gente boa, meu avô — que Deus o tenha — começou com um bar aqui ao lado, do nada, e meu pai o ampliou, fez uma confeitaria apreciada em toda Nápoles graças também à competência de Spagnuolo, o pai de minha esposa, um confeiteiro extraordinário — não é, Giglió? Mas — acrescentou — é à minha mãe, à *nossa* mãe, que devemos tudo. Nos últimos tempos, pessoas invejosas, pessoas que não gostam de nós, espalharam boatos odiosos a respeito dela. Mas somos gente tolerante, com uma vida habituada ao comércio, a ter paciência. Seja como for, a verdade sempre triunfa. E a verdade é que esta senhora é inteligentíssima, tem um caráter forte, nunca houve sequer um momento em que se pudesse pensar: não está com ânimo de fazer nada. Ela sempre trabalhou, sempre, e o fez somente pela família, nunca usufruiu nada. O que temos hoje é o que ela construiu para nós, seus filhos, o que hoje fazemos é apenas o prosseguimento de tudo o que ela fez.

Manuela se abanou com um gesto mais ponderado e disse em voz alta a Pietro: Michele é um filho de ouro, desde pequeno; no Natal, subia na mesa e recitava poesias com perfeição; mas tem o defeito de gostar de falar e, falando, sempre exagera. Marcello interveio: não, mamãe, exagero nenhum, é tudo verdade. E Michele continuou tecendo elogios a Manuela, como ela era bonita, como era generosa, não terminava nunca. Até que, inesperadamente, se dirigiu a mim. Disse sério, aliás, solene: há apenas outra mulher que é *quase* como nossa mãe. *Outra mulher? Uma mulher* quase *comparável a Manuela Solara?* Olhei perplexa para ele. A frase, apesar daquele *quase*, estava fora de lugar, e o jantar barulhento ficou sem som por alguns segundos. Gigliola fixou o marido com olhos nervosos, as pupilas dilatadas pelo vinho e pelo desgosto. Minha mãe também fez uma expressão que destoava, vigilante: talvez esperasse que aquela mulher fosse Elisa, que Michele estivesse prestes a atribuir a sua filha uma espécie de direito de sucessão ao pódio mais elevado dos Solara. Manuela parou de abanar-se por um instante, enxugou com o indicador o suor sobre o lábio e esperou que o filho invertesse aquelas palavras numa tirada zombeteira.

Mas ele, com a ousadia que sempre o distinguira, lixando-se para a mulher, para Enzo e até para a mãe, fixou Lila enquanto no rosto lhe subia uma cor esverdeada, o gesto se tornava mais agitado e as palavras serviam de laço para arrancá-la à atenção que continuava dispensando a Pietro. Nesta noite, disse, estamos todos aqui, na casa de meu irmão, primeiro para acolher como se deve estes dois exímios professores e suas belas meninas; segundo, para festejar o aniversário de minha mãe, uma mulher santíssima; terceiro, para desejar a Elisa muitas felicidades e em breve um lindo casamento; quarto, se me permitem, para brindar um acordo que eu receava jamais conseguir selar: Lina, venha cá, por favor.

Lina. Lila.

Busquei seu olhar, e ela me retribuiu por uma fração de segundo, uma mirada que queria dizer: agora você entendeu o jogo, se lembra de como funciona? Então, para minha grande surpresa, enquanto Enzo fixava um ponto indeterminado da toalha de mesa, ela se ergueu mansamente e foi até Michele.

Ele não a tocou. Sequer roçou sua mão, seu braço, nada, como se entre eles houvesse uma lâmina que pudesse feri-lo. Em vez disso, apoiou por uns segundos os dedos em meu ombro e se dirigiu mais uma vez a mim: não se ofenda, Lenu, você é excelente, você trilhou um longo caminho, você apareceu nos jornais, você é o orgulho de todos nós que a conhecemos desde pequena. Mas — e estou certo de que você vai gostar e estará de acordo com o que digo agora, porque tem afeto por ela — Lina tem uma coisa viva na cabeça que ninguém tem, uma coisa forte, que salta pra cá e pra lá e nada consegue segurá-la, uma coisa que nem os médicos sabem ver e que, na minha opinião, nem mesmo ela conhece, apesar de tê-la desde o nascimento — não a conhece e não quer reconhecer, vejam que cara malvada está fazendo neste momento —, uma coisa que, se ela não estiver de bom humor, pode causar muitos problemas a qualquer um, mas, quando está de bom gênio, deixa todo mundo boquiaberto. Bem, faz um tempão que eu quero comprar essa sua particularidade. Comprar, sim, não há nada de mal, comprar como se faz com as pérolas, com os diamantes. Mas até hoje infelizmente não foi possível. Demos apenas um passo adiante, e é este pequeno passo adiante que quero comemorar nesta noite: contratei a senhora Cerullo para trabalhar no centro mecanográfico que instalei em Acerra, um troço moderníssimo que, se lhe interessar, Lenu, se interessar ao professor, podemos visitar amanhã mesmo, ou antes de vocês partirem. O que me diz, Lina?

Lila fez uma expressão desgostosa. Balançou a cabeça incomodada e disse, fixando a senhora Solara: Michele não entende nada de computadores e acha que eu faço sabe-se lá o quê, mas é tudo bobagem, basta um curso por correspondência, até eu aprendi, que parei na quinta fundamental. E não acrescentou mais nada. Não debochou de Michele — como eu esperava que fizesse — por aquela imagem bem terrível que ele inventara, a coisa viva que lhe corria dentro da cabeça. Não zombou dele por causa das pérolas, dos diamantes. Acima de tudo não se esquivou diante dos cumprimentos. Ao contrário, deixou que brindássemos sua ascensão como se de fato tivesse ascendido aos céus, permitiu que Michele continuasse a elogiando e justificando com elogios o salário que lhe pagava. E tudo isso enquanto Pietro, com sua capacidade de se sentir à vontade com pessoas que julgava inferiores, já dizia, sem sequer me consultar, que queria muito ir conhecer o centro de Acerra e passou a perguntar a Lila, que nesse intervalo tornara a se sentar, tudo sobre o assunto. Pensei por um instante que, se eu lhe desse mais tempo, ela me tomaria o marido assim como me tomou Nino. Mas não senti ciúme: se isso tivesse ocorrido, ocorreria apenas por vontade de cavar mais fundo uma vala entre nós, eu dava por certo que Pietro não podia interessar a ela, e que Pietro nunca seria capaz de me trair por desejo de uma outra.

No entanto fui tomada por outro sentimento, mais confuso. Eu estava no lugar em que tinha nascido, era considerada desde sempre a garota que tinha se saído melhor, estava convencida de que, naquele ambiente, isso se tratava de um dado indiscutível. Entretanto Michele, como se tivesse organizado de propósito meu rebaixamento no bairro e especialmente no seio da família de onde eu vinha, agira de modo que Lila me obscurecesse, pretendendo inclusive que eu mesma concordasse com meu obscurecimento ao reconhecer publicamente a potência inigualável de minha amiga. E ela aceitara de bom grado que isso acontecesse. Aliás, talvez até tivesse colaborado para aquele resultado, talvez ela mesma o tivesse planejado e organizado. Se uns anos atrás, quando eu tive meu pequeno sucesso de escritora, o fato não me teria ferido — ao contrário, até me teria dado prazer —, agora que tudo estava acabado me dei conta de que sofria. Troquei um olhar com minha mãe. Estava de cenho franzido, com a expressão que fazia quando se esforçava para não me dar um tapa. Queria que eu não assumisse a habitual expressão pacífica, queria que eu reagisse, que mostrasse quantas coisas sabia, tudo coisa de primeira qualidade, não aquela cretinice de Acerra. Estava me dizendo isso com os olhos, como uma ordem muda. Mas eu me calei. Já Manuela Solara exclamou de repente, lançando ao redor olhares de agonia: estou com muito calor, vocês também?

93.

Elisa, assim como minha mãe, não devia tolerar que eu perdesse prestígio. Porém, enquanto minha mãe se manteve calada, ela se virou para mim radiante e afetuosa e reiterou que eu continuava sendo sua extraordinária irmã mais velha, de quem sempre sentiria orgulho. Preciso lhe dar uma coisa, disse, acrescentando com seu saltitar alegre de um assunto a outro: você já andou de avião? Respondi que não. Mas será possível? Pois é. Então veio à tona que, dos presentes ali, somente Pietro já tinha voado, e várias vezes, mas tratou o fato como se não tivesse nada de especial. Já para Elisa tinha sido uma experiência maravilhosa, e para Marcello também. Tinham ido para a Alemanha num voo longo, por motivos de trabalho e de lazer. No início Elisa tivera um certo medo com aqueles choques e solavancos, um jato de ar gelado a atingia justo na cabeça, como se quisesse perfurá-la. Depois avistou pela janelinha umas nuvens branquíssimas sob um céu muito azul no alto. Assim descobriu que, por cima das nuvens, fazia sempre tempo bom, e que do alto a terra era toda verde e azul e roxa, com a neve resplandecente quando se passava sobre as montanhas. Perguntou a mim:

"Adivinhe quem encontramos em Düsseldorf?"

Murmurei sem ânimo nenhum:

"Não sei, Elisa, quem?"

"Antonio."

"Ah."

"Mandou muitas lembranças a você."

"Ele está bem?"

"Está ótimo. E me deu um presente para você."

Então era aquilo que ela precisava me dar, um presente de Antonio. Ela se levantou e foi correndo buscá-lo. Marcello me olhou divertido. Pietro perguntou:

"Quem é Antonio?"

"Um funcionário nosso", respondeu Marcello.

"Um namorado de sua esposa", disse Michele rindo. "Os tempos mudaram, professô, hoje as mulheres têm um monte de namorados e se gabam disso mais do que os homens. O senhor quantas namoradas teve?"

Pietro disse sério:

"Eu, nenhuma; meu único amor foi minha esposa."

"Mentiroso", exclamou Michele zombeteiro, "posso lhe dizer no ouvido quantas namoradas eu tive?"

Levantou-se e, acompanhado pelo olhar desgostoso de Gigliola, aproximou-se de meu marido e lhe sussurrou alguma coisa.

"Inacreditável", exclamou Pietro com uma discreta ironia. Ambos riram.

Nesse meio tempo Elisa voltou e me estendeu um pacote embrulhado em papel pardo.

"Abra."

"Você já sabe o que é?", perguntei perplexa.

"Nós dois sabemos", disse Marcello, "mas esperamos que você não saiba."

Desembrulhei o pacote. Enquanto o fazia, percebi que todos me olhavam. Lila especialmente me observava de esguelha, atenta, como se esperasse que dali saltasse uma serpente. Quando perceberam que Antonio — o filho de Melina, a louca, o criado semianalfabeto e violento dos Solara, meu namorado de adolescência — não me mandara nada de extraordinário, nada de comovente, nada que aludisse ao tempo passado, mas simplesmente um livro, pareceram decepcionados. Depois viram, no entanto, que eu mudara de cor, que estava olhando a capa com uma alegria que não conseguia controlar. Não era um livro qualquer. Era o *meu* livro. A tradução alemã de meu romance, seis anos após sua publicação na Itália. Pela primeira vez me acontecia de assistir ao espetáculo — um espetáculo, sim — das minhas palavras que dançavam sob meus olhos numa língua estrangeira.

"Você não sabia de nada?", perguntou Elisa feliz.

"Não."

"E está contente?"

"Contentíssima."

Minha irmã anunciou a todos orgulhosamente:

"É o romance que Lenuccia escreveu, mas com as palavras em alemão."

Minha mãe ficou vermelha de vingança e disse:

"Viram como ela é famosa?"

Gigliola pegou o livro, o folheou e murmurou admirada: a única coisa que se entende é *Elena Greco*. Lila então estendeu a mão de modo imperativo, fazendo sinal para que o passassem a ela. Vi curiosidade em seus olhos, o desejo de tocar, olhar e ler a língua desconhecida que me continha e me transportara para muito longe. Vi nela a urgência daquele objeto, uma urgência que reconheci, que era dela desde pequena, e me comovi. Mas Gigliola teve um ímpeto raivoso, segurou o livro para que ela não o pegasse e falou:

"Espere, agora eu estou com ele. O que é? Você também sabe alemão?". E Lila retraiu a mão, balançou a cabeça em sinal negativo, ao que Gigliola exclamou: "Então não encha o saco, me deixe ver: quero olhar bem o que Lenuccia foi capaz de fazer". Depois, em meio ao silêncio geral, revirou o livro nas mãos com satisfação. Folheou as páginas uma a uma, lentamente, como se lesse cinco linhas aqui, quatro ali. Até que me disse com a voz empastada pelo vinho, devolvendo-o a mim: "Excelente, Lenu, parabéns por tudo, pelo livro, pelo marido, pelas meninas. A gente achando que só nós conhecemos você, mas até os alemães te conhecem. Tudo o que você conquistou foi merecido, obtido com esforço, sem fazer mal a ninguém, sem fazer merda com o marido das outras. Obrigada, agora preciso mesmo ir embora, boa noite".

Ergueu-se a custo, suspirando, estava ainda mais pesada por causa do vinho. Gritou aos meninos: vamos logo, e eles protestaram, o maior disse algo obsceno em dialeto, ela lhe deu um tapa e o arrastou até a porta. Michele balançou a cabeça com um sorriso e resmungou: passo o maior aperto com essa idiota, sempre tem de acabar com meu dia. Então falou calmo: espere, Giglió, pra que tanta pressa, primeiro vamos comer os doces de seu pai, depois vamos. No mesmo instante, encorajados pelas palavras do pai, os meninos se livraram e retornaram à mesa. Mas Gigliola seguiu com o passo pesado rumo à porta, dizendo com raiva: então vou embora sozinha, não estou me sentindo bem. Nesse ponto Michele gritou com voz forte, carregada de violência: sente-se imediatamente, e ela estacou como se a frase tivesse paralisado suas pernas. Elisa se levantou murmurando: venha, venha comer a torta com a gente. Pegou-a pelo braço e a conduziu até a cozinha. Eu tranquilizei Dede com o olhar, estava assustada com o berro de Michele. Depois estendi o livro a Lila dizendo: quer ver? Ela fez sinal negativo, com uma expressão de indiferença.

94.

"Onde viemos parar?", perguntou Pietro entre escandalizado e divertido quando, depois de pôr as meninas para dormir, nos fechamos no quarto que Elisa nos cedera. Ele queria zombar dos momentos mais bizarros da noite, mas eu o agredi, e brigamos em voz baixa. Estava com muita raiva dele, de todos, de mim mesma. Do sentimento caótico que eu trazia por dentro estava despontando mais uma vez o desejo de que Lila estivesse doente e morresse. Não por ódio, gostava dela cada vez mais, nunca seria capaz de odiá-la. Mas não suportava o vazio de sua esquiva. Como você teve a ideia — falei a Pietro — de aceitar que pegassem nossas bagagens, que as trouxessem para cá, que nos transferissem à força para esta casa? E ele: eu não sabia que tipo de gente era. Nada disso — sibilei para ele —, é que você nunca me escutou, eu sempre lhe disse de onde vim.

Discutimos longamente, ele tentou me acalmar, e eu disse o diabo para ele. Falei que tinha sido tímido demais, que se deixara tripudiar, que só sabia se impor com gente educada em seu ambiente, que não confiava mais nele, que não confiava nem mesmo em sua mãe, como é que há mais de dois anos meu livro saíra na Alemanha e a editora não me disse nada?, em que outros países ele tinha sido publicado sem que eu soubesse de nada?, eu queria ir até o fundo daquela história etc. etc. Para me acalmar ele me disse que concordava, me sugeriu inclusive que eu ligasse já na manhã seguinte para a mãe e para a editora. Depois declarou sua grande simpatia por aquilo que chamou de o ambiente popular em que eu tinha nascido e crescido. Sussurrou que minha mãe era uma pessoa generosa e inteligentíssima, expressou sua simpatia por meu pai, por Elisa, por Gigliola, por Enzo. Mas mudou bruscamente de tom quando passou aos Solara: os definiu como dois canalhas, dois espertalhões perigosos, dois delinquentes melífluos. E por fim se dedicou a Lila. Disse baixinho: foi quem mais me impressionou. Eu percebi — desabafei —, você conversou com ela a noite toda. Mas Pietro sacudiu energicamente a cabeça e, para minha surpresa, esclareceu que Lila lhe parecera a pessoa pior. Disse que não era absolutamente minha amiga, que me detestava, que era, sim, extraordinariamente inteligente, que era, sim, muito fascinante, mas que sua inteligência era mal utilizada — uma inteligência nefasta, que semeia discórdia e odeia a vida —, que seu fascínio era o mais intolerável, o fascínio que escraviza e conduz à ruína. Precisamente assim.

De início deixei que ele falasse fingindo discordância, mas no fundo estava contente. Então eu me enganara, Lila não tinha conseguido fisgá-lo, Pietro era um homem treinado para perceber o subtexto de cada texto e notara com facilidade os aspectos desagradáveis dela. Mas logo me pareceu que ele exagerava. Falou: não entendo como essa relação entre vocês pôde durar tanto tempo, evidentemente uma esconde da outra com todo o cuidado o que poderia rompê-la. E acrescentou: ou não entendi nada sobre ela — e é provável, não a conheço —, ou não entendi nada sobre você, e isso é mais preocupante. Por fim pronunciou as palavras mais duras: ela e aquele Michele foram feitos um para o outro, se já não são amantes, vão se tornar. Então protestei. Sibilei que não suportava aquele seu tom pernóstico de burguês culto, que ele nunca mais deveria falar de minha amiga daquele modo, que não tinha entendido nada. E, enquanto eu falava, tive a impressão de intuir algo que naquele momento nem ele sabia: Lila o tinha fisgado, e como; Pietro tinha captado a tal ponto sua excepcionalidade que se assustara e agora sentia a necessidade de denegri-la. Não temia por si, acho, mas por mim e pelo nosso relacionamento. Tinha medo de que ela, mesmo à distância, me arrancasse dele, nos destruísse. E para me proteger exagerava, jogava lama nela, queria confusamente que eu me enojasse e a expulsasse de minha vida. Murmurei boa noite e virei para o outro lado.

95.

No dia seguinte levantei cedíssimo, arrumei as malas, queria voltar imediatamente a Florença. Mas não consegui. Marcello disse que tinha prometido ao irmão nos levar a Acerra, e, como Pietro — embora eu desse a entender de todas as maneiras que queria ir embora — se mostrou disponível, deixamos as meninas com Elisa e concordamos que aquele homenzarrão nos levasse de carro até um edifício baixo e comprido pintado de amarelo, um grande depósito de calçados. Durante todo o trajeto permaneci calada, enquanto Pietro fazia perguntas sobre os negócios dos Solara na Alemanha e Marcello escapava com frases desconexas do tipo: a Itália, a Alemanha, o mundo, professô, eu sou mais comunista que os comunistas, mais revolucionário que os revolucionários, para mim, se fosse possível varrer tudo e reconstruir tudo do zero, eu estaria na primeira fila. De todo modo, acrescentou olhando-me pelo espelhinho do retrovisor em busca de concordância, para mim o amor está acima de tudo.

Depois que chegamos, nos levou a uma sala de teto baixo, iluminada por neon. Fui atingida pelo forte cheiro de tinta, de pó e de isolantes superaquecidos misturado ao das gáspeas e da graxa de sapatos. Olha aí, aqui está o troço que Michele alugou. Olhei ao redor, não havia ninguém na máquina. O Sistema 3 era totalmente anódino, um móvel sem nenhum fascínio encostado numa parede: painéis metálicos, manoplas, um interruptor vermelho, uma bancada de madeira, teclados. Eu não entendo nada, disse Marcello, isso é coisa que só Lina sabe, mas ela não tem horários, vive sempre pra lá e pra cá. Pietro examinou com cuidado os painéis, as manoplas, cada coisa, mas era evidente que a modernidade o decepcionava, tanto mais que a cada pergunta dele Marcello respondia: são coisas de meu irmão, eu tenho outras preocupações na cabeça.

Lila apareceu quando já estávamos prestes a ir embora. Chegou acompanhada de duas jovens segurando caixas de metal. Parecia irritada, dava ordens secas às duas. Assim que se deu conta de nossa presença, mudou de tom e se tornou gentil, mas de modo forçado, quase como se uma parte de seu cérebro se desvinculasse inclinando-se raivosamente para questões urgentes de trabalho. Ignorou Marcello e se dirigiu a Pietro, mas como se falasse também para mim. Qual o interesse de vocês por este troço — disse despachada —, se têm mesmo curiosidade por isso, vamos fazer uma troca: vocês ficam trabalhando aqui, e eu me dedico às coisas de vocês, romances, pinturas, antiguidades. Tive de novo a impressão de que estava mais envelhecida que eu, não só no aspecto, mas também nos movimentos, na voz, na escolha do registro pouco brilhante, vagamente entediado, com que nos explicou o funcionamento não só do Sistema e das várias máquinas, mas também das fichas magnéticas, das fitas, dos discos de cinco polegadas e outras novidades que vinham por aí, como computadores de mesa que podiam ser instalados em casa, para uso pessoal. Não era mais a Lila que, por telefone, falava do novo trabalho com ares infantis; e parecia muito distante do entusiasmo de Enzo. Comportava-se como uma funcionária supercompetente cumprindo uma das tantas ordens desagradáveis que o patrão lhe designara, no caso, nossa excursãozinha turística. Não me tratou em tom amigável, não brincou em nenhum momento com Pietro. No final, ordenou que as garotas mostrassem a meu marido como funcionava a perfuradora e então me empurrou para o corredor, dizendo:

"E aí? Deu os parabéns a Elisa? Dorme-se bem na casa de Marcello? Está contente com os sessenta anos da velha bruxa?"

Rebati nervosa:

"Se minha irmã quer assim, o que é que eu posso fazer, quebrar a cabeça dela?"

"Está vendo? Nas fábulas se age como se quer, na realidade se faz o que se pode."

"Não é verdade. Quem obrigou você a ser usada por Michele?"

"Sou eu que uso Michele, não ele a mim."

"Você se ilude."

"Espere e veja."

"O que você quer que eu veja, Lila? Deixa pra lá."

"Vou repetir: não gosto quando você fala assim. Você não sabe mais nada sobre a gente, então é melhor ficar calada."

"Quer dizer que eu só posso te criticar se viver em Nápoles?"

"Nápoles, Florença: você não está fazendo nada em lugar nenhum, Lenu."

"Quem disse?"

"Os fatos."

"Os fatos, quem sabe de mim sou eu, não você."

Eu estava tensa, e ela percebeu. Fez um trejeito conciliador.

"Você me deixa nervosa e eu acabo dizendo coisas que não penso. Você fez bem ao ter ido embora de Nápoles, fez muitíssimo bem. Mas sabe quem voltou?"

"Quem?"

"Nino."

A notícia me queimou o peito.

"Como você ficou sabendo?"

"Marisa me disse. Ele conseguiu uma cátedra na universidade."

"Não estava bem em Milão?"

Lila apertou os olhos.

"Se casou com uma fulana de via Tasso que é parente de meio Banco de Nápoles. Têm um filho de um ano."

Não sei se sofri, mas tive dificuldade de acreditar.

"Ele se casou mesmo?"

"Sim."

Olhei para ela tentando entender o que tinha em mente.

"Você tem intenção de revê-lo?"

"Não. Mas, se acontecer de o encontrar, quero dizer que Gennaro não é filho dele."

96.

Falou assim e depois me disse umas coisas desencontradas. *Parabéns, você tem um marido bonito e inteligente, ele fala como se fosse um religioso mesmo sendo ateu, conhece tudo da antiguidade e também de hoje, sabe especialmente um monte de coisas sobre Nápoles, fiquei envergonhada, sou napolitana, mas não sei nada. Gennaro está crescendo, minha mãe cuida mais dele do que eu, vai muito bem na escola. Com Enzo está tudo bem, trabalhamos muito, nos vemos pouco. Já Stefano se arruinou com as próprias mãos: a polícia encontrou no fundo da loja produtos roubados, não sei bem o quê, e acabou sendo preso; agora está em liberdade, mas precisa tomar cuidado, perdeu tudo o que tinha, sou eu que lhe dou dinheiro, não ele a mim. Veja só como as coisas mudam: se eu continuasse sendo a senhora Carracci, estava acabada, de bunda no chão que nem todos os Carracci; mas me chamo Raffaella Cerullo e sou a chefe de informática de Michele Solara por quatrocentas e vinte mil liras ao mês. O resultado é que minha mãe me trata como uma rainha, meu pai me perdoou tudo, meu irmão chupa meu dinheiro, Pinuccia diz que me adora, os filhos dela me chamam de titia. Mas é um trabalho tedioso, o oposto do que me parecia no início: ainda lento demais, perde-se um tempo enorme, tomara que cheguem logo as novas máquinas, que vão ser bem mais rápidas. Ou não. A velocidade come tudo, como quando as fotografias saem tremidas. Foi Alfonso quem usou essa expressão, de brincadeira, disse que saiu mexido, sem contornos muito claros. Nos últimos tempos me fala sempre com amizade. Faz questão de ser meu amigo, queria me copiar como um papel carbono, jura que gostaria de ser uma mulher que nem eu. Que mulher — disse a ele —, você é homem, Alfô, não sabe nada de como eu sou e, mesmo sendo amigos, mesmo você me estudando, analisando e copiando, nunca vai saber nada. Então — ele brincou — como é que eu vou fazer? Eu sofro do jeito que sou. E me confessou que gosta de Michele desde sempre — Michele Solara, sim — e que desejaria atraí-lo assim como, segundo ele, eu o atraio. Você entende, Lenu, o que acontece com as pessoas: a gente tem coisa demais por dentro, e isso nos incha, nos arrebenta. Tudo bem — disse a ele —, vamos ser amigos, mas tire da cabeça esse negócio de ser uma mulher como eu, você só conseguiria ser uma mulher segundo o que vocês, homens, pensam. Pode me copiar, fazer meu retrato exato como os artistas fazem, mas minha merda vai continuar sempre minha, e a sua, sua. Ah, Lenu, o que é que acontece com a gente, somos como o encanamento quando a água congela, que coisa horrível é uma cabeça descontente. Você se lembra do que fizemos com minha foto de noiva? Quero seguir por esse caminho. Um dia vou me reduzir inteira a diagramas, vou me transformar numa fita cheia de furos e você não vai me encontrar nunca mais.*

Risadinhas, e só. Aquela conversa no corredor me confirmou que nossa relação já não gozava de intimidade. Reduzira-se a notícias sucintas, escassos detalhes, piadas maldosas, palavras em liberdade, nenhum desvelamento de fatos e pensamentos confiados exclusivamente a mim. A vida de Lila agora era só dela, parecia não querer compartilhá-la com ninguém. Inútil insistir com perguntas do tipo: o que é que você sabe de Pasquale, onde ele foi parar, você tem algo a ver com a morte de Soccavo, com os tiros nas pernas de Filippo, o que a levou a aceitar a proposta de Michele, o que pretende fazer da dependência dele por você? Lila se retraíra no inconfessável, qualquer curiosidade minha não podia mais ser expressa, ela me teria respondido: o que é que você tem na cabeça, ficou louca, Michele, dependência, Soccavo, o que é isso? Ainda hoje, enquanto escrevo, me dou conta de que não disponho de elementos suficientes para passar a *Lila foi, Lila fez, Lila encontrou, Lila planejou*. No entanto, enquanto voltava de carro para Florença, tive a impressão de que ali no bairro, entre o atraso e a modernidade, ela tivesse mais história que eu. Quanta coisa eu perdera ao ir embora, acreditando estar destinada a quem sabe que vida. Lila, que continuara ali, tinha um trabalho novíssimo, ganhava muito, agia com absoluta liberdade e segundo desígnios que pareciam indecifráveis. Era muito ligada ao filho, dedicara-se muitíssimo a ele nos primeiros anos de vida, e ainda o acompanhava; mas parecia capaz de livrar-se dele como e quando quisesse, ele não lhe causava aquela ansiedade que minhas filhas me davam. Tinha rompido com a família de origem, e mesmo assim assumia o peso e a responsabilidade por ela sempre que podia. Cuidava de Stefano caído em desgraça, mas sem nenhuma aproximação. Detestava os Solara, e no entanto se dobrava a eles. Ironizava Alfonso e era sua amiga. Dizia não querer reencontrar Nino, mas eu sabia que não era assim, que acabaria o reencontrando. A vida dela era agitada, a minha era imóvel. Enquanto Pietro guiava em silêncio e as meninas brigavam entre si, pensei muito nela e em Nino, no que poderia ocorrer. Lila vai reconquistá-lo — fantasiei —, vai achar um modo de reencontrá-lo, vai submetê-lo como só ela sabe fazer, o afastará da mulher e do filho, o usará em sua guerra já nem sei contra quem, o induzirá ao divórcio e, ao mesmo tempo, escapará de Michele depois de lhe ter tomado muito dinheiro, vai deixar Enzo e finalmente se divorciará de Stefano, e talvez se case com Nino ou não, mas com certeza os dois vão somar suas inteligências e quem sabe em que vão se transformar.

Transformar. Esse era um verbo que sempre me obcecara, mas me dei conta disso pela primeira vez somente naquela ocasião. *Eu queria me transformar*, embora nunca tenha sabido em quê. E tinha *me transformado*, isso era certo, mas sem um objeto, sem uma verdadeira paixão, sem uma ambição determinada. Tinha querido me transformar em algo — aí está o ponto — só porque temia que Lila se transformasse em sabe-se lá quem, e eu ficasse para trás. *Minha transformação era uma transformação dentro de seu rastro.* Precisava recomeçar a *me transformar*, mas para mim, como adulta, fora dela.

97.

Telefonei para Adele assim que cheguei em casa, para saber da tradução alemã que Antonio me dera de presente. Ela caiu das nuvens, também não sabia de nada e ligou para a editora. Logo em seguida me telefonou de novo para dizer que o livro tinha saído não só na Alemanha, mas também na França e na Espanha. Então — perguntei — o que eu devo fazer? Adele respondeu perplexa:

nada, ficar contente. Claro, murmurei, estou muito contente, mas do ponto de vista prático, sei lá, eu deveria viajar, divulgá-lo no exterior? Ela me respondeu com afeto: você não precisa fazer nada, Elena, infelizmente o livro não vendeu em lugar nenhum.

Meu humor piorou. Atormentei a editora, pedi notícias precisas sobre as traduções, me irritei porque ninguém tinha se preocupado em me informar e acabei dizendo a uma sonolenta funcionária: fiquei sabendo da edição alemã não por vocês, mas por um amigo meu semianalfabeto; será que vocês são capazes de fazer seu trabalho direito? Depois me desculpei, me senti estúpida. Um a um, me chegaram os exemplares em francês, em espanhol e em alemão, uma cópia sem o aspecto amassado daquela que Antonio me mandara. Eram edições feias: na capa havia mulheres com roupas pretas, homens de bigodes caídos e boné na cabeça, panos estendidos no varal. Folheei os livros, mostrei-os a Pietro, coloquei-os numa prateleira entre outros romances. Papel mudo, papel inútil.

Começou um período de desânimo e grande descontentamento. Telefonava todos os dias a Elisa para saber se Marcello continuava sendo gentil, se tinha decidido se casar. À minha ladainha apreensiva ela respondia com risadas festeiras e relatos de vida alegre, as viagens de carro ou avião, a crescente prosperidade de nossos irmãos, o bem-estar de nosso pai e de nossa mãe. Agora, em certos momentos, eu a invejava. Estava cansada, irascível. Elsa adoecia constantemente, Dede exigia atenção, Pietro vadiava sem terminar seu livro. Eu ficava furiosa por nada. Gritava com as meninas, brigava com meu marido. O resultado foi que os três passaram a me temer. As meninas, só de eu passar na frente do quarto delas, interrompiam a brincadeira e me olhavam assustadas; e Pietro preferiu cada vez mais a biblioteca da universidade à nossa casa. Saía de manhã cedo, voltava à noite. Quando retornava parecia trazer em si os sinais dos conflitos sobre os quais eu, agora excluída de qualquer atividade pública, ficava sabendo apenas pelos jornais: os fascistas que esfaqueavam e matavam, os companheiros que não deixavam por menos, a polícia que recebia por lei amplo direito de atirar e o fazia inclusive ali, em Florença. Até que aconteceu o que eu esperava fazia tempos: Pietro se viu no centro de um triste episódio que deu muito o que falar nos jornais. Reprovou um rapaz de sobrenome importante, muito engajado nas lutas. O jovem o insultou na frente de todos e apontou uma pistola para ele. Pietro, segundo o relato que me fez não ele, mas uma nossa conhecida — uma versão de segunda mão, já que ela não estava presente —, terminou com calma de registrar a reprovação, estendeu o boletim ao rapaz e falou mais ou menos assim: ou o senhor atira a sério, ou é bom se livrar logo dessa arma, porque daqui a um minuto saio daqui e vou à delegacia denunciá-lo. O rapaz continuou por longos segundos apontando a pistola para a cara dele, depois a meteu no bolso, pegou o boletim e foi embora. Poucos minutos depois, Pietro foi à polícia e o estudante foi detido. Mas a coisa não terminou ali. A família do jovem recorreu não a ele, mas ao pai, para que o convencesse a retirar a queixa. O professor Guido Airota tentou persuadir o filho, houve longos telefonemas durante os quais, com certo espanto, sentiu que o velho perdia a calma e erguia a voz. Mas Pietro não cedeu. De modo que o afrontei agitadíssima e perguntei:

"Você se dá conta de como está se comportando?"

"O que eu deveria fazer?"

"Diminuir a tensão."

"Não estou entendendo."

"Você *não quer* entender. Você é idêntico aos nossos professores de Pisa, aos mais insuportáveis."

"Não acho."

"Mas é. Você se esqueceu de como a gente penou inutilmente para acompanhar cursos insossos e passar em provas ainda mais insossas?"

"Meu curso não é insosso."

"Seria bom você perguntar isso a seus estudantes."
"Só se pede um parecer a quem tem a competência para dá-lo."
"E você me pediria um parecer se eu fosse uma aluna sua?"
"Tenho ótimas relações com quem estuda."
"Ou seja, você gosta dos que lhe abanam o rabinho."
"E você gosta dos que bancam os bravateiros, como sua amiga de Nápoles?"
"Gosto."
"Então por que você sempre foi a mais leal?"
Fiquei confusa.
"Porque eu era pobre e achava um milagre ter chegado até ali."
"Bem, aquele rapaz não tem nada em comum com você."
"Você também não tem nada em comum comigo."
"O que você quer dizer?"

Não respondi, me esquivei por prudência. Mas depois minha raiva cresceu de novo, tornei a criticar sua intransigência, insisti: se você já tinha reprovado o rapaz, qual o sentido de ir denunciá-lo? Resmungou: ele cometeu um crime. Eu: era uma brincadeira para assustá-lo, é um garoto. Respondeu frio: aquela pistola é uma arma, não um brinquedo, e foi roubada com outras armas sete anos atrás, em um quartel da polícia de Rovezzano. Repliquei: o rapaz não atirou. Ele desabafou: a arma estava carregada, e se tivesse atirado? Não atirou, gritei. Ele ergueu a voz mais ainda: eu devia esperar que me desse um tiro para denunciá-lo? Berrei: não grite comigo, seus nervos estão em frangalhos. Respondeu: pense antes nos seus. E foi inútil tentar explicar para ele, agitadíssima, que apesar de minhas palavras e do tom polêmico na verdade aquela situação me parecia muito perigosa, e eu estava preocupada. Tenho medo por você, disse, pelas meninas, por mim. Mas ele não me consolou. Trancou-se no escritório e tentou trabalhar no livro. Somente semanas depois me falou que tinha sido procurado duas vezes por policiais à paisana que lhe pediram informações sobre alguns estudantes, mostrando umas fotos. Na primeira vez ele os recebeu com gentileza, e com gentileza os mandou embora sem lhes dar nenhuma informação. Na segunda vez perguntou:

"Esses jovens cometeram algum crime?"

"Não, por enquanto, não."

"Então o que vocês querem de mim?"

E os acompanhou até a porta com toda a polidez desdenhosa de que era capaz.

98.

Durante meses Lila nunca telefonou, devia estar muito ocupada. Eu também não a procurei, mesmo quando precisava. Para atenuar a impressão de vazio, tentei me reaproximar de Mariarosa, mas os obstáculos eram muitos. Agora Franco estava morando definitivamente na casa de minha cunhada, e Pietro não gostava nem que eu me apegasse demais à irmã, nem que encontrasse meu ex-namorado. Se eu ficava por mais de um dia em Milão, o humor dele piorava, os males imaginários se multiplicavam, as tensões cresciam. Além disso, o próprio Franco, que em geral só saía de casa para os tratamentos médicos que continuava tendo de seguir, não apreciava minha presença, demonstrava intolerância com as vozes muito altas das meninas e às vezes sumia de casa, assustando Mariarosa e a mim. De resto, minha cunhada tinha mil compromissos e estava permanentemente cercada de mulheres. O apartamento dela era uma espécie de centro de encontro, acolhia qualquer um, intelectuais, senhoras respeitáveis, trabalhadoras fugindo de companheiros violentos, garotas perdidas, de modo que tinha pouco tempo para mim e, seja como for, era muito dada a todas para que eu pudesse me sentir segura de nossa relação. No entanto na casa dela, por alguns dias, me voltava a vontade de estudar, às vezes de escrever. Ou melhor, tinha a impressão de que era capaz disso.

Discutíamos muito sobre nós. Porém, mesmo sendo exclusivamente mulheres — quando não escapava de casa, Franco se refugiava em seu quarto —, tínhamos uma grande dificuldade de entender o que era uma mulher. Cada gesto, pensamento, fala ou sonho nosso, uma vez analisado em profundidade, parecia não nos pertencer. E esse escavar exasperava as mais frágeis, que mal suportavam o excesso de autorreflexão e consideravam que, para tomar o caminho da liberdade, bastava simplesmente excluir os homens. Eram tempos agitados, movidos em onda. Muitas de nós temiam o retorno à calmaria plana e mantinham-se na crista, agarrando-se a fórmulas extremas e olhando para baixo com medo e com raiva. Quando se soube que o serviço de segurança de Luta Contínua havia atacado uma passeata separatista de mulheres, os ânimos se acirraram a tal ponto que, se alguma das mais radicais descobria que Mariarosa tinha um homem em casa — algo que ela não declarava, mas tampouco escondia —, a discussão se tornava feroz, e as rupturas, dramáticas.

Eu detestava aqueles momentos. Estava buscando estímulos, não conflitos, hipóteses de sondagem, não dogmas. Ou pelo menos era o que eu dizia a mim mesma, às vezes até a Mariarosa, que me escutava em silêncio. Numa daquelas ocasiões consegui falar sobre meu relacionamento com Franco nos tempos da Normal, do que tinha significado para mim. Tenho gratidão por ele, disse, com ele aprendi muito, e lamento que hoje ele nos trate a mim e as meninas com frieza. Fiz uma pausa, depois continuei: talvez haja algo errado nessa vontade dos homens de nos instruir; na época eu era uma menina e não percebia que, naquele seu desejo de me transformar, estava a prova de que não gostava de mim tal como eu era, queria que eu fosse outra, ou melhor, não desejava simplesmente uma mulher, mas uma mulher como ele imaginava que poderia ser se tivesse nascido mulher. Para Franco, disse, eu era uma possibilidade de ele expandir-se no feminino, de apossar-se disso: eu constituía a prova de sua onipotência, a demonstração de que sabia ser não só homem do modo certo, mas também mulher. E hoje, que não me sente mais como uma parte de si, se sente traído.

Me expressei exatamente desta maneira. E Mariarosa me ouviu com um interesse autêntico, não do jeito um pouco fingido que demonstrava com todas. Escreva alguma coisa sobre esse tema, me incentivou. E então se comoveu, murmurou que não tivera tempo de conhecer o Franco sobre quem eu lhe falara. Depois acrescentou: talvez tenha sido bom assim, eu nunca me apaixonaria por ele, detesto homens muito inteligentes, que me dizem como devo ser; prefiro esse homem sofrido e reflexivo que eu trouxe para minha casa e de quem cuido. Então insistiu: ponha isso por escrito, isso mesmo que você disse.

Fiz sinal que sim e, meio atropeladamente, satisfeita com o elogio, mas também embaraçada, disse algo sobre minha relação com Pietro, sobre como ele tentava me impor seu ponto de vista. Dessa vez Mariarosa caiu na risada, e o tom quase solene de nossa conversa mudou. Franco comparado a Pietro? Você está brincando, ela disse, Pietro mal consegue sustentar a própria virilidade, imagine se teria energia para lhe impor um sentimento seu sobre a mulher. Quer saber uma coisa? Eu teria jurado que você não se casaria com ele. Juraria que, se o tivesse feito, o abandonaria no intervalo de um ano. Juraria que teria evitado ao máximo ter filhos. O fato de que ainda estejam juntos me parece um milagre. Você é mesmo uma jovem excelente, coitada.

99.

Estávamos então neste ponto: a irmã de meu marido considerava meu casamento um equívoco e o dizia a mim com franqueza. Eu não sabia se ria ou se chorava, aquilo me pareceu a extrema e despaixonada confirmação do meu mal-estar conjugal. De resto, fazer o quê? Dizia a mim mesma que a maturidade consistia em aceitar o rumo que a existência tomara sem se agitar demais, traçar um sulco entre prática cotidiana e aquisições teóricas, aprender a se enxergar, a se conhecer, à espera de grandes mudanças. Dia após dia fui me acalmando. Minha filha Dede ia entrar um pouco antes da hora no primeiro ano fundamental, mas já sabendo ler e escrever; minha filha Elsa estava feliz por ficar sozinha comigo durante a manhã inteira na casa quieta; meu marido, mesmo sendo o mais monótono dos acadêmicos, parecia finalmente próximo de terminar um segundo livro que prometia ser ainda mais importante que o primeiro; e eu era a senhora Airota, Elena Airota, uma mulher entristecida pela aceitação e que, no entanto, movida pela cunhada, mas também para combater o aviltamento, começara a estudar quase em segredo a invenção da mulher por parte dos homens, misturando mundo antigo e mundo moderno. Eu o fazia sem um objetivo preciso, apenas para dizer a Mariarosa, a minha sogra, a algum conhecido: estou trabalhando.

Foi assim que, em minhas ruminações, me embrenhei desde a primeira e a segunda criações bíblicas até Defoe-Flanders, até Flaubert-Bovary, até Tolstói-Karenina, até *La dernière mode*, até Rose Sélavy e além, ainda mais além, num frenesi desbravador. Aos poucos me senti contente. Descobria por todo lado autômatos de mulheres fabricados por homens. De nosso não havia nada, o pouco que surgia logo se tornava matéria para a manufatura deles. Quando Pietro estava no trabalho, Dede na escola, Elsa brincava a poucos passos de minha escrivaninha e eu me sentia finalmente viva escavando nas palavras e entre as palavras, acabava às vezes imaginando o que teria sido minha vida e a de Lila se ambas tivéssemos feito o exame de admissão na escola média e depois o liceu e depois todos os estudos até a formatura, ombro a ombro, afinadas, um casal perfeito que soma energias intelectuais, prazeres do entendimento e da imaginação. Teríamos escrito juntas, teríamos assinado juntas, teríamos tirado força uma da outra, nos bateríamos lado a lado para que aquilo que era nosso fosse inimitavelmente nosso. É uma tristeza a solidão feminina das cabeças, dizia a mim mesma, é um desperdício esse excluir-se mutuamente, sem protocolos, sem tradição. Naqueles casos me sentia como se tivesse pensamentos cortados pela metade, atraentes e no entanto defeituosos, com a urgência de uma comprovação, de um desenvolvimento, mas sem convicção, sem confiança em si. Então me voltava a vontade de telefonar para ela, de lhe dizer: veja sobre o que estou refletindo, por favor, vamos discutir juntas esse ponto, me diga sua opinião, lembra o que você me falou de Alfonso? Mas a ocasião estava perdida para sempre, já há décadas. Precisava aprender a me contentar comigo.

Depois, um dia, justo enquanto analisava essa necessidade, escutei a chave girando na fechadura. Era Pietro que voltava para o almoço, depois de ter buscado Dede na escola como sempre fazia. Fechei livros e cadernos enquanto a menina já irrompia no quarto, recebida com entusiasmo por Elsa. Estava com fome, sabia que em breve gritaria: mamãe, o que vamos comer? No entanto, antes mesmo de se desfazer da pasta, exclamou: um amigo de papai veio almoçar com a gente. Lembro exatamente a data: 9 de março de 1976. Me levantei de mau humor, Dede segurou minha mão e me arrastou pelo corredor. Já Elsa, após o anúncio da presença de um estranho, se agarrou prudentemente à minha saia. Pietro disse alegre: olha quem eu lhe trouxe.

100.

Nino não tinha mais a barba cheia que eu vira anos antes na livraria, mas os cabelos eram compridos e emaranhados. Quanto ao resto, continuava o mesmo rapaz de antigamente, alto, magérrimo, os olhos brilhantes, o aspecto desleixado. Abraçou-me, se ajoelhou para fazer um dengo nas meninas, se levantou desculpando-se pela intrusão. Murmurei poucas palavras distantes: venha, se sente, você aqui em Florença. Me sentia como se tivesse vinho quente no cérebro, não conseguia conferir espessura ao que estava acontecendo: ele, justamente ele, em minha casa. E tinha a impressão de que algo não funcionava mais na organização do dentro e do fora. O que eu estava imaginando e o que estava ocorrendo, quem era a sombra e quem o corpo vivo? Enquanto isso Pietro me explicava: a gente se viu na faculdade, e eu o convidei para almoçar. Eu sorria e dizia sim, está tudo pronto, onde comem quatro comem cinco, me façam companhia enquanto eu ponho a mesa. Parecia tranquila, mas estava agitadíssima, a cara me doía pelos sorrisos forçados. Como é que Nino está aqui, e o que é *aqui*, o que é *está*? Preparei uma surpresa para você, me disse Pietro um tanto apreensivo, como quando temia ter errado em alguma coisa. E Nino, rindo: eu disse a ele que lhe telefonasse, juro, mas ele não quis. Depois explicou que foi meu sogro quem lhe disse que nos procurasse. Tinha encontrado o professor Airota em Roma, no congresso do partido socialista, e lá, uma palavra puxa outra, ele dissera que tinha um trabalho a fazer em Florença e o professor mencionara Pietro e o novo estudo que o filho estava escrevendo, disse que precisava mandar-lhe um livro com urgência. Nino então se oferecera para trazê-lo pessoalmente, e aqui estávamos todos nós no almoço, as meninas disputando a atenção dele, ele fazendo brincadeiras com ambas, concordando com Pietro, me dirigindo poucas e seríssimas palavras.

"Imagine", me disse, "vim tantas vezes a Florença a trabalho e não sabia que você morava aqui, que tinha estas duas belas senhoritas. Ainda bem que apareceu essa ocasião."

"Você continua dando aula em Milão?", perguntei, mesmo sabendo que ele já não estava naquela cidade.

"Não, agora estou ensinando em Nápoles."

"O quê?"

Fez uma careta de desânimo.

"Geografia."
"Mais especificamente?"
"Geografia urbana."
"Como é que você decidiu voltar?"
"Minha mãe não está bem."
"Lamento. O que é que ela tem?"
"Problemas no coração."
"E seus irmãos?"
"Estão bem."
"Seu pai?"
"Como sempre. Mas o tempo passa, a gente cresce, e ultimamente nos reaproximamos. Como todo mundo, ele tem seus defeitos e suas qualidades." Então se dirigiu a Pietro: "Quantos casos inventamos contra nossos pais e contra a família. Agora, que chegou nossa vez, como nos saímos dessa?".

"Eu me saio bem", disse meu marido com uma ponta de ironia.

"Não tenho dúvidas. Você se casou com uma mulher extraordinária, e estas duas princesas são perfeitas, educadíssimas, elegantíssimas. Que vestidinho lindo, Dede, como fica bem em você. E quem deu a Elsa esse passador com estrelinhas?"

"Mamãe", disse Elsa.

Aos poucos fui me acalmando. Os segundos recuperaram a escansão normal, e me dei conta do que estava acontecendo comigo. Nino estava sentado a meu lado na mesa, comia a massa que eu tinha preparado, cortava cuidadosamente em pequenos pedaços a costeleta de Elsa, comia a dele com apetite, mencionava com desgosto as propinas que a Lockheed pagara a Tanassi e a Gui, elogiava minha comida, discutia com Pietro sobre a alternativa socialista, descascava uma maçã fazendo uma serpentina que deixava Dede fascinada. Enquanto isso, espalhava-se pelo apartamento um fluido benigno que eu não sentia há tempos. Como era bonito ver os dois homens dando razão um ao outro, demonstrando simpatia recíproca. Comecei a tirar a mesa em silêncio. Nino se levantou, se ofereceu para lavar os pratos, desde que as meninas o ajudassem. Fique sentada, me disse, e eu me acomodei enquanto ele recrutava Dede e Elsa, ambas entusiasmadas, me perguntando de vez em quando onde devia guardar isso e aquilo e continuando a conversa com Pietro.

Era ele mesmo, depois de tanto tempo, e estava ali. Eu olhava sem querer a aliança que ele usava no dedo anular. Em nenhum momento mencionou seu casamento, pensei, falou sobre a mãe, sobre o pai, mas não da mulher e do filho. Talvez não tenha sido um casamento por amor, talvez tenha se casado por interesse, talvez tenha sido *forçado* a se casar. Depois o borboletear das hipóteses cessou. De uma hora para outra Nino começou a falar às meninas de seu filho, Albertino, e o fez como se o pequeno fosse o personagem de um conto de fadas, com entonação ora engraçada ora carinhosa. Por fim enxugou as mãos, tirou uma fotografia da carteira, mostrou-a primeiro a Elsa, depois a Dede, depois a Pietro, que a passou a mim. Albertino era muito bonito. Tinha dois anos e estava no colo da mãe com um ar emburrado. Olhei o pequeno por poucos segundos e logo passei a examinar a mulher. Pareceu-me esplêndida, olhos grandes, cabelos pretos e longos, devia ter pouco mais de vinte anos. Sorria, e os dentes eram uma arcada cintilante e sem irregularidades, o olhar me pareceu apaixonado. Devolvi-lhe a foto e disse: vou fazer o café. Fiquei só na cozinha, e os quatro foram para a sala de estar.

Nino tinha um encontro de trabalho, se desmanchou em desculpas e saiu logo após o café e um cigarro. Retorno a Nápoles amanhã, disse, mas volto logo, já na próxima semana. Pietro disse várias vezes que aparecesse, ele prometeu que o faria. Despediu-se das meninas com grande carinho, apertou a mão de Pietro, fez um sinal para mim e desapareceu. Assim que a porta se fechou às suas costas, fui vencida pela esqualidez do apartamento. Esperei que Pietro, mesmo tendo estado tão à vontade com Nino, notasse algo de odioso no hóspede, como quase sempre fazia. No entanto disse contente: até que enfim uma pessoa com quem vale a pena passar o tempo. Não sei por que, aquela frase me fez mal. Liguei a televisão e passei o resto da tarde diante dela, com as meninas.

101.

Esperei que Nino ligasse logo, já no dia seguinte. Estremecia a cada toque do telefone. Entretanto a semana passou sem que ele desse notícias. Me senti como se estivesse com um forte resfriado. Fiquei sem vontade, interrompi minhas leituras e anotações, me irritei comigo mesma por aquela espera insensata. Depois, numa tarde, Pietro voltou para casa particularmente de bom humor. Disse que tinha encontrado Nino na faculdade, que passaram um tempo juntos, que não teve jeito de convencê-lo a vir jantar. Mas nos convidou para jantar fora amanhã — disse —, as meninas também: não quer que você se canse na cozinha.

Meu sangue começou a correr mais rápido, senti uma ternura ansiosa por Pietro. Assim que as meninas foram deitar, o abracei, o beijei, lhe sussurrei palavras de amor. Dormi pouco durante a noite, ou melhor, dormi com a impressão de estar acordada. No dia seguinte, assim que Dede voltou da escola, mandei-a para a banheira com Elsa e esfreguei bem as duas. Depois passei a cuidar de mim. Tomei um longo banho feliz, me depilei, lavei os cabelos, me enxuguei com cuidado. Experimentei todos os vestidos que tinha, fiquei cada vez mais nervosa porque não gostava de mim, logo me desanimei de como estavam meus cabelos, Dede e Elsa sempre em torno de mim, brincando de me imitar. Faziam poses no espelho, mostravam-se insatisfeitas com as roupas e os penteados, se arrastavam com meus sapatos nos pés. Resignei-me a ser o que eu era. Depois de ter repreendido Elsa de modo excessivo por ela ter sujado seu vestidinho no último momento, entrei no carro e fomos buscar Pietro e Nino, que tinham marcado um encontro na universidade. Fiz o percurso angustiada, gritando continuamente com as meninas que brincavam de cantar musiquinhas inventadas por elas, todas sobre cocô e xixi. Quanto mais me aproximava do local do encontro, mais torcia para que algum incidente de última hora impedisse Nino de vir. No entanto avistei logo os dois homens, que conversavam entre si. Nino tinha gestos envolventes, como se convidasse o interlocutor a entrar num espaço planejado especialmente para ele. Pietro me pareceu desengonçado como sempre, a pele do rosto avermelhada, rindo apenas ele, e de modo subalterno. Nenhum dos dois demonstrou particular interesse por minha chegada.

Meu marido se sentou no banco traseiro com as meninas, Nino se acomodou a meu lado para me guiar a um lugar onde se comia bem e — disse, virando-se para Dede e Elsa — faziam *frittelle* excelentes. Então as descreveu minuciosamente, causando frisson nas meninas. Tempos atrás — pensei, observando-o com o rabo do olho — passeamos juntos de mãos dadas e nos beijamos duas vezes. Que belos dedos. A mim disse apenas *vire aqui à direita, depois à direita de novo, no cruzamento, à esquerda*. Nem um olhar de admiração, nem um cumprimento.

Fomos recebidos na trattoria de modo alegre, mas respeitoso. Nino conhecia o dono, os garçons. Acabei na cabeceira da mesa entre as meninas, os dois homens se sentaram um na frente do outro, e meu marido começou a falar da vida difícil nas universidades. Fiquei quase sempre calada, cuidando de Dede e Elsa, que em geral eram muito disciplinadas à mesa, mas naquela ocasião não paravam de aprontar, sempre rindo, para atrair a atenção de Nino. Pensava incomodada: Pietro fala demais, está aborrecendo Nino, não lhe dá espaço. Pensava: vivemos há sete anos nesta cidade e não temos nenhum local aonde levá-lo para retribuir o convite, um restaurante onde se coma bem como aqui, onde somos reconhecidos assim que entramos. Gostei da gentileza do proprietário, veio várias vezes à nossa mesa, chegou até a dizer a Nino: esta noite não vou lhe recomendar este, não é apropriado ao senhor e a seus convidados — e lhe aconselhou outra coisa. Quando as famosas *frittelle* foram servidas, as meninas se entusiasmaram, Pietro também, todos as disputaram entre si. Só então Nino se dirigiu a mim:

"Como é que nunca mais saiu nada seu?", perguntou sem a frivolidade da conversação social, com um interesse que me pareceu genuíno.

Enrubesci, disse apontando para as meninas:

"Fiz outras coisas."

"Aquele livro era excelente."

"Obrigada."

"Não é um cumprimento, você sempre escreveu bem. Lembra o artiguinho sobre o professor de religião?"

"Seus amigos não o publicaram."

"Houve um erro."

"Perdi a confiança."

"Lamento. Está escrevendo agora?"

"Nas horas vagas."

"Um romance?"

"Não sei bem o que é."

"Mas e o tema?"

"A fabricação das mulheres pelos homens."

"Ótimo."

"Vamos ver."

"Mãos à obra, quero ler logo."

E, para minha surpresa, mostrou que conhecia bem os textos de mulheres com os quais eu estava trabalhando; eu tinha certeza de que os homens não liam esse tipo de coisa. Não só: citou um livro de Starobinski que tinha lido recentemente, disse que havia algo nele que podia me ser útil. Quanta coisa ele sabia, era assim desde garoto, sentia curiosidade por tudo. Agora estava citando Rousseau e Bernard Shaw, o interrompi, me escutou com atenção. E quando as meninas, irritadas, passaram a me puxar querendo mais *frittelle*, ele fez um sinal ao proprietário para que preparasse mais algumas. Depois se virou para Pietro e disse:

"Você deve deixar sua mulher ter mais tempo."

"Ela tem o dia inteiro à disposição."

"Não estou brincando. Se você não fizer isso, estará sendo culpado não só no plano humano, mas também no político."

"E qual seria meu crime?"

"O desperdício de inteligência. Uma comunidade que acha natural sufocar com o cuidado dos filhos e da casa tantas energias intelectuais femininas é inimiga de si mesma e não se dá conta."

Esperei em silêncio que Pietro respondesse. Meu marido reagiu com ironia:

"Elena pode cultivar sua inteligência quando e como quiser, o essencial é que não tire tempo de mim."

"Se não tirar de você, vai tirar de quem?"

Pietro fechou a cara.

"Quando a tarefa que nos impomos tem a urgência da paixão, não há nada que possa nos impedir de levá-la a cabo."

Me senti ferida, murmurei com um sorrisinho falso:

"Meu marido está dizendo que não tenho nenhum interesse autêntico."

Silêncio. Nino perguntou:

"E é assim?"

Respondi de pronto que não sabia, que não sabia nada. Porém, enquanto falava constrangida, com raiva, me dei conta de que meus olhos se enchiam de lágrimas. Baixei o olhar. Chega de *frittelle*, disse às meninas, com uma voz descontrolada, e Nino me socorreu, exclamando: eu posso comer mais uma, a mamãe e o papai também, e vocês mais duas, depois chega. Então chamou o proprietário e disse solenemente: voltarei aqui com estas duas senhoritas daqui a exatos trinta dias, e o senhor nos preparará uma montanha dessas maravilhosas *frittelle*, certo? Elsa perguntou:

"Quando é um mês, quando é trinta dias?"

Brincamos — sobretudo Dede — com a ideia vaga que Elsa tinha do tempo. Depois Pietro tentou pagar, mas descobriu que Nino já o tinha feito. Protestou, se pôs ao volante, e eu me sentei no banco de trás entre as duas meninas já sonolentas. Acompanhamos Nino ao hotel e durante todo o trajeto escutei a conversa meio bêbada deles sem dizer uma palavra. Quando chegamos ao hotel, Pietro disse muito eufórico:

"Não faz sentido você jogar dinheiro fora: temos um quarto de hóspedes, da próxima vez fique com a gente, não faça cerimônia."

Nino riu:

"Há menos de uma hora dissemos que Elena precisa de sossego, e agora você quer sobrecarregá-la ainda mais com minha presença?"

Intervim com um tom apagado:

"Será um prazer para mim, e também para Dede e Elsa."

Porém, assim que Nino saiu, falei a meu marido:

"Antes de fazer certos convites, você poderia pelo menos me consultar."

Ele deu partida no carro, me procurou pelo retrovisor e resmungou:

"Achei que você ia gostar."

102.

Oh, claro que eu estava gostando, estava gostando *muito*. Mas também me sentia como se meu corpo tivesse a consistência da casca do ovo e bastasse uma leve pressão num braço, na testa, na barriga para rompê-lo e extrair dali todos os meus segredos, sobretudo os que eram secretos até para mim. Evitei contar os dias. Me concentrei nos textos que estava estudando, mas o fiz como se Nino fosse o contratante daquele meu trabalho e, em seu retorno, exigisse resultados de qualidade. Queria dizer a ele: segui seu conselho, fui em frente, aqui está um rascunho, me diga o que acha.

Foi uma ótima decisão. Os trinta dias de espera voaram depressa até demais. Me esqueci de Elisa, não pensei em Lila, não telefonei para Mariarosa. E não li jornais, não vi TV, relaxei com as meninas e a casa. Das prisões e combates e assassinatos e guerras, da convulsão permanente da Itália e do planeta, só me chegou um eco, e mal me dei conta da campanha eleitoral carregada de tensões. Só fiz escrever, com grande empenho. Quebrei a cabeça com um monte de velhas questões até ter a impressão de haver encontrado, pelo menos na escrita, uma ordem definitiva. Às vezes me sentia tentada a recorrer a Pietro. Ele era muito mais competente que eu, com certeza teria me poupado de escrever coisas levianas, toscas ou estúpidas. Mas não o fiz, detestava os momentos em que ele me mantinha em sujeição com seu saber enciclopédico. Trabalhei muito, me lembro bem, sobretudo sobre a primeira e a segunda criação bíblica. Coloquei-as em sucessão e considerei a primeira uma espécie de síntese do ato criativo divino, a segunda, uma espécie de narrativa mais estendida. Fiz a partir dela uma história bastante movimentada, sem jamais me sentir imprudente. Deus — escrevi mais ou menos nesses termos — cria o homem, *Ish*, à sua imagem. Fabrica uma versão masculina e uma feminina. Como? Primeiro, com o pó da terra, dá forma a Ish e lhe sopra nas narinas o hálito vital. Depois extrai *Isha'h*, a mulher, da matéria masculina já formada, matéria não mais bruta, mas viva, que toma do flanco de Ish fechando-lhe imediatamente a carne. O resultado é que Ish pode dizer: esta coisa não é, como a legião de tudo o que foi criado, *outro* que não eu, mas é carne da *minha* carne, ossos dos *meus* ossos. Eu sou Ish e ela é Isha'h. Sobretudo na palavra, na palavra que a nomeia, ela deriva de mim, que sou a imagem do espírito divino, que trago dentro de mim seu Verbo. Ela é, pois, um puro sufixo aplicado à *minha* raiz verbal, podendo exprimir-se *apenas* dentro da *minha* palavra.

E prossegui assim, vivendo dias e dias num estado de agravável excitação intelectual. Minha única aflição foi ter um texto legível a tempo. De vez em quando me surpreendia comigo: tinha a impressão de que aspirar ao consenso de Nino me tornava a escrita mais fácil, me desatava.

Mas o mês passou, e ele não deu sinal de vida. A princípio isso me ajudou, tive mais tempo e consegui levar a cabo meu trabalho. Depois me alarmei, perguntei a Pietro. Descobri que os dois tinham se falado com frequência pelo telefone do escritório, mas que há alguns dias Pietro não tinha notícias dele.

"Vocês se falaram várias vezes?"

"Sim."

"E por que você não me disse nada?"

"Dizer o quê?"

"Que vocês se falaram várias vezes."

"Eram ligações de trabalho."

"Bem, já que vocês ficaram tão amigos, ligue e veja se ele se digna a nos dizer quando vem."

"Qual a necessidade disso?"

"Para você, nenhuma, mas todo o trabalho é meu: sou eu que devo providenciar tudo e gostaria de ser avisada com antecedência."

Ele não ligou. Reagiu me dizendo: tudo bem, vamos esperar, Nino prometeu às meninas que voltaria, não acho que vá decepcioná-las. E foi assim. Telefonou com uma semana de atraso, à noite. Eu mesma atendi, ele pareceu constrangido. Disse poucas frases genéricas e perguntou: Pietro está? Fiquei constrangida por minha vez e passei o telefone a meu marido. Conversaram por muito tempo, senti com um mau humor crescente que Pietro usava uma entonação estranha: voz muito alta, frases exclamativas, risadas. Só então entendi que a relação com Nino o tranquilizava, o fazia se

sentir menos isolado, se esquecia das mazelas, trabalhava com mais vontade. Me fechei em meu quarto, onde Dede estava lendo e Elsa brincando, ambas à espera do jantar. Mas até mesmo ali me chegou aquela voz insólita, parecia embriagado. Depois se calou, ouvi seus passos pela casa. Pôs a cara na porta e disse alegre às meninas:
"Filhinhas, amanhã à noite vamos jantar *frittelle* com tio Nino."
Dede e Elsa lançaram gritos de entusiasmo, e eu perguntei:
"O que ele vai fazer? Vem dormir aqui?"
"Não", me respondeu, "veio com a esposa e o filho, estão num hotel."

103.

Demorei um tempo longuíssimo para assimilar o sentido daquelas frases. Disparei:
"Ele podia ter avisado."
"Decidiram de última hora."
"É um grosseirão."
"Elena, qual o problema?"
Então Nino viera com a mulher — fui tomada pelo terror da comparação. Eu sabia bem como era feita, conhecia a materialidade bruta de meu corpo, mas durante boa parte de minha vida lhe tinha dado pouca importância. Crescera com um par de sapatos de quando em quando, roupinhas costuradas por minha mãe, maquiagem somente em raras ocasiões. Em anos recentes tinha começado a me preocupar com a moda, a educar meu gosto sob a orientação de Adele, e agora achava divertido me arrumar. Mas às vezes — especialmente quando me cuidava não só para causar uma boa impressão geral, mas também para um homem — me enfeitar (era esta a palavra) me dava a impressão de algo ridículo. Toda aquela afobação, todo aquele tempo me disfarçando, quando poderia

empregá-lo em coisa melhor. As cores que ficam bem em mim, as que não ficam, os modelos que me deixam mais magra, os que me engordam, o corte que me valoriza, o que me deprecia. Uma longa e penosa preparação. Reduzir-me a mesa posta para o apetite sexual do macho, a iguaria bem cozinhada para lhe dar água na boca. E depois a angústia de não conseguir, de não *parecer* bonita, de não ter sido capaz de ocultar com destreza a vulgaridade da carne com seus humores, cheiros e deformidades. De todo modo eu tinha conseguido. Inclusive para Nino, recentemente. Quis mostrar a ele que eu me tornara outra, que conquistara uma certa fineza, que não era mais a menina do casamento de Lila, a estudante na festa dos filhos da Galiani, nem mesmo a autora despreparada de um único livro, como devo ter parecido a ele em Milão. Mas agora chega. Ele trouxera a esposa e eu estava com raiva, me parecia uma maldade. Detestava competir em beleza com outra mulher, mais ainda sob o olhar de um homem, e sofria ao pensar que estaria dividindo o espaço com a bela jovem que eu tinha visto na foto, me dava dor de estômago. Ela me avaliaria e examinaria em cada detalhe, com a soberba de uma dondoca de via Tasso, educada para a gestão do corpo desde o nascimento; depois, encerrada a noite, a sós com o marido, me criticaria com lucidez cruel.

Vacilei por horas e por fim decidi que inventaria alguma desculpa, apenas meu marido e as meninas iriam àquele jantar. Mas no dia seguinte não consegui resistir. Me vesti, me desvesti, me arrumei, me desarrumei, atormentei Pietro. Ia ao quarto dele continuamente, ora com uma roupa, ora com outra, ora com um penteado, ora com outro, perguntando tensíssima: como é que estou? Ele me lançava um olhar distraído e dizia: está bem. Eu respondia: e se eu pusesse o vestido azul? Concordava. Mas eu punha o vestido azul e não gostava, ficava muito justo nos quadris. Voltava até ele e dizia: está apertado. Pietro rebatia paciente: é verdade, aquele verde com florezinhas fica melhor em você. Mas eu não queria que o verde com florezinhas ficasse simplesmente melhor, queria que ficasse perfeito, que ficassem perfeitos os brincos e também os cabelos e também os sapatos. Enfim, Pietro não era capaz de me passar confiança, me olhava sem me ver. E eu me sentia cada vez mais disforme, peito demais, bunda demais, quadris largos, e estes cabelos aloirados, este nariz grande. Tinha o corpo de minha mãe, um organismo desprovido de graça, só me faltava a ciática voltar de repente e eu recomeçar a mancar. Já a mulher de Nino era muito jovem, bonita, rica e seguramente se movia à vontade no mundo, coisa que eu jamais conseguiria aprender. Assim voltei mil vezes à decisão inicial: não vou, mando Pietro com as meninas, mando dizer que não estou me sentindo bem. No entanto fui. Pus uma blusa branca com uma saia florida, a única joia que usei foi o velho bracelete de minha mãe, meti na bolsa o texto que havia escrito. E disse a mim mesma: que se fodam ela, ele, todo mundo.

104.

Par causa de minhas indecisões chegamos atrasados à trattoria. A família Sarratore já estava à mesa. Nino nos apresentou sua mulher, Eleonora, e meu humor mudou. Oh, sim, ela tinha um rosto bonito e lindos cabelos pretos, como na foto. Mas era mais baixa que eu — embora eu não fosse nada alta. E, apesar de rechonchuda, não tinha peito. E usava um vestido vermelho fogo que lhe caía malíssimo. E estava carregada de joias. E desde as primeiras palavras que disse revelou uma voz estrídula, um sotaque de napolitana educada por jogadoras de canastra numa casa com vidraças para o golfo. Mas acima de tudo, ao longo da noite, demonstrou pouca cultura — embora estudasse jurisprudência — e uma propensão a falar mal de tudo e de todos com um ar de quem se sente na contracorrente e se orgulha disso. Em suma, era rica, mimada, vulgar. Até seus traços agradáveis eram continuamente estragados por uma careta de fastio seguida de uma risadinha nervosa, ih, ih, ih, que lhe cortava a fala, mesmo em frases curtas. Invocou-se com Florença — *em que é melhor do que Nápoles?* —, com a trattoria — *péssima* —, com o dono — *um mal-educado* —, com qualquer coisa que Pietro dissesse — *que bobagem* —, com as meninas — *nossa senhora, como vocês falam, um pouco de silêncio, por favor* — e naturalmente comigo — *você estudou em Pisa, mas por quê?, Letras em Nápoles é bem melhor, nunca ouvi falar desse seu romance, quando é que saiu?, oito anos atrás eu só tinha catorze anos*. Apenas com o filho e com Nino foi sempre carinhosa. Albertino era muito bonito, gordinho, com um ar feliz, e Eleonora não parava de elogiá-lo. O mesmo acontecia com o marido: ninguém era melhor que ele, aprovava cada frase que saía de sua boca, o tocava, o abraçava, o beijava. O que essa garotinha podia ter em comum com Lila, até com Silvia? Nada. Então por que Nino se casara com ela?

Fiquei de olho nele durante a noite toda. Era gentil com ela, deixava-se abraçar e beijar, sorria-lhe afetuosamente quando dizia tolices mal-educadas, brincava distraidamente com o menino. Mas não mudou sua atitude com minhas filhas, às quais prestou grande atenção, continuou discutindo alegremente com Pietro e até me dirigiu algumas palavras. A mulher — quis acreditar — não o absorvia. Eleonora era uma das muitas peças de sua vida movimentada, mas não tinha nenhuma influência sobre ele, Nino seguiu em frente seu próprio caminho sem dar peso a ela. Por isso me senti cada vez mais à vontade, especialmente quando ele me segurou o pulso por alguns segundos, quase o acariciou, mostrando que reconhecera meu bracelete; especialmente quando zombou do meu marido perguntando-lhe se tinha deixado um pouco mais de tempo para mim; especialmente quando, logo em seguida, me perguntou se eu tinha avançado em meu trabalho.

"Terminei a primeira redação", respondi.

Nino se virou sério para Pietro:

"Você leu?"

"Elena não me deixa ler nada."

"É você quem não quer", rebati sem irritação, como se fosse uma brincadeira entre nós.

Nesse ponto Eleonora se intrometeu, não queria ser deixada de lado:

"De que se trata?", quis saber. Porém, justamente quando eu estava para responder, sua cabeça volúvel a levou para longe e começou a me perguntar entusiasmada: "Amanhã você me acompanha para ver as lojas enquanto Nino trabalha?".

Sorri com falsa cordialidade. Disse que estava disponível, e ela começou com uma lista detalhadíssima das coisas que pretendia comprar. Somente quando saímos da trattoria consegui me aproximar de Nino e murmurar:

"Você poderia dar uma olhada em meu texto?"

Ele me olhou com sincera surpresa:

"Você realmente me deixaria ler?"

"Se não for um incômodo, claro."

Passei-lhe furtivamente minhas páginas com o coração aos pulos, como se não quisesse que Pietro, Eleonora e as meninas percebessem.

105.

Não preguei olho. De manhã tive de ir ao encontro com Eleonora, marcamos às dez na frente do hotel. Não faça a estupidez — disse a mim mesma — de perguntar a ela se o marido já tinha começado a ler meu texto: Nino é ocupado, vai precisar de certo tempo; você não deve pensar nisso, espere pelo menos uma semana.

No entanto, às nove em ponto, quando eu estava para sair, o telefone tocou e era ele.

"Desculpe", disse, "mas estou entrando na biblioteca e só poderia voltar a ligar à noite. Tem certeza de que não incomodo?"

"Claro, incômodo nenhum."

"Já li."

"Já?"

"Sim, e é um trabalho excelente. Você tem uma grande capacidade de estudo, um rigor admirável e uma inventividade impressionante. Mas o que mais invejo é sua habilidade de escritora. Você escreveu um texto difícil de definir, não sei se é um ensaio ou um romance. Mas é extraordinário."

"Isso é um defeito?"

"O quê?"

"Que não seja catalogável?"

"Que nada, é um de seus méritos."

"Você acha que devo publicá-lo assim como está?"

"Com certeza absoluta."

"Obrigada."

"Obrigado a você, agora preciso ir. Tenha paciência com Eleonora, ela parece agressiva, mas é só timidez. Amanhã de manhã voltamos para Nápoles, mas apareço depois das eleições e, se você quiser, podemos conversar."

"Eu gostaria muito. Você fica com a gente?"

"Tem certeza de que não vou atrapalhar?"

"Absoluta."

"Então tudo bem."

Não desligou, pude escutar sua respiração.

"Elena."

"Sim?"

"Quando éramos jovens, Lina nos deixou desorientados."

Senti um forte incômodo.

"Em que sentido?"

"Você acabou atribuindo a ela talentos que são só seus."

"E você?"

"Eu fiz pior. O que eu tinha visto em você, depois achei estupidamente que encontrara nela."

Permaneci calada por uns segundos. Por que ele sentira a necessidade de mencionar Lila assim, por telefone? E sobretudo o que estava me dizendo? Era apenas um cumprimento? Ou estava tentando me comunicar que gostava de mim na juventude, mas que em Ischia acabara atribuindo a uma o que era da outra?

"Volte logo", eu disse.

106.

Fui passear com Eleonora e as três crianças num estado de bem-estar tão intenso que, mesmo se ela me enfiasse uma faca, eu não sentiria nada. De resto, diante de minha euforia cheia de gentilezas, a mulher de Nino suspendeu qualquer hostilidade, elogiou a disciplina de Dede e de Elsa, confessou que me admirava muito. Seu marido lhe contara tudo de mim, os estudos que eu tinha feito, meu sucesso como escritora. Mas sou um pouco ciumenta — admitiu —, e não por você ser excelente, mas porque o conhece desde pequena, e eu, não. Ela também gostaria de tê-lo conhecido na infância, saber como ele era aos dez, aos catorze anos, a voz que tinha antes de engrossar, a risada de quando era criança. Ainda bem que tenho Albertino — disse —, é igualzinho ao pai.

Observei o menino, mas não achei que tivesse traços de Nino; talvez se manifestassem mais tarde. Eu me pareço com papai, exclamou imediatamente Dede com orgulho, e Elsa acrescentou: eu me pareço mais com a mamãe. Tornei a me lembrar do filho de Silvia, Mirko, que sempre fora idêntico a Nino. Que prazer eu sentira ao apertá-lo entre os braços, acalmando seus vagidos na casa de Mariarosa. O que eu buscara naquele menino, quando ainda estava longe da experiência da maternidade? O que eu tinha buscado em Gennaro, quando ainda não sabia que seu pai era Stefano? O que buscava em Albertino, agora que eu era mãe de Dede e de Elsa, e por que o examinava com tanta atenção? Excluí que Nino se lembrasse de vez em quando de Mirko. Nem me constava que ele tivesse demonstrado qualquer curiosidade por Gennaro. Essa distraída semeadura dos homens, entorpecidos pelo prazer; nos fecundam dominados pelo seu orgasmo; irrompem dentro de nós e se retraem nos deixando, selado na carne, seu fantasma como um objeto perdido. Albertino era filho da vontade, da atenção? Ou também ele estava nos braços dessa mulher-mãe sem que Nino lhe desse importância? Voltei a mim, disse a Eleonora que seu filho era a cópia do pai e ela ficou contente com aquela mentira. Depois lhe contei minuciosamente, com afeto, com ternura, de Nino na época da escola fundamental, nos tempos das competições organizadas por Oliviero e pelo diretor, no período do liceu, da Galiani e das férias em Ischia, que passamos juntos com outros amigos. Parei ali, embora ela, como uma menina, continuasse me perguntando: e depois?

Conversa vai, conversa vem, mostrei-me cada vez mais simpática a ela, que acabou se apegando a mim. Se eu entrava numa loja e alguma coisa me agradava, se a provava e depois desistia, descobria na saída que Eleonora a comprara de presente para mim. Quis também comprar vestidinhos para Dede e Elsa. No restaurante, ela pagou a conta. E pagou o táxi com que me acompanhou até em casa com as meninas, para depois seguir carregada de sacolas rumo ao hotel. Então nos despedimos, e tanto eu quanto as meninas acenamos com as mãos para ela até o carro dobrar a esquina. É mais uma peça de minha cidade, pensei. Muitíssimo distante de minha experiência. Usava o dinheiro como se não tivesse o menor valor. Excluí que fosse dinheiro de Nino. O pai dela era advogado, o avô, também, a mãe pertencia a uma estirpe de banqueiros. Perguntei-me que diferença havia entre sua riqueza de burgueses e a dos Solara. Pensei em quantas voltas ocultas o dinheiro dá antes de se transformar em altos salários e lautos honorários. Lembrei-me dos rapazes do bairro que ganhavam o dia descarregando mercadorias de contrabando, cortando árvores de parques, trabalhando nos canteiros de obras. Lembrei-me de Antonio, de Pasquale, de Enzo, que desde meninos arranjavam uns trocados para sobreviver. Os engenheiros, os arquitetos, os advogados, os bancos eram outra coisa, nunca o dinheiro deles provinha — mesmo entre mil filtros — dos mesmos malfeitos, do mesmo massacre, alguma migalha tinha até se transformado em gorjeta para meu pai e contribuíra com meus estudos. Então qual era o limiar além do qual o dinheiro ruim se tornava bom e vice-versa? Até que ponto era limpo o dinheiro que Eleonora gastara sem problemas no calor daquele dia florentino?; e os cheques com que tinham sido compradas as mercadorias que eu estava levando para casa, até que ponto eram diferentes daqueles com que Michele pagava o trabalho de Lila? Durante toda a tarde, eu e as meninas nos pavoneamos na frente do espelho com as roupas que ganháramos de presente. Eram artigos de qualidade, exuberantes, alegres. Havia um vestido vermelho desbotado, anos 1940, que me caía especialmente bem; queria que Nino me visse com ele.

No entanto a família Sarratore voltou para Nápoles sem que tivéssemos a ocasião de nos encontrarmos mais uma vez. Porém, contra todas as previsões, o tempo não colapsou, ao contrário, começou a correr com leveza. Nino voltaria, isso era certo. E discutiria meu texto comigo. Para evitar atritos inúteis, coloquei uma cópia dele sobre a escrivaninha de Pietro. Depois telefonei para Mariarosa com a agradável certeza de ter trabalhado bem e lhe disse que tinha conseguido pôr em ordem aquele rascunho que eu havia mencionado. Quis que eu lhe mandasse logo uma cópia. Poucos dias depois me ligou entusiasmada, perguntou se ela mesma podia traduzi-lo em francês e mandá-lo para uma amiga de Nanterre que tinha uma pequena editora. Aceitei com entusiasmo, mas a coisa não terminou ali. Passaram-se poucas horas e minha sogra me telefonou com uma voz falsamente ofendida.

"Como é que as coisas que você escreve agora vão parar nas mãos de Mariarosa, e não nas minhas?"

"Temo que não interessem a você. São umas setenta páginas, não é um romance, nem eu sei bem o que é."

"Quando você não sabe o que é que escreveu, quer dizer que trabalhou bem. De todo modo, deixe que eu decida se me interessa ou não."

Mandei uma cópia também para ela. Fiz isso quase com displicência. Fiz justo na manhã em que Nino, por volta do meio-dia, me telefonou de surpresa da estação — tinha acabado de chegar em Florença.

"Chego aí daqui a meia hora, deixo a bagagem e vou para a biblioteca."

"Não quer comer alguma coisa?", perguntei com naturalidade. Pareceu-me normal — o ponto de chegada de um longo percurso — que ele viesse dormir em minha casa, que eu lhe preparasse o almoço enquanto tomava uma ducha em meu banheiro, que comêssemos juntos, eu, ele e as meninas, enquanto Pietro aplicava provas na universidade.

107.

Nino ficou uns dez dias. Nada do que ocorreu naquele período teve que ver com a ânsia de sedução que eu experimentara anos antes. Não fiz gracinhas com ele, não mudei o tom de voz, não o assediei com cortesias de todo tipo, não representei o papel da mulher liberal imitando minha cunhada, não experimentei o caminho das alusões maliciosas, não procurei seu olhar com ternura, não procurei sentar a seu lado na mesa ou no sofá, diante da televisão, não circulei seminua pela casa, não busquei estar sozinha com ele, não encostei meu cotovelo no dele, braço no braço ou no seio, perna com perna. Fui tímida, digna, de poucas e secas palavras, atenta apenas a que se alimentasse bem, que as meninas não o importunassem, que se sentisse à vontade. E não foi uma escolha, eu não teria conseguido me comportar de outra maneira. Ele brincava muito com Pietro, com Dede, com Elsa, mas assim que me dirigia a palavra se tornava sério, parecia medir as frases como se não houvesse uma velha amizade entre nós. E comigo acontecia o mesmo. Estava felicíssima de tê-lo em casa e no entanto não sentia nenhuma necessidade de tons ou gestos de intimidade, ao contrário, gostava de me manter à margem e de evitar contatos entre nós. Me sentia como uma gota de chuva numa teia de aranha, e ficava atenta para não escorregar.

Tivemos uma única troca, longa, toda ela concentrada em meu texto. Ele tocou no assunto imediatamente, assim que chegou, com precisão e agudeza. Ficara tocado com a narrativa de Ish e Isha'h, me fez questões, perguntou: para você a mulher, no relato bíblico, não é distinta do homem, é o próprio homem? Sim, respondi, Eva não pode, não sabe, não tem matéria para ser Eva fora de Adão. *Seu* mal e *seu* bem são o mal e o bem segundo Adão. Eva é Adão mulher. E a operação divina é tão bem lograda que ela mesma, em si, não sabe o que é, tem lineamentos maleáveis, não possui uma língua própria, não tem uma lógica e um estilo próprios, forma-se como nada. Condição terrível, comentou Nino, e eu, nervosa, o espiei com o rabo do olho para entender se estava zombando de mim. Não, não estava. Ao contrário, me elogiou muito sem a mínima sombra de ironia, citou alguns livros que eu não conhecia sobre assuntos correlatos e reiterou que considerava o trabalho pronto para publicação. Escutei sem demonstrar satisfação, apenas disse no final: Mariarosa também gostou do texto. Nessa altura ele pediu informações sobre minha cunhada, falou bem dela tanto como estudiosa quanto pela dedicação a Franco, e seguiu para a biblioteca.

Quanto ao resto, saiu todas as manhãs com Pietro e voltou todas as noites depois dele. Em raríssimas ocasiões saímos todos juntos. Uma vez, por exemplo, quis nos levar ao cinema para ver uma comédia, escolhida especialmente para as meninas. Nino se sentou ao lado de Pietro, eu, entre minhas filhas. Quando me dei conta de que eu ria alto sempre que ele ria, parei completamente de rir. Censurei-o brandamente porque durante o intervalo quis comprar sorvete para Dede, Elsa e também para os adultos. Para mim, não — disse —, obrigada. Brincou um pouco, falou que o sorvete era bom e que eu não sabia o que estava perdendo, ofereceu para que eu o provasse, provei. Enfim, pequenos gestos. Numa tarde fizemos um passeio eu, ele, Dede e Elsa. Conversamos pouquíssimo, Nino deu corda sobretudo às meninas. Mas o percurso ficou impresso na minha memória, eu poderia mencionar cada rua, os locais onde paramos, cada esquina. Fazia calor, a cidade estava abarrotada de gente. Ele cumprimentava passantes o tempo todo, alguns o chamavam pelo sobrenome, fui apresentada a um ou outro com elogios exagerados. Fiquei surpresa com sua notoriedade. Um deles, historiador bastante conhecido, o cumprimentou pelas meninas como se fossem nossas filhas. Não aconteceu mais nada além disso, exceto uma mudança repentina e inexplicável das relações entre ele e Pietro.

108.

Tudo começou durante um jantar. Pietro falou com admiração de um professor de Nápoles, na época muito estimado, e Nino disse: seria capaz de apostar que você gostava daquele cretino. Meu marido se mostrou desconcertado, esboçou um sorriso incerto, mas Nino aumentou a dose, debochando de como ele se deixava enganar facilmente pelas aparências. A isso se seguiu, já na manhã seguinte, outro pequeno incidente. Não me lembro a propósito de que, Nino voltou a citar meu antigo desentendimento com o professor de religião sobre o Espírito Santo. Pietro, que não conhecia aquele episódio, quis saber mais, e Nino, virando-se não para ele, mas para as meninas, passou imediatamente a contar o caso como se fosse um grande feito de sua mãe quando criança.

Meu marido me elogiou e disse: você foi muito corajosa. Mas depois explicou a Dede, com o tom que assumia quando diziam bobagens na televisão e ele se sentia obrigado a esclarecer a filha sobre como as coisas eram de fato, o que tinha acontecido aos doze apóstolos na manhã de pentecostes: um rumor de vento, lampejos como de fogo, o dom de fazer-se compreender por qualquer um, em qualquer língua. Então se dirigiu a mim e a Nino falando-nos com arrebatamento da *virtus* que invadira os discípulos, e citou o profeta Joel: *derramarei meu espírito sobre toda a carne*, e disse que o Espírito Santo era um símbolo indispensável para refletir sobre como as multidões descobrem um meio de se encontrar e se organizar em comunidades. Nino o deixou falar, mas com uma expressão cada vez mais irônica. Por fim exclamou: eu teria apostado que por trás de você se escondia um padre. E para mim, divertido: você é mulher dele ou empregada de padre? Pietro ficou vermelho, se atrapalhou. Desde sempre tinha uma paixão por aqueles temas, senti que estava ficando incomodado. Balbuciou: me desculpem, estou tomando seu tempo, vamos trabalhar.

Os momentos daquele tipo se multiplicaram, sem um motivo evidente. Enquanto as relações entre mim e Nino permaneceram inalteradas, atentas à forma, educadas e distantes, entre ele e Pietro as barreiras se romperam. Fosse no café da manhã ou no jantar, o hóspede passou a se dirigir ao dono da casa num crescendo de frases zombeteiras, quase no limite do ofensivo, dessas que humilham, mas de um jeito amigável, com um sorriso nos lábios, tanto que não é possível se rebelar senão se passando por pessoa suscetível. Era uma entonação que eu conhecia, no bairro os mais espertos frequentemente se valiam dela para subjugar os mais lentos e empurrá-los, sem palavras, para o centro do escárnio. Pietro pareceu sobretudo desorientado: estava bem com Nino, o apreciava, e por isso não reagia, balançava a cabeça simulando um ar divertido, às vezes parecia perguntar-se em que poderia ter errado e esperava que se voltasse aos velhos e bons tons afetuosos. Mas Nino prosseguia implacável. Virava-se para mim, para as meninas, redobrava a dose para obter nosso consenso. E as meninas concordavam rindo, e discretamente eu também. Mas enquanto isso eu pensava: por que está fazendo isso?, se Pietro levar a sério, as relações serão cortadas. Mas Pietro não levava a sério, simplesmente não entendia, e dia após dia as neuroses voltavam a atormentá-lo. O rosto demonstrava cansaço, o desgaste daqueles anos reaparecia nos olhos em alarme e na fronte marcada. Preciso fazer alguma coisa — pensava —, e o mais depressa possível. Mas eu não fazia nada, aliás, tinha dificuldade de me livrar não da admiração, mas da excitação — talvez, sim, fosse excitação — que me invadia ao ver e ouvir como um Airota, um cultíssimo Airota, perdia terreno, se confundia, respondia com piadinhas frouxas às agressões velozes, brilhantes e até cruéis de Nino Sarratore, meu colega de escola, meu amigo, nascido no mesmo bairro que eu.

109.

Dias antes de ele voltar a Nápoles, houve dois episódios particularmente desagradáveis. Numa tarde Adele me telefonou, ela também muito contente com meu trabalho. Disse que eu devia mandar o texto imediatamente para a editora, era possível fazer um livrinho a ser publicado simultaneamente ao lançamento na França ou, se não desse tempo, logo em seguida. Durante o jantar mencionei o fato com um ar displicente, e Nino me fez muitos elogios, dizendo às meninas:

"Vocês têm uma mãe excepcional". Depois se dirigia a Pietro: "Você leu o texto?".

"Não tive tempo."

"Seria melhor não ler."

"Por quê?"

"Não é coisa para você."
"Como assim?"
"É muito inteligente."
"O que você quer dizer com isso?"
"Que você é menos inteligente que Elena."
E riu. Pietro não disse nada, Nino insistiu:
"Ficou ofendido?"
Queria que reagisse para humilhá-lo ainda mais. Mas Pietro se levantou da mesa e disse:
"Licença, preciso trabalhar."
Murmurei:
"Termine de comer."
Ele não respondeu. Estávamos na sala de jantar, que era ampla. Por um instante pareceu que realmente iria atravessá-la e se fechar no escritório. No entanto deu meia-volta, sentou-se no sofá e ligou a televisão, aumentando bastante o volume. O clima era intolerável. Em poucos dias tudo se complicara. Me senti muito infeliz.
"Pode abaixar um pouco?", pedi.
Respondeu simplesmente:
"Não."
Nino deu uma risadinha, terminou de comer, me ajudou a tirar a mesa. Na cozinha eu disse a ele:
"Por favor, o perdoe, Pietro trabalha demais e dorme pouco."
Replicou com um ímpeto de raiva:
"Como você consegue suportá-lo?"
Olhei para a porta alarmada, ainda bem que o volume da TV continuava alto.
"Eu gosto dele", respondi. E, como insistisse em me ajudar a lavar os pratos, acrescentei: "Vá, por favor, se não me complico".
O outro episódio foi ainda pior, se bem que decisivo. Eu não sabia mais o que ele realmente estava querendo: agora torcia para que aquele período terminasse logo, queria retomar os hábitos familiares, acompa-

nhar de perto meu livrinho. Entretanto gostava de entrar no quarto de Nino de manhã, arrumar a desordem que ele deixava, fazer sua cama, cozinhar pensando que à noite jantaria conosco. E me angustiava o fato de que tudo isso estivesse prestes a acabar. Em certas horas da tarde, me sentia louca. Tinha a impressão de que a casa estivesse vazia apesar das meninas, eu mesma me esvaziava, não sentia nenhum interesse pelo que havia escrito, percebia a superficialidade, perdia confiança no entusiasmo de Mariarosa, de Adele, da editora francesa, da italiana. Pensava: assim que ele for embora, nada mais terá sentido.

Estava nesse estado — a vida me escapava com uma insuportável sensação de perda — quando Pietro voltou particularmente soturno da universidade. Estávamos esperando que ele chegasse para o jantar, Nino tinha voltado uma meia hora antes, mas fora imediatamente sequestrado pelas meninas. Perguntei-lhe com gentileza:

"Aconteceu alguma coisa?"

Esbravejou:

"Nunca mais me traga para casa gente de suas bandas."

Fiquei gelada, pensei que se referisse a Nino. E também Nino, que aparecera com Dede e Elsa em seus calcanhares, deve ter pensado a mesma coisa, porque o olhou com um sorrisinho provocador, como se só estivesse esperando aquela cena. Mas Pietro tinha outra coisa em mente. Disse com seu tom desdenhoso, o tom que sabia usar bem quando se convencia de que estavam em jogo princípios basilares e se sentia chamado a defendê-los:

"Hoje os policiais reapareceram e me citaram alguns nomes, me mostraram umas fotos."

Suspirei de alívio. Sabia que, depois de se recusar a retirar a queixa contra o estudante que lhe apontara uma arma, o que mais lhe pesava não era o desprezo de muitos jovens militantes e de não poucos professores, mas sobretudo as visitas da polícia, que o tratava como um confidente. Estava certa de que a causa de seu mau humor era aquela e o interrompi, irritada:

"Culpa sua. Você não devia ter agido daquele modo, eu lhe disse. Agora vai ser difícil se livrar deles."

Nino se intrometeu e perguntou a Pietro, sarcástico:

"Quem você denunciou?."

Pietro nem se virou para olhá-lo. Estava bravo comigo, era comigo que queria brigar. Disse:

"Fiz o que era preciso na época e deveria ter feito o mesmo hoje. Mas fiquei calado para não a envolver."

Nesse ponto entendi que o problema não eram os policiais, mas o que ficara sabendo por meio deles. Murmurei:

"O que é que eu tenho a ver com isso?"

Sua voz se alterou:

"Pasquale e Nadia não são seus amigos?"

Repeti bobamente:

"Pasquale e Nadia?"

"Os policiais me mostraram fotos de terroristas, e eles apareciam em algumas."

Não reagi, fiquei sem palavras. Então o que eu tinha imaginado era verdade, Pietro estava de fato me confirmando. Em poucos segundos voltaram as imagens de Pasquale descarregando a pistola em Gino, atirando nas pernas de Filippo, enquanto Nadia — Nadia, não Lila — subia as escadas, batia na porta de Bruno e lhe disparava na cara. Terrível. No entanto de repente o tom de Pietro me pareceu fora de lugar, como se estivesse usando a notícia para me pôr em dificuldade aos olhos de Nino, para acender uma discussão que eu não queria enfrentar. De fato, logo em seguida Nino tornou a se intrometer e continuou em tom de deboche:

"Então você é um informante da polícia? É isso que você faz? Denuncia os companheiros? E seu pai sabe disso? Sua mãe? Sua irmã?"

Balbuciei sem ânimo: vamos jantar. Mas logo em seguida disse a Nino, minimizando com gentileza, até para evitar que ele continuasse alfinetando Pietro ao mencionar sua família de origem: pare com isso, informante coisa nenhuma. Depois aludi confusamente ao fato de que, tempos atrás, recebera uma visita de Pasquale Peluso, não sei se ele se lembrava, um jovem do bairro, um bom rapaz que, pelos acasos da vida, se juntara a Nadia, dela você se lembra, naturalmente, a filha de Galiani, ela mesma. E nessa altura parei, porque Nino já estava rindo. Exclamou: Nadia, oh, meu Deus, Nadia, e se virou de novo para Pietro, ainda mais sarcástico: somente você e meia dúzia de policiais obtusos podiam pensar que Nadia Galiani estivesse na luta armada, coisa de louco. Nadia, a pessoa melhor e mais gentil que já conheci, a que ponto chegamos na Itália, vamos comer, vamos, por enquanto a defesa da ordem constituída pode prescindir de você. Então se encaminhou para a mesa chamando Dede e Elsa, e eu comecei a servir os pratos, certa de que Pietro estava vindo.

Mas ele não apareceu. Pensei que tivesse ido lavar as mãos, que estivesse dando um tempo para se acalmar, e me sentei em meu lugar. Estava agitada, queria passar uma noite boa e tranquila, um final ameno para aquela convivência. Mas ele não chegava, as meninas já estavam comendo. Agora até Nino parecia perplexo.

"Pode começar", disse a ele, "vai ficar frio."

"Só se você também comer."

Vacilei. Talvez devesse ir ver como meu marido estava, o que estava fazendo, se estava mais calmo. Mas não tinha vontade, estava aborrecida com o comportamento dele. Por que não guardara para si aquela incursão dos policiais? Geralmente era o que fazia com tudo o que lhe dizia respeito, nunca me contava nada. Por que me falara daquele modo na presença de Nino: *nunca mais me traga para casa gente de suas bandas*. Qual a urgência de tornar pública aquela questão? Podia esperar, podia desabafar mais tarde, quando estivéssemos no quarto de dormir. Estava bravo comigo, esse era o ponto. Queria estragar minha noite, estava se lixando para tudo o que eu fazia e desejava.

Comecei a comer. Comemos nós quatro, o primeiro, o segundo prato e até a sobremesa que eu tinha preparado. Nem sinal de

Pietro. Naquela altura fiquei furiosa. Pietro não queria jantar? Muito bem, não jantasse, evidentemente estava sem fome. Queria que o deixassem em paz? Ótimo, a casa era grande, sem ele não haveria tensões. De todo modo, agora parecia claro que o problema não era que duas pessoas que vieram uma única vez à nossa casa estivessem entre as suspeitas de participação em um grupo armado. O problema era que ele não tinha uma inteligência suficientemente rápida, não sabia dar conta das escaramuças entre homens, sofria com isso e pretendia descontar em mim. Mas que me importa você e sua mesquinharia? Tiro a mesa depois, falei em voz alta como se desse uma ordem a mim mesma, a meu estado de confusão. Então liguei a TV e me sentei no sofá com Nino e as meninas.

Passou um longo tempo, enervante. Eu sentia que Nino estava ao mesmo tempo incomodado e achando divertido. Vou chamar papai, disse Dede, que, de barriga cheia, agora estava preocupada com Pietro. Vá, reforcei. Voltou quase na ponta dos pés e sussurrou em meu ouvido: deitou na cama, está dormindo. Nino ouviu mesmo assim e disse:

"Amanhã vou embora."
"Já terminou o trabalho?"
"Não."
"Fique mais um pouco."
"Não posso."
"Pietro é uma boa pessoa."
"Você ainda o defende?"

Defendê-lo de quê, de quem? Não entendi, e quase me enfureci com ele também.

110.

As meninas dormiram na frente da televisão, e as levei para a cama. Quando voltei, Nino não estava mais lá, tinha se fechado em seu quarto. Deprimida, tirei a mesa, lavei os pratos. Que tolice pedir que ficasse mais um pouco, era melhor que partisse. Por outro lado, como suportar a esqualidez sem ele? Queria que fosse embora pelo menos com a promessa de que mais cedo ou mais tarde voltaria. Desejava que dormisse de novo em minha casa, que tomássemos café da manhã juntos e, à noite, jantássemos na mesma mesa, que falasse disso e daquilo com seu tom divertido, que me ouvisse quando eu quisesse dar forma a uma ideia, que fosse sempre respeitoso diante de cada frase minha, que nunca recorresse à ironia e ao sarcasmo comigo. Entretanto tive de admitir que, se a situação se deteriorara rapidamente, tornando a convivência impossível, a culpa era dele. Pietro se afeiçoara a ele. Tinha prazer em vê-lo por perto, prezava a amizade que surgira entre os dois. Por que Nino sentiu a necessidade de machucá-lo, de humilhá-lo, de lhe retirar autoridade? Tirei a maquiagem, me lavei, pus a camisola. Fechei a porta de casa com chave e corrente, desliguei o gás, baixei todas as persianas, apaguei as luzes. Passei para ver como as meninas estavam. Torci para que Pietro não estivesse fingindo que dormia, que não estivesse me esperando para brigar. Dei uma olhada em sua mesinha de cabeceira, ele tinha tomado o tranquilizante, estava apagado. Senti ternura por ele, beijei seu rosto. Que pessoa imprevisível: inteligentíssimo e estúpido, sensível e obtuso, corajoso e vil, cultíssimo e ignorante, bem-educado e rude. Um Airota que não deu certo, que tropeçara no meio do caminho. Nino, tão seguro de si, tão determinado, teria sido capaz de recolocá-lo em movimento, de ajudá-lo a melhorar? Tornei a me perguntar por que aquela amizade nascente havia se transformado em hostilidade de mão única. E dessa vez tive a impressão de entender. Nino quis me ajudar a ver meu marido tal como ele realmente era. Estava convencido de que eu tinha uma visão idealizada dele, à qual me submetera tanto no plano sentimental quanto no intelectual. Tinha desejado me revelar a inconsistência que havia por trás do jovem titular de cátedra, autor de uma tese que depois se tornara um livro apreciadíssimo, o estudioso que há tempos trabalhava numa nova publicação que deveria consolidar seu prestígio. Era como se naqueles últimos dias não tivesse feito outra coisa senão me gritar: você vive com um homem banal, teve duas filhas com uma nulidade. Seu plano era desvalorizá-lo para me libertar, restituir-me a mim mesma e demoli--lo. Porém, ao fazer isso, se dava conta de que se propunha a mim — querendo ou não — como um modelo alternativo de virilidade?

Aquela pergunta me deixou com raiva. Nino tinha sido imprudente. Tinha provocado desordem numa situação que, para mim, constituía o único equilíbrio possível. Por que causar confusão sem sequer me consultar? Quem lhe havia pedido que me abrisse os olhos, que me salvasse? Com base em que havia deduzido que eu precisava disso? Pensou que podia fazer o que bem quisesse com minha vida de casada, com minha responsabilidade de mãe? Com que propósito? Onde achava que isso ia parar? É ele — disse a mim mesma — quem precisa clarear as ideias. Não tem interesse por nossa amizade? As férias estão próximas. Eu vou para Viareggio, ele disse que vai para a casa dos sogros em Capri. Precisamos esperar o final das férias para nos encontrarmos? E por quê? Já agora, durante o verão, seria possível consolidar a relação entre nossas famílias. Eu poderia ligar para Eleonora, convidá-la com o marido e o filho a passar uns dias com a gente em Viareggio. E gostaria também de ser convidada a Capri, onde nunca estive, com Dede, Elsa e Pietro. Mas, se nem mesmo isso acontecer, por que não nos escrevemos, trocamos ideias, indicações de livros, falamos de nossos projetos de trabalho?

Não consegui me acalmar. Nino havia errado. Se de fato tinha consideração por mim, era preciso que reconduzisse tudo ao ponto de partida. Ele devia reconquistar a simpatia e a amizade de Pietro, meu marido não esperava outra coisa. Realmente supunha me fazer bem provocando aquelas tensões? Não, não, eu tinha de falar com ele, dizer que era uma tolice tratar Pietro daquela maneira. Levantei-me da cama com cautela, saí do quarto. Atravessei o corredor de pés descalços, bati na porta de Nino. Esperei um instante, entrei. O quarto estava escuro.

"Você se decidiu", escutei sua voz.

Estremeci, não me perguntei *se decidiu a quê*. Soube apenas que ele tinha razão, eu estava decidida. Tirei depressa a camisola e me deitei ao lado dele, apesar do calor.

111.

Voltei para minha cama por volta das quatro da manhã. Meu marido teve um sobressalto e murmurou dormindo: o que foi? Respondi de modo peremptório: durma — e ele se aquietou. Eu estava atordoada. Feliz com o que havia acontecido, mas, embora me esforçasse, não conseguia ter consciência daquilo a partir *de dentro* de minha condição, *de dentro* do que eu era naquela casa, em Florença. Tinha a impressão de que tudo entre mim e Nino houvesse ocorrido no bairro, enquanto os pais dele se mudavam e Melina lançava objetos da janela e berrava destroçada pelo sofrimento; ou em Ischia, quando tínhamos passeado de mãos dadas; ou na noite em Milão, após o encontro na livraria, quando ele me defendeu contra aquele crítico raivoso. Por um momento isso me deu um senso de irresponsabilidade, talvez até de inocência, como se a amiga de Lila, a esposa de Pietro, a mãe de Dede e de Elsa não tivessem nada a ver com a menina-garota-mulher que amava Nino e finalmente o conquistara. Sentia os vestígios de suas mãos e dos beijos em cada parte do corpo. A ânsia de gozo não queria sossegar, os pensamentos eram: o dia ainda está longe, o que estou fazendo aqui, vou voltar para ele, mais uma vez.

Depois adormeci. Reabri os olhos com um calafrio, havia luz no quarto. O que eu tinha feito? Justo aqui, em minha casa, que cretinice. Agora Pietro acordaria. Agora as meninas acordariam. Eu precisava preparar o café da manhã. Nino se despediria de nós e voltaria a Nápoles, para a mulher e o filho. E eu voltaria a ser eu.

Levantei, tomei uma ducha demorada, enxuguei os cabelos, me maquiei com apuro, pus um vestido de festa como se fosse sair. Oh, claro, eu e Nino tínhamos jurado no coração da noite que nunca mais nos perderíamos de vista, que acharíamos um jeito de continuar nos amando. Mas como? E quando? Por que ele me procuraria de novo? Tudo o que podia acontecer entre nós já tinha acontecido, o resto era só complicação. Chega, pus a mesa com cuidado para o café da manhã. Queria deixar para ele uma bela imagem daquela sua permanência, da casa, dos objetos cotidianos, de mim.

Pietro apareceu descabelado, de pijama.

"Aonde você vai?"

"A lugar nenhum."

Me olhou perplexo, nunca acontecia de eu estar tão bem-arrumada logo depois de acordar:

"Você está muito bem."

"Não por mérito seu."

Foi até a janela, olhou para fora e então balbuciou:

"Eu estava muito cansado ontem à noite."

"E muito mal-educado também."

"Vou pedir desculpas a ele."

"Devia pedir desculpas primeiramente a mim."

"Me desculpe."

"Hoje ele vai embora."

Dede apareceu de pés descalços. Fui buscar suas pantufas e acordei Elsa, que, como sempre, ainda de olhos fechados, me encheu de beijos. Que cheiro gostoso ela tinha, como era macia. Sim, disse a mim mesma, aconteceu. Ainda bem, podia não acontecer nunca. Mas agora preciso me impor uma disciplina. Telefonar a Mariarosa para saber da França, falar com Adele, ir pessoalmente à editora para tentar entender o que pretendem fazer com meu livrinho, se acreditam nele de verdade ou querem apenas agradar minha sogra. Depois ouvi rumores no corredor. Era Nino, fui arrebatada pelos sinais de sua presença, ainda estava ali, só por mais um pouco. Livrei-me do abraço da menina e disse: desculpe, Elsa, mamãe volta logo — e saí depressa.

Nino estava saindo sonolento do quarto, o empurrei para o banheiro, tranquei a porta. Começamos a nos beijar, perdi de novo a consciência do lugar e da hora. Eu mesma me espantei com a intensidade de meu desejo, era boa em esconder as coisas de mim. Nos agarramos com uma fúria que eu desconhecia, como se os corpos se chocassem um contra o outro com a intenção de se arrebentar. Então o prazer era isso: quebrar-se, misturar-se, não saber mais o que era meu e o que era dele. Mesmo se Pietro tivesse aparecido, mesmo se as meninas surgissem ali, não seriam capazes de nos reconhecer. Sussurrei em sua boca.

"Fique mais um tempo."

"Não posso."

"Então volte, jure que vai voltar."

"Juro."

"E me ligue."

"Sim."

"Diga que não vai se esquecer de mim, que não vai me deixar, diga que me ama."

"Te amo."

"Repita."

"Te amo."

"Jure que não é uma mentira."

"Juro."

112.

Foi embora uma hora depois, mesmo Pietro insistindo com um tom meio mal-humorado para que ficasse, mesmo com o choro de Dede.

Meu marido foi tomar banho e reapareceu dali a pouco pronto para sair. Disse-me de olhos baixos: não falei aos policiais que Pasquale e Nadia estiveram em nossa casa; e não fiz isso para proteger você, mas porque acho que agora estão confundindo a discordância com o crime. Não entendi imediatamente sobre o que estava falando. Pasquale e Nadia tinham saído completamente de minha cabeça, e foi difícil assimilá-los de novo. Pietro esperou alguns segundos em silêncio. Talvez quisesse que eu mostrasse concordância com aquela sua consideração, queria enfrentar o dia de calor e de provas sabendo que tínhamos feito as pazes, que pelo menos por uma vez estávamos pensando do mesmo modo. Mas me limitei a um aceno distraído. Que me importavam agora as opiniões políticas dele, o caso de Nadia e Pasquale, a morte de Ulrike Meinhof, o nascimento da república socialista do Vietnã, o avanço eleitoral do partido comunista? O mundo se retraíra. Eu me sentia abismada dentro de mim mesma, dentro de minha carne, que me parecia não só o único habitáculo possível, mas também a única matéria pela qual valia a pena esforçar-se. Foi um alívio quando ele, a testemunha da ordem e da desordem, fechou a porta atrás de si. Não suportava estar sob seu olhar, temia que de repente se tornassem visíveis os lábios doloridos pelos beijos, o cansaço da noite, o corpo hipersensível, como escaldado.

Assim que fiquei sozinha, voltou-me a certeza de que nunca mais veria e ouviria Nino. E a ela veio se juntar outra: não podia mais viver com Pietro, me parecia insuportável continuarmos dormindo na mesma cama. O que fazer? Vou deixá-lo, pensei. Vou embora com as meninas. Mas como eu deveria proceder, ir embora e pronto? Não sabia nada sobre separações e divórcios, qual era a praxe, quanto tempo era preciso para retornar à liberdade. E não conhecia nenhum casal que tivesse tomado esse rumo. O que acontecia com os filhos? Como era o acordo para a manutenção deles? Podia levar as meninas para outra cidade, Nápoles, por exemplo? E por que para Nápoles e não, digamos, para Milão? Se eu deixar Pietro, disse a mim mesma, mais cedo ou mais tarde vou precisar de um trabalho. Os tempos estão feios, a economia vai mal, e Milão para mim é o lugar certo, é lá que está a editora. Mas e Dede, e Elsa? E a relação delas com o pai? Então devo continuar em Florença? Nunca, nunca. Melhor Milão, Pietro iria ver as filhas todas as vezes que pudesse e quisesse. Sim. No entanto minha cabeça me levava para Nápoles. Não ao bairro, nunca voltaria para lá. Imaginei ir morar na Nápoles deslumbrante onde eu nunca tinha vivido, a poucos passos da casa de Nino, em via Tasso. Avistá-lo da janela enquanto ia ou voltava da faculdade, encontrá-lo na rua, conversar com ele todos os dias. Sem o incomodar. Sem lhe causar problemas com a família, ao contrário, intensificando a relação de amizade com Eleonora. Me bastaria aquela proximidade. Portanto Nápoles, e não Milão. De resto, separando-me de Pietro, Milão já não seria tão hospitaleira. As relações com Mariarosa se esfriariam, e com Adele, também. Não interrompidas, não, eram pessoas civilizadas, mas continuavam sendo a mãe e a irmã de Pietro, mesmo não tendo muito apreço por ele. Sem falar de Guido, o pai. Não, com certeza não poderia mais contar do mesmo modo com os Airota, talvez nem com a editora. Poderia receber alguma ajuda somente de Nino. Ele era bem relacionado em todo lugar, com certeza encontraria uma maneira de me apoiar. A menos que minha presença constante não importunasse sua mulher, não o importunasse. Para ele eu era uma mulher casada que vivia em Florença com a família. Portanto distante de Nápoles, e não livre. Romper às pressas meu casamento, correr atrás dele, ir morar imediatamente a poucos passos de sua casa, ufa. Ele me acharia uma doida, faria o papel de uma mulherzinha desmiolada, o tipo de mulher dependente do homem que, aliás, deixava as amigas de Mariarosa horrorizadas. E acima de tudo inadequada para ele. Tinha amado muitas mulheres, passava de uma cama a outra, semeava filhos sem compromisso, considerava o casamento uma convenção necessária, mas que não podia enjaular os desejos. Eu cairia no ridículo. Tinha prescindido de tanta coisa em minha vida, também podia prescindir de Nino. Seguiria meu caminho com minhas filhas.

Mas o telefone tocou, e corri para atender. Era ele, ao fundo se ouvia um autofalante, vozerio, barulho, a voz chegava com dificuldade. Acabara de chegar a Nápoles, estava ligando da estação. Apenas um oi, me disse, queria saber como você está. Estou bem, respondi. O que está fazendo? Me preparando para almoçar com as meninas. Pietro está? Não. Você gostou de fazer amor comigo? Sim. Muito? Muitíssimo. Minhas fichas acabaram. Vá, tchau, obrigada pelo telefonema. Nos ouvimos. Quando você quiser. Fiquei contente comigo, com meu autocontrole. Mantive-o a uma distância correta, disse a mim mesma, a um telefonema de cortesia respondi com cortesia. Mas três horas depois ele tornou a ligar, de novo de um telefone público. Estava nervoso. Por que você está tão fria? Não estou fria. Hoje de manhã você quis que eu dissesse que te amava, e eu disse, embora por princípio eu não diga isso a ninguém, nem a minha mulher. Fico contente. E você me ama? Amo. Vai dormir com ele esta noite? E com quem você quer que eu durma? Não suporto isso. Você não dorme com sua mulher? Não é a mesma coisa. Por quê? Não estou nem aí para Eleonora. Então volte para cá. Como faço isso? Se separe. E depois? Começou a ligar obsessivamente. Adorava aqueles toques do telefone, especialmente quando nos despedíamos e parecia que só nos falaríamos sabe-se lá quando, mas ele tornava a ligar meia hora depois, às vezes até dez minutos depois, e recomeçava a se agitar, me perguntava se eu já tinha feito amor com Pietro depois que estivemos juntos, eu lhe dizia que não, ele me fazia jurar, jurava, perguntava a ele se tinha feito com a mulher, gritava que não, também o fazia jurar, e era um juramento após o outro, e uma avalanche de promessas, sobretudo a promessa solene de permanecer em casa, de ficar comunicável. Queria que eu esperasse seus telefonemas, tanto que, se por acaso eu saía — precisava pelo menos fazer as compras —, ele fazia o telefone chamar e chamar no vazio, o fazia chamar até que eu voltasse e deixasse as meninas, deixasse as sacolas, não fechava nem mesmo a porta das escadas, e corria para atender. Ele estava do outro lado, desesperado: achei que você nunca mais iria atender. Depois acrescentava com alívio: mas eu continuaria ligando para sempre, na sua falta eu passaria a amar o som do telefone, este som no vazio me parecia a única coisa que me sobrara. E evocava minuciosamente nossa noite — se lembra disso, se lembra daquilo —, a evocava continuamente. Listava tudo o que queria fazer a meu lado, não só sexo: um passeio, uma viagem, ir ao cinema, a um restaurante, conversar sobre o trabalho que estava fazendo, ouvir como estava indo meu livrinho. Então eu perdia o controle. Murmurava sim, sim, sim, tudo, tudo o que você quiser, e gritava: estou para sair de férias, daqui a uma semana vou estar na praia com as meninas e Pietro, quase como se tratasse de uma deportação. E ele: Eleonora vai para Capri daqui a três dias, assim que ela for eu irei a Florença nem que seja por uma hora. Enquanto isso Elsa me olhava e perguntava: mamãe, com quem você está falando sem parar, venha brincar. Um dia Dede lhe disse: deixe ela em paz, está falando com o namorado.

113.

Nino viajou de noite e chegou a Nápoles por volta das nove da manhã. Telefonou, Pietro atendeu, desligou. Chamou de novo, corri para atender. Tinha estacionado debaixo de minha casa. Desça. Não posso. Desça logo, se não eu subo. Faltavam poucos dias para minha ida a Viareggio, Pietro já estava em férias. Deixei as meninas com ele, disse que precisava fazer compras urgentes para a praia. Corri para Nino.

Aquele reencontro foi uma péssima ideia. Descobrimos que, em vez de atenuar o desejo, ele se alastrara como um incêndio e demandava mil gestos com uma urgência imprudente. Se à distância, por telefone, as palavras nos permitiam fantasiar, construindo perspectivas animadoras, mas também nos impunham uma ordem, controlando-nos, assustando-nos, aquele nosso reencontro, fechados no espaço mínimo do automóvel, alheios ao calor terrível, deu concretude ao nosso delírio, conferiu-lhe a marca da inevitabilidade, fez dele mais uma peça na grande estação subversiva em curso, o tornou coerente com as formas de realismo da época, as que pretendiam o impossível.

"Não volte pra casa."

"E as meninas? E Pietro?"

"E a gente?"

Antes de voltar para Nápoles, disse que não sabia se conseguiria passar todo o mês de agosto sem me ver. Nos despedimos em desespero. Eu não tinha telefone na casa que havíamos alugado em Viareggio, ele me passou o número da casa de Capri, me fez prometer que ligaria todos os dias.

"E se sua mulher atender?"

"Desligue."

"Se você estiver na praia?"

"Preciso trabalhar, não vou à praia quase nunca."

Em nossa fantasia, telefonar devia servir também para fixar uma data, antes ou depois do feriado de Ferragosto, e acharmos um jeito de nos encontrarmos pelo menos uma vez. Ele pressionava para que eu inventasse uma desculpa qualquer e voltasse a Florença. Ele faria o mesmo com Eleonora e viria me ver. A gente se encontraria em minha casa, jantaríamos juntos, dormiríamos juntos. Outra loucura. Eu o beijei, o acariciei, o mordi e me arranquei dele num estado de felicidade infeliz. Corri para comprar ao acaso toalhas, dois calções para Pietro, balde e pás para Elsa, um maiozinho azul para Dede. Naquele período ela adorava o azul.

114.

Saímos de férias. Dei pouca atenção às meninas, deixei-as quase o tempo todo com o pai. Corria constantemente em busca de um telefone, pelo menos para dizer a Nino que o amava. Eleonora só atendeu umas duas vezes, e eu desliguei. Mas bastou sua voz para me aborrecer, achei injusto que ele estivesse dia e noite a seu lado; o que ela tinha a ver com ele, com a gente? Aquela irritação me ajudou a vencer o medo, o plano de nos encontrarmos em Florença me pareceu cada vez mais viável. Disse a Pietro — e era verdade — que enquanto a editora italiana, com toda boa vontade, não conseguiria publicar meu livro antes de janeiro, meu texto sairia na França já no final de outubro. Então eu precisava tirar algumas dúvidas com urgência, queria consultar dois livros, precisava voltar para casa.

"Eu mesmo vou buscá-los", se ofereceu ele.

"Fique um pouco com as meninas, você nunca está com elas."

"Eu gosto de dirigir, você, não."

"Pode me deixar um pouco em paz? Posso ter um dia de liberdade? As empregadas têm, por que eu não?"

Saí de carro de manhã cedo, o céu estava estriado de branco, da janela vinha um vento fresco que trazia os cheiros do verão. Entrei na casa vazia com o coração aos pulos. Tirei a roupa, tomei banho, me olhei no espelho perturbada com a clareza branca da barriga e dos seios, me vesti, me despi, tornei a me vestir até me sentir bonita.

Por volta das três da tarde Nino chegou, não sei que lorota tinha inventado para a mulher. Fizemos amor até a noite. Pela primeira vez ele teve a oportunidade de se dedicar ao meu corpo, e eu não estava preparada para tanta devoção e idolatria. Tentei corresponder à altura, queria a todo custo mostrar que eu era boa. Porém, quando o vi exausto e feliz, algo de repente estragou meus pensamentos.

Para mim, aquilo era uma experiência única; para ele, uma repetição. Amava as mulheres, adorava seus corpos como fetiches. Não pensei propriamente nas mulheres de que tive notícias, Nadia, Silvia, Mariarosa ou mesmo Eleonora. Em vez disso, pensei naquela que eu conhecia bem, nas loucuras que tinha feito por Lila, no frenesi que a levara à beira da autodestruição. Lembrei-me de como ela cedera àquela paixão e se agarrara a ele, aos livros complicados que ele lia, a seus pensamentos, a suas ambições, para corroborar a si mesma e se dar uma possibilidade de mudança. Lembrei-me de como estava no fundo do poço quando Nino a abandonara. Ele só sabia amar e induzir a ser amado daquela maneira excessiva, não conhecia outros modos? Aquele nosso amor louco era a reprodução de outros amores loucos? Aquele querer sem se preocupar com nada recorria a um protótipo, ao modo como ele havia desejado Lila? Até aquela visita à minha casa e de Pietro se parecia a quando Lila o levara para a casa dela e de Stefano? Não estávamos fazendo, mas refazendo?

Me retraí, e ele perguntou: o que foi? Nada, não sabia o que dizer, não eram pensamentos dizíveis. Estreitei-me a ele, o beijei e enquanto isso tentei tirar da cabeça a sensação de seu amor por Lila. Mas Nino insistiu e por fim não consegui evitar, me agarrei a um eco relativamente recente — *sim, isso eu talvez possa falar* — e lhe perguntei com um ar de falso deboche:

"Eu tenho algum problema com o sexo, como Lina?"

Mudou de expressão. Em seus olhos, no rosto, apareceu uma pessoa diferente, um estranho que me assustou. Antes mesmo que respondesse, me apressei em sussurrar:

"Estou brincado, se não quiser responder, não responda."

"Não entendi o que você disse."

"Apenas citei palavras suas."

"Eu nunca disse uma frase desse tipo."

"Mentiroso, você disse isso em Milão, quando estávamos indo ao restaurante."

"Não é verdade; de todo modo, não quero falar de Lina."
"Por quê?"
Não respondeu. Fiquei irritada, virei para o outro lado. Quando me roçou as costas com os dedos, sibilei: me deixe em paz. Ficamos imóveis por um tempo, sem dizer nada. Depois ele voltou a me fazer carinhos, me beijou de leve um ombro, e eu cedi. Sim, admiti intimamente, ele tem razão, não devo nunca mais interrogá-lo sobre Lila.

À noite o telefone tocou, com certeza era Pietro com as meninas. Fiz sinal de silêncio a Nino, saí da cama e corri para atender. Preparei na garganta uma voz afetuosa, tranquilizadora, mas sem me dar conta falei muito baixo, um murmúrio pouco natural, não queria que Nino escutasse e depois me zombasse ou até se aborrecesse.

"Por que você está sussurrando assim?", perguntou Pietro. "Está tudo bem?"

Imediatamente levantei a voz, que dessa vez saiu alta demais. Procurei palavras gentis, fiz muitas gracinhas com Elsa, recomendei a Dede que não complicasse a vida do pai e que escovasse os dentes antes de dormir. Quando voltei para a cama, Nino disse:

"Que excelente esposa, que excelente mãezinha."

Respondi:

"Você não fica atrás."

Esperei que a tensão tornasse a passar, que o eco das vozes de meu marido e das meninas abrandasse. Tomamos uma ducha juntos com grande alegria, uma experiência nova, gostei de lavá-lo e de ser lavada. Depois me preparei para sair. Tornei a ficar bonita para ele, mas dessa vez sob seus olhos e de repente sem ansiedade. Parou para me olhar encantado, enquanto eu provava as roupas à procura da mais certa, enquanto me maquiava, e de tanto em tanto — embora eu lhe dissesse brincando: não ouse, isso me faz cócegas, está acabando com minha maquiagem, vou ter de recomeçar, cuidado para não rasgar o vestido, me deixe — ele vinha por trás, me beijava na nuca, enfiava as mãos em meu decote e por baixo do vestido.

Obriguei-o a sair de casa sozinho, disse que me esperasse no carro. Embora o prédio estivesse semideserto, porque todos tinham saído de férias, mesmo assim temia que alguém nos visse juntos. Fomos jantar, comemos muito, falamos muito, bebemos muitíssimo. Na volta fomos de novo para a cama, mas não dormimos em nenhum momento. Ele me disse:

"Em outubro vou a Montpellier por cinco dias, tenho um congresso."

"Divirta-se. Vai com sua mulher?"

"Quero ir com você."

"Impossível."

"Por quê?"

"Dede tem seis anos, Elsa, três. Preciso pensar nelas."

Começamos a discutir sobre nossa situação, pela primeira vez pronunciamos palavras como *casados*, *filhos*. Passamos do desespero ao sexo, do sexo ao desespero. Por fim sussurrei:

"Não devemos mais nos ver."

"Se para você é possível, bem. Para mim não é."

"Conversa fiada. Você me conhece há décadas e no entanto teve uma vida plena sem mim. Vai me esquecer em pouco tempo."

"Prometa que continuará me ligando todos os dias."

"Não, não vou mais telefonar."

"Se você parar, vou ficar maluco."

"*Eu* vou ficar maluca se continuar pensando em você."

Exploramos com uma espécie de gozo masoquista o beco sem saída em que nos sentíamos e, exasperados por nossa própria somatória de obstáculos, acabamos brigando. Ele foi embora nervosíssimo às seis da manhã. Eu arrumei a casa, chorei longamente, dirigi por todo o trajeto torcendo para não chegar nunca a Viareggio. No meio do caminho me dei conta de que não tinha pegado um único livro capaz de justificar minha viagem. Pensei: melhor assim.

115.

Minha volta foi muito comemorada por Elsa, que falou séria: papai não sabe brincar direito. Dede defendeu Pietro, exclamou que a irmã era pequena, idiota e estragava todas as brincadeiras. Pietro me examinou de mau humor.

"Você não dormiu."
"Dormi mal."
"Encontrou os livros?"
"Sim."
"E onde eles estão?"
"Onde você queria que estivessem? Em casa. Chequei o que precisava checar e pronto."
"Por que essa irritação?"
"Porque você me irrita."
"Ligamos para você de novo, ontem à noite. Elsa queria lhe dizer boa noite, mas você não estava."
"Estava calor, fui dar um passeio."
"Sozinha?"
"E com quem?"
"Dede falou que você tem um namorado."
"Dede tem uma forte ligação com você e morre de vontade de me substituir."
"Ou então está vendo e ouvindo coisas que eu não vejo e não ouço."
"O que você está querendo dizer?"
"Isso que eu disse."
"Pietro, vamos tentar ser claros: entre suas tantas doenças, agora vamos ter de acrescentar o ciúme também?"
"Não sou ciumento."
"Espero que sim. Porque do contrário já vou logo dizendo: o ciúme é demais, assim eu não aguento."

Nos dias seguintes, as discussões como aquela se multiplicaram. Eu o mantinha sob controle, o recriminava e ao mesmo tempo me desprezava. Mas também sentia raiva: o que se pretendia de mim, o que eu devia fazer? Eu amava Nino, sempre o amei: como conseguiria arrancá-lo do peito, da cabeça, da barriga, agora que ele também me queria? Desde pequena eu me construíra como um perfeito mecanismo autorrepressivo. Nenhum de meus verdadeiros desejos havia prevalecido, sempre tinha achado um meio de canalizar qualquer aspiração. Agora chega, dizia a mim mesma, que tudo se exploda, eu em primeiro lugar.

No entanto oscilava. Por uns dias não telefonei a Nino, justo como sabiamente lhe havia anunciado em Florença. Mas depois, de uma hora para outra, comecei a ligar até três ou quatro vezes ao dia, sem nenhuma prudência. Estava me lixando até para Dede, parada a poucos passos da cabine telefônica. Discutia com ele no calor insuportável daquela gaiola ao sol e de vez em quando, molhada de suor, exasperada pelo olhar espião de minha filha, escancarava a porta de vidro e gritava: o que você está fazendo aí feito um poste, já lhe disse para ficar de olho em sua irmã. Meus pensamentos agora estavam concentrados no congresso de Montpellier. Nino me pressionava, fazia disso cada vez mais uma espécie de prova definitiva da autenticidade de meus sentimentos, de modo que passávamos de brigas violentas a declarações de afeto sem limites, de longas e caras discussões por interurbano à urgência de derramar num rio de palavras incandescentes nosso desejo. Numa tarde, extenuada, com Dede e Elsa resmungando do lado de fora da cabine mamãe, ande logo, a gente não aguenta mais, disse a ele:

"Só há uma maneira de ir com você a Montpellier."

"Qual?"

"Contar tudo a Pietro."

Houve um longo silêncio.

"Você está realmente pronta para fazer isso?"

"Sim, mas com uma condição: que você conte tudo a Eleonora."
Outro longo silêncio. Nino murmurou:
"Quer que eu faça mal a Eleonora e ao menino?"
"Quero. Não vou fazer a Pietro e a minhas filhas? Tomar decisões significa fazer mal."
"Albertino é muito pequeno."
"Elsa também é. E para Dede vai ser insuportável."
"Vamos fazer isso depois de Montpellier."
"Nino, não brinque comigo."
"Não estou brincando."
"Então, se não está, comporte-se como deve: você fala com sua mulher e eu falo com meu marido. Agora. Esta noite."
"Me dê um pouco de tempo, não é algo fácil."
"E para mim é?"

Tergiversou, tentou me explicar. Disse que Eleonora era uma mulher muito frágil. Disse que ela organizara a vida em torno dele e do menino. Disse que quando era novinha tinha tentado se matar duas vezes. Mas não parou por aí, senti que estava se obrigando a uma honestidade absoluta. De frase em frase, com a lucidez que lhe era peculiar, chegou a admitir que romper seu casamento significava não só fazer mal à mulher e ao menino, mas também dar um chute em muitas mordomias — *somente vivendo numa condição de riqueza a vida em Nápoles se torna aceitável* — e numa rede de relações que lhe garantia poder fazer o que bem queria na universidade. Depois, tragado por sua própria escolha de não omitir nada, concluiu: lembre-se de que seu sogro gosta muito de mim e que tornar pública nossa relação levaria, tanto a mim quanto a você, a uma ruptura irremediável com os Airota. Foi essa última observação dele que, não sei por que, me fez mal.

"Tudo bem", falei, "vamos encerrar por aqui."
"Espere."
"Já esperei até demais, devia ter me decidido antes."

"O que você pretende fazer?"

"Assumir que meu casamento não tem mais sentido e seguir meu caminho."

"Tem certeza?"

"Tenho."

"E vai vir comigo a Montpellier?"

"Eu disse seguir meu caminho, não o seu. Nossa relação acabou."

116.

Pus o fone no gancho aos prantos, saí da cabine. Elsa me perguntou: você se machucou, mamãe? Respondi: estou ótima, é a vovó que não está bem. E continuei soluçando diante dos olhos preocupados dela e de Dede.

Na parte final das férias só fiz chorar. Dizia que estava cansada, que fazia calor demais, que tinha dor de cabeça, e mandava Pietro e as meninas para a praia. Ficava na cama encharcando o travesseiro de lágrimas. Detestava aquela fragilidade excessiva, nunca fui assim, nem quando era pequena. Tanto eu quanto Lila tínhamos nos adestrado a não chorar nunca e, quando isso acontecia, era em momentos excepcionais, por pouco tempo: a vergonha era grande, e a gente sufocava os soluços. Mas agora se abrira em minha cabeça uma fonte de água como aconteceu com Orlando, que me escorria pelos olhos sem jamais esgotar, e eu tinha a impressão de que até quando Pietro, Dede e Elsa estavam para voltar, e eu com grande esforço engolia as lágrimas e corria para lavar o rosto debaixo da torneira, a fonte continuava gotejando, à espera do momento certo para voltar ao canal dos olhos. Nino não me amava de verdade, Nino fingia muito e amava pouco. Tinha querido me comer — sim, me comer, como tinha feito com tantas outras —, mas ficar comigo, ficar comigo para sempre, rompendo os laços com a esposa, bem, isso não estava em seus planos. Provavelmente ainda era apaixonado por Lila. Provavelmente durante toda a vida amaria apenas ela, como tantos que a tinham conhecido. E graças a isso continuaria para sempre com Eleonora. O amor por Lila era a garantia de que nenhuma outra mulher — por mais que ele a amasse a seu modo arrebatador — jamais colocaria em risco aquele casamento frágil, muito menos eu. Essa era a realidade das coisas. Às vezes eu interrompia o almoço ou o jantar e corria para soluçar no banheiro.

Pietro me tratava com cautela, pressentindo que eu poderia explodir a qualquer momento. A princípio, poucas horas depois do rompimento com Nino, tinha pensado em contar tudo a ele, quase como se não fosse apenas um marido a quem eu tivesse que me explicar, mas também um confessor. Sentia a necessidade disso, especialmente quando, na cama, ele se encostava em mim e eu o rechaçava sussurrando: não, as meninas vão acordar, estive a ponto de despejar sobre ele cada detalhe. Mas sempre consegui me deter a tempo, não era preciso lhe falar de Nino. Agora que eu não telefonava mais à pessoa que amava, agora que a sentia definitivamente perdida, me parecia inútil atazanar Pietro. Era melhor encerrar a questão com poucas palavras claras: não posso mais viver com você. E no entanto não consegui fazer nem isso. Justamente quando, na penumbra do quarto de dormir, me sentia pronta a dar aquele passo, sentia pena dele, temia pelo futuro das meninas, lhe acariciava um ombro, o rosto, murmurava: durma.

As coisas mudaram no último dia de férias. Era quase meia-noite, Dede e Elsa estavam dormindo. Eu não ligava para Nino há pelo menos dez dias. Tinha arrumado as bagagens, estava acabada de melancolia, de cansaço, de calor, e estava com Pietro na sacada de casa, cada um em sua espreguiçadeira, em silêncio. Havia uma umidade extenuante, que molhava os cabelos e as roupas; vinha um cheiro de mar e de resina. De repente Pietro disse:

"Como sua mãe está?"

"Minha mãe?"

"Sim."

"Bem."

"Dede me disse que está mal."

"Já melhorou."

"Telefonei para ela hoje à tarde. Sua mãe sempre esteve ótima de saúde."

Não respondi nada. Como aquele homem era inoportuno. Pronto, agora as lágrimas estavam voltando. Oh, meu Deus, eu estava no limite, no limite. Ele falou com calma:

"Você acha que sou cego e surdo. Acha que não me dava conta quando flertava com aqueles imbecis que circulavam em nossa casa antes de Elsa nascer."

"Não sei de que você está falando."

"Sabe perfeitamente."

"Não, não sei. De quem você está falando? De pessoas que anos atrás vieram jantar umas vezes? E eu flertava com elas? Ficou doido?"

Pietro balançou a cabeça sorrindo para si. Esperou alguns segundos e então me perguntou, fixando a grade da sacada:

"Não flertava nem com aquele sujeito que tocava bateria?"

Tomei um susto. Ele não recuava, não cedia. Rebati:

"Mario?"

"Está vendo como se lembra?"

"Claro que me lembro, por que não deveria? É uma das poucas pessoas interessantes que você trouxe para nossa casa em sete anos de casamento."

"Você o achava interessante?"

"Acho, e daí? O que deu em você esta noite?"

"Quero saber. Não posso saber?"

"O que você quer saber? Sei o mesmo que você. Desde a última vez que o vimos deve ter se passado pelo menos quatro anos, e você me vem agora com essas besteiras?"

Ele parou de fixar a grade e se virou para me olhar, sério.

"Então vamos falar de fatos mais recentes. O que é que há entre você e Nino?"

117.

Foi um golpe tão violento quanto inesperado. *Queria saber o que havia entre mim e Nino*. Bastaram aquela pergunta e aquele nome para que a fonte voltasse a jorrar em minha cabeça. Me senti cega pelas lágrimas, gritei fora de mim, esquecendo que estávamos ao ar livre, que as pessoas dormiam exaustas pelo dia de sol e de mar: por que você fez essa pergunta, devia guardá-la para si, agora estragou tudo e não há mais nada a fazer, bastava que conseguisse ficar calado, mas não foi capaz disso e agora eu preciso ir embora, agora tenho que ir *de qualquer jeito*.

Não sei o que aconteceu com ele. Talvez tenha se convencido de ter realmente cometido um erro que, agora, por motivos obscuros, arriscava arruinar para sempre nossa relação. Ou então de repente me enxergou como um organismo grosseiro, eu espedaçava a frágil superfície do discurso e me manifestava de modo pré-lógico, uma mulher em sua expressão mais alarmante. O certo é que eu devo ter lhe parecido um espetáculo insuportável, que o fez se levantar abruptamente e entrar em casa. Mas corri atrás dele e continuei gritando de tudo: o amor por Nino desde a infância, as novas possibilidades de vida que me havia revelado, as energias inutilizadas que eu sentia dentro de mim e a esqualidez em que ele me afundara por anos, a responsabilidade por ter me impedido de viver plenamente.

Quando esgotei minhas forças e me prostrei num canto, o encontrei em minha frente com as faces encavadas, os olhos fundos em manchas roxas, os lábios brancos, o bronzeado que se tornara como uma crosta de lama. Só então compreendi que o havia transtornado. As perguntas que ele me fizera não admitiam nem por hipótese respostas afirmativas do tipo: sim, flertei com o tocador de bateria e até fui além; sim, Nino e eu fomos amantes. Pietro só as formulara para ser desmentido, para quietar as dúvidas que o tinham invadido, para ir dormir mais sereno. No entanto eu o aprisionara em um pesadelo do qual, agora, não sabia mais como sair. Perguntou quase sussurrando, em busca de salvação:

"Vocês fizeram amor?"

De novo tive pena dele. Se eu tivesse respondido afirmativamente, teria recomeçado a gritar e diria: sim, uma primeira vez enquanto você dormia, uma segunda no carro dele, uma terceira em nossa cama em Florença. E pronunciaria aquelas frases com a voluptuosidade que aquelas frases me causavam. No entanto fiz sinal que não.

118.

Retornamos a Florença. Reduzimos a comunicação entre nós a frases indispensáveis e a tons amigáveis na presença das meninas. Pietro foi dormir no escritório como nos tempos em que Dede nunca pregava os olhos, eu, na cama de casal. Ruminei sobre o que fazer. A maneira como o casamento de Lila e Stefano tinha acabado não constituía um modelo, tratara-se de um episódio de outros tempos, gerido sem lei. Eu contava com um procedimento civilizado, segundo as normas do direito, adequado aos tempos e à nossa condição. Mas de fato continuava não sabendo o que fazer e, assim, não fazia nada. Tanto mais que, assim que voltei, Mariarosa já me telefonou para dizer que o livrinho francês estava adiantado, me mandaria as provas em breve, ao passo que o sério e caviloso redator de minha editora me anunciava questões sobre várias passagens do texto.

No momento fiquei contente, tentava recobrar a paixão pelo meu trabalho. Mas não conseguia, tinha a impressão de estar com problemas bem mais graves que um verso mal interpretado ou algum trecho claudicante.

Depois, numa manhã, o telefone tocou e Pietro atendeu. Disse alô, repetiu alô, pôs o fone no gancho. Meu coração começou a bater feito louco, me preparei para correr até o aparelho e me antecipar a meu marido. Não tocou mais. Passaram-se as horas, tentei me distrair relendo meu texto. Foi uma péssima ideia, aquilo me pareceu um monte de tolices, me veio um esgotamento que me fez dormir com a cabeça sobre a escrivaninha. Mas então o telefone tocou de novo, e meu marido atendeu mais uma vez. Gritou apavorando Dede: alô, e pôs o fone no gancho como se quisesse arrebentar o aparelho.

Era Nino, eu sabia, Pietro sabia. A data do congresso se aproximava, com certeza queria tornar a insistir para que o acompanhasse. Teria tentado me atrair mais uma vez para a materialidade dos desejos. Teria me demonstrado que nossa única possibilidade era um relacionamento clandestino, a ser vivido até o osso, entre más ações e prazeres. A vida era trair, inventar mentiras, partir juntos. Pela primeira vez eu pegaria um avião, me apertaria a ele enquanto a aeronave decolasse, como nos filmes. E por que não, depois de Montpellier poderíamos ir até Nanterre, encontraríamos a amiga de Mariarosa, eu falaria com ela sobre meu livro, combinaria iniciativas, lhe apresentaria Nino. Ah, sim, ser acompanhada por um homem que eu amava e que emanava em torno de si uma potência, uma força que não escapava a ninguém. O sentimento hostil se abrandava. Eu estava tentada a ir.

No dia seguinte Pietro foi à universidade, e eu esperei que Nino tornasse a ligar. Isso não aconteceu, e então, com uma guinada irracional, eu telefonei. Esperei vários segundos, estava muito agitada, não tinha mais nada em mente a não ser a urgência de ouvir sua voz. Quanto ao resto, não sabia. Talvez o agredisse, talvez recomeçasse a chorar. Ou teria gritado: tudo bem, vou com você, serei sua amante, serei até você se cansar. Entretanto, naquele momento, eu só exigia que ele atendesse.

Atendeu Eleonora. Segurei minha voz a tempo, antes que se dirigisse ao fantasma de Nino, correndo sem fôlego pela linha telefônica com sabe-se lá que palavras comprometedoras. Moldei-a num tom alegre: alô, aqui é Elena Greco, como vai, como foram as férias, e Albertino? Ela me deixou falar em silêncio e então berrou: você é Elena Greco, hein, a vagabunda, a vagabunda hipócrita, deixe meu marido em paz e não se atreva a ligar nunca mais, porque eu sei onde você mora e juro por Deus que vou aí e quebro sua cara. Depois disso, cortou a ligação.

119.

Continuei não sei quanto tempo ao lado do telefone. Estava transbordando de ódio, só tinha em mente frases do tipo: sim, venha, venha logo, cretina, só espero por isso, de que porra de lugar você é, de via Tasso, de via Filangieri, de via Crispi, da Santarella, e quer se meter comigo, sua vagaba, sua marafa, não sabe com quem está se metendo, putinha. Um outro eu queria se insurgir lá do fundo, onde fora sepultado sob a crosta da docilidade, e se debatia em meu peito misturando italiano e vozes da infância — eu era toda um clamor. Se Eleonora se atrevesse a aparecer em minha porta, eu lhe cuspiria na cara, a empurrava pelas escadas, a arrastava pelos cabelos até a rua, quebrava aquela sua cabeça entupida de merda na calçada. Sentia dores no peito, as têmporas latejavam. Tinham começado uma reforma embaixo de casa, da janela vinha o calor e um martelar intenso, o pó e um barulho insuportável de não sei que maquinário. Dede estava brigando com Elsa no outro cômodo: você não precisa fazer tudo o que eu faço, parece uma macaca, só os macacos agem assim. Lentamente entendi. Nino se decidira a falar com a mulher, e ela me agredira por isso. Passei da raiva a uma alegria incontrolável. *Nino gostava de mim* a ponto de ter falado sobre nós com a esposa. Tinha arruinado o casamento, tinha renunciado com plena consciência aos confortos daquela vida, tinha desequilibrado toda sua existência optando por impor um sofrimento a Eleonora e a Albertino, e não a mim. Então era verdade, ele me amava. Suspirei de felicidade. O telefone tornou a tocar, atendi imediatamente.

Agora era Nino, era a voz dele. Me pareceu calmo. Disse que seu casamento tinha acabado, que estava livre. Me perguntou:

"Você falou com Pietro?"

"Comecei."

"Ainda não contou a ele?"

"Sim e não."

"Vai querer recuar?"

"Não."

"Então se apresse, precisamos partir."

Já dava por certo que eu viajaria com ele. Nos encontraríamos em Roma, estava tudo pronto, hotel, passagens aéreas.

"Tenho o problema das meninas", disse baixinho, mas sem convicção.

"Mande-as para sua mãe."

"Isso está fora de cogitação."

"Então leva-as com você."

"Está falando sério?"

"Estou."

"Você me levaria de qualquer jeito, mesmo com minhas filhas?"

"Claro."

"Você realmente me ama", murmurei.

"Sim."

120.

De repente me redescobri invulnerável e invencível, como numa época passada de minha vida, quando me parecera que tudo me era permitido. Tinha nascido com sorte. Até quando a sorte parecia adversa, de fato estava trabalhando para mim. Claro, eu tinha meus méritos. Era disciplinada, tinha memória, trabalhava com afinco, aprendera a usar os instrumentos elaborados pelos homens, sabia conferir coerência lógica a qualquer amontoado de fragmentos, sabia agradar. Mas a sorte contava acima de tudo, e eu tinha orgulho de senti-la a meu lado como uma amiga fiel. Tê-la de novo a meu lado me dava segurança. Tinha me casado com um homem direito, não com uma pessoa como Stefano Carracci ou, pior, Michele Solara. Entraríamos em confronto, ele sofreria, mas no final chegaríamos a um acordo. Com certeza mandar pelos ares o casamento, a família, seria algo traumático. E como por motivos diversos não tínhamos nenhuma vontade de comunicar a coisa aos nossos parentes, ao contrário, certamente a manteríamos em segredo pelo maior tempo possível, não podíamos nem mesmo contar em um primeiro momento com a família de Pietro, que em todas as circunstâncias sempre sabia o que fazer e a quem recorrer para enfrentar situações complexas. Mas me sentia tranquila, finalmente. Éramos dois adultos razoáveis, teríamos um confronto, discutiríamos, nos explicaríamos. No caos daquelas horas somente uma coisa, agora, me parecia irrenunciável: eu iria a Montpellier.

Falei com meu marido naquela mesma noite, confessei que Nino era meu amante. Ele fez de tudo para não acreditar. Quando o convenci de que era verdade, ele chorou, me implorou, se enfureceu, levantou o tampo de vidro da mesinha e o arremessou contra a parede sob os olhos aterrorizados das meninas, que tinham acordado com os gritos e estavam incrédulas na soleira da sala de estar. Fiquei transtornada, mas não voltei atrás. Levei Dede e Elsa de novo para a cama, as tranquilizei, esperei que dormissem. Depois voltei a enfrentar meu marido, cada minuto se tornou uma ferida. Para piorar, Eleonora passou a nos perseguir com telefonemas, noite e dia, me insultando, insultando Pietro por não saber ser homem, anunciando-me que seus parentes achariam um meio de nos deixar, a nós e a nossas filhas, sem nem os olhos para chorar.

Mas não me abati. Estava num tal estado de exaltação que não conseguia me sentir em erro. Ao contrário, me pareceu que até as dores que eu causava, as humilhações e agressões que sofria, estivessem trabalhando em meu favor. Aquela experiência insuportável contribuiria não só para que eu me *transformasse* em algo de que me orgulharia, mas ao final, por vias imperscrutáveis, também serviria para quem agora penava. Eleonora compreenderia que não havia nada a fazer com o amor, que é insensato dizer a uma pessoa que quer ir embora: não, você tem de ficar. E Pietro, que com certeza já conhecia em tese aquele preceito, só precisaria de tempo para assimilá-lo e transformá-lo em sabedoria, em prática da tolerância.

Somente com as meninas percebi que tudo era difícil. Meu marido insistia em que lhes disséssemos as razões de nossas brigas. Eu era contrária: elas são pequenas — eu dizia —, o que poderiam compreender? Mas ele a certa altura me gritou: se você decidiu ir embora, precisa dar explicações a suas filhas, e, se não tiver coragem, fique — quer dizer que você mesma tem pouca segurança do que quer fazer. Murmurei: vamos falar com um advogado. Rebateu: temos tempo para os advogados. E, à traição, convocou em voz alta Dede e Elsa, que ao ouvirem nossos gritos iam imediatamente se fechar em seu quarto, muito companheiras.

"A mãe de vocês precisa lhes dizer uma coisa", Pietro principiou, "fiquem sentadas e escutem."

Comecei:

"Eu e o papai gostamos um do outro, mas não nos entendemos mais e por isso decidimos nos separar."

"Não é verdade", me interrompeu Pietro com calma, "é a mãe de vocês quem decidiu ir embora. E também não é verdade que gostamos um do outro: ela já não gosta mais de mim."

Fiquei agitada:

"Meninas, não é assim tão simples. É possível continuar se querendo bem mesmo não se vivendo mais juntos."

Ele me interrompeu de novo:

"Isso também é falso: ou queremos bem um ao outro, e então continuamos vivendo juntos e sendo uma família, ou não nos queremos bem, e então nos deixamos e não somos mais uma família. Se você contar mentiras, o que é que elas vão entender? Por favor, explique de verdade e com clareza por que estamos nos separando."

Falei:

"Eu não estou deixando vocês, vocês são a coisa mais importante que eu tenho, não poderia viver sem vocês. Tenho apenas alguns problemas com o papai."

"Quais?", insistiu ele. "Esclareça quais são esses problemas."

Suspirei, murmurei:

"Eu me apaixonei por outro homem e quero viver com ele."

Elsa espiou Dede para entender como devia reagir àquela notícia e, como Dede continuou impassível, ela também permaneceu impassível. Já meu marido perdeu a calma, berrou:

"O nome: diga como se chama essa outra pessoa. Não quer falar? Tem vergonha? Então digo eu: vocês conhecem essa pessoa, é Nino, se lembram dele? A mãe de vocês quer ir morar com ele."

Então começou a chorar desesperadamente, enquanto Elsa murmurava um tanto assustada: me leva com você, mamãe? Mas não esperou que eu respondesse. Quando a irmã se levantou e deixou a sala quase correndo, ela a seguiu imediatamente.

Naquela noite Dede gritou durante o sono, acordei sobressaltada, corri para ela. Estava dormindo, mas tinha molhado a cama. Precisei acordá-la, trocá-la, trocar os lençóis. Quando a recoloquei na cama, murmurou que queria dormir na minha. Permiti, fiquei ao lado dela. De vez em quando estremecia no sono, verificava se eu continuava ali.

121.

A data da partida se aproximava, mas as coisas com Pietro não melhoravam; qualquer acordo, nem que fosse apenas para aquela viagem a Montpellier, parecia impossível. Se você for, ele me dizia, nunca mais vai ver as meninas. Ou: se você levar as meninas, eu me mato. Ou: vou denunciá-la por abandono do teto conjugal. Ou: vamos fazer uma viagem nós quatro, vamos para Viena. Ou: meninas, sua mãe prefere o senhor Nino Sarratore a vocês.

Comecei a não aguentar mais. Lembrei-me das resistências de Antonio quando tinha decidido deixá-lo. Mas Antonio era um rapaz, tinha herdado a cabeça frágil de Melina e sobretudo não recebera a mesma educação de Pietro, não tinha sido adestrado desde a infância a identificar regras no caos. Talvez — pensei comigo — eu tenha atribuído um peso excessivo ao uso cultivado da razão, às boas leituras, à língua bem governada, à filiação política; talvez, diante do abandono, sejamos todos iguais; talvez nem mesmo uma cabeça muito disciplinada consiga suportar a descoberta de não ser amada. Meu marido — não havia o que fazer — estava convencido de que devia me proteger a todo custo da mordida venenosa de meus desejos e, assim, contanto que continuasse sendo meu marido, estava disposto a recorrer a qualquer meio, mesmo ao mais abjeto. Ele, que tinha querido o casamento no civil, ele, que sempre fora a favor do divórcio, por um desgovernado movimento interno pretendia que nossa relação durasse eternamente, como se tivéssemos nos casado diante de Deus. E, como eu insistia em pôr um ponto final em nossa história, ele primeiro tentava todas as vias da persuasão, depois quebrava coisas, se estapeava, de repente começava a cantar.

Quando se excedia daquele modo, eu ficava furiosa e lhe gritava insultos. E ele como sempre mudava num instante, feito um bichinho assustado, e se punha ao meu lado, me pedia desculpas, dizia que não era comigo, era sua cabeça que não funcionava bem. Adele — me revelou uma noite entre lágrimas — sempre traíra seu pai, foi uma descoberta que ele fez ainda na infância. Aos seis anos flagrara a mãe beijando um homem enorme, vestido de azul, na grande sala de estar em Gênova com vista para o mar. Lembrava-se de todos os detalhes: o homem tinha grandes bigodes que eram como uma lâmina escura; na calça despontava uma mancha brilhante que parecia uma moeda de cem liras; sua mãe, apertada a ele, parecia um arco tão tenso que arriscava se quebrar. Eu o escutei em silêncio, tentei consolá-lo: se acalme, são falsas lembranças, você sabe que são, eu nem preciso lhe dizer. Mas ele voltou a insistir: Adele estava com uma saída de praia rosa, uma alça escorregara de seu ombro bronzeado; as unhas compridas pareciam de vidro; tinha feito uma trança negra que lhe pendia da nuca feito uma serpente. Finalmente me disse, passando do sofrimento à ira: entende o que você me fez, entende em que horror você me atirou? E eu pensei: Dede também vai se lembrar, Dede também vai gritar algo parecido quando for grande. Mas depois me esquivei, me convenci de que Pietro estava me contando aquilo sobre sua mãe só agora, depois de tantos anos, justamente para me induzir àquele pensamento, me ferir, me segurar.

Segui em frente extenuada, dia e noite, não se dormia mais. Se meu marido me atormentava, Nino por sua vez não ficava atrás. Quando me percebia provada pelas tensões e preocupações, em vez de me consolar, ficava nervoso e dizia: você acha que para mim é mais fácil, mas aqui está um inferno que nem aí, tenho medo por Eleonora, tenho medo pelo que possa vir a fazer, por isso não pense que estou com problemas menores que os seus, talvez minha situação seja até pior. E exclamava: mas eu e você, juntos, somos mais fortes que qualquer um, nossa união é uma necessidade imprescindível; você tem clareza disso, me diga, quero ouvir, tem clareza? Eu tinha clareza. Mas aquelas palavras não me ajudavam muito. O que me dava força mesmo era imaginar o momento em que finalmente o reencontraria e pegaríamos o avião para a França. Preciso resistir até lá, dizia a mim mesma, depois veremos. Por agora eu só almejava uma suspensão da dor, não aguentava mais. No ápice de uma briga violentíssima, diante dos olhos de Dede e Elsa, eu disse a Pietro:

"Chega. Vou viajar por cinco dias, somente cinco dias, depois volto e vamos ver o que faremos. Tudo bem?"

Ele se virou para as meninas:

"A mãe de vocês disse que vai embora por cinco dias, mas vocês acreditam nisso?"

Dede fez sinal que não com a cabeça, e Elsa também.

"Nem elas acreditam", disse então Pietro, "todos nós sabemos que você vai nos deixar e não vai voltar mais."

Nesse instante, como se tivessem combinado, tanto Dede quanto Elsa se lançaram contra mim, abraçando minhas pernas e implorando que eu não fosse, que ficasse com elas. Não aguentei. Fiquei de joelhos, as abracei pela cintura, disse: tudo bem, não vou viajar, vocês são minhas menininhas, vou ficar com vocês. Aquelas palavras as acalmaram, aos poucos Pietro também se acalmou. Me recolhi no meu quarto.

Ah, meu Deus, como tudo estava fora dos eixos, eles, eu, o mundo ao redor: só era possível uma trégua recorrendo a mentiras. Faltavam dois dias para a partida. Primeiro escrevi uma longa carta a Pietro, depois uma breve para Dede, recomendando que ela também a lesse para Elsa. Preparei uma mala, coloquei-a no quarto de hóspedes, debaixo da cama. Comprei de tudo, abarrotei a geladeira. No almoço e no jantar preparei pratos que Pietro adorava, e ele comeu com gratidão. As meninas, aliviadas, voltaram a brigar por qualquer coisa.

122.

Nesse meio tempo, justamente quando se aproximava o dia da partida, Nino parou de ligar. Tentei eu mesma telefonar, torcendo para que Eleonora não atendesse. Quem atendeu foi a empregada, e no momento senti alívio, perguntei pelo professor Sarratore. A resposta foi direta e hostil: vou chamar a senhora. Pus o fone no gancho, esperei. Esperava que o telefonema se tornasse uma ocasião de desentendimento entre o casal e, assim, Nino soubesse que eu o estava procurando. Dez minutos depois o telefone tocou.

Corri para atender, tinha certeza de que era ele. No entanto era Lila.

Não nos falávamos há tempos, e eu não tinha vontade de conversar com ela. Sua voz me irritou. Naquela fase até mesmo seu nome bastava para me atravessar a cabeça feito uma víbora, me confundindo e tirando as forças. De resto, não era um bom momento para conversas: se Nino ligasse, encontraria a linha ocupada, e a comunicação já era bastante difícil.

"Posso ligar para você daqui a pouco?", lhe perguntei.

"Você está ocupada?"

"Um pouco."

Ignorou meu pedido. Como sempre, achava que podia entrar e sair de minha vida sem a mínima preocupação, como se ainda fôssemos uma coisa só e não houvesse necessidade de perguntar como vai, tudo bem, estou atrapalhando. Falou com um tom cansado que acabara de ter uma péssima notícia: a mãe dos Solara tinha sido assassinada. Falou lentamente, como se estivesse atenta a cada palavra, e eu a escutei sem interromper. Suas frases puxavam atrás de si como numa procissão a agiota com um vestido de festa sentada à mesa dos noivos quando Lila e Stefano se casaram, a senhora irrequieta que me abrira a porta quando fui procurar Michele, a sombra de mulher de nossa infância que apunhalava dom Achille, a idosa com uma flor falsa entre os cabelos que se abanava com um leque azul enquanto repetia distraída: eu estou com calor, vocês também? Mas não senti nenhuma emoção, nem quando Lila mencionou os boatos que tinham chegado a seus ouvidos e os relatou a mim com seu modo eficaz. Tinham matado Manuela degolando-a com uma faca; ou lhe tinham dado cinco tiros de pistola, quatro no peito e um no pescoço; ou a massacraram a murros e pontapés, arrastando-a por todo o apartamento; ou os assassinos — os chamou assim — nem sequer tinham entrado na casa, atiraram nela assim que abrira a porta. Manuela tinha caído de cara no chão do patamar, e o marido, que estava vendo televisão, nem se deu conta. O certo — disse Lila — é que os Solara ficaram alucinados, estão concorrendo com os policiais na busca pelos culpados, chamaram gente de Nápoles e de fora, todas as atividades deles foram interrompidas, eu mesma não trabalho hoje, e aqui está um horror, não se pode nem respirar.

Como sabia dar importância e espessura ao que acontecia com ela e em torno dela: a usurária assassinada, os filhos transtornados, seus capangas prontos a derramar mais sangue, e sua figura vigilante em meio à maré dos acontecimentos. Por fim chegou ao motivo real de seu telefonema:

"Amanhã mando Gennaro para aí. Sei que estou abusando, você tem suas filhas, suas coisas, mas eu aqui, agora, não posso e não quero ficar com ele. Vai perder uns dias de escola, paciência. Ele é afeiçoado a você, se sente bem aí, você é a única pessoa em quem confio."

Pensei por uns segundos naquela última frase: *você é a única pessoa em quem confio*. Tive vontade de rir, ela ainda não sabia que eu me tornara inconfiável. De modo que, diante daquele pedido que dava por certa a imobilidade de minha existência dentro da mais serena das normalidades, como se minha vida fosse a de uma baga vermelha sobre o galho-folha da gibardeira, não tive hesitações e lhe respondi:

"Estou para viajar, estou deixando meu marido."

"Não entendi."

"Meu casamento acabou, Lila. Reencontrei Nino e nós dois descobrimos que sempre nos amamos, desde jovenzinhos, sem perceber. Por isso estou indo embora, para começar uma vida nova."

Houve um longo silêncio, e então me perguntou:

"Você está brincando?"

"Não."

Ela deve ter achado impossível que eu estivesse pondo desordem em minha casa, em minha cabeça bem organizada, e agora já me perseguia agarrando-se mecanicamente a meu marido. Pietro — disse — é um homem extraordinário, bom, inteligentíssimo, você é louca de deixá-lo, pense no mal que vai fazer a suas filhas. Falava e não citava Nino, como se aquele nome tivesse parado no pavilhão de seu ouvido sem lhe chegar ao cérebro. Tive de pronunciá-lo de novo, dizer: não, Lila, não posso mais viver com Pietro porque não posso mais ficar sem Nino, não importa o que acontecer, vou embora com ele — e outras frases desse tipo, que exibi como se fossem uma honra. Então ela começou a estrilar:

"Você vai jogar tudo fora por causa de Nino? Vai arruinar sua família por conta dele? Sabe o que vai acontecer? Ele vai te usar, te chupar o sangue, te tirar a vontade de viver e depois vai te abandonar. Para que você estudou tanto? De que merda me serviu imaginar que você teria uma vida linda inclusive por mim? Eu me enganei, você é uma cretina."

123.

Pus o fone no gancho como se queimasse. Está com ciúmes — disse a mim mesma —, está com inveja, me odeia. Sim, a verdade era essa. E se passou um longo cortejo de segundos, não me voltou mais à memória a mãe dos Solara, seu corpo se esfumou marcado de morte. Em vez disso me perguntei ansiosa: por que Nino não telefona, será possível que justo agora que contei tudo a Lila ele recue, me tornando ridícula? Por um instante me vi exposta a ela em toda minha eventual pequenez de pessoa que se arruinara por nada. Então o telefone começou a tocar. Por dois ou três longos toques permaneci sentada, fixando o aparelho. Quanto tirei o fone do gancho, tinha na ponta da língua palavras prontas para Lila: não se preocupe nunca mais comigo, você não tem nenhum direito sobre Nino, me deixe errar do jeito que eu quiser. Mas não era ela. Era Nino, e eu o cobri de frases entrecortadas, feliz de ouvi-lo. Disse-lhe em que pé estavam as coisas com Pietro e as meninas, disse que era impossível chegar a um acordo com calma e racionalidade, disse que tinha preparado a mala e não via a hora de abraçá-lo. Ele me contou suas brigas furiosas com a mulher, as últimas horas tinham sido insuportáveis. Murmurou: embora esteja muito assustado, não consigo pensar em minha vida sem você.

No dia seguinte, enquanto Pietro estava na universidade, perguntei à vizinha de porta se podia ficar com Dede e Elsa por algumas horas. Deixei na mesa da cozinha as cartas que tinha escrito e fui embora. Pensei: está acontecendo algo de grandioso, que vai dissolver completamente o velho modo de viver, e eu sou parte dessa dissolução. Alcancei Nino em Roma, nos encontramos em um hotel a poucos passos da estação. Enquanto o abraçava, me dizia: nunca me habituarei a esse corpo nervoso, é uma contínua surpresa, ossos longos, a pele de um cheiro excitante, uma massa, uma força, uma agilidade de todo estranhas ao que Pietro é, aos costumes que havia entre nós.

Na manhã seguinte, pela primeira vez em minha vida, subi num avião. Não sabia apertar o cinto, Nino me ajudou. Como foi emocionante segurar com força sua mão enquanto o ronco dos motores aumentava, aumentava, aumentava, e o avião começava sua corrida. Como foi comovente descolar-se do chão com um choque e ver as casas se transformando em paralelepípedos, e as ruas se transmudando em finas faixas, e o campo se reduzindo a uma mancha verde, e o mar se encurvando como uma chapa compacta, e as nuvens se precipitando para baixo num desmoronamento de rochas macias, e a angústia, e a dor, e a própria felicidade que se tornavam parte de um movimento único, muito luminoso. Tive a impressão de que voar submetesse todas as coisas a um processo de simplificação e suspirei, tentei me abandonar. De vez em quando perguntava a Nino: está contente? E ele fazia sinal que sim, me beijava. Às vezes tinha a impressão de que o piso sob nossos pés — a única superfície com a qual era possível contar — tremia.

ESTE LIVRO, COMPOSTO NA FONTE FAIRFIELD,
FOI IMPRESSO EM PAPEL NORBRITE 66,6 G/M², NA EDIGRÁFICA,
RIO DE JANEIRO, BRASIL, ABRIL DE 2018.